Knaur.

Knaur.

Über den Autor:
Frédéric Neuwald ist 36 Jahre alt und arbeitet beim Film. GÖTTERGRAB ist nach »Götterschwert« sein zweiter Roman.

Frédéric Neuwald

GÖTTER GRAB

Mysterythriller

Aus dem Französischen
von Nora Schreiber

Knaur Taschenbuch Verlag

Die französische Originalausgabe erschien 2005
unter dem Titel »Le tombeau d'Anubis« bei Flammarion, Paris

Besuchen Sie uns im Internet:
www.knaur.de

Deutsche Erstausgabe März 2007

Redaktion: Antje Nissen
Umschlaggestaltung: ZERO Werbeagentur, München
Umschlagabbildung: FinePic, München
Satz: Adobe InDesign im Verlag
Druck und Bindung: Nørhaven Paperback A/S
Printed in Denmark
ISBN 978-3-426-63204-8

2 4 5 3 1

Deva Singh in memoriam.
Resquiescat in pace.

»Wenn ich eines Tages vor Gott stehe, werde ich noch ein Wörtchen mit ihm zu reden haben!«
Deva Singh

»Wer nicht lachen kann, darf sich nicht Sikh nennen!«
Sikh-Sprichwort

Hinweis

Ähnlichkeiten mit lebenden
oder verstorbenen Personen sind rein zufällig.

I

Warum habe ich bloß die verflixte Klimaanlage nicht reparieren lassen?, fragte ich mich unentwegt, seit ich auf die A6 gefahren war. Die tief stehende Sonne des späten Nachmittags versengte mir den linken Arm, und das Lenkrad meines Geländewagens war so glühend heiß, dass ich es kaum festhalten konnte, ohne mir die Finger zu verbrennen. Einen Augenblick lang dachte ich daran, auf einem Rastplatz zu halten und zu warten, bis die schlimmste Hitze vorbei war, aber ich konnte mich nicht dazu entschließen. Ich hatte es eilig, nach Barbizon zurückzukehren. Ich vermisste meinen Adoptivbruder und Madeleine, und – so lächerlich es auch klingen mag – es beunruhigte mich, sie allein zu wissen.

Vor drei Wochen hatte mich meine Freundin und Kollegin Drusilla Carro anflehen und schließlich deutlich werden müssen, um mich dazu zu bringen, meine gewohnte Umgebung zu verlassen und zu ihr nach Delphi zu kommen, wo sie die Leitung einer Ausgrabung übernommen hatte. »Lass Etti mal ein wenig in Ruhe, Morg! Er hat es bestimmt satt, dich von morgens bis abends am Hals zu haben! Lass ihn mal durchatmen und geh mir lieber zur Hand. Das wird dir genauso guttun wie ihm, glaub mir.«

Ich hatte mich überreden lassen, und ich gebe zu, dass ich trotz der anstrengenden Arbeit hocherfreut war, wieder auf einen archäologischen Ausgrabungsplatz zurückzukehren. Was mich allerdings nicht davon abgehalten hatte, in der ersten Woche mindestens dreimal täglich zu Hause anzurufen – zum großen Leidwesen meines Bruders.

»Mir geht es bestens, Morgan, auch wenn die Nachbarn letzte Nacht die Polizei gerufen haben, als sie mich haben nackt im Garten tanzen sehen. Noch was Witziges: Sie haben dort anscheinend eine Leiche und eine Axt mit meinen Fingerabdrücken gefunden, aber ich bin unfähig, mich auch nur an irgendetwas zu erinnern. Hallo? Morgan? Bist du noch dran?«

Danach hatte ich die Abstände zwischen meinen Anrufen etwas vergrößert.

»Langsam fahren, Unfall! 15 km Stau.«

Ich warf dem blinkenden Hinweisschild einen stechenden Blick zu, als wäre es höchstpersönlich für den Unfall verantwortlich, und schaltete das Radio ein.

»… auf Höhe der Anschlussstelle A6 ist ein Krankenwagen mit einem Reisebus zusammengestoßen. Nach Angaben der Polizei wurde eine Person schwer, zwei weitere Personen leicht verletzt. Durch den Einsatz der Rettungswagen wird der Verkehr auf eine Spur umgelenkt. Bitte fahren Sie äußerst vorsichtig. Weiterhin auf der A6 …«

Der Verkehr wurde immer langsamer, und schließlich kam ich hinter einem Mercedes zum Stehen und stellte den Motor ab. Im Wagen rechts von mir saß ein junger Mann, dem der Schweiß über den nackten Oberkörper lief. Er warf mir einen genervten Blick zu, auf den ich mit einem resignierten Achselzucken antwortete. Dann drehte er den Zündschlüssel herum und stellte ebenfalls den Motor ab, bevor er sich stirnrunzelnd eine Zigarette anzündete.

Ich tat es ihm gleich und nahm dann mein Handy aus der

Außentasche meines Rucksacks, der auf dem Beifahrersitz lag.

»Etti? Oh! Guten Tag, Madeleine. Zum Abendessen? Nein, ich denke nicht, ich stecke auf der Autobahn fest, ein Unfall. Was? Wann? Nein, ich höre nur den Verkehrsfunk. Sind Sie sich da sicher? Am helllichten Tag? Ich rufe Sie zurück, sobald ich dieser Hölle entkommen bin. Ja, ich bin vorsichtig. Bis nachher.«

Ich beendete das Gespräch und drehte so lange an den Knöpfen des Radios herum, bis ich einen Nachrichtensender gefunden hatte.

»... in Brüssel, wo man über die Infiltrierung der leitenden europäischen Instanzen durch Mitglieder der Baptisten diskutieren muss, eine pseudo-christliche Sekte, die im letzten Jahr für blutige Geiselnahmen in siebenundzwanzig Kliniken, die Abtreibungen durchführen, verantwortlich war.

Es folgte eine kurze Werbepause.

Der Polizei fehlen noch immer weitere Informationen zum Diebstahl der ägyptischen Antiquitäten, der sich heute Morgen gegen sieben Uhr ereignet hat. Dabei waren Teile der Sammlung Tutanchamun – darunter die Mumie, die berühmte Totenmaske und diverse Gegenstände der Epoche – am Flughafen Le Bourget gestohlen worden. Die Sammlung ist vom Museum Kairo zur Verfügung gestellt worden und sollte während der Monate Juni und Juli im Louvre-Museum in Paris ausgestellt werden. Die Behörden schließen einen terroristischen Hintergrund nicht aus. Man vermutet, dass die einzigartigen Exponate dazu bestimmt sein könnten, als Druckmittel zu dienen, da sich der Diebstahl drei Tage vor dem Prozess der islamistischen Terroristen ereignet hat, die der Beteiligung am misslungenen Attentat auf den Gare

de Lyon am 2. Februar letzten Jahres angeklagt sind. Live mit uns in Le Bourget …«
Ich war wie vom Blitz getroffen und lauschte eine gute halbe Stunde lang den Zeugenaussagen und den Vermutungen von Journalisten und Spezialisten aller Art. Letztere befürchteten vor dem Hintergrund dieser »Kulturkatastrophe« und dem Verschwinden der wichtigsten Stücke der Sammlung das ansteigende Risiko eines schweren diplomatischen Zwischenfalls. Mit kaum verhüllter Schärfe warfen die ägyptischen Behörden Frankreich vor, den Konvoi unzureichend beschützt und es versäumt zu haben, sämtliche notwendigen Vorkehrungen zu treffen, um jene Art von Vorfällen zu vermeiden. Daraufhin verwies das französische Außenministerium auf die Inkompetenz der ägyptischen Nachrichtendienste. Diese hatten es versäumt, wesentliche Informationen über die Drohungen von Extremistengruppen weiterzuleiten, welche die Konservatoren in Kairo erhalten hatten.
Ein Teil der Sammlung Tutanchamun gestohlen, darunter die schönsten Schätze, die in dem mythischen Grab entdeckt worden waren … einfach unvorstellbar!
Ich wollte mir gerade eine zweite Zigarette anzünden, als das Auto vor mir mehrere Meter weiterrollte und ich den Motor meines Wagens neu starten musste. Ich würgte ihn ab.

Unser reizendes kleines Häuschen befand sich außerhalb von Barbizon, am Waldrand von Fontainebleau. Sie war ein Geschenk des Mannes, dem ich es verdankte, meinen Bruder wiedergefunden und die schlimmsten Ängste meines Lebens ausgestanden zu haben. Das Haus hatte einem alten Freund meines Vaters gehört, der bei einem Sturz vom Balkon der

Bibliothek ums Leben gekommen war. Ein Drama, das jedem unverständlich bleibt, der die Höhe und die Stabilität des Balkongeländers betrachtet, und das wiederum für jeden erklärlich ist, der weiß, dass der arme Mann energisch dazu ermutigt worden war, den kürzesten Weg vom ersten Stock ins Erdgeschoss zu nehmen.

Als ich auf der Auffahrt parkte, konnte ich nicht umhin, den Blick zu dem imposanten Balkon zu heben. Ein Schauder fuhr mir über den Rücken und verflüchtigte sich erst, als ich aus dem Auto stieg und mit Erleichterung die wohlriechende Luft des Waldes einatmete.

Die zweiflügelige Eingangstür öffnete sich, und unsere Haushälterin erschien, eine kleine, rundliche Frau mit einem heiteren rosa Gesicht, makellos gekleidet mit einer geblümten Bluse und einer Bundfaltenjeans, deren frisch gebügelter Kniff dem einer Marineuniform in nichts nachstand.

»Da sind Sie ja endlich!«, rief sie aus und erhob sich auf die Zehenspitzen, um mir einen dicken Schmatzer auf die Wange zu drücken.

»Und dabei habe ich sogar noch Glück gehabt. Die Straße ist früher geräumt worden, als im Radio angekündigt wurde. Wie geht es Etti?«, fragte ich und holte meine Reisetasche aus dem Kofferraum.

Madeleines Miene verdüsterte sich. »Er ist sehr beunruhigt, und ich muss zugeben, dass auch ich anfange, mir Sorgen zu machen.«

Ich schloss den Kofferraum und hob eine Augenbraue.

»Ihr Vater hat nun schon seit mehreren Tagen nicht mehr von sich hören lassen.«

»Auf einem Ausgrabungsplatz vergisst Papa alles andere«, sagte ich und legte ihr beruhigend einen Arm um die Schultern. »Vor allem, wenn sich dieser Ausgrabungsplatz in Indien befindet! Ich wette, dass er in genau diesem Moment das, was ihm noch an Augenlicht bleibt, an völlig übertrieben verzierten Glaskolben abnutzt, und zwar ohne sich auch nur einen Augenblick um uns zu scheren.«

»Bestimmt haben Sie Recht …« Sie öffnete die Tür und schob mich in die Eingangshalle, wo mich der vertraute Duft der alten massiven Holzmöbel und der Geruch nach Bienenwachs empfing. »Dann springen Sie mal rasch unter die Dusche, Sie sind ja schweißgebadet, armer Morgan.«

Ich durchquerte die im Schachbrettmuster aus weißen und schwarzen Fliesen ausgelegte Eingangshalle, durch deren schillernde, bunte Glasfenster das Licht fiel und meine Haut und Kleider mit lebendigen Farben besprenkelte. Ich stellte mein Gepäck auf einem Diwan ab und hängte meine Basecap an den Lorbeerkranz einer der Epheberstatuen, die am Fuße der großen Treppe in den ersten Stock wachte. Madeleine warf mir einen finsteren Blick zu, woraufhin ich meine Kopfbedeckung wieder an mich nahm und dem Epheber seine Würde zurückgab.

Ich hatte mein Bestes getan, um Bertrand Lechausseurs Haus von sämtlichen Wunderlichkeiten zu befreien, die es enthielt, jenes Paar weibische Epheber eingeschlossen, aber ich war auf eine Mauer der Entrüstung gestoßen. Im Namen des »Respekts, den man den Toten schuldet« hatten mein Bruder Etti und Madeleine mir mit unerbittlicher Entschlossenheit die Stirn geboten. Das Anwesen sah daher noch so aus wie zu Zeiten seines ehemaligen Besitzers, nämlich wie ein Antiquitätengeschäft, allerdings weniger verstaubt. In einem bunten Durcheinander versammelten sich hier prächtige alte Möbel, hässliche Nippsachen, feine Holzschnitzereien und kitschige Bildhauerkunst. Im ersten Stock war es noch schlimmer, seit sich Etti, von indischer Herkunft, dort eingerichtet und die Etage um die Bildnisse zweiköpfiger, mehrbeiniger oder dreiäugiger Gottheiten bereichert hatte. Ich weiß nicht genau, wie viele Götter Indien zählt, aber ein Großteil von ihnen hatte bei uns Quartier bezogen.

Am hinteren Ende des rechten Flügels befand sich das Zimmer meines Bruders, durch dessen angelehnte Tür eine bedächtige, eintönige Stimme drang. Ich achtete sorgfältig darauf, nicht das Parkett zum Knarren zu bringen, und näherte mich lautlos, um einen indiskreten Blick zu riskieren.

Etti, mit nichts als einer bequemen, fadenscheinigen Jeans bekleidet, drehte mir den Rücken zu. Als ich ihn so kerzengerade vor dem kleinen Votivaltar mit der Figur eines tanzenden Shiva sitzen sah, glaubte ich zunächst, dass er Mantras aufsagte. Als ich aber genau hinhörte, stellte ich fest, dass sein Gebet auf Hindi nichts Hingebungsvolles an sich hatte. Er drohte nämlich mit majestätischer Ruhe einer der mächtigsten Gottheiten des indischen Pantheons, sie langsam in der Mikrowelle zu garen, gefolgt von einer Karussellfahrt im Wäschetrockner. Danach leerte er eine kleine Opfergabenschale im Papierkorb aus und kündigte Shiva an, dass er weiterhin auf strengste Diät gesetzt werde, solange unser Vater kein Lebenszeichen von sich gegeben habe.

Ich nehme mal an, dass man Inder sein muss, um derartige Subtilitäten zu begreifen.

»*Namaste*, guten Tag, Morgan«, begrüßte er mich mit einem Anflug von Ironie in der Stimme.

Ich fuhr zusammen, als er seinen Oberkörper zu mir herumdrehte, als sei dieser vollkommen von den Hüften abgetrennt. Yogi oder nicht, ich habe nie verstanden, wie mein Bruder es schaffte, sich derart zu verrenken.

»Hast du etwa vor, auf diese Weise Fürbitten für uns zu erwirken?«, fragte ich.

Etti richtete sich mit der Geschmeidigkeit einer Katze auf, und als ich ihn an mich drückte, stellte ich mit Erleichterung fest, dass er weiterhin an Kraft gewonnen hatte. Der magere Spatz, den ich aus Griechenland heimgebracht hatte, war wieder zu dem vor Gesundheit strotzenden jungen Mann geworden, mit dem gemeinsam ich dafür gesorgt hatte, dass unser Vater frühzeitig graue Haare bekam. Knapp einen Meter achtzig groß, mit breiten Schultern und schmalen Hüften und einer festen, gut gezeichneten Muskulatur, hatte Etti nichts von einem kleinen, schwächlichen Mann mit hervorstehenden Knochen, Adlernase und Glupschaugen, wie viele sich noch immer einen Inder vorstellen. Sein Gesicht mit den regelmäßigen, männlichen Zügen, das von riesigen goldenen, fast gelben Augen erhellt wurde, wäre die Wonne eines antiken Bildhauers gewesen.

Er trat einen Schritt zurück und erwiderte mein Lächeln.

»Hat Papa innerhalb der letzten Tage Kontakt zu dir aufgenommen?«

»Nein, aber du kennst ihn doch. Wenn er einmal bei der Arbeit ist, denkt er an nichts anderes.«

Etti seufzte. »Heute ist *Sitirai Paoornami.*«

Sitirai Paoornami – das Vollmondfest. Vater hatte es noch nie versäumt, Etti zu einem religiösen Feiertag anzurufen. Noch nie.

»Wahrscheinlich ruft er heute Nacht an«, versuchte ich ihn zu beruhigen und kämpfte dabei gegen die Angst an, die nun auch mich befiel. »Oder morgen. Vielleicht hat er es vergessen.«

»Vergessen? Morgan, er ist in Indien. Wenn er nicht gerade in einer Kiste eingesperrt ist, wüsste ich nicht, wie er …« Ich erstarrte. »Ich meinte nicht diese Art von Kiste.«

Mit zunehmender Beunruhigung ließ ich mich auf sein Bett fallen. Unser Vater war kein junger Mann mehr, weit gefehlt, und er hatte stets die ärgerliche Angewohnheit, verlorene Orte im tiefsten Niemandsland erforschen zu gehen, fern jeder Zivilisation und folglich fern jedes Krankenhauses.

»Hast du versucht, ihn auf dem Handy zu erreichen?«

»Telefon, E-Mail, ich habe alles probiert.«

»Falls es ein Problem gäbe, hätte uns einer seiner Kollegen Bescheid gegeben. Vater leitet dort drüben ein Team, er ist nicht allein. Allerdings«, überlegte ich weiter, »was, wenn er in einem verlorenen Nest festsitzt, ohne Strom oder Telefon? Das wäre nicht ungewöhnlich, besonders zur Regenzeit.«

»Bei unserem letzten Telefonat hat er mir versprochen, dass er sich bis zu seinem Rückflug nächste Woche nicht aus Delhi fortbewegt; und seine Buchung ist vor acht Tagen bestätigt worden, ich habe beim Flughafen angerufen.«

Was sollten wir tun? Der Botschaft Bescheid sagen? Oder noch ein oder zwei Tage warten, falls er sich doch melden würde? Ich zählte gar nicht mehr, wie oft wir krank vor Sorge die Hälfte des französischen Konsulats von Delhi zusammengetrommelt hatten, das uns zwei oder drei Tage später verkündete, einen Professor Lafet aufgetrieben zu haben, »der äußerst ungehalten darüber war, auf diese Weise an einem archäologischen Fundort von höchster Wichtigkeit gestört zu werden«, und zwar verloren im fernsten Winkel des Subkontinents. Was aber, wenn ihm diesmal wirklich etwas zugestoßen war?

»Warten wir bis morgen«, ergriff Etti ruhig das Wort, als er meine wachsende Angst sah. »Es ist schließlich nicht das erste Mal, dass er sich nicht bei uns meldet. Du hast Recht, ich mache mich vielleicht umsonst verrückt.«

Ich schaute zu ihm auf. Er lächelte beruhigend, aber ich kannte ihn zu gut und zu lange. Mein Bruder glaubte nicht ein Wort von dem, was er sagte.

»Ja«, erwiderte ich und nickte wider Willen. »Warten wir noch ein paar Stunden, morgen früh können wir immer noch anrufen.« Ich zupfte an meinem schweißnassen T-Shirt und fügte hinzu: »Ich werde mich ein wenig frisch machen.« Ich hoffte, dass es gleichgültig genug klang, und verließ sein Zimmer, um mich ins Bad zu begeben.

Ich zog mich aus, betrat die Duschkabine und stellte das Wasser so ein, dass es mir brennend heiß über den verspannten Rücken lief.

»Sich die Haut zu striegeln macht nicht unbedingt ›berührbarer‹, weißt du«, neckte ich meinen Bruder, der mir gefolgt war, mit einem viel sagenden Blick auf den nagelneuen Rosshaarhandschuh, der an einem Duschhaken hing. Daraufhin schüttete mir Etti über eine der Kabinenwände hinweg einen Becher eiskaltes Wasser auf den Kopf und brach in Gelächter aus. Bei den Seinen war Etti ein *dalit*, ein Unberührbarer, und ich hatte ihn während unserer Teenagerzeit oft damit aufgezogen, was einige Prügeleien zur Folge gehabt hatte.

Ich schob die Glastür auf, und eine Art bepelzter, pinkfarbener Putzlappen wurde mir ins Gesicht geschleudert.
»Was ist denn das Scheußliches?«, fragte ich und zog eine Grimasse, als ich den verfilzten Lappen eingehend betrachtete und den Aufdruck eines Babys mit Elefantenkopf entdeckte.
»Ein Duschvorleger. Sieht man das nicht?«
»Um ganz ehrlich zu sein …«, murmelte ich und breitete den »Vorleger« mit dem Ganesha-Bildnis auf den Fliesen aus.
»Das ist ein Geschenk von Madeleine«, gab er achselzuckend zurück. »Sie hat genug davon, uns auf den Handtüchern herumtrampeln zu sehen«, fügte er hinzu, als er das Bad verließ.
Ich öffnete den Badezimmerschrank, um meinen elektrischen Rasierapparat hervorzuholen, und erschrak, als ich das auf Hindi bedruckte Etikett auf einer großen weißen Plastikflasche sah. Dem Betrachter lächelte eine europäisch anmutende junge Frau entgegen.
Ich wickelte mir ein Handtuch um die Hüften, ergriff die Flasche und stürmte geradewegs ins Zimmer meines Bruders, ohne mir die Mühe zu machen und anzuklopfen. Etti sortierte gerade Zeitschriften aus.
»Weißt du, dass dieses Dreckszeug krebserregend ist?«, rief ich und fuchtelte mit der Plastikflasche herum.
»Ich habe es nicht benutzt«, erwiderte er ruhig und nahm seine Sortierungsarbeit wieder auf.
Ich warf das Corpus Delicti in den Papierkorb und lehnte mich, die Augen entnervt zur Decke gedreht, gegen die Wand. In Indien sah man häufig Werbung für Produkte zur Hautaufhellung, da eine braune Epidermis gleichbedeutend mit Hässlichkeit und Unreinheit ist. Unberührbare werden auch »die Dunklen« genannt.

»Eure *jati-* oder *varna*-Geschichten* haben hier keine Bedeutung, Etti.«
Er ließ ein höhnisches Gekicher ertönen, das mir in den Ohren wehtat. »Ist irgendwas passiert, was du mir nicht gesagt hast?«
»Nichts wirklich Neues«, entgegnete er beiläufig. »Madame Chevet beschwert sich immer noch über den Geruch meiner Küche, der Frisör wischt nach jedem meiner Besuche gewissenhaft die Waschbecken mit Bleichlauge aus, und die Polizei stand letzte Woche vor der Tür, weil eine ›glaubwürdige‹ Person sie auf einen ›Pakistani in illegalen Aufenthaltsverhältnissen‹ aufmerksam gemacht hat. Wie du siehst, läuft alles bestens.«
Warum sollte man sich darüber noch wundern, wenn unsere Nachbarn auch mit dem Finger auf meine langen Haare und die Wunde zeigten, die mir quer über das Gesicht lief? Mit meinen ein Meter zweiundneunzig und meiner Wikingerstatur mussten sie mich für einen IRA-Terroristen oder einen untergetauchten Söldner halten.
»Habe noch ein paar Monate Geduld, Etti. Ich verspreche dir, sobald du vollkommen wiederhergestellt bist, verkaufen wir dieses verflixte Haus und ziehen zurück nach Paris.«

* *Jati,* Wort portugiesischen Ursprungs *(casta)* ohne entsprechende Übersetzung im Indischen. Bezeichnet die gesellschaftliche und berufliche Kategorie, die durch Geburt und die Folge des Karmas vorgegeben wird. Jede *varna* zählt mehrere Hundert *jati.* Die Unberührbaren hingegen sind »Untermenschen« und damit von der Rangfolge der *varnas* ausgeschlossen. Im Westen vermischt man oft die Begriffe *jati* und *varna* zu einer Definition von »Kaste«. Das ist ein Irrtum. Auch wenn die Unberührbaren »*varna*-los« sind (also »kastenlos«), so werden sie doch nicht minder in *jatis* gegliedert und unterteilt.

Er versetzte mir einen freundschaftlichen Knuff gegen das Kinn.
»Du liebst dieses Haus, Morgan«, protestierte er, »und jeder respektiert euch, dich und Papa. Ich bin das Problem. Vielleicht sollte ich meine Gewohnheiten ändern.«
»Dich ändern? Du hast ihnen nichts zu beweisen! Du bist ein berühmter Wissenschaftler und einer der besten Spezialisten im Bereich Unterwasserarchäologie. Nicht einer dieser Deppen kann dir das Wasser reichen!«
»Aber ich habe weder die richtige Hautfarbe noch die richtige Religion«, bemerkte er, ohne die Stimme zu erheben.
»Morgan!«, rief Madeleine von unten. »Monsieur François Xavier am Telefon!«
Mein Bruder runzelte die Stirn und warf mir einen fragenden Blick zu.
»Ein ehemaliger Kollege vom Louvre«, erklärte ich.
Er wandte sich verlegen ab.
Ich hatte den Posten im Museum nach Ettis vermeintlichem Tod angenommen. Von jener Zeit zu sprechen war meinem Bruder immer sehr unangenehm. Seit unserem fünfzehnten Lebensjahr hatten wir alles miteinander geteilt, und jene schmerzhafte Trennung von anderthalb Jahren, die er eingesperrt in einem Irrenhaus – anders konnte man es nicht nennen – in Griechenland verbracht hatte, blieb sozusagen tabu.
Ich durchquerte den Flur, um das Gespräch in der Bibliothek anzunehmen, und ließ mich in dem großen braunen Ledersessel nieder, der neben dem Schreibtisch stand.
»François? Wie geht es d… Was für eine Datierung? Wovon sprichst du? Warte mal, ganz ruhig, ich verstehe überhaupt nichts. Was ist los?«

Ich hörte meinen ehemaligen Kollegen am anderen Ende der Leitung voller Panik aufkeuchen.
»Morgan … ich sitze in der Tinte. Ich … der Diebstahl der ägyptischen Antiquitäten«, stammelte er. »Hast du davon gehört?«
»Nur im Radio. Ich komme gerade aus Delphi zurück. François, was ist los?«
Langes Schweigen, dann: »Der Diebstahl hat sich kurz hinter dem Flughafengelände ereignet. Die Angreifer, maskierte Männer, haben dem gepanzerten Lieferwagen den Weg abgeschnitten und ihn mit gezückten Waffen auf einen wartenden Lkw dirigiert, nachdem sie den Ordnungsdienst außer Gefecht gesetzt hatten. Nicht ein Tropfen Blut wurde vergossen. Die Polizei ist der Ansicht, dass die Operation nicht ohne Hilfe aus dem Museum vonstatten gehen konnte. Ein Komplize. Verstehst du?«
»Ich verstehe, aber was hat das mit dir zu tun? Du bist zwar der Konservator der ägyptischen Abteilung, aber das heißt doch nicht …«
»Die Polizei hat mich fünf Stunden lang verhört, Morg«, unterbrach er mich fieberhaft. »Sie sind hier. Sie wühlen überall herum, auf der Suche nach Indizien, sie …« Er senkte die Stimme, bis er kaum noch zu hören war. »Und was, wenn sie Dokumente finden, die darauf hindeuten, dass ich am verbotenen Handel mit Museumseigentum beteiligt war?«
Ich erstarrte. »Ja, aber … du hast doch nie … François … So etwas hast du doch nie getan, oder?«
»Natürlich nicht!«, rief er völlig verzweifelt aus, bevor er erneut zu flüstern begann. »Aber ich erinnere dich, dass ich trotz

allem Ausfuhrgenehmigungen für Objekte unterzeichnet habe, von denen man hier im Louvre wohl keine Spur finden wird.«

Ich wusste absolut nicht, worauf er hinauswollte.

»Was? Welche Genehmigungen?« Es raschelte, dann hörte ich, wie er einen langen Zug von seiner Zigarette nahm. »Warte mal einen Moment … du meinst doch nicht etwa … das Schwert?«

»Doch, Morgan. Das Schwert von Professor Lechausseur. Für das ich dir eine Pseudo-Ausfuhrgenehmigung unterzeichnet habe, und das natürlich nicht im Inventar erscheint.« Ich fluchte. »Wenn sie darauf stoßen, werde ich nichts sagen, das weißt du. Ich habe noch nicht einmal deinen Namen vor ihnen erwähnt, aber verdammt, Morgan, ich komme um vor Angst! Sie wollen den ehemaligen Direktor befragen. Monsieur de Villeneuve steht Gerüchten zufolge ebenfalls auf der schwarzen Liste der mit der Untersuchung beauftragten Inspektoren. Und nach seinem Rauswurf hat er allen Grund, sich zu rächen. Ich habe damals nicht gerade zu seinen Gunsten ausgesagt.«

»O nein, das kann nicht wahr sein«, seufzte ich.

Villeneuve, der ehemalige Direktor des Louvre, war im vergangenen Jahr nach einer Prüfung des Rechnungshofs entlassen worden. Dieser Dreckskerl war der einzige Angestellte des Museums – außer Xavier, mir und meinem damaligen Praktikanten Hans Peter –, der von der Existenz des mythischen Schwerts wusste.

»Ich wollte dir nur Bescheid geben, und ich dachte mir, dass … Nun ja, dein Vater kennt doch hohe Tiere, nicht wahr? Anwälte, Leute vom Ministerium, ich dachte, dass … dass du vielleicht mit ihm darüber sprechen könntest. Wenn er ein Wort für mich einlegen könnte, dann …«

»Ja, aber selbstverständlich!«, unterbrach ich ihn, bevor mir wieder einfiel, dass sich Papa noch nicht wieder bei uns gemeldet hatte. »Sobald wir wissen, wo er ist«, schloss ich und bemerkte kaum meinen bitteren Unterton.

»Was soll das heißen?«

Ich erzählte ihm von der Sorge über das Verschwinden meines Vaters und spürte förmlich, wie er am anderen Ende der Leitung zusammenbrach.

»Halte durch, François! Ich werde eine Möglichkeit finden, dich da rauszuholen.«

»Morgan, was ist aus dem Schwert geworden?«

Ich wollte mit François Xavier nicht über diese Angelegenheit sprechen. Ihm nichts von den Irrfahrten erzählen, die das Schwert mit sich gebracht hatte, von der Erpressung, deren Opfer ich gewesen war, den unglaublichen Entdeckungen, die ich gemacht hatte, und den Menschen, die dadurch umgekommen waren. Allerdings konnte ich ihn nicht für einen Dienst zahlen lassen, den er mir erwiesen hatte.

»Ich habe es nicht«, sagte ich schlicht. »Aber du kannst beruhigt sein, ich habe es nicht verkauft. Es … sagen wir, es hat seinen ›Besitzer‹ wiedergefunden.«

»Was soll ich tun, Morgan?«, fragte er verzweifelt. »Ich würde dir niemals auch nur den geringsten Schaden zufügen wollen, das weißt du wohl, aber ich will auch nicht ins Gefängnis gehen oder, noch schlimmer, aus der wissenschaftlichen Gemeinschaft verbannt werden, ohne Arbeit, ohne Einnahmequellen, ohne …« Er verstummte. Wir befanden uns in einer Sackgasse. Ich musste mich unbedingt mit Helios in Verbindung setzen, dem Auftraggeber jener Mission, aber ich wusste nicht, wie. Vielleicht über meine Freundin Amina, die mittlerweile als Dokumentarin für ihn arbeitete. Oder über Hans, den Helios mit einem Stipendium für ein Informatikstudium an einer der gefragtesten Hochschulen Deutschlands belohnt hatte.

»Gib mir vierundzwanzig Stunden, François. Nur vierundzwanzig Stunden. Wenn die Polizei nach Ablauf dieser Zeitspanne auf die Ausfuhrgenehmigung stößt und ich keine Lösung gefunden habe, werde ich die Verantwortung dieser Angelegenheit auf mich nehmen. Ich werde eine Entschuldigung vorbringen. Ich weiß noch nicht, welche, aber mir wird schon irgendwas einfallen. Heute ist Samstag. Morgen Abend. Ich schwöre dir, dass du spätestens morgen Abend von mir hören wirst. Wir werden dich da rausholen, François. Darauf gebe ich dir mein Wort.«

Ich spürte, wie er sich ein wenig beruhigte.

»Ich erwarte deinen Anruf. Aber mach keinen Unsinn. Es muss doch eine Möglichkeit geben, die Sache zu umgehen, ohne dass weder du noch ich zu viele Federn lassen.«

»Wir werden es schon schaffen«, erwiderte ich und hoffte, dass es überzeugend klang.

Ich legte auf und stützte den Kopf in die Hände. Vom Türrahmen aus beobachtete mich Etti mit sorgenvollem Blick.

»... ist zurzeit leider nicht erreichbar. Sie können jedoch nach dem Piepton eine Nachricht hinterlassen ... piip!«

»Papa, hier ist Morgan. Verdammt, wo steckst du? Ruf mich an, so schnell du kannst! Wir ... ich werd's dir erklären. Ich umarme dich.«

»Schon wieder die Mailbox?«
Ich drehte mich auf dem Absatz um und nahm eine Tasse Kaffee entgegen, die Etti mir reichte. »Was hast du vor? Wegen François Xavier, meine ich.«
»Ich werde morgen früh Amina und Hans anrufen. Helios hat mich in diesen Schlamassel gebracht, dann soll er mich auch gefälligst wieder herausholen!«, explodierte ich. Mein Bruder schüttelte skeptisch den Kopf und begann, das Spülbecken mit heißem Wasser zu füllen, ohne auch nur den geringsten Kommentar abzugeben. »Geht's?«, fragte ich, als ich sah, wie er schmutzige Schüsseln und Teller zu einem abenteuerlichen Turm zu Babel aufstapelte.
Er nickte, aber kaum war ich aus der Küche getreten, hörte ich das Geräusch von zerbrochenem Geschirr, gefolgt von einem Fluch auf Hindi.
Etti hatte schon immer zwei linke Hände gehabt. Vater pflegte zu sagen, dass er sich für Unterwasserarchäologie entschieden hatte, weil das Wasser den Fall von Gegenständen abschwächte.
Ich sah, wie er auf den Fliesen hockte und sich anschickte, die Reste einer dahingeschiedenen Salatschüssel aufzusammeln.
»Wie viele Opfer?«
»Es ist merkwürdig«, sagte er und spülte die überlebenden Tassen ab, als habe er mich nicht gehört. Etti besaß die Kunst, unangenehmen Fragen einfach auszuweichen. »Ich kann mich nicht an sein Gesicht erinnern …« Ich warf ihm einen fragenden Blick zu. »Dein berühmter Helios. Ich weiß wohl, dass er mich im Krankenhaus besucht hat. Es war abends, sehr spät. Ich erinnere mich an seinen Besuch, aber seine Gestalt ist verschwommen. Das ist nicht das Einzige, was ich vergessen habe,

weißt du. Es ist, als wäre da ein schwarzes Loch in meinem Leben. Als hätte man ein ganzes Stück auf einem Magnetband gelöscht. Und trotzdem versichert Doktor Ledermann, es sei alles da«, fügte er hinzu und tippte sich mit einem schaumbedeckten Zeigefinger gegen die Schläfe.

»Er sagt auch, du sollst dich nicht krank machen, indem du ständig an diesem Problem herumnagst. Wann hast du deine nächste Untersuchung? Hast du wenigstens einen Termin vereinbart?«, erkundigte ich mich mit gebieterischer Stimme.

Er antwortete mir mit einem sardonischen Lächeln. Seit wir bei Papa ausgezogen waren, um uns mit dem Beginn des Studiums in unserer eigenen Wohnung einzurichten, hatte Etti zu Hause die Hosen angehabt. Er kümmerte sich um die Haushaltskasse und den Papierkram und vereinbarte mit der Genauigkeit eines Uhrmachers zweimal im Jahr für uns Termine beim Zahnarzt, alle drei Monate beim Fußpfleger und einmal im Jahr bei der Bank. Etti organisierte Geburtstage, Abendessen, kurz, er verwaltete unser Leben mit dem Talent eines englischen Butlers. Wozu ich absolut unfähig war.

Als er aus meinem Leben verschwunden war, hatte ich mich vollkommen verloren gefühlt. Etti war nicht nur mein Bruder, sondern auch meine Stütze, mein Vertrauter, der Schwefel zu meinem Pech, mein bester Assistent auf dem Ausgrabungsplatz, der größte Draufgänger der Familie nach mir und das beste Heilmittel gegen alle meine Ängste. Seine hilfreichen Worte und seine unverbrüchliche Zuneigung hatten jeden meiner Liebeskummer, jeden Kater nach einer durchzechten Nacht und jede Ungewissheit zerstreuen können.

Obwohl wir nicht derselben Kultur entstammten und auch nicht dasselbe Blut in unseren Adern floss, standen wir uns näher als Zwillinge.
»Medizinische Untersuchungen erst wieder in sechs Monaten, das habe ich dir schon zehnmal gesagt. Hast du vielleicht auch ein launisches Erinnerungsvermögen?«
»Die Rolle des autoritären Familienoberhaupts steht mir wohl nicht wirklich, was?«
Etti trocknete sich die Hände an einem Geschirrtuch ab und lehnte sich an meinen Rücken. Dann umarmte er mich und schmiegte seine Wange gegen meinen Hals.
Aus dem Augenwinkel sah ich durch das Fenster über dem Ausguss, wie die Nachbarin uns einen niederträchtigen Blick zuwarf und ihre Haustür mit einer jähen Handbewegung ins Schloss knallte.
Die zänkische Witwe hatte die abscheuliche Angewohnheit, ihre Nachbarschaft auszuspionieren, und ich verdächtigte sie, das Gerücht aufgebracht zu haben, Etti und ich wären »die heimlichen Liebenden von Barbizon«. Madeleine hatte unserem reizenden Umfeld noch so oft erklären können, dass wir Brüder waren, das geringste Zeichen von Zuneigung zwischen uns erregte sofort wieder Verdacht.
»Die Menschen im Westen haben Angst vor Körperkontakt«, pflegte Etti zu sagen. »Sie sind es nicht mehr gewohnt, Zuneigung und Respekt ihrer Familie gegenüber mit liebevollen Gesten zum Ausdruck zu bringen.«
Was auf ihn bei weitem nicht zutraf. Das Gespött unserer Kameraden oder meine verächtlichen Verwarnungen während unserer Teenagerzeit hatten daran nichts ändern können.

»Es liegt in seiner Kultur*!«, hatte Papa mir immer wieder geantwortet, wenn ich mich darüber beschwerte, dass Etti an mir klebte wie ein Polyp.

Bis zu meinem fünfzehnten Lebensjahr hatte ich meinen Vater nur ein- oder zweimal im Jahr gesehen und den Großteil meiner Zeit im Internat verbracht, wo ich eine strenge Erziehung genoss. Als ich das Internat verließ, hatte der Hang meines Adoptivbruders, andere zu betätscheln, mich zutiefst schockiert. Bei der kleinsten Gelegenheit hatte ich ihn stets vehement von mir geschoben, was ich für überaus männlich hielt.

»Es haben gerade die Männer Angst vor solchen Zuneigungsbekundungen, die an ihrer Männlichkeit zweifeln, Morgan!«, hatte sich Papa eines Tages eingemischt, als ich auf ein Kneifen von Etti besonders heftig reagierte.

Ich erinnere mich, dass ich mich daraufhin den ganzen Nachmittag in mein Zimmer eingeschlossen hatte. Ich kam um vor Scham bei dem Gedanken, mein Vater könnte glauben, ich sei verweichlicht oder Schlimmeres. Damals träumte ich noch davon, in einem Elitekorps der Armee Karriere zu machen …

Ich fuhr heftig zusammen, als das Telefon in der Küche anfing zu klingeln, und brachte eine Untertasse, die zuoberst auf dem Geschirrturm gethront hatte, in einen Gleitflug von gut zwei Metern, bevor sie auf dem Herd zerschellte.

* Jemanden zu berühren ist für einen Hindu ein Zeichen von Respekt. Nicht-Hindus werden als noch unreiner betrachtet als die Unberührbaren, Etti zeigt somit seine Unterwerfung. Touristen in Indien bezeichnen diese ständigen Berührungen als grob und respektlos, dabei sind sie für einen Inder genau das Gegenteil.

»Diesmal bekenne ich mich nicht schuldig«, verkündete Etti.
»Hallo? Ja, das bin ich. Ich kann Sie schlecht verstehen, sprechen Sie lau… Navābrāy?« Mein Bruder stürzte sich auf das Telefon und drückte die Lautsprechertaste. »Der Zoll? Flughafen Orly? Aber was machen Sie denn in Orly? Wo ist mein Vater? Wie geht es ihm?«
Navābrāy Sundarajan war der indische Freund und Anwalt meines Vaters. Er hatte sich vor zwanzig Jahren um die gesetzliche Seite von Ettis Adoption gekümmert.
»Ich habe das erste Flugzeug genommen, Morgan«, sagte er auf Englisch. »Ich musste …«
Etti riss mir den Hörer aus den Händen. »Navābrāy? *Pitājī*?*«, fragte er mit vor Sorge erstickter Stimme.
Ein Klagelaut ließ sich am anderen Ende der Leitung vernehmen. »Lafet*jī* ist im Gefängnis in Delhi …«

»Sie dürfen nicht vor dem Eingang zum Flughafengebäude parken, Monsieur! Die Parkhauseinfahrt befindet sich zwei Meter weiter rechts von Ihnen.«
Ich stellte den Motor ab und blickte den uniformierten Angestellten scharf an. »Das ist ein Notfall!«
»Tut mir leid, Monsieur. Alle Wagen, die vor Eingangstüren parken, werden sofort abgeschleppt. Das ist eine Frage der Sicherheit.«
»Ich habe Ihnen gerade eben gesagt, dass das hier ein Notfall

* *Pitā*: Vater, *jī*: Ausdruck des Respekts. Eine angemessene Übersetzung wäre: Mein Herr Vater.

ist!«, brauste ich auf. »Wir müssen einen Passagier abholen, der sich in diesem Moment im Zollamt bef…«
»Und ich sage Ihnen, Sie sollen weiterfahren, Monsieur. Es sei denn, Sie möchten, dass Ihr Wagen abgeschleppt wird.«
Ich wollte gerade heftig antworten, aber Etti hielt mich davon ab. »Wir verlieren Zeit, Morgan.«
Mit einer beleidigenden Antwort auf den Lippen ließ ich den Motor wieder an und fuhr mit quietschenden Reifen zum Parkhaus von Orly hinüber, das natürlich überfüllt war.
Wir fuhren fast eine Viertelstunde lang im Kreis herum, bis wir einen Parkplatz gefunden hatten, liefen anschließend auf der Suche nach dem Zollamt die unendlichen Gänge des Flughafens entlang und mussten verschiedene Aufzüge und Rolltreppen nehmen.
Nach einer guten halben Stunde – und nachdem wir etwa zehnmal nach dem Weg gefragt hatten – zeigte uns schließlich ein Polizist das Zollamt. Mit einem Kloß im Hals klopfte ich an die Tür.
Diese wurde geöffnet, und es kam eine junge Frau in blau-weißer Uniform zum Vorschein, die uns mit einer seltsamen Mischung aus träger Gereiztheit betrachtete.
»Ja?«, fragte sie und seufzte verärgert, von Zivilisten zu dieser späten Stunde gestört zu werden.
»Guten Tag, ich bin Morgan Lafet, und ich …«
»Sehr witzig*«, schnitt sie mir das Wort ab und wollte die Tür wieder schließen.

* »Morgan Lafet« wird im Französischen ähnlich ausgesprochen wie »Morgane, la fée«, d.h. »la fée Morgane« (= Fata Morgana, Anm. d. Ü.)

Zutiefst gekränkt schob ich meinen Fuß dazwischen.
»Ich bin keineswegs zu Scherzen aufgelegt, Mademoiselle!«
»Nehmen Sie sofort Ihren Fuß da weg, Monsieur«, zischte sie mit zusammengebissenen Zähnen.
Etti trat vor und zeigte ihr seinen Personalausweis, was sie ein wenig aus der Fassung zu bringen schien.
»Professoren Morgan und Etti Lafet. Der Anwalt unseres Vaters, Monsieur Navābrāy Sundarajan, hat uns davon unterrichtet, dass er hier aus einem ihm unbekannten Grund festgehalten wird. Vielleicht können Sie uns aufklären?«
Nach einem kurzen Zögern ließ uns die junge Frau in das enge, fensterlose Büro ein und bat uns, auf Stühlen Platz zu nehmen, die neben einem Metallschreibtisch standen, hinter den sie sich setzte.
»Verzeihen Sie«, bat sie etwas verlegen, »wir haben es manchmal mit Witzbolden zu tun und ...«
»Warum wurde Monsieur Sundarajan festgenommen?«, unterbrach ich sie. »Wo ist er?«
Sie machte eine abwiegelnde Handbewegung und zauberte ein wohl einstudiertes Lächeln auf ihr Gesicht. »Oh, nein. Er wurde nicht festgenommen. Wir überprüfen nur ein paar Informationen.«
Etti und ich wechselten einen ängstlichen Blick. Hatte das mit der Festnahme unseres Vaters in Indien zu tun?
Papa im Gefängnis ...
»Informationen?«, hakte mein Bruder nach.
»Nichts Schlimmes, seien Sie beruhigt, rein amtliche Routine. Es ist nämlich so, dass Monsieur Sunad... Sonad...«
»Sundarajan«, kam ihr Etti zu Hilfe. »Navābrāy Sundarajan.«

»Ja, danke. Bei der Passkontrolle hat man uns darauf aufmerksam gemacht, dass dieser Herr auf der Interpolliste der gesuchten Personen …« Unsere verblüffte Miene hielt sie davon ab, ihren Satz zu beenden. »Natürlich«, beeilte sie sich hinzuzufügen, »ist dem nicht so. Es handelt sich um einen Irrtum. Es ist nämlich so, dass wir … nun ja, die Kontrolleure … wie soll ich sagen? Ähm …«

»Was?«, unterbrach Etti sie entnervt.

»Ein Computerproblem«, gestand sie schließlich. »Es ist uns erst vor ein paar Minuten gelungen, die Daten zu überprüfen und die Identität des Herrn zu bestätigen. Es tut mir leid, so was kommt eben vor und … ah! Da ist er ja.«

Ein Mann im zerknitterten Anzug mit einer kleinen Reisetasche in der Hand betrat das Büro in Begleitung von einem Zollbeamten und zwei Polizisten. Er war um die fünfzig, klein und dickbäuchig, und sein kupferfarbenes Gesicht wurde von einem dicken schwarzen, sorgfältig gestutzten Schnurrbart beherrscht.

»*Namaskār,* guten Tag«, schnaufte er erleichtert, als er uns sah.

»Nichts zu verzeichnen«, erklärte einer der Polizisten lakonisch in Richtung der jungen Frau, bevor er mit seinen Kollegen verschwand.

»Sie können gehen«, sagte die Zollbeamtin in holperigem Englisch zu unserem Freund und hielt ihm den Reisepass hin, den der Polizist ihr gerade übergeben hatte. »Entschuldigen Sie bitte vielmals diesen unangenehmen Zwischenfall, *Mister* Sandaj…«

»Sundarajan«, verbesserte er. »Navābrāy Sundarajan.«

Mit einem eben noch höflichen Abschiedsgruß in Richtung

der Zollbeamtin schob ich ihn in den Gang hinaus, und nachdem wir uns einige Schritte entfernt hatten, drängten wir Navābrāy, uns die ganze Geschichte zu erzählen.
Er blickte niedergeschlagen zu uns auf. »Er ist vor acht Tagen festgenommen worden.«
»Vor acht Tagen?«, rief ich aus.
Der Anwalt wackelte mit dem Kopf wie ein Boxer, der sich die Halswirbel lockert, was die indische Art ist, »ja« zu sagen.
»Ich habe es vor ein paar Stunden erfahren. Lafet*jī* ist das Opfer eines schrecklichen Justizirrtums. Ich bin sofort hergekommen, um Sie zu treffen und mit den Behörden Ihres Landes zu reden.«
»Was wirft man ihm denn vor?«, erkundigte ich mich.
»Wie sagt man auf Englisch? ›Veräußern von Militärinformationen an Terroristen‹.«
Bestürzt ließ sich mein Bruder auf einen der Plastiksessel fallen. »*Pitājī*, ein Terrorist?«
»Im Auftrag Pakistans.«
Navābrāy erklärte uns, ein Mitglied vom Team meines Vaters habe aller Wahrscheinlichkeit nach seinen E-Mail-Account und seinen Computer verwendet, um »militärische Informationen« – was auch immer das heißen mag – an eine pakistanische Terroristengruppe zu schicken. Da der Informant beim ersten Anzeichen von Alarm die Flucht ergriffen hatte, musste sich mein Vater für Dinge verantworten, für die er nicht einmal den Ansatz einer Erklärung hatte.
»Er ist im Augenblick in Untersuchungshaft, aber die Ermittlung droht langwierig zu werden.«
»Was sagt die französische Botschaft in Delhi?«, erkundigte ich mich.

»Das Problem ist heikel, Morgan. Deshalb habe ich es vorgezogen, Sie zu holen und nach Indien mitzunehmen, um das Verfahren zu beschleunigen.«

»Einverstanden, ich stehe Ihnen zur Verfügung.«

Entschlossen sah mich Etti an. »*Mai bhī calūgā!* Ich werde mitkommen. Er ist auch mein Vater.«

»Gibt es irgendeine Möglichkeit, Papa zu erreichen?«, fragte ich unseren Anwalt, während ich die Worte meines Bruders geflissentlich ignorierte.

»*Nahī*, nein. Aber es geht ihm gut«, versicherte Navābrāy. »Ich habe ihn gesehen. Ich bitte Sie, sich keine Sorgen um ihn zu machen. Ich habe morgen einen Termin mit jemandem vom französischen Außenministerium.«

»An einem Sonntag?«

»Er ist ein Freund. Wir haben gemeinsam in London studiert. Es ist offiziell ein Freundschaftsbesuch, nichts weiter. Ich werde genauestens überwacht, daher ist Vorsicht geboten.« Erschöpft rieb er sich den Nacken.

»Wir sind Ihnen sehr dankbar«, sagte ich. »Vater hat Glück, einen Freund wie Sie zu haben. Kommen Sie, Sie müssen umkommen vor Müdigkeit und möchten sich bestimmt gern frisch machen.«

Es muss bereits zwischen ein und zwei Uhr morgens gewesen sein, als wir nach Barbizon zurückkehrten. Ich führte unseren Freund in den ersten Stock ins Gästezimmer. Als ich wieder herunterkam, machte sich mein Bruder in der Küche zu schaffen mit dem verzweifelten Ausdruck eines Menschen, der sich irgendwie beschäftigen muss, um nicht an das Schlimmste zu denken.

»Es ist noch etwas kalte Lammkeule übrig«, meinte ich und schenkte mir Tee ein.
»Navābrāy isst kein Fleisch. Er ist ein *jain,* und die sind zu hundert Prozent Vegetarier.« Er verstummte einen Moment. Dann, als die Stille zwischen uns drückend wurde, sagte er: »Was haben wir Böses getan, Morgan?«
Ich starrte ihn verwirrt an.
»Ja, was haben wir getan, dass sich plötzlich so viel Unglück über unseren Köpfen zusammenbraut?«
»Hör auf, überall göttlichen Einfluss zu sehen, du bist Wissenschaftler, verdammt noch mal!«, gab ich gereizt zurück. Immerhin gelang es ihm, mir verschmitzt zuzuzwinkern. »Ach, denk doch, was du willst. Aber wenn du auf deine Götter zählst, um Papa da rauszuholen, haben wir wenig Chancen, ihn eines Tages wiederzusehen.«
Ich ließ ihn in der Küche stehen und ging hinaus in den Garten, um eine Zigarette zu rauchen.

Der leichte Wind hatte sich gelegt, und die Luft war drückend. Ich lag schlapp auf einem Gartenstuhl und versuchte, die Ereignisse des Tages zu überdenken, aber ich war nicht in der Lage, die Situation ruhig zu betrachten. Meine wachsende Angst verbot mir jegliche kritische Distanz, und in diesem Augenblick fürchtete ich um das Leben meines Vaters. Wenn ich auch nicht daran zweifelte, dass wir in dieser angeblichen Spionageaffäre seine Unschuld würden beweisen können, so wusste ich doch, dass es dauern würde, und ich konnte nicht umhin, mir seine Haftbedingungen und deren verheerende Folgen für einen Mann im fortgeschrittenen Alter vorzustellen. Ich kämpfte gegen die schrecklichen Bilder an, die sich vor meinem

inneren Auge abspielten; Bilder eines ehrwürdigen alten Mannes, der auf dem nackten Boden einer dreckigen Zelle sitzt, in der es vor Ungeziefer nur so wimmelt. Selbstverständlich wandte mein Verstand ein, dass man nicht übertreiben müsse und dass die Gerichts- und Strafinstanzen seit langem modernisiert wurden, aber Szenen aus meiner Jugendzeit in Indien kamen mir beständig wieder in den Sinn, und eine schleichende Panik überfiel mich.
Man musste ihn um jeden Preis da rausholen. Was aber sollte währenddessen aus François Xavier werden, dem ich Hilfe versprochen hatte?
Amina. Ich musste unbedingt in aller Frühe Amina anrufen. Es sei denn ... wann sollte unser Anwalt noch seinen Freund vom Ministerium treffen?
Mein Kopf schien in einem Schraubstock zu stecken. Unter meinem Stuhl wuchs der kleine Haufen Zigarettenstummel an. Fünf? Sechs? Wie lange grübelte ich nun schon so?
Ich schaute auf meine Uhr: drei Uhr morgens.
»Du solltest dich lieber schlafen legen, Morgan.«
Ettis Murmeln ließ mich den Kopf heben. Er stand mit nackten Füßen auf dem Rasen, bekleidet mit Boxershorts und einem verknitterten T-Shirt, ein Glas Tee mit Milch und Honig in der Hand. Ich bemerkte, dass die Lichter des Hauses alle gelöscht waren. Er nahm mir gegenüber Platz und trank einen Schluck von seiner Mixtur.
»Etti, wie sehen die Gefängnisse in Indien aus?«
»Woher soll ich das wissen? Ich war noch nie dort. Aber mach dir keine Sorgen, Papa hat schon anderes gesehen. Er hat ein dickes Fell«, fügte er in einem Ton hinzu, der beruhigend klingen sollte.

»›Hatte‹«, verbesserte ich ihn. »Er ist doppelt so alt wie wir, Etti.«
Etti hob den Blick zum Himmelszelt, und während er irgendetwas Unverständliches vor sich hin murmelte, brachte der Vollmond seine großen goldenen Augen zum Funkeln. »Hat dir unser Gast, während er aß, irgendwelche Details erzählt?«
»Nein. Die Untersuchung ist im Gange, und es sickert nichts durch. Auf alle Fälle nicht ohne Geld und nicht ohne größere Summen, als Navābrāy vorstrecken konnte.«
Wenn es ein Wort gab, das indische Beamte in allen Sprachen sagen konnten, dann war es »Korruption«. Die so genannte »größte Demokratie der Welt« war vor allem das Königreich des Bakschischs. Ich drückte Etti liebevoll den Unterarm, und der Anflug eines Lächelns erhellte sein Gesicht.
»Navābrāy sagt, der grüne Geldschein sei noch nie so hoch geschätzt worden wie seit dem Regierungswechsel«, erklärte er.
»Der nimmt in den Taschen auch weniger Platz weg als Rupien«, versuchte ich ohne große Überzeugung zu scherzen. Eine Anekdote, die mein Vater oft erzählt hatte, ging mir plötzlich durch den Sinn, und ein Gefühl von Nostalgie, vermischt mit Traurigkeit, schnürte mir die Kehle zu. »Stimmt es, dass Papas Hosentasche gerissen war?« Etti verstand nicht sofort, auf was ich anspielte. »Als er dich adoptiert hat.«
Er lächelte, dann verschleierte sich sein Blick. »Das nun doch nicht, nein. Aber ich hatte noch nie zuvor so viele Rupien gesehen, vier riesige Bündel. Als er sie vor dem fetten Richter aus der Hosentasche zog und auf den Tisch legte, traute ich meinen Augen nicht. Niemals hätte ich gedacht, so viel Geld wert zu sein, geschweige denn, dass ein weißer *sāhab* bereit wäre, eine derartige Summe für mich auszugeben.«

»Wenn dich jemand hört, könnte man denken, Papa hätte dich gekauft.«

»Was mehr oder weniger stimmt. Wenn er nicht bezahlt hätte, hätte er mich niemals adoptieren können.«

»Ist das der Grund, weshalb du mich monatelang ›Gebieter‹ genannt hast?«

»Du hast alles getan, um mich davon abzubringen«, erinnerte er mich mit einem gespielt erzürnten Seitenblick. »Was konntest du doch widerwärtig sein …«

Ich musste wider Willen lachen. Mein Hinterteil schmerzte noch heute bei der Erinnerung an die Schläge, die mir mein Vater verpasst hatte, als er feststellte, dass ich es wagte, Etti wie einen Hausangestellten zu behandeln. Und ihm außerdem, wenn wir allein waren, alle Arbeiten zuwies, die wir hätten gemeinsam verrichten sollen, und ihm drohte, ihn vor die Tür setzen zu lassen, wenn er nicht gehorchte.

»Versetze dich an die Stelle eines verwöhnten Einzelkindes von fünfzehn Jahren, das man mit einer gewissen Gefühlskälte informiert: ›Hattest du eine gute Reise? Du wirst Indien lieben, wirst schon sehen. Übrigens, ich habe einen Unberührbaren adoptiert. Du hast jetzt einen Bruder.‹«

»Wann hast du endlich vor, den Begriff ›Unberührbarer‹ aus deinem Vokabular zu streichen? Selbst die Inder benutzen ihn nicht mehr.«

»Etti, ich hätte gern, dass du deinen Vorschlag, mich zu begleiten, noch einmal überdenkst.«

Er richtete sich auf seinem Stuhl auf, und seine Finger krampften sich um die Tasse in seiner Hand. Nichtsdestotrotz war sein Blick fest, als er mich mit einem ironischen Lächeln ansah. »Mir geht es sehr gut, Morgan. Hör auf, dir um mich Sorgen zu machen, und kümmere dich lieber um dich selbst.«

Ich warf ihm einen misstrauischen Blick zu, und er musterte mich von oben bis unten. »Du bist mit deinen Nerven am Ende. Genau in diesem Moment dürften deine Chakren Farben annehmen, die noch nicht einmal im Lexikon stehen«, spottete er und stand auf.

Er ließ mir keine Zeit für die sarkastische Erwiderung, die mir auf der Zunge lag. Als er an mir vorüberging, drückte er sanft mit der Spitze seines Zeigefingers auf mein Brustbein, und ein stechender Schmerz fuhr mir durch die Bauchgegend.

»Es geht schließlich um deine Gesundheit.«

Zusammengekrümmt verfolgte ich ihn mit den Augen, bis die Schatten des Gartens ihn vor meinem Blick verbargen, aber selbst dann hätte ich schwören können, dass er lächelte, was mich umso mehr reizte.

Ich atmete tief ein, um den Schmerz zu verjagen, und zündete die letzte Zigarette meiner Packung an. Mein Handy vibrierte an meinem Gürtel, und ich fuhr zusammen. Wer rief um diese Zeit an? Auf das Schlimmste gefasst nahm ich ab.

»Guten Abend, Morgan. Ich wecke Sie doch hoffentlich nicht?«

Ein eisiger Schauder durchfuhr mich, und meine Zigarette fiel zu Boden. »Helios …«

»Sie wirken überrascht. Habe ich Ihnen nicht versprochen, dass ich in diesem Sommer wieder Kontakt zu Ihnen aufnehme?«

»Ich …«, stammelte ich. »Möglich.«

Langes Schweigen.

»Morgan? Ihre Stimme klingt seltsam. Habe ich Sie etwa doch aus dem Bett geworfen? Sie sind doch sonst eher ein Nachtmensch.«

Der Tonfall sollte scherzhaft klingen, aber ich hatte keinerlei Lust zu spaßen.

»Wir haben Probleme, Helios, enorme Probleme.«

»Ihr Bruder? Ich dachte, er sei in ausgezeichneter Verfass–«

»Ich muss ganz dringend nach Indien aufbrechen.«

Ich berichtete ihm im Einzelnen vom Besuch unseres Anwalts und der verheerenden Lage, in der sich mein Vater befand. Ich kam auch kurz auf die Gefahr zu sprechen, der François Xavier ausgesetzt war, und die Konsequenzen, die sie für mich haben könnte. Er hörte mir zu, ohne mich zu unterbrechen, und als ich geendet hatte, hörte ich ihn hüsteln.

»Die Situation ist katastrophal, Helios«, sagte ich nachdrücklich und schüttelte meine leere Zigarettenpackung, als würde durch ein Wunder noch eine herausfallen.

»Warten wir erst einmal ab, bis wir genau wissen, um was es geht, bevor wir von einer Katastrophe sprechen.«

Eine verrückte Hoffnung keimte in mir auf. Helios hatte einen langen Arm. Einen sehr langen, das wusste ich nur zu gut.

»Hören Sie, wie auch immer die Hilfe aussieht, die Sie mir in dieser Angelegenheit heranholen könnten, ich versichere Ihnen, dass ich …«

»Geduld, Morgan. Lassen Sie mir ein wenig Zeit, damit ich mir ein paar Klarheiten verschaffen kann, denn, entschuldigen Sie, wenn ich Ihnen zu nahe trete, aber Sie wissen nichts, oder fast nichts.«

»Ich habe Ihnen Wort für Wort wiederholt, was der Anwalt meines Vaters gesagt hat.«

»Navābrāy Sundarajan war doch sein Name, oder? Ich habe noch nie von ihm gehört. Welche Fälle hat er übernommen?«

»Er ist nicht gerade das, was man einen Tenor des Anwaltsstandes nennen kann. Nur ein Freund meines Vaters. Er hat sich um Ettis Adoption vor zwanzig Jahren gekümmert und hat wichtige Beziehungen.«

»Ich verstehe.«

Ich erkannte einen Anflug von Verachtung in seiner Stimme.

»Doch nicht wichtig genug, als dass seine Bekanntheit die Güte gehabt hätte, mir zu Ohren zu kommen. Ich werde für Sie einen Verteidiger finden, der in der Lage ist, diese Art von Affäre nach den üblichen Spielregeln zu klären.«

»Ich bin Ihnen sehr dankbar«, sagte ich und wusste dabei nicht, ob ich mich an Helios wandte oder an alle Götter, die imstande waren, mich anzuhören.

»Danken Sie mir nicht, es liegt sowohl in meinem als auch in Ihrem Interesse, Ihrem Vater die bestmögliche Verteidigung zur Verfügung zu stellen und, falls nötig, ein paar Hebel in Bewegung zu setzen, um ihn aus dieser schlechten Lage zu befreien. Die Zeit drängt, und Sie müssen sich so schnell wie möglich an die Arbeit machen.«

Das Blut wich mir aus dem Gesicht. »Verzeihung?«

»Haben Sie etwa ein kurzes Gedächtnis, Morgan?«, fragte er in schroffem Tonfall. »Das wundert mich aber bei Ihnen.«

Unser letztes Gespräch von vor einem Jahr bahnte sich plötzlich durch die Windungen meines Gehirns.

»Was schlagen Sie vor?«

»Eine Schatzsuche. Eine antike Maske, die mir abhanden gekommen ist.«

»Welchen Typs?«

»Ägyptisch.«
»Sie sind nun im Geschäft mit ägyptischen Antiquitäten, wenn ich mich recht erinnere?«
Er kicherte. »Ich bin kein Fanatiker. Diese Maske ist ein Einzelstück, das es eilig hat, zu seinem Besitzer zurückzukehren.«
»Wie das Schwert des Alexander?«, bemerkte ich beißend. »Was haben Sie damit gemacht, Helios?«
»Die Regeln waren klar zwischen uns, Morgan: keine Fragen.«
»Sie vergessen, dass einer meiner Freunde wegen dieses Schwerts bis zum Hals in Schwierigkeiten steckt.«
»Ich habe es nicht vergessen. Ihr Freund, der Konservator der ägyptischen Sammlung des Louvre. Professor Xavier, nicht wahr?«
»Ja. Derselbe Professor Xavier, der die Ausfuhrgenehmigung …«
Ein beängstigender Gedanke durchzuckte mich. Die Sammlung Tutanchamun und ihre berühmte Totenmaske. Der Diebstahl stimmte in allen Punkten mit Helios' Art zu handeln überein.
»Helios …«, ergriff ich erneut das Wort. »Wie sieht Ihre Maske aus?«
»Hyacinthe wird Ihnen in Kürze die nötige Information geben.«
Meine Zunge klebte plötzlich wie ein trockenes Stück Leder an meinem Gaumen.
»Haben Sie über nah oder fern etwas mit dem zu tun, was heute Morgen in Le Bourget passiert ist?«, wagte ich mich mit kaum hörbarer Stimme vor.
Ein sarkastisches Lachen drang aus dem Hörer. »Sie beleidigen mich, Morgan«, antwortete Helios mit bedrohlicher Stimme.

»Das lag nicht in meiner Absicht. Aber ich hoffe, dass Sie nicht von mir verlangen, hinter einer Gruppe von Paramilitärs, die bis zu den Zähnen bewaffnet sind, herzurennen oder mich mit dem ägyptischen Geheimdienst einzulassen, um die Maske des Tutanchamun wiederzubeschaffen.«

»O Morgan! Warum nicht gleich die Sphinx? Die Maske des Tutanchamun … Reizende Nippsache, da stimme ich Ihnen gerne zu, aber nein. Bedauere, Sie enttäuschen zu müssen, aber die Maske dieses armen Jungen ist mir vollkommen gleichgültig. Dieser Diebstahl, der zwar ein wahrer Meisterstreich war, ist bestimmt bedauernswert für einen Mann der Wissenschaft wie Sie, und der Verlust dieser Objekte ein kulturelles Drama, ich hege jedoch etwas gehobenere Ansprüche. Die Maske, die mich interessiert, hat keine Stupsnase, sondern eine lange Schakalschnauze und lange spitze Ohren.«

»Anubis?«

»Hyacinthe wird Sie kontaktieren, habe ich Ihnen gesagt. Ich wünsche Ihnen eine gute N–«

»Warten Sie! Mein Vater …«

»Eine Hand wäscht die andere, Morgan. Ich hole Ihnen die Kastanien aus dem Feuer, was Ihren Vater und Ihren Freund betrifft, aber im Austausch bringen Sie mir die Maske. Entscheiden Sie sich.«

»Aber ich …«

»Ja oder nein?«

Gequält nagte ich an meiner Unterlippe.

»Nun gut. Ich lasse Ihnen Zeit bis zur Ankunft unseres lieben Hyacinthe.«

»Warten Sie! Helios!«

Er hatte aufgelegt.

Hin- und hergerissen zwischen Wut und Ohnmacht lief ich im Garten auf und ab.
Erpressung. Schon wieder. Er hatte zuerst Etti benutzt und nun meinen Vater. Hatte dieser Mann überhaupt keine Moral, keine Skrupel? Eine neue Schatzsuche unter derartigen Umständen …
Ich hatte fast ein Jahr damit verbracht, meinen Bruder zu Psychiatern und Neurologen zu schleppen, ihn Tag und Nacht zu überwachen, während ich auf die geringsten Anzeichen eines Rückfalls lauerte und ihm mit aller Kraft half, wieder er selbst zu werden. Ein langes Jahr, in dem ich vor Sorge fast umgekommen wäre, da ich wusste, wenn Ettis Gesundheit sich nicht besserte, Papa ihn wieder einsperren und ich ihn für immer verlieren würde.
Wie oft war ich auf diesem mühseligen Weg vor Verzweiflung fast umgekommen? Wie viele Male war Madeleine mir zu Hilfe geeilt, wenn ich unfähig war, mich zugleich um Etti, meine Karriere, die Eskapaden meines Vaters und all die kleinen alltäglichen Sorgen zu kümmern, die, wenngleich lächerlich, doch schnell höllisch anstrengend werden konnten?
Die paar Tage in Griechenland sollten der Auftakt eines Neuanfangs sein, ein Zeichen dafür, dass das Schlimmste hinter mir lag und dass alles wieder normal geworden war. Und stattdessen fiel ich erneut in den Abgrund.
Ich fühlte mich zugleich erschöpft und auf hundertachtzig, niedergeschlagen und wahnsinnig vor Wut, war gerade eben noch mit der Last fertig geworden, die sich im Laufe der letzten Stunden angestaut hatte, und nun kam Helios und verpasste mir den Gnadenstoß. Eine Schatzsuche … Mit einem Vater, der im Gefängnis saß, einem meiner besten Freunde, der

durch meine Schuld verdächtigt wurde, und einem Bruder, der jeden Moment in die Apathie zurückfallen konnte.
Das schaffe ich nicht …
Dieses Mal werde ich nicht durchhalten, dachte ich und rieb mir über das Gesicht. Und doch hatte ich keine Wahl. Wenn die Maske der Preis war, den ich zu zahlen hatte, damit mein Vater aus dem Gefängnis kam und man von François Xavier keine Rechenschaft mehr verlangte, musste ich meine Schulden begleichen, koste es, was es wolle. Helios war wahrscheinlich der schlimmste aller Erpresser, aber ich wusste, dass sein Einfluss enorm war, besonders wenn seine Interessen auf dem Spiel standen.
Ich fragte mich ein weiteres Mal, was diesen mysteriösen Milliardär dazu trieb, seine Truppen in die Welt hinauszuschicken, um sich Antiquitäten zu beschaffen, die für ihn von keinerlei historischem Interesse waren. Denn Helios hatte nichts von einem verrückten, plunderbegeisterten Sammler. Welcher Antiquitätensammler, der dieses Namens würdig ist, hätte das Grab des großen Alexander verschmäht, das vor unschätzbaren Reichtümern nur so überquoll, um mich auf die Jagd nach einem Titanschwert zu schicken*?
Ich wusste aus sicherer Quelle, dass weitere Morgan Lafets für ihn auf der Suche nach Objekten, auf die er sein Augenmerk gerichtet hatte, unterwegs waren. Vielleicht handelte es sich um Artefakte, die einen wie auch immer gearteten esoterischen oder pseudowissenschaftlichen Wert teilten. Vielleicht war Helios einer dieser Schwarmgeister, die auf der Suche nach

* *Frédéric Neuwald: Götterschwert. Knaur Taschenbuch Verlag, 2005.*

dem Stein der Weisen waren, nach dem Ring der Feen oder der Quelle der ewigen Jugend. Lediglich zwei Fakten waren sicher: Er zahlte einen hohen Preis, und seine Kontakte hätten die Präsidenten der fünf größten Weltmächte erblassen lassen. Hatten alle diese Leute, die sein Adressbuch bevölkerten, schon einmal sein Gesicht gesehen? Wussten sie mehr über ihn als ich? Ich bezweifelte es, da nicht einmal die Vertrauensmänner, die Helios uns zuwies, etwas von ihm wussten.

All dies erschien unwirklich. Dieser Mann verwaltete einen unermesslichen Reichtum; Dutzende von Personen, Söldnern, Schatzsuchern, Archivaren, Historikern und was weiß ich noch alles arbeiteten für ihn und … nichts. Nichts sickerte durch. Helios blieb eine Stimme am Telefon, ein Scheckheft mit unbegrenztem Kredit und das Damoklesschwert über unseren Köpfen – bereit, uns kurz und klein zu schlagen, falls eine Indiskretion oder ein abweichendes Verhalten ihn vor den Kopf stieß. Ich war Zeuge der Art und Weise gewesen, mit der er diese Sorte von Angelegenheit regelte, und das Resultat war nicht schön anzusehen.

Vom Nachbargrundstück schrie eine Eule herüber, und plötzlich fühlte ich mich erschöpft und musste mich auf einer Stuhllehne abstützen. Schweren Schrittes verließ ich den Garten, ging hinauf in mein Zimmer, trat meine Schuhe von den Füßen, so dass sie am anderen Ende des Zimmers landeten, löste das Lederband, mit dem ich meine Haare auf dem Rücken zusammenhielt, und warf mich aufs Bett.

Als ich zur Decke starrte, erschien es mir utopisch, auf ein paar Stunden Ruhe zu hoffen. Trotzdem schlossen sich meine Augen, und ich versank, vollkommen angezogen auf der Tagesdecke liegend, in ein schwarzes Loch. Alpträume mussten meinen Schlaf heimgesucht haben, denn als Madeleine mich sanft an der Schulter berührte, glaubte ich, nur knapp zehn Minuten gedöst zu haben. Doch das Bett war vollkommen zerwühlt, und die Kissen lagen verstreut auf dem Parkettboden.

II

Etti teilte mir mit, Navābrāy habe es vorgezogen, ein Taxi zu nehmen, da er mich nicht wecken wollte.
Als ich ihm von Helios' Anruf berichtete, war er sprachlos.
Aufgrund der späten Stunde ließ ich das Frühstück aus und ging direkt zum Mittagessen über, das ich auf die Schnelle in der Bibliothek zwischen zwei Versuchen, Amina zu erreichen, hinunterschlang. Diese hatte ihr Handy immer noch auf die Mailbox umgestellt und mich noch immer nicht zurückgerufen.
»Und?«, fragte Etti und stellte eine Tasse Kaffee an den Rand meines Schreibtischs ab.
»Nichts, sie muss ihr Handy ausgeschaltet haben. Und unser Anwalt?«
»Nichts Neues im Moment. Sein Gespräch hat sich in die Länge gezogen, fürchte ich.«
Mit der Tasse in der Hand trat ich auf den Balkon der Bibliothek hinaus, um eine Zigarette zu rauchen – zum großen Missfallen meines Bruders, der sehr abergläubisch war. Von ebenjenem Balkon war Bertrand Lechausseur hinabgestürzt.
Ich nahm einen tiefen Zug und hob die Augen zum Mittagshimmel empor. Die Sonne knallte ziemlich auf uns herab, und ganz Barbizon schien Mittagsschlaf zu halten. Nichts bewegte sich in den kleinen Straßen oder hinter den Fenstern der Häu-

ser. Nichts, außer einem luxuriösen schwarzen Auto mit getönten Scheiben, das unmittelbar vor unserem Gittertor anhielt.

»Sieh mal, man könnte meinen, Navābrāy habe sich in großem Pomp nach Hause fahren lassen«, sagte ich und zeigte auf den BMW.

Etti kam näher, um einen Blick nach draußen zu werfen, ohne jedoch nur eine Zehe auf den »verfluchten« Balkon zu setzen.

»Er hatte mir aber versichert, sofort nach seiner Verabredung anzurufen.«

»Vielleicht hat er nicht …«

Ich unterbrach mich, als ich den Mann erkannte, der beim Öffnen der Autotür zum Vorschein kam. Dieser war von mittlerer Größe, mit einem eleganten hellen, tadellos geschnittenen Leinenanzug bekleidet und trug die halblangen Haare mit einem schlichten Haarband zusammengebunden. Er warf mir einen kleinen Handgruß zu und nahm dabei seine Sonnenbrille ab.

»*Buongiorno*, Dottore Lafet!«, rief er mir mit seinem Geckenlächeln entgegen. »Freut mich, Sie wiederzusehen.«

»Der hat uns gerade noch gefehlt«, seufzte Etti.

»Ich hätte nicht gedacht, dass er so schnell hier auftauchen würde«, fügte ich hinzu, verärgert über diesen Überraschungsbesuch.

»Triff auf keinen Fall eine Entscheidung vor Navābrāys Rückkehr, Morgan«, riet mir mein Bruder. »Wer kann schon wissen, was bei seiner Verabredung herauskommt?«

»Hyacinthe warten lassen? Leichter gesagt als getan.«

Etti schluckte einen Fluch hinunter und ließ seine Halswirbel knacken. »Obwohl …«, fügte ich hinzu und warf ihm einen schelmischen Blick zu. Er runzelte die Stirn. »Das letzte Mal, als er dich gesehen hat, war doch kurz nach deiner Entlassung aus dem Krankenhaus, oder?«

Wir gingen ins Erdgeschoss hinunter, um unseren »Gast« zu begrüßen. Ich hatte es eilig und fürchtete mich gleichzeitig vor dem, was uns Helios' rechte Hand bezüglich meines Vaters mitzuteilen hatte, was mir am Vorabend von seinem Guru versprochen worden war.

Im Wohnzimmer war Madeleine bereits dem Charme des feurigen Römers verfallen. Sie ordnete ihr Haar, wie sie es immer tat, wenn sie sich unsicher fühlte, lachte und errötete, was wohl an den Komplimenten gelegen haben dürfte, deren sich Hyacinthe stets mit vollendeter Gewandtheit bediente.

Als er mich sah, warf er mir einen koketten Blick zu und erstarrte, sobald er den Mann an meiner Seite erkannte.

»Wie glänzend Sie aussehen, Etti«, rief er aus und schüttelte förmlich unsere dargebotenen Hände. »Diese paar Monate der Ruhe haben Ihnen mehr als gutgetan.«

Er konnte sich noch so sehr bemühen, aber es gelang ihm nicht, seine tiefe Erschütterung zu verbergen. Ettis ganze Haltung und seine Energie waren himmelweit von dem apathischen und schwächlichen Kerlchen entfernt, das er im Gedächtnis behalten hatte. Hyacinthe hatte eine solche Verwandlung nicht vorausgesehen, und er hasste Überraschungen, besonders, wenn er durch sie das Nachsehen hatte. Sollte er also gehofft haben, den schlechten Gesundheitszustand meines Bruders und dessen Abhängigkeit von mir als Druckmittel benutzen zu können, um mich einzuschüchtern, dann hatte er sich tüchtig geirrt.

»Welch schlechter Wind hat Sie denn hierhergeführt, Hyacinthe?«, scherzte ich.

Madeleine zuckte zusammen, doch der Mann mit dem Haarband brach bei der Anspielung an seinen antiken Namensvetter in Gelächter aus*. »Immer noch so gebildet, immer noch so bissig und … immer noch so gut aussehend«, fügte er hinzu, wobei er mich von Kopf bis Fuß begierig musterte. »Hocherfreut zu sehen, dass Sie wieder ganz der Alte sind, Morgan.«

Etti zog eine Grimasse, halb amüsiert, halb entrüstet über die schamlose Art unseres Gasts, seine intimen Vorlieben zu offenbaren. »Madeleine, können Sie bitte unserem ›Freund‹ Kaffee in die Bibliothek bringen?«, fragte Etti. Unsere Haushälterin nickte und verließ das Wohnzimmer.

»Kommen Sie«, sagte er zu Hyacinthe. »Ich nehme an, dass Sie uns wichtige Dinge zu sagen haben, da Sie doch persönlich hergekommen sind.«

Unser Gast stimmte mit einem Kopfnicken zu. »Ich folge Ihnen.«

Auf dem Gesicht meines Bruders machte sich ein spöttisches Lächeln breit, dann ermutigte er ihn, uns vorauszugehen. »Ich bitte Sie, nach Ihnen.«

Hyacinthe nahm in einem der Ledersessel vor meinem Schreibtisch Platz. Das holzige Aroma seines Eau de Toilette wurde

* Hyakinthos war ein junger Mann aus Amykles nahe Sparta, dessen Gunst Apollon gewonnen hatte. Eifersüchtig auf dieses zärtliche Idyll, lenkte der Wind Zephyr einen von Apollon geworfenen Diskus so ab, dass dieser Hyakinthos traf und ihn tötete.

von der Hitze zu einem ekelerregenden Geruch verstärkt, der meine Nebenhöhlen reizte.
»Die Wiedersehensfreude wird anscheinend nicht geteilt«, spottete er.
»Hören Sie auf mit Ihren Täuschungsmanövern, ich bin nicht in der Stimmung, das zu ertragen.«
Er zog ein silbernes Zigarettenetui aus seiner Jackentasche, und ich konnte kurz das Holster erkennen, das er wie immer an der Seite trug. Ich erinnerte mich an die Gefühllosigkeit, mit der er sich seiner Waffe bediente, und es krampfte sich mir der Magen zusammen.
»Zigarette?«
Ich lehnte das Angebot ab.
»Darf ich?«
Etti deutete mit einem unschuldigen Lächeln zum Balkon, aber ich schob Hyacinthe einen Aschenbecher hin.
»Danke. Wir kennen uns gut genug, um offen und ohne Umschweife zu reden, nicht wahr?« Ich nickte mit zusammengebissenen Zähnen. »Ihr Vater sitzt verdammt tief in der Tinte, wenn Sie mir den Ausdruck gestatten.«
»Das wusste ich bereits.«
»Wie sehr, wussten Sie nicht, denke ich.«
»Wessen wird er überhaupt angeklagt?«, fragte mein Bruder ungeduldig.
Hyacinthe musterte ihn aus dem Augenwinkel. Es fiel ihm scheinbar immer noch schwer, Ettis Verwandlung zu begreifen.
»Spionage«, erwiderte er dann, ohne mit der Wimper zu zucken. »Ihm wird vorgeworfen, Terroristen zu unterstützen, Militärgeheimnisse veräußert zu haben, und so weiter und so fort.«

»Es kann sich nur um ein Missverständnis handeln!«

»Das müssen wir allerdings noch beweisen.«

Ich ließ den Kopf schwer zwischen die Schultern sinken.

»Wie konnte er nur in so etwas verwickelt werden? Papa täte keiner Fliege etwas zuleide!«

»Abdel Mouhamad Yassin.«

»Wer?«

»Ein Gottesfanatiker, ein Hindu, der vor etwa zehn Jahren zum Islam konvertiert ist. Vielleicht kennen Sie ihn als Rama Patel? Das ist sein offizieller Name, unter dem er sich im Team Ihres Vaters verpflichtet hat.«

»Professor Rama Patel?«, fuhr Etti auf. »Er ist ein Spezialist für Sanskrit und ein großer Forscher im Bereich der ...«

»Er war«, verbesserte ihn Hyacinthe. »Der einzig antike Text, den er zur Stunde zu rezitieren beliebt, ist der Koran. Unseren Quellen zufolge hält er sich in Pakistan versteckt und glaubt, dass ihn niemand in seine Gewalt bringen kann.« Er warf mir ein Lächeln zu, das viel darüber verriet, was er von dieser Meinung dachte. »Fast sieben Monate lang hat er den Antiquitätentransport vom Ausgrabungsplatz zum Museum von Multan dazu benutzt, um überaus ›persönliche‹ Pakete über die Grenze zu schaffen.«

»Zum Beispiel?«

»Dokumente, Militärinformationen und von Zeit zu Zeit chemische Komponenten. Als er Lunte roch, dass die indischen Behörden ihm auf die Spur kommen würden, hat er das Weite gesucht. Da Ihr Vater ihm vollkommen vertraute und die Begleitscheine immer unterschrieben hat, ohne den Inhalt der Kisten zu überprüfen – wozu das Gesetz ihn jedoch verpflichtet –, ist er juristisch gesehen Komplize bei diesem Vorgehen.«

»Wenn man jede Sendung an das Expertenlabor oder das Museum überprüfte, würden die Antiquitäten niemals den Ausgrabungsplatz verlassen«, bemerkte mein Bruder.
»Das kann ich mir denken, aber in dieser Situation brauchte man einen Schuldigen. Ihr Vater ist der perfekte Sündenbock, den man der Presse und den Behörden zum Fraß vorwerfen kann. Sozusagen ein Knochen zum Knabbern, um die Leute ruhig zu stellen. Wenn man sich die indisch-pakistanischen Beziehungen ansieht, wird man diesen Knochen nicht so schnell loslassen wollen, und wenn wir nicht handeln, wird noch viel Wasser den Ganges hinabfließen, bevor Pakistan die Auslieferung einer seiner Landsleute akzeptiert. Terrorist oder nicht, Rama Patel ist der Einzige, der Ihren Vater für unschuldig erklären kann.«
Ein Stöhnen entrang sich meiner Kehle. Wie sollten wir Papa nur aus diesem Schlangennest herausholen?
Es klopfte leise an die Tür, und Madeleine trat ein und stellte ein Tablett mit dampfendem Kaffee auf dem Schreibtisch ab. Ich dankte ihr mit einem Kopfnicken, und sie ließ uns allein, allerdings nicht ohne mir einen besorgten Blick zuzuwerfen.
»Sind Sie gerade dabei, mir zu sagen, dass die Situation aussichtslos ist?«
Hyacinthe lächelte mich an.
»Für Helios sind aussichtslose Situationen selten.« Er schenkte sich mit ruhiger Hand eine Tasse Kaffee ein. »Wir werden nun auf den Teil meiner Arbeit zu sprechen kommen, den ich am meisten hasse, wenn es um Sie geht, Morgan.« Er trank einen großen Schluck. »Wie Helios Ihnen bereits angedeutet hat, kann er Ihnen bezüglich Ihres Vaters einen Gefallen erweisen, vorausgesetzt Sie sind bereit, dies im Gegenzug zu erwidern.«

Angewidert wandte Etti sich ab und ließ die Gelenke seiner Finger knacken. »Erpressung«, murmelte er. »Schon wieder … immer noch. Erst ich, dann unser Vater.« Er drehte sich unvermittelt um und sah mit seinen goldenen Augen Hyacinthe durchdringend an. Dieser war überrascht von dem Zorn, den er darin las. Ein Zorn, der in vollkommenem Widerspruch stand zu dem unerschütterlichen Tonfall, in dem Etti gesprochen hatte. »Mit wem oder was haben Sie denn vor, meinen Bruder das nächste Mal zu erpressen?«, fragte Etti in demselben Ton. »Unsere Familie ist nicht gerade groß, wissen Sie.«
»Wir kommen nicht weiter, wenn wir uns aufregen«, meinte unser Gast besänftigend. Ettis Verhalten hatte ihn aus der Fassung gebracht.
»Wer regt sich denn auf?«, fuhr Etti fort und rückte so nah heran, bis sein Gesicht nur noch einen Daumenbreit von Hyacinthes entfernt war. »Innerhalb nur eines Tages erfahren wir, dass unser Vater im Gefängnis ist und dass einer der besten Freunde meines Bruders seine Karriere riskiert. Papas Anwalt taucht mitten in der Nacht aus Indien auf, Helios übt Druck auf Morgan aus, damit er alles stehen und liegen lässt und sich auf die Suche nach dem Heiligen Gral macht, und Sie befürchten, ich könnte meine Ruhe verlieren?«
Hyacinthe fuhr sich über den tadellos gebundenen Krawattenknoten.
»Wenn Sie Helios wären, hätte ich Ihnen bereits die Augen herausgerissen und mir daraus eine Kette gemacht. Aber Sie sind nur ein …«
»Etti …«, warf ich ein, und er wandte mir den Kopf zu. »Das reicht.«
Daraufhin rückte er von Hyacinthe ab, stellte sich hinter den

Schreibtischsessel, in dem ich saß, und stützte seine Ellbogen auf meine Schultern. Mit einer Selbstkontrolle, die einer Lobrede würdig gewesen wäre, stellte unser Gast vorsichtig seine Tasse auf dem Schreibtisch ab und verschränkte die Arme vor der Brust. Er begann zu begreifen, wie schwierig es werden würde, nicht einen, sondern zwei Dickschädel zum Nachgeben zu bewegen, die darüber hinaus noch zusammenhielten wie Pech und Schwefel.

»Wir werden alles tun, um die Unschuld Ihres Vaters zu beweisen«, versicherte er. »Was Professor François Xavier betrifft, so können Sie seinen Ärger mit der Justiz von nun an als erledigt betrachten.«

»Was wollen Sie damit sagen?«, erkundigte ich mich mit eisiger Stimme.

»Als Beweis für seinen guten Willen hat Helios mir ein gewisses Objekt anvertraut, das Ihr Freund ins Lager des Louvre zurückstellen kann. Ein Inventarfehler, eine falsch einsortierte Antiquität, das kommt jeden Tag vor, nicht wahr?«

»Das Schwert des Alexander?«, staunte ich.

Er brach in Gelächter aus. »Nein, natürlich nicht. Wir haben uns nicht so viel Mühe gegeben, es wiederzufinden, um es dann einem verstaubten Museum zum Geschenk zu machen, in dessen Kellern es schließlich vergessen werden würde.« Er zog ein zusammengefaltetes Blatt aus der Innentasche seiner Jacke und zeigte es mir. »Es ging doch um die Ausfuhrgenehmigung, die Ihr Freund unterzeichnet hat? Sie könnte auf jedes andere Schwert derselben Epoche zutreffen.«

Ich las die Fotokopie und nickte. In der Tat war die Beschreibung des Objekts im Großen und Ganzen recht vage; François Xavier hatte das Schwert nie in der Hand gehabt und das Zertifikat mit den Informationen ausgestellt, die ich ihm mitgeteilt hatte. Und diese waren spärlich gewesen: »Antike Waffe griechischen Ursprungs. Legierung zu identifizieren. Griff aus Knochen.« Hinzu kam das geschätzte Datum seiner Entstehung, die ungefähre Länge, die Breite, das Gewicht und der Konservierungszustand.

»Jedes andere Schwert bis auf ein Detail: Niemals ist eine Waffe dieser Epoche in einem derartigen Konservierungszustand zu uns gelangt«, betonte ich.

Hyacinthes Lächeln vertiefte sich. »In genau diesem Moment liegt eine im Kofferraum meines Autos.«

»Eine authentische?« Er bestätigte, und ich sprang auf. »Wo haben Sie sie gefunden?«

»Das geht Sie nichts an. Aber seien Sie versichert, dass sie nie registriert wurde. Ihr Freund hat nichts zu befürchten. Helios schenkt sie Ihnen, als Beweis für seine Freundschaft.«

»Freundschaft?«, wiederholte Etti in meinem Rücken. »Hörst du das, Morgan?«

»Nehmen Sie Helios' Angebot an oder nicht?«, bohrte Hyacinthe nach, durch unsere feindselige Haltung ungeduldig geworden. »Ihr Vater wartet, Morgan. Tick, tack, tick, tack …«

Ich fing Ettis Blick auf und sah, wie er skeptisch eine Augenbraue hob.

»Hat man Ihnen jemals etwas versprochen, das nicht gehalten wurde?«, sagte Hyacinthe.

Ich musterte ihn zweifelnd.

»Zur Stunde sind Helios' Männer auf dem Weg zu einem verlassenen Dorf im Norden Pakistans. Unseren Informanten zufolge hält sich Rama Patel dort versteckt. Ein Wort von Ihnen, Ihr Versprechen, bei der Suche nach der Maske, von der Ihnen

Helios erzählt hat, mitzuarbeiten, und diese Ratte gelangt in die Klauen der indischen Behörden, bevor Sie überhaupt die Zeit hatten, Ihre Koffer zu packen.«

»Woher weiß ich, dass er zugunsten unseres Vaters aussagen wird?«

Er antwortete mit einer Bestimmtheit, bei der es mir kalt den Rücken hinunterlief. »Nachdem er ein paar Stunden mit Helios' Männern verbracht hat, wird er sogar bereit sein, sich für den Tod Christi schuldig zu bekennen. Zweifeln Sie daran?«

Ich zog es vor, nicht zu antworten. Ich wusste, dass Helios imstande war, auch an höchster Stelle des Beamtenapparats die Leute zum Einknicken zu bringen. Ein fanatischer Terrorist also …

»Diese Vorgehensweise ist mir ebenfalls zuwider, Morgan«, räumte er mit vollendeter Kunst der Manipulation ein. »Aber das Leben Ihres Vaters ist wichtiger als meine Befindlichkeit oder Ihre Selbstachtung. Ich werde Ihnen helfen.«

»Ach, wie rührend! Haben Sie sich also vorgenommen, wieder den Schutzengel zu spielen? Das bewaffnete Phantom, das bereit ist, alle fernzuhalten, die sich Helios in den Weg stellen wollen?«

»Nein, Morgan«, gab er ernsthaft zurück. »Diesmal bilden wir ein Team. Ich komme mit Ihnen.«

Ich schüttelte ungläubig den Kopf.

»Das wird ja immer besser. Und wo müssen wir hin, sagen Sie? Wenn wir überhaupt irgendwo hingehen, natürlich. Mir scheint, Helios hat von einer ägyptischen Maske gesprochen.«

»Ja, die Maske des Anubis. Ein außerordentliches Objekt, vor über dreitausend Jahren gefertigt. Wir wissen nicht genau, wo sie sich befindet, aber bestimmte antike Texte geben Hinweise, mit denen man sie lokalisieren kann.«

»Wie aufregend. Aber Sie haben eine Kleinigkeit vergessen: Ich bin Hellenist, kein Ägyptologe. Meine einzigen Kenntnisse zu dem Thema belaufen sich auf alte Uni-Erinnerungen.«

Er machte es sich in seinem Sessel bequem und fuhr mit amüsierter Stimme fort: »Sie besitzen andere Qualitäten, die weitaus nützlicher für diese Art von Abenteuer sind. Ein alter, vom Rheumatismus gelähmter Ägyptologe, dickbäuchig und borniert, der sein Leben in Universitätsbibliotheken verbracht hat, wäre für uns von keinerlei Nutzen. Wir brauchen Ihre Kenntnis der antiken Denkmuster, Ihren Scharfsinn und Ihre Muskeln.«

»Ich kenne das vorptolemäische Ägypten nicht. Ich bin unfähig, eine Kartusche oder die gängige Schrift zu entziffern.«

»Das stimmt.« Mit viel sagender Miene wandte er sich an Etti. »Er aber kann es.« Mir gefror das Blut in den Adern, aber ich ließ mir nichts anmerken. »Ich hatte zunächst gedacht, Ihr Gesundheitszustand sei zu heikel, um Ihre Dienste in Anspruch zu nehmen, musste dann aber feststellen, dass dem nicht so ist, nicht wahr? Außerdem scheint mir, dass Sie wiederholt in Ägypten gearbeitet haben, Etti.«

Zu meiner großen Zufriedenheit schien mein Bruder nicht weiter irritiert zu sein. Er entgegnete nickend: »Sie haben sich gut informiert. Aber das war bei der Unterwasserausgrabung eines alten ptolemäischen Palasts. Ebenso wie mein Bruder verstehe ich nichts von altägyptischer Kultur.«

Mit einem breiten Lächeln zog Hyacinthe ein kleines Buch aus seiner Tasche und legte es auf den Schreibtisch. *Totenkulte und -mythen im alten Ägypten*, von Etti Lafet. Verfasst in englischer Sprache.

»Bestimmt ein Namensvetter?«

Ich verfluchte innerlich alle großen Götter, aber Etti ließ sich nicht aus der Fassung bringen.

»Das ist nur eine kleine Veröffentlichung, die sich von meiner Doktorarbeit ableitet; sie ist über fünfzehn Jahre alt.«

»Wer's glaubt, Etti. Ihre Kenntnisse wären für uns von großem Nutz–«

»Denken Sie nicht einmal daran«, mischte ich mich drohend ein, da ich spürte, wie mir die Situation entglitt.

Wieder einmal hatte ich Hyacinthe unterschätzt. Wie es seine Gewohnheit war, hatte er das Karo-Ass erst ausgespielt, als jeder glaubte, er habe bereits verloren.

»Morgan, hören Sie, ich verstehe vollkommen, dass Helios' Vorgehensweise Sie stört, aber Sie kennen ihn doch langsam, oder? Ob er gewissenlos ist? Ja. Heimtückisch? Oft. Aber vergessen Sie ungeachtet dieser Fehler nicht, dass Sie ohne ihn niemals erfahren hätten, dass Etti noch am Leben ist. Sie würden nicht in diesem Haus wohnen, sondern sich weiterhin Sorgen machen, wie Sie monatlich über die Runden kommen. Lassen Sie Ihren Stolz beiseite, Dottore Lafet, und nehmen Sie, was Helios Ihnen anbietet. Wo wären Sie heute ohne ihn? Wo wäre Etti?«

»Ich habe nicht gesagt, dass ich ablehne«, bemerkte ich. »Aber dieses Mal habe ich nicht die Absicht, mich in etwas hineinzustürzen, ohne zu wissen, wo es langgeht.«

Hyacinthe nickte versöhnlich.

»Alle schriftlichen Informationen zu dieser Mission befinden sich in meinem Auto zusammen mit dem Schwert für Ihren Freund. Ich werde sie holen, damit Sie sie in Ruhe prüfen können.« Er erhob sich und durchbohrte mich förmlich mit dem

Blick seiner smaragdgrünen Augen. »Montag. Ich will Montag eine Antwort, Morgan.«
Ich willigte ein, weil ich mich in die Ecke gedrängt fühlte. »Sie werden eine Antwort bekommen.« Misstrauisch kniff er die Augen zusammen. »Sie haben mein Wort.«
Er verließ die Bibliothek, und ich schloss sanft die Tür hinter ihm. Dann drehte ich mich zu meinem Bruder um, der sich mit einem Seufzer der Erleichterung in meinen Sessel fallen ließ.
»Wie war ich?«, fragte er.
»Verabscheuenswürdig. Absolut perfekt.«
»Zwei Tage … wir haben etwas weniger als zwei Tage gewonnen.«
»Das sollte bei weitem ausreichen, um Navābrāys Schlussfolgerungen zu hören und die nötigen Schritte zu unternehmen, die sich daraus erge–, Etti, hörst du mir zu?«
Er starrte an die Decke.
»Weitere zwei Tage. Im Gefängnis muss einem das wie Jahre vorkommen.«
»Moment mal, du bist es doch, der darauf bestanden hat, keine Entscheidung vor der Rückkehr unseres Anwalts zu treffen«, gab ich verärgert zurück.
Er nickte.
»Das war nötig. Zur Beruhigung des Gewissens. Falls Navābrāy seinen Freund davon überzeugen konnte, uns zu helfen.«
Ich ging auf ihn zu. »Du glaubst nicht einen Augenblick daran, nicht wahr?«
Er atmete tief ein und wollte gerade zu einer Antwort ansetzen, als Hyacinthes Schritte unten auf der Treppe ertönten. Etti wandte sich ab. »Es sind Risse in seiner Fassade …«, murmelte er.

»Hyacinthe?«
»Ja, aber er ist sich dessen noch nicht vollauf bewusst.«

Ich las ein letztes Mal die Dokumente durch, die Hyacinthe uns übergeben hatte, und schwankte zwischen Lachen und Ungläubigkeit.
Antiken Texten von Plutarch zufolge war im Inneren der Maske die Formel eingraviert, die den Zugang zum ewigen Leben ermöglichte.
»Glaubst du, Helios hat das wörtlich genommen?«, fragte Etti fassungslos.
»Ich weiß es nicht, aber eines ist sicher: Er will diese Maske.«
Ich füllte mein Glas bis zum Rand mit der kühlen Limonade, die Madeleine uns gerade gebracht hatte, und nahm meine Lektüre wieder auf. »Eine religiöse Reform um 1300 v. Chr.? Sagt dir das was?«
Mein Bruder nickte.
»Natürlich: Amenophis. Der ägyptische Pharao beschloss, den Kult der Sonnenscheibe als Einheitsreligion durchzusetzen.«
Ich zog eine Grimasse.
»Etti, du weißt doch, dass ägyptische Geschichte nicht meine Stärke ist.«
Er setzte sich auf die Kante meines Schreibtischs. »Amenophis IV., genannt Echnaton, wuchs im Malkatta-Palast von Theben in Gesellschaft seines Vaters, Amenophis III., und der Königin Teje auf. Sehr früh wurde er mit einer Prinzessin verheiratet, deren Schönheit zur Legende geworden ist: Nofretete.«
»Kommen Sie auf den Punkt, Professor«, drängelte ich.
»Kurze Zeit nach seiner Krönung führte Echnaton eine umfangreiche religiöse Reform durch. In Karnak, Sitz des Amun

und Hochburg der Hohepriester des dynastischen Gottes, ließ er der Aufgehenden Sonne einen Tempel errichten: Aton. Er nahm daraufhin den Namen ›Diener des Aton‹ an: Echnaton. Er verließ Theben und gründete eine neue Stadt, Tell el-Amarna, wo er sich in Begleitung seiner Gemahlin und seines Hofstaats niederließ. Dann ließ er überall die Bilder Amuns zerstören, seinen Namen von den Inschriften entfernen und schlug alles kurz und klein, was einen Bezug zu den Machtinsignien des Königtums von Theben hatte. Und das bis zu den Grenzen Nubiens. Im Klartext: Er zwang Ägypten sozusagen eine monotheistische Religion auf. Ohne Erfolg. Echnaton beendete seine Tage in einem Blutbad und im Wahnsinn. Was seine Mumie betrifft, so hat man sie niemals wiedergefunden, und niemand weiß, ob sie von seinen Nachfolgern verschont wurde oder nicht.« Er schenkte sich ein zweites Glas Limonade ein. »Ich habe vielleicht ein Detail verpasst, aber … welcher Zusammenhang besteht zwischen diesem Fanatiker und Plutarch?«

»Die verlorenen Seiten der Einführung zu seinem *Isis und Osiris*, die ich, Hyacinthes Notizen zufolge, vor mir liegen habe.« Er nahm mir die Fotokopien aus den Händen, las einige Zeilen und verzog das Gesicht. »Das soll von Plutarch sein?«

»Helios' Experten zufolge besteht darüber kein Zweifel. Diese Seiten bildeten anscheinend das Vorwort zu dem Text, über dem du und ich uns im Hörsaal mehrmals die Haare gerauft haben.«

»Man könnte meinen, es seien gescannte Kopien eines Palimpsests, oder?«, stellte er fest, während er aufmerksam die Blätter untersuchte.

»In der Tat. Vor etwa vierzig Jahren in einem Walachenkloster

in Südrumänien gefunden«, erklärte ich, während ich die Notizen überflog, die der Akte beilagen. »Was du hier siehst, ist der abgekratzte Originaltext. Helios' Grafiker haben die Qualität durch digitale Retusche verbessert.«
Ich beugte mich über seine Schulter und entzifferte langsam den antiken griechischen Text: »Eine Widmung an seine Freunde, Anhänger des Isiskults. Das fängt ja gut an.«
»Schau lieber hier.«
»›Einige versichern, dass, lange bevor Isis und Osiris den Platz einnahmen, den wir heute kennen, die Seelen der Toten als einzigen Führer nur jenen hatten, der …‹« Ich zögerte. »›Auf dem Berg steht …?‹ Entweder ist mein Griechisch eingerostet, oder der Satz ist schlecht abgeschrieben worden.«
Mein Bruder schüttelte den Kopf.
»Du kannst ganz beruhigt sein, dein Griechisch ist perfekt. Anubis wird manchmal mit dem Beinamen *Tepi-Dju-Ef* genannt, ›der auf seinem Berg steht‹. Eine Art, daran zu erinnern, dass der Gott mit dem Schakalkopf der Wächter des Totenreiches ist. Plutarch aber scheint mit dieser Theorie nicht einverstanden, schau.«
»In keiner Weise überraschend, er war vom Isiskult fasziniert. Ah! Hier ist die Stelle, die uns interessiert …«, fuhr ich fort und nahm eines der Blätter zur Hand.
Etti überflog es gleichzeitig mit mir. »Die Verfolgungen, deren Opfer die Anubis-Anbeter während Echnatons Regierung waren?«
»›Da sie die Hatz der Königin fürchteten …‹«
»Er spricht wohl von Nofretete.«
»›… der Gläubigsten unter den Gläubigen des Kultes ihres Gemahls, beschlossen die Priester des großen Einbalsamierers

nach seinem Tod, den göttlichen Leichnam, den sie bewachten, unter dem Siegel der Verschwiegenheit zu verwahren und aus seinem derart versteckten Grab ihre heiligste Kultstätte zu machen.‹ Echnatons Leichnam?«

Mein Bruder zuckte die Achseln.

»… Wer auch immer ihn ansah, erwartete jeden Augenblick, dass seine Lider sich erheben oder seine Lippen sich bewegen würden. So vollkommen war seine Einbalsamierung, dass niemand ihn für tot gehalten hätte. In seinem Bett aus purem Gold …‹« Etti warf mir einen verdutzten Blick zu. »›… schien Anubis seit Anbeginn der Zeit zu schlafen …‹«

»Der Leichnam des Anubis? Ein Gott? Das ist ja lächerlich.«

»Wer wiederholt denn ständig, dass jede Legende einen wahren Hintergrund hat? Oh, warte mal, ich glaube, da haben wir es: ›… Auf ebender Totenmaske des Gottes war das Geheimnis der Geheimnisse eingeschrieben, das des ewigen Lebens, zu welchem bisher nur die Priester Zugriff gehabt hatten. Da sie die Verfolgungen und die Wut der Königin fürchteten, brachten sie den Wächter der Gräber in einem von diesen in Sicherheit. Damit er weder verloren noch von seinen Dienern vergessen würde, noch auf ihre Gebete und Opfergaben verzichten müsste, wurden bald darauf zwei heilige Artefakte angefertigt, die den Standort des Grabes anzeigen.‹ Der Text endet mit einer Art Gedicht: ›Oh! Du, der Du auf das Leben im Jenseits vorbereitest, Du kennst die Insel, wo die Toten nach Ewigkeit duftende Tränen weinen, das Gesicht erhoben zum Wächter der Schlüssel, der über sie richtet, hoch oben von seinem Felsen hinab. Du kennst die Salzwiesen, die von den marschierenden Verstorbenen durchquert werden, über ihren Stab gebeugt, auf dem Weg in die Unsterblichkeit. Und wenn du von alldem nichts weißt, gehe deines Weges und vergiss dies, denn du bist keiner der Unsrigen.‹«

»Und?«

»Das ist alles«, bemerkte ich und drehte die lederne Aktentasche um – leer.

Etti konnte seine Enttäuschung nicht verbergen.

»Was soll das heißen, ›das ist alles‹? Sollst du etwa mit einem halben Rätsel und einem Palimpsestauszug diese Maske aufstöbern? Es gibt nicht einen einzigen glaubwürdigen Hinweis in diesem pseudomystischen Sammelsurium. Wie willst du das anstellen? Indem du die Wüste Zoll für Zoll umgräbst?« Er fuchtelte ungeduldig mit der Hand durch die Luft. »Das ist … das ist vollkommener Quatsch.«

»Wenn du gesehen hättest, mit was wir uns auf die Spuren des Alexander-Grabs begeben haben … Komm schon, reiß dich zusammen. Du bist doch der Beste bei Rätseln. ›Du, der du auf das Leben im Jenseits vorbereitest‹, an wen richtet sich diese Nachricht deiner Meinung nach?«

Er erstarrte und warf mir einen fassungslosen Blick zu.

»Ich wollte nur sichergehen, ob du mir auch zuhörst.«

Sein Blick wurde misstrauisch.

»Die Einbalsamierer«, fügte ich hinzu. »Beruhigt?«

Etti lächelte.

»So eingerostet bin ich dann nun auch nicht. Also?«

»Was also?«

»Hilfst du mir nun, ja oder nein?«

Verärgert riss er mir die Blätter aus den Händen. »Die in dem Gedicht erwähnten Orte sagen mir überhaupt nichts. Außer vielleicht …«

»Vielleicht?«

»Die Salzwiesen. Natron, Hauptingredienz für die Einbalsamierer, entsteht auf Salzbasis. Im Altertum versorgte man sich bei der alten Stätte Skete, auch genannt ›die Salzwiesen‹, oder neuerdings das Wadi Natrun, südwestlich von Kairo. Das ist natürlich nur eine Vermutung«, beeilte er sich hinzuzufügen, als er sah, wie sich mein Gesicht aufhellte. »Beim ersten hingegen muss ich passen.«

»Eine Insel, wo die Toten weinen … Eine Insel, die als Totenstadt dient? Davon kann es Dutzende geben, im Meer oder mitten in einem Fluss, aber ich für meinen Teil habe noch nie von einem solchen Ort gehört.«

»Du nicht, aber ein Linguist, der mehr antike Texte gelesen hat, als Klee im Garten wächst, und der darüber hinaus die meisten Religionsbräuche aus dem Effeff kennt …«

»Denkst du an Ernesto Mendez?« Er bestätigte mit einem Kopfnicken. »Warum nicht …«

Madeleines Eintreten unterbrach unsere Überlegungen.

»Verzeihen Sie mir, dass ich Sie störe, aber Monsieur … na ja, der Anwalt von Monsieur Lafet ist zurück.«

»Anders ausgedrückt, die Herren vom Ministerium werden keinen Finger rühren«, fasste Etti traurig zusammen.

Navābrāy zuckte verwirrt die Achseln. »Das würde sehr heikle diplomatische Schwierigkeiten verursachen«, entschuldigte er sich. »Aber das Ministerium wird sein Möglichstes tun, mein Freund hat es mir versichert.«

Ich klopfte ihm auf den Rücken.

»Wir wissen, dass Sie Ihr Bestes getan haben, Navābrāy.«

Er ließ betrübt den Kopf hängen. »Wir haben also keine Wahl mehr, angenommen, dass wir je eine hatten.«

»Navābrāy, wir haben Kontakt zu Leuten aufgenommen, die mit dieser Art von Angelegenheit vertraut sind.«

»Ach?«, stammelte der Anwalt, der nicht an sein Glück zu glauben wagte.

»Machen Sie sich keine Sorgen mehr«, fügte ich hinzu. »Alles, worum wir Sie bitten, ist, nach Indien zurückzufliegen und unserem Vater Bescheid zu sagen, dass er bald aus dem Gefängnis entlassen wird.«

Er warf uns einen Blick zu, der vor Dankbarkeit überströmte. Der gute Mann hatte weder das Format noch die Kompetenzen für diese Art von Rechtsstreit, und er war sich dessen vollauf bewusst.

»Ich bin Ihnen sehr dankbar dafür, dass Sie mir dieses Gewicht von den Schultern nehmen, aber ...« Sein pausbäckiges Gesicht verfinsterte sich. »Ihr Vater ist mein Freund. Und ich kann mich nicht dazu entschließen, einfach nichts zu tun. Verstehen Sie?«

»Bleiben Sie an seiner Seite und achten Sie darauf, dass es ihm an nichts fehlt«, mischte sich Etti ein. »Ihr Honorar, Ihre Geschäftsreisen und all Ihre Spesen gehen von nun an auf unsere Kosten. Die Männer, die wir auf diese Sache angesetzt haben, sind Spezialisten, aber niemand ist besser als Sie, wenn es darum geht, Papa zu unterstützen und, falls nötig, ihm bestimmte ... Bequemlichkeiten zu verschaffen. Sie verstehen, worauf ich hinauswill, nicht wahr?«

Navābrāy nickte.

»Sie sollten wissen, dass Ihr Vertrauen mich ehrt. Ich werde tun, was nötig ist, und wenn ich dafür den Präfekt persönlich schmieren muss. Doch auch ohne dass ich zu solch extremen Mitteln greifen muss, weiß ich, wen man bezahlen muss, damit Ihr Vater eine gesunde Ernährung und vielleicht auch Bücher, Kleidung und ein Telefon bekommt.«

Nach einer Tasse Tee und der erneuten Versicherung, dass er sich keine weiteren Sorgen zu machen brauchte, weder um das Geld noch um die Gerichtsverfahren, und dass seine Rolle sich von nun an darauf beschränkte, über die Gesundheit unseres Vaters zu wachen, schien Navābrāy von einer erdrückenden Verantwortung befreit.

Ich überließ ihn der Gesellschaft meines Bruders und flitzte in mein Zimmer, um, wie abgemacht, François Xavier anzurufen. Als das erledigt war, packte ich das Schwert, das mir Hyacinthe übergeben hatte, in Packfolie und schob es in eines der Kartonrohre mit Ettis Postern. Ich würde es François am nächsten Tag in einem Café im Börsenviertel anvertrauen.

Auch wenn die Waffe ein kostbares Museumsstück war, nahm ich mir nicht einmal die Zeit, sie genau zu betrachten. Sie war mir im Grunde gleichgültig. Heute, sieben Jahre später, bin ich sogar unfähig, sie zu beschreiben. Meine Sorgen waren damals ganz andere …

III

Am späten Vormittag des darauf folgenden Tages flog Navābrāy nach Delhi. In seinem Besitz befand sich die Summe von fünftausend Dollar in bar, ein Vermögen in Indien.

Gegen 14 Uhr kehrte ich nach Barbizon zurück, nachdem ich das Schwert einem vor Dankbarkeit überströmenden François Xavier übergeben hatte, und traf einen ungeduldigen Etti in der Bibliothek an.

»Ernesto wartet auf uns«, verkündete er, ohne mir auch nur die Zeit zu lassen, eine Zigarette zu rauchen oder einen Kaffee zu trinken.

Kaum zu Hause angekommen, war ich auch schon wieder in der drückenden Sonnenhitze unterwegs in Richtung Hauptstadt. Ernesto Mendez wohnte im Goutte-d'Or-Viertel im Norden von Paris. Wir waren bereits eine gute halbe Stunde durch die engen Straßen gefahren, in denen uns Küchengerüche jeglicher Herkunft um die Nase wehten und wo die Menschen Fußgängerüberwege als exotische städtische Verzierungen anzusehen schienen, bis ich schließlich einen Parkplatz gegenüber des Geschäfts eines kamerunischen Lebensmittelhändlers fand.

»Ist schon eine Weile her, dass wir so etwas gegessen haben«, meinte Etti und zeigte auf schwärzliche Bananen in einem

Karton. Gebackene Bananen waren eine seiner zahlreichen Spezialitäten. Mein Bruder kochte leidenschaftlich gern.
Ich schob ihn zu einem Haustor aus frisch lackiertem Holz, das in einem solchen Viertel ziemlich überraschend war.
»Du wirst nachher einkaufen gehen, wir sind fast eine Stunde zu spät dran.«
Die Eingangshalle war ganz im Stil der dreißiger Jahre gehalten, mit ihren Mosaikfliesen und Wandmalereien. Wir betraten einen schmiedeeisernen Fahrstuhl und fuhren bis zur letzten Etage hinauf.
»Gehört ihm das Haus immer noch?«, erkundigte ich mich.
Etti nickte. »Oh! Übrigens, ich habe ihm nichts wegen Papa gesagt.«
»Warum nicht?«
»Du wirst es verstehen, wenn du ihn siehst.«
Wir stiegen aus dem Fahrstuhl, und ich klingelte an der einzigen Tür, die sich auf der Etage befand.
Ein Riese von etwa sechzig Jahren öffnete uns mit einem freundlichen Lächeln auf dem ebenholzfarbenen Gesicht. Es fiel mir sehr schwer, meine Bestürzung zu verbergen, denn Ernesto hatte einen mordsmäßigen Altersschub gemacht. Seine krausen Haare waren mehr grau als schwarz, und er war nur noch Haut und Knochen. Die Krankheit hatte ihm unwiderruflich ihren Stempel aufgedrückt. Verdammter Krebs.
»Morgan! Etti! *Entrad*, kommt rein.« Er umarmte uns. »Morgan, ich sollte dich eigentlich rausschmeißen.« Ich runzelte die Stirn. »Sieben Monate, mein Junge. Es ist nun fast sieben Monate her, dass du mich das letzte Mal besucht hast!« Ich stammelte eine Entschuldigung. »Etti hat mir gesagt, dass du sehr beschäftigt warst, ich weiß.«

Ich stimmte ihm zu, obwohl es eigentlich keine Entschuldigung für mein Verhalten gab. Es war schon das Höchste, wenn ich zweimal im Jahr daran dachte, ihn anzurufen. Dabei hatte mich der gute Mann auf seinen Knien geschaukelt, als ich ein Dreikäsehoch gewesen war. Mein Vater und er waren schon seit ewigen Zeiten miteinander befreundet.

»Kommt, kommt, Angelina hat Kaffee gekocht, bevor sie ging.«

Wir folgten ihm den mit aztekischen Masken verzierten Gang entlang, und Etti blieb mit offenem Mund vor Ernestos letzter Errungenschaft stehen: eine komplette Sammlung indianischer Stammesschilde.

»Und wie geht es dem Strolch, der euch als Vater dient? Mal wieder am anderen Ende der Welt?«

»Ja, im tiefsten Indien, wie immer«, erwiderte ich mit einem verkrampften Lächeln.

Ernestos riesige Wohnung war mit Antiquitäten und alten Büchern vollgestopft, doch trotz alledem nicht minder ein Musterbeispiel guten Geschmacks, vom einwandfrei glänzenden Mahagoniparkett bis zur Stuckdecke.

»Setzt euch, meine Jungs, setzt euch. Bedient euch«, fügte er hinzu und deutete auf ein elegantes Kaffeeservice vor uns. *»Café colombiano!«*

Wir nahmen auf einem riesigen braunen Ledersofa Platz. Ernesto legte seufzend seinen Gehstock mit Silbergriff neben einem kleinen Couchtisch ab, bevor er mühsam sein großes Gerippe auf einen Voltairesessel einklappte.

»Nimmst du keinen?«, fragte ich ihn besorgt, während ich meine Tasse und die meines Bruders füllte.

»Verboten«, knurrte er. »Wenn das so weitergeht, lässt man mir bald keine anderen Nahrungsmittel mehr als Tofupasteten und Algensalate!«

Ich lachte über seinen Scherz, aber ich war nicht mit dem Herzen dabei. Er sah erschöpft aus.

»Ich hoffe, wir stören dich nicht.«

Er zuckte gutmütig die Achseln.

»*Madre de Dios!* Wenn man mich doch nur ein bisschen öfter stören würde! Diese Hitze, unmöglich, auf der Straße ein paar Schritte zu gehen, ohne zu schwitzen wie ein Hering in der Räucherkammer.«

Ich gab vor, an diese fromme Lüge zu glauben, aber mir war sehr wohl klar, dass Ernesto fast nicht mehr zu laufen imstande war.

»Ja, es ist erdrückend.«

»Was kann der alte Trümmerhaufen, der ich bin, für euch tun?«

Ich wühlte in meinem Rucksack auf der Suche nach den Kopien der Unterlagen, die uns Hyacinthe überlassen hatte, und reichte sie ihm.

Ernesto warf uns einen gerührten Blick zu und setzte eine dicke, schwarz umrandete Brille auf.

»*Vamos a ver,* dann wollen wir mal sehen. Plutarch …« Er warf einen kurzen Blick auf die Kopien. »Diesen Text kenne ich nicht.«

Ich erklärte ihm in aller Offenheit, um was es sich handelte, und er lehnte sich bequem in seinen Sessel zurück und hörte mir interessiert zu.

»Ein Rätsel?«, murmelte er entzückt. »*Santa Madre de todos los santos,* Heilige Mutter aller Heiligen, das ist doch mal etwas viel Interessanteres als die langweiligen Artikel eures Vaters.«

Er blätterte den Text genüsslich durch.
Etti und ich blieben still, um ihm das Vergnügen nicht zu verderben. Ich wanderte mit meinem Blick an den Wohnzimmerwänden entlang, die mit alten Fotos und Antiquitäten jeglicher Epoche und Herkunft geschmückt waren.
Unter dem dicken Glas eines alten Bilderrahmens lächelte mein Vater als Jugendlicher ins Objektiv. Er posierte stolz zwischen Ernestos Eltern. Ein ungewöhnliches Familienporträt – die Mutter unseres Freundes war eine winzige Kolumbianerin mit heiterem Lächeln, während zu Papas rechter Seite ein riesiger Massai stand. Als Kind hatte ich Stunden damit zugebracht, Ernesto zuzuhören, wenn er mir von seinen Aufenthalten im Dorf seines Vaters in Afrika erzählte. Dieser war ein stolzer Krieger, der sich in eine schöne Geologin verliebt hatte, die zu Vermessungen in die Region gekommen war. »Eine hübsche junge Frau, deren Nase ihm nur knapp bis zum Bauchnabel reichte!«, hatte der gute Ernesto häufig erzählt.
Ich weiß nicht, warum, aber in diesem Augenblick dachte ich an Hans, meinen ehemaligen Praktikanten, und bedauerte es, ihm Ernesto nicht vorgestellt zu haben. Es hätte ihn bestimmt entzückt, stundenlang von Ernesto Legenden, Heldensagen oder ungewöhnlichen Anekdoten erzählt zu bekommen. Außerdem hätte es dem alten Freund meines Vaters viel Freude bereitet. Er, der nur für seine Studenten lebte und einer ihrer faszinierendsten Professoren war, hatte gezwungenermaßen die Fakultät aufgrund seiner Krankheit verlassen müssen. Eine Krankheit, die bald die Oberhand über seine Hartnäckigkeit gewonnen haben würde. Wie konnte er noch an Gott glauben?
»Wenn man weiß, dass das Ende naht, klammert man sich an

allem fest, was möglich ist«, sagte Etti immer. Und dass sein Ende nahte, dessen war sich Ernesto nur allzu sehr bewusst. Da sein Sohn einige Jahre zuvor bei einem tragischen Autounfall ums Leben gekommen war, blieb ihm niemand, dem er sein wertvollstes Gut hätte übermitteln können: die Erinnerung an seine Familie, Überreste von heidnischer Religion, die kein Priester ihm je hatte aus dem Herzen reißen können.
Während ich auf dem Sofa saß, ließ ich meine Gedanken dahintreiben und dachte an die neuen Generationen, zu denen Etti und ich gehörten, und welche Nachfolge sie antreten würden. Wer könnte Männer wie Lechausseur oder Mendez ersetzen?
Niemand, flüsterte eine kleine Stimme in meinem Kopf. Ernestos Lachen riss mich aus meinen trüben Gedanken, und ich richtete mich auf. Er holte tief Luft, um wieder zu Atem zu kommen, und lachte von neuem los. Es war nun schon eine Zeitlang her, dass ich ihn habe so schallend lachen hören, auch wenn – ich gebe es zu – ich ihn nicht sehr oft besuchte.
»Was denn?«, fragte ich.
Er schloss die Akte und wedelte damit herum, während er seine Brille abnahm.
»Kinder, wenn ich euer Vater wäre, würde ich euch ordentlich den Hintern versohlen und zurück an die Universität schicken.«
In seinen Worten spiegelten sich meine vorangegangenen Gedanken derart wider, dass mir die Röte ins Gesicht stieg und ich mich wie ein ertappter Schuljunge fühlte. Mein Bruder sah auch nicht gerade stolzer aus als ich.
»Etti?«, fuhr Ernesto ihn mit gespielter Strenge an.
»Ja?«

»Eine Salzwiese in Ägypten?«
»Ich dachte an das Wadi Natrun?«
»Ah! Immerhin. Morgan?«
Ich hob den Kopf.
»Eine Insel, wo die Toten weinen?«
Ich zuckte mit den Schultern.
»Morgan! Du bist Hellenist, verdammt! Eine Insel, wo die Toten jammern!«
Ich musste eine erbärmliche Miene aufgesetzt haben.
»Eine griechische Insel, du Dummkopf. Eine Insel, wo die Toten einmal im Jahr ihre Tränen hervorschießen lassen, duftende Tränen, sehr gefragte Tränen, auch heute noch.«
Erinnerungen tauchten aus den nebulösen Windungen meines Gehirns auf. »Chios?«, stieß ich plötzlich hervor, was Etti zusammenzucken ließ.
Ernesto lächelte entzückt.
»Homers Heimat?«, fuhr mein Bruder fort. »Was hat das mit Ägypten zu tun?«
»Die Mastixbäume«, erklärte ich. »Die Mastixbäume der Insel Chios sind die einzigen im Mittelmeer, die für ein paar Nächte im Jahr Mastixtränen weinen.«
»Die Legende erzählt, dass diese harzhaltigen Tränen an die Vorfahren erinnern, die im 19. Jahrhundert von den Türken ermordet wurden, aber dieser Glaube ist wahrscheinlich wesentlich älter«, erklärte Ernesto. »Der Mastix ist das Kleinod der Insel und hat seit dem frühesten Altertum ihren Reichtum ausgemacht.« Er blätterte in den Unterlagen auf seinem Couchtisch. »›Du kennst die Insel, wo die Toten nach Ewigkeit duftende Tränen weinen, das Gesicht erhoben zum Wächter der Schlüssel, der über sie richtet, hoch oben von seinem Felsen

hinab.‹ Die Insel Chios ist in der Tat sehr schroff und liegt nahe der türkischen Küste, weshalb sie im Verlauf ihrer Geschichte immer wieder stark von ihren kriegerischen Nachbarn begehrt wurde.«

Etti zog ein Gesicht. »Ich sehe immer noch keinen Zusammenhang zwischen Fensterfugen und der Angelegenheit, die uns beschäftigt, tut mir leid.«

Ernesto ließ ein raues Lachen entweichen.

»Außer der Tatsache, dass er der beste Freund des Glasers ist, kennt man Mastix vor allem als Gewürz und Duft. Verwendet unter anderem zur … Einbalsamierung.«

Mein Bruder schlug sich mit der Handfläche an die Stirn.

»Man verwendet ihn noch heute für Kosmetikartikel, Schönheitscremes und sogar als Aroma für Kaugummi oder alkoholische Getränke. Er rinnt vom Mastixbaum in Form von kleinen durchsichtigen Tränen, die sich verfestigen.«

»Diese Bäume wachsen überall an der Mittelmeerküste«, fügte ich hinzu. »Aber nur auf Chios weinen sie Mastix. Niemand weiß, warum. Und auch das ereignet sich nur einige Tage im Jahr, im September. Die Mastixbäume der Insel sind dann wie mit Diamanten geschmückt.«

»Salz und Mastix«, murmelte Etti. »Zwei Komponenten der Einbalsamierung also, und zwei Orte, an denen man sie sich beschaffen konnte.«

»Genau«, stimmte Ernesto zu.

»Gut«, sagte ich. »Auch wenn uns das sagt, an welchem Ort wir die beiden Hinweise suchen sollen, um die es in Plutarchs Text geht, bleiben noch zwei Fragen offen, und zwar nicht die unwichtigsten: An welchem Ort und was genau suchen wir?«

Ernesto setzte seine Brille ab und runzelte die Stirn.

»Wollt ihr damit etwa sagen, dass ihr über keine anderen Informationen als diesen alten Text verfügt?«

Etti schüttelte den Kopf.

»Ja aber, das ist doch eine unmögliche Aufgabe!« Er richtete sich auf, als ginge ihm plötzlich eine Idee durch den Kopf, dann las er erneut das Ende des Texts. »Es sei denn …«

»Ja?«, ermutigte ich ihn.

Unser Freund schien zu zögern.

»Nein, nichts. Und doch …« Er schien sich anzustrengen, sich eine halbgelöschte Erinnerung ins Gedächtnis zurückzurufen. »Gebt mir zwei oder drei Tage. Ich würde gern etwas überprüfen. Ich irre mich vielleicht, aber ich habe so den Eindruck, als hätte ich schon einmal eine Anspielung auf …« Er beendete seinen Satz nicht. »Ruft mich, sagen wir, Mittwochabend an. Geht das? Dürfte ich die Dokumente behalten?«

»Ja«, meinte Etti, »es handelt sich nur um Kopien.«

»Perfekt. Aber bis dahin solltet ihr nicht gehen, ohne vorher ein Stück von dem Kuchen probiert zu haben, den Angelina für euch gebacken hat.«

Ich wollte antworten, dass wir leider zu tun hatten, oder irgendeine Verabredung vorschützen, aber mein Bruder kam mir zuvor.

»Nichts lieber als das! Und eher zwei Stücke als eines.«

Ich sah das Gesicht des alten Mannes aufleuchten, und Etti hielt mich mit einem Blick davon ab, auch nur den geringsten Kommentar abzugeben.

Es war nach 19 Uhr, als wir den Rückweg nach Barbizon antraten. Vor Ernesto den heiteren Gast zu spielen hatte mich erschöpft.

»Er ist allein und krank, Morgan«, wies Etti mich zurecht.
»Das war kein Grund, sich ausgerechnet heute aufzuhalten.«
»Was sind drei oder vier Stunden in deinem Leben? Seines ist vielleicht morgen vorbei.«
Beim Klang seiner Worte durchfuhr mich ein Schauder. »Ich weiß …« Ich fuhr auf den vollkommen verstopften Autobahnring auf. »Hyacinthe müsste bald anrufen«, meinte ich und zündete mir eine Zigarette an. Mein Bruder biss sich auf die Lippe. »Was denn? Was ist denn noch? Haben wir eine andere Wahl, als Helios' Vorschlag anzunehmen?«
»Kein Grund, sich aufzuregen.« Er ließ seine Fensterscheibe zur Hälfte herunter. »Morgan, hast du an die Möglichkeit gedacht …« Er riss sich zusammen und sprach weiter. »Ich kann mich nicht mit der Idee anfreunden, dass Papa da drüben allein ist, auch wenn Navābrāy ihm zur Seite steht.«
Ich stieß grob den Rauch durch die Nasenlöcher aus. »Ich habe nicht die Gabe, überall zur gleichen Zeit zu sein, Etti!«, rief ich aufbrausend. »Ich kann mich nicht auf die Suche nach dieser verflixten Maske machen und zugleich nach Indien reisen!«
»Du nicht, ich aber schon.«
Ich hätte fast das Lenkrad losgelassen. »Denk bloß nicht dran!«
»Warum?«
»Du weißt sehr wohl, warum!«
»Ich fühle mich ausgezeichnet, Morgan.«
»Hier vielleicht, das mag sein. Aber bestimmt nicht in Indien.«
»Morgan …«
»Was, ›Morgan‹?«, schimpfte ich. »Hast du etwa deine mehrfachen Angstzustände in den stinkenden Straßen von Delhi aus

deinem Gedächtnis gelöscht, die Skandale, die du heraufbeschworen hast, und deinen jämmerlichen Zustand bei unserer Rückkehr?«
Er wartete einen Augenblick, bis das Schweigen kaum mehr auszuhalten war, und sagte dann: »Die Situation ist heute anders.«
Ich lachte höhnisch auf.
»Morgan, Navābrāy wird da sein und Papa auch. Du hast Hyacinthe gehört, es kann alles sehr schnell gehen. Ich gehe, bringe ihn zurück und stoße zu euch.«
»Du tust was? Zustoßen zu wem?«, wiederholte ich ungläubig.
»Zu dir und Hyacinthe«, wiederholte er todernst. »Hat er nicht gesagt, dass er mich braucht?«
Fassungslos drehte ich mich zu ihm um und wäre fast gegen das Auto vor uns gefahren.
»Das hast du hoffentlich nicht ernst genommen?« Er hielt meinem Blick unerschütterlich stand. »Etti! Bist du etwa vollkommen verrückt geworden?«
»Meine Entscheidung steht, Morgan, und ich werde gehen, mit oder ohne dein Einverständnis.«
»Nur über meine Leiche, mein Lieber! Du vergisst, dass du noch unter rechtlicher Vormundschaft stehst, und zwar unter meiner! Treibe mich nicht bis zum Äußersten, oder ich mache sie geltend.« Er schüttelte den Kopf. »Die Papiere sind noch zu Hause, willst du sie sehen?«
»Du hast keine rechtliche Verfügung mehr über mich, Morgan. Nicht mehr als Papa. Und das seit fast zwei Monaten.« Ich wollte etwas entgegnen, aber er hielt mich davon ab. »Die rechtliche Vormundschaft, die Papa dir vor einem Jahr über-

tragen hat, war nur neunzig Tage lang gültig. Und er wiederum hat auf seine im April verzichtet, auf Anfrage meines Arztes.«

»Du hast …«

»Ich habe überhaupt nichts getan«, schnitt er mir das Wort ab. »Das Behandlungsteam hat befunden, dass ich keinerlei Folgeschäden mehr aufweise, die von meinem Koma herrühren. Ich bin vollkommen geheilt, Morgan, auch wenn du, aus ich weiß nicht welchem Grund, darauf bestehst, das Gegenteil zu glauben.«

»Es sind nicht die Folgeschäden deines Unfalls, um die es geht, das weißt du ganz genau!«

Er legte beruhigend seine Hand auf meinen Arm.

»Es wird alles gut gehen. Vertrau mir …«

Ich antwortete nicht, sondern fuhr auf die Autobahn. Wir bewegten uns in gleichmäßigem Tempo vorwärts, als mein Telefon klingelte. Ich stellte es in den Sockel der Freisprechanlage.

»Ja?«

»Guten Abend, Morgan. Ist Ihr Anwalt endlich abgeflogen?«, ertönte Hyacinthes heitere Stimme.

»Heute Morgen. Er wird sofort nach seiner Ankunft unseren Vater besuchen und uns über den weiteren Verlauf der Ereignisse auf dem Laufenden halten.«

»Ich wette, dass sich Anwalt Greenfeald zur Stunde bereits im Büro des Staatsanwaltes befindet, oder wer auch immer da drüben als solcher fungiert.«

»Greenfeald?«, schluckte ich. »Charles Greenfeald? Der Anwalt der albanischen Unterwelt?«

»Nun der Ihres Vaters. Er hat den Fall übernommen.«

»Und Helios hat das ganz allein entschieden?«

»Antoine Lafet könnte sich keinen besseren Verteidiger wünschen, und, glauben Sie mir, weder Geld noch Bekanntheit hätten Ihnen gereicht, um einen Mann wie ihn zu engagieren.«

»Aber glücklicherweise geht Helios ja bei der Mafia ein und aus!«, spöttelte ich.

Etti warf mir einen vernichtenden Blick zu, und ich schluckte weitere Sarkasmen hinunter.

»Sie dürften keinen Grund haben, sich zu beschweren, Morgan.«

»Haben Sie mir noch weitere gute Nachrichten zu verkünden?« Ich riss mich zusammen und versuchte, ruhig zu bleiben.

»Natürlich. Das Flugzeug erwartet Ihren Bruder morgen um neun Uhr in Le Bourget, wie abgemacht.« Ich wurde blass und wandte mich Etti zu, der den Blick senkte. »Was mich betrifft, so werde ich am Nachmittag bei Ihnen vorbeikommen, um die Einzelheiten Ihrer Reiseroute zu regeln. Ist Ihnen das recht? Morgan? Sind Sie noch dran?«

»Ja«, knurrte ich mit zusammengebissenen Zähnen.

»Gut! In dem Fall sage ich Ihnen dann bis morgen. Sie haben die richtige Entscheidung getroffen, glauben Sie mir. Oh, und wünschen Sie vor allem Etti eine gute Reise von mir.«

»Ich werde es nicht versäumen ...«

Er legte auf, und ich umklammerte das Lenkrad so fest, dass meine Gelenke weiß hervortraten. Mein Bruder rutschte auf dem Beifahrersitz unbehaglich hin und her.

»Ich habe ihn heute Morgen angerufen«, gestand er. »Während du am Flughafen warst.«

Ich antwortete nicht, sondern trat aufs Gaspedal, bis wir 180 Stundenkilometer fuhren.

IV

Wie bei unserem letzten Treffen vereinbart, holte mich Hyacinthe zwei Tage darauf am späten Nachmittag ab. Wir sollten ein Privatflugzeug nach Piräus nehmen, das uns Helios zur Verfügung gestellt hatte. Von dort würden wir mit dem Schiff zur Insel Chios übersetzen.

Madeleine verabschiedete sich von mir, als fürchtete sie, mich erst in mehreren Monaten wiederzusehen. Es war mir schrecklich unangenehm, ihr – unter den gegebenen Umständen – anvertraut zu haben, dass ich zu dieser »Mission« aufbrach.

Ich hielt die Zähne fest zusammengepresst bis Le Bourget, wo uns der Pilot des Luxusjets unseres Schutzherrn erwartete.

»Wir fliegen jetzt los«, befahl ihm Hyacinthe schlicht und nahm in einem der vier Ledersessel Platz, die sich an einem eleganten Mahagonitisch gegenüberstanden. »Morgan?«, fragte er, als sich ein Besatzungsmitglied näherte, um uns eine Erfrischung oder einen Kaffee anzubieten.

»Für mich nichts, danke.«

Mein Begleiter schickte die Stewards freundlich wieder fort und stützte seine Ellbogen auf den Tisch.

»Was ist los, Dottore Lafet? Während wir auf die Ergebnisse der Untersuchung warten, ist Ihr Vater in eine bequemere Unterkunft überführt worden und wird von nun an sehr gut behandelt, Sie haben gehört, was Etti heute Morgen gesagt hat. In ein paar Tagen wird das alles nur noch eine schlechte Erinnerung sein. Glauben Sie, Helios würde Sie anlügen?«

»Es geht nicht um meinen Vater.«

»Was beunruhigt Sie dann?«

»Etti erschien mir am Telefon sehr müde.«

Hyacinthe verdrehte die Augen zur Decke. »Geben Sie ihm Zeit, sich einzugewöhnen und die Zeitverschiebung zu verdauen. Vor knapp einem Jahr wusste er weder seinen Namen noch was er tat. Sie werden doch nicht wollen, dass er herumläuft, als wäre nichts gewesen.«

Ich warf ihm einen aggressiven Blick zu.

»Ihr Bruder hat ein ganzes Stück Mauer auf den Kopf bekommen und wäre fast ertrunken. Von einem solchen Schock erholt man sich nicht mit einem Fingerschnippen. Lassen Sie ihm ein wenig Luft, Morgan.«

»Ich hätte mit ihm gehen sollen.« Ich spürte, wie mein Begleiter erstarrte. »Und ich hätte es tun können, wenn Helios mich nicht um die Welt schicken würde auf der Suche nach einer Schimäre!«

»Wie Sie meinen«, entgegnete er. »Aber Meckern hilft niemandem.«

Es war Nacht, als die Fähre aus Piräus am Hafen von Chios-Stadt anlegte. Trotz der späten Stunde drängelten sich die Menschen auf den Kais. Hyacinthe und ich mussten unsere Ellbogen einsetzen, um uns einen Weg durch die Menge der Touristen zu bahnen, die entweder abfahrbereit oder gerade angekommen waren. Es wimmelte vor Reiseleitern, Matrosen und Inselbewohnern auf der Lauer nach naiven Neuankömmlingen, die spontan ohne Hotelreservierung hergekommen waren.

Trotz der leichten Meeresbrise war die jodgeschwängerte Luft drückend, und es roch nach dem typischen Zitronengeruch, der den Schiffsrümpfen anhaftete.

Meinem Begleiter schien weder der Radau noch die Hitze etwas auszumachen. Während ich mich danach sehnte, mir das T-Shirt vom Leib zu reißen, trug er seinen italienischen Anzug mit vollkommener Ungezwungenheit.

»Unser Hotel ist klimatisiert, machen Sie sich keine Sorgen, es wurde letzten Monat vollständig renoviert«, sagte er spöttisch, als er mich unter dem Gewicht meiner Tasche schwitzen und knurren sah.

Hyacinthe rief ein Taxi herbei, dessen Fahrer durch ein jähes Herumreißen des Lenkrads fast zwei Fußgänger ins Jenseits befördert hätte, bevor er die altersschwachen Bremsen knapp einen Meter vor meinen Schienbeinen quietschend zum Stillstand brachte.

Ich schluckte eine grobe Beleidigung hinunter und schob mich mühsam auf den engen Rücksitz. Es gibt bestimmte Dinge in Griechenland, die sich nie ändern werden, und die Art der Einwohner, sich ständig als Pilot statt als Fahrer aufzuführen, gehörte dazu.

Das Chios Kampos Hotel, dessen eindrucksvoller, frisch gestrichener Bau von fünf Stockwerken die Reede des alten Hafens überragte, stellte stolz seine drei Sterne über einer doppelverglasten Tür mit verchromten Griffen zur Schau.

Kaum hatten wir die Schwelle überschritten, fuhr mir die – im Vergleich zu der drückenden Hitze draußen – eisige Luft in die

Knochen. Je höher der Aufzug stieg, desto näher schienen wir dem Polarkreis zu kommen.

»Was für ein Miesepeter Sie doch sind, Dottore Lafet. Freuen Sie sich doch über die Chance, die …«

Ich riss ihm den Zimmerschlüssel, der mit dem Hotellogo bedruckt war, aus der Hand und wartete, bis sich die Fahrstuhltür endlich geöffnet hatte.

Das Zimmer befand sich am Ende eines Ganges, der mit einem makellosen, beigefarbenen Teppichboden ausgelegt war, und ging auf den Hafen hinaus. Als ich die Ausstattung im Stil von Möchtegern-Ikea sah, fragte ich mich, wo das Kampos Hotel seine Sterne aufgetrieben hatte. Die Tagesdecken der beiden Betten waren mit gelben und lilafarbenen Dreiecken bedruckt, darauf lagen weiße Handtücher und Kulturbeutel mit Waschutensilien für uns bereit. Dazu zwei Bonbonschachteln, versiegelt mit einem WELCOME!-Etikett, auf dem eine zögerliche Hand fröhlich unsere Namen verunstaltet hatte. »Mister Morgan Lafe« und »mister Hyasinte Bertinelle« entschieden sich nichtsdestoweniger für eine würdevolle Haltung und machten sich daran, die Fenster weit zu öffnen, um die tiefkühlende Wirkung der Klimaanlage mit einem warmen Luftzug abzuschwächen.

»Wo haben Sie denn dieses Hotel aufgetan?«, fragte ich spöttisch meinen Begleiter, der sich trotz seiner beachtlichen Selbstbeherrschung kräftig die Arme rieb.

»Vor seiner vollständigen Renovierung war es sehr gut, glauben Sie mir«, versicherte er. »Wenn Sie nichts dagegen haben, Dottore Lafet, gehe ich vor Ihnen ins Bad. Ach übrigens, vergessen Sie nicht, Ihren Linguistenfreund zu kontaktieren. Wenn er uns Informationen liefern kann, sind uns diese herzlich willkommen.«

Ich entledigte mich meiner durchgeschwitzten Kleidung und schlüpfte in einen der Hotelbademäntel, die so weich waren wie Schmirgelpapier. Dann ließ ich mich auf eines der Betten nieder, das wunderbar bequem war, was mich durchaus überraschte, und löste mein Handy vom Gürtel meiner Jeans. Kein Netz.

Ich ließ mich auf meinem Lager nach hinten fallen in der Absicht, mich ganz darauf auszustrecken, aber meine ein Meter zweiundneunzig stießen gegen den Rahmen aus gemasertem Sperrholz.

»Das kann nicht wahr sein«, stöhnte ich.

Resigniert richtete ich mich auf und setzte mich an den kleinen Schreibtisch, der an der hinteren Wand stand. Dann hob ich den Telefonhörer ab, um Ernesto Mendez anzurufen. Angelina, seine Haushaltshilfe, nahm nach dem dritten Klingeln ab.

»*Buenas noches*, guten Abend, Angelina. Hier ist Morgan, könnte ich bitte …«

Ein Schluchzen.

»Angelina? Angelina? *Esta usted llorando*, weinen Sie? Angelina, was ist los?«

Mit erstickter Stimme redete die arme Frau in einer mühevollen Mischung aus Spanisch und Englisch auf mich ein. Sie schloss ihren klagenden Monolog mit einem herzzerreißenden Seufzer ab und legte auf, zu traurig, um noch weiter zu sprechen.

Ich für meinen Teil saß wie gelähmt auf dem unbequemen Stuhl und starrte den Telefonhörer an, den ich noch immer in der Hand hielt.

Genauso fand mich Hyacinthe vor, als er aus der Dusche kam.

»Morgan? Was haben Sie denn? Sie sind ja ganz blass. Schlechte Neuigkeiten? Morgan?«

Ich wandte mit gläsernem Blick den Kopf in seine Richtung.

»Professor Mendez«, krächzte ich mit einer Stimme, die ich nur mit Mühe wiedererkannte. Dann räusperte ich mich. »Ernesto Mendez«, stotterte ich, »er … er ist …«

Mein Begleiter ließ sich auf eines der Betten fallen.

»Tot?«

»Ein Autounfall«, erklärte ich unter Schock. »Letzte Nacht. Die Polizei sagt, er habe die Kontrolle über sein Fahrzeug verloren und sei gegen die Mauer des Friedhofs von Montmartre geprallt. Das Auto ist … explodiert.«

Hyacinthe fuhr zusammen. »Explodiert?«

»Das ist unmöglich. Ernesto fährt bereits seit fünfzehn Jahren nicht mehr Auto. Er war sehr krank, halbseitig gelähmt! Er konnte sich nicht einmal mehr hinter ein Steuer setzen!«

»Explodiert?«, wiederholte mein Begleiter.

»*No queda nada*, das hat seine Zugehfrau gesagt. Es ist nichts übrig geblieben.«

Ich drückte die Finger gegen meine Schläfen und versuchte, das Bild eines in Flammen stehenden Autos und einer verkohlten Leiche zu vertreiben.

»Das Auto ist wirklich explodiert?«, fragte Hyacinthe nachdrücklich. »Als es gegen eine Mauer fuhr? Mitten in der Stadt und in engen Straßen, wo man kaum schneller als sechzig Stundenkilometer fahren kann? Und es ist nichts übrig geblieben?«

»Ich pfeif drauf, ob diese verdammte Karre explodiert ist oder nicht!«, fuhr ich auf. »Ich sage Ihnen gerade, dass Ernesto dieses Fahrzeug nicht gesteuert haben kann!«

Hyacinthe blieb ruhig. »Man kann nur zwei Sorten von Personen ans Steuer einer Autobombe setzen, die geradeaus auf ein Hindernis losgelassen wird«, erklärte er, als habe er mich nicht gehört. »Verrückte und Tote. Erstere, um Schäden anzurichten, Letztere, um sich ihrer Leichen zu entledigen.«
Als ich verstand, worauf er hinauswollte, musste ich mich aufs Bett legen, um nicht umzukippen.

Am nächsten Morgen saßen wir vor einem köstlichen Frühstück im eiskalten Restaurant des Hotels mit seinen pharaonischen Ausmaßen, doch der Kaffee in meinem Mund schmeckte bitter.
»Hatte er Feinde?«, fragte Hyacinthe beharrlich. »Oder könnte er jemanden beleidigt haben? Jemand, der seine beißenden Bemerkungen wörtlich genommen hat?«
»Ernesto hat nie ein Blatt vor den Mund genommen, aber dass das in jemandem die Lust geweckt haben könnte, ihn zu töten ... nein, daran glaube ich keinen Augenblick. Es ist merkwürdig, Etti hatte es gespürt. ›Was sind drei oder vier Stunden in deinem Leben? Seines ist vielleicht morgen vorbei.‹ Das hat er gesagt, als wir von ihm weggefahren sind.«
»Morgan, da ist etwas, das Sie mir nicht sagen wollen. Ich sehe es Ihrem Gesicht an. Was quält Sie?«
Ich stellte meine Tasse ab und trank einen Schluck Orangensaft. »Könnte es sein, dass Helios es nicht geschätzt hat, Ernesto im Besitz der Dokumente zu wissen, die Sie mir übergeben haben?«
»Sie meinen, ob er den einzigen Mann eliminiert haben könnte, der bis jetzt imstande war, uns konkrete Informationen zu liefern und der uns bei unseren weiteren Recherchen hätte be-

hilflich sein können? Erstens hätte ich davon gewusst. Zweitens ist Helios vorsichtig, nicht blöd.«
»Wer weiß von unserer Suche?«
»Nun, da Ihr Freund tot ist, Helios, Ihr Bruder, Sie und ich.«
»Das sind alle?«
»Soweit ich weiß, ja. Die Angelegenheit, die uns beschäftigt, ist nur eine harmlose Nachforschung, wie Helios sie fast täglich von Ihren Kollegen verlangt. Nichts, was einen Mord rechtfertigt.«
»So wie die Rüstung Alexanders des Großen?«, spöttelte ich.
»Das kann man überhaupt nicht miteinander vergleichen. Im Gegensatz zu Ihrem letzten Auftrag sind Sie und ich sozusagen im Urlaub, mein Lieber.«
»Wenn der Auftrag so harmlos ist, wie Sie sagen, warum übt Helios dann einen solchen Druck auf mich aus?« Ich beugte mich vor.
»Wir haben alle unsere Launen, Morgan. Im Gegensatz zu Ihnen und mir hält Helios sie nicht im Zaum, da er die Mittel hat, sie zu befriedigen, wie und wann es ihm passt.«
Ich trank meinen Kaffee mit einer Grimasse aus.
»Es tut mir leid für Ihren Freund, aber es ist meine Pflicht, Sie daran zu erinnern, dass wir aus einem bestimmten Grund hier sind. Haben Sie eine Idee, womit wir beginnen sollen?« Ich zuckte ohne große Begeisterung die Achseln.
»Sie sind der Denker des Teams«, erinnerte er mich und schenkte sich eine weitere Tasse schwarzen Kaffee ein.
»Bei dieser Art von Einbahnstraße«, erklärte ich, »beginnen Leute wie ich ihre Recherchen an Stellen, die für Leute wie Sie abschreckend und bar jeglichen Flairs sind …«
Hyacinthe, der gerade seine Tasse zum Mund führen wollte,

unterbrach seine Bewegung und warf mir einen fragenden Blick zu.

Chios-Stadt, Hafen- und Hauptstadt der Insel, ist ein kleiner, sehr lebhafter Ort, baufällig und modern zugleich, und liegt an der Ostküste gegenüber der Küste des ehemaligen Ionien. Die Kastro-Festung überragt den alten Hafen, und ihre Wehrmauern umschließen das alte Viertel mit seinen Häusern, die noch vergitterte Fenster und hölzerne Balkone haben.
In ebendiesem Umkreis befindet sich die berühmte Bibliothek Korais, eine der wichtigsten Griechenlands mit nahezu hunderttausend Bänden, darunter viele seltene Werke. Sie verdankt ihren Namen dem Gelehrten Adamantios Korais, dessen Sammlung man mir prompt empfahl, als ich meinen Namen und meine Universitätstitel nannte.
»Das wird sich zeigen«, sagte ich zu der Bibliothekarin, einer Dame in den Fünfzigern mit stark geschminktem Gesicht, an deren Armen eine beträchtliche Anzahl von Armreifen hing. »Haben Sie einen Online-Katalog der verfügbaren Bücher?«
»Selbstverständlich, Professor, folgen Sie mir. Sie werden es im Büro meiner Assistentin bequemer haben. Sie ist heute nicht da.« Mit einem Gang, den sie wahrscheinlich für verführerisch hielt, führte sie uns in einer Wolke intensiven Moschusdufts zu einem Raum mit einem Schreibtisch und einem Computer.
»Wenn Sie irgendetwas brauchen, Professor«, näselte sie, »zögern Sie nicht, sich an mich zu wenden.«
»Ich werde es nicht versäumen. Nochmals danke für Ihre Hilfe.«

Sie schloss sanft die Tür. Ich ließ mich vor dem Computer nieder, und mein Begleiter nahm mir gegenüber Platz.
Der Raum roch muffig und nach Leim. Ich öffnete das Fenster einen Spaltbreit. Das Stimmengewirr der Straße drang zu uns herauf, aber wenigstens bekamen wir etwas frische Luft.
»Die meisten christlichen Gebäude rund um den Globus – Klöster, Kapellen oder Kirchen – sind auf den Ruinen heidnischer Kultstätten errichtet worden. Chios bildet da keine Ausnahme.«
»Eine heidnische Kultstätte? Sagen Sie nicht, Sie hoffen, hier eine ägyptische Kultstätte zu finden?«
Ich startete eine Suche und wartete auf die Ergebnisse.
»Warum nicht? Es gibt Dinge, die weitaus überraschender sind. Nehmen Sie zum Beispiel Mekka. Das war ein heiliger Ort lange vor der Entstehung des Islam. Er trug damals den Namen Makkhashvara, und der schwarze Stein, der sich noch dort befindet, ist ein *linga*, das Emblem des Gottes Shiva, der seit Jahrtausenden verehrt wird.«
»Shiva? Der Hindugott?«
»Im Grunde ist der Shivaismus älter als der Hinduismus. Er war die Eigenheit der drawidischen Völker Indiens und des Mittelmeerraumes mehrere Jahrtausende vor unserer Zeit.«
»Verzeihen Sie mir meine Unwissenheit, Dottore Lafet, aber was ist ein … *linga*?«
»Eine phallische Darstellung aus Stein, die als die perfekte Form Shivas verehrt wird.«
Hyacinthe hörte mit großer Aufmerksamkeit zu. »Sagten Sie mir gerade, dass Tausende von Muslime jedes Jahr eine tagelange Pilgerreise unternehmen, um sich vor etwas niederzuwerfen, das aussieht wie ein … eine …«

»Ein Penis, ja. Aber die meisten von ihnen wissen es nicht.«
Er brach in Gelächter aus.
»Jeder neue Kult versucht, den vorangegangenen vergessen zu machen, indem er sich an derselben Stelle niederlässt und dessen Anhänger übernimmt.«
Auf dem Bildschirm erschien eine Liste mit Büchern, die uns Informationen über die ältesten christlichen Kultstätten der Insel liefern konnten; ich druckte sie aus.
»Wir werden jedes genauer durchsehen müssen und hoffen, dass wir einen Hinweis finden.«
»Aber das kann ja Wochen dauern«, stöhnte Hyacinthe.
»Der Großteil der Arbeit eines Archäologen findet in Bibliotheken statt.« Ich reichte ihm das ausgedruckte Blatt. »Willkommen im Metier!«

Wir blätterten bis zum frühen Nachmittag mehrere Dutzend Bücher durch, mit reichlich unterschiedlichen Ergebnissen. Es war heiß, die verbrauchte Luft in der Bibliothek war stickig, und mit derart minimaler Ausstattung zu recherchieren stellte sich als ziemlich frustrierend heraus.
»Dottore Lafet«, sagte Hyacinthe entmutigt. »Bei diesem Tempo schaffen wir es nie.«
Ich sah auf die Uhr: drei Uhr nachmittags.
»Gehen wir«, willigte ich ein, »und kommen wir morgen wieder.«
»Der erwartete Geistesblitz?«
»Nein, aber vielleicht eine Spur, die man nicht vernachlässigen sollte«, antwortete ich und schob eine Reihe von Fotokopien und Computerausdrucken in eine Plastikmappe.
»Welche?«

»Das Archäologische Museum. Nach dem, was ich gerade gelesen habe, wird dort seit kurzem eine umfangreiche Sammlung sehr alter Objekte ausgestellt, die im Süden der Insel gefunden worden sind.«

»Das ist ein Versuch wert.«

Wir verbrachten den Rest des Tages damit, durch die Gänge des Museums mit seinen wenig spektakulären antiken Kunstwerken zu laufen, ohne die geringste Spur zu finden. Einige persische Altertümer, die auf die Nähe zur türkischen Küste hinwiesen, seltene Stücke ägyptischer Inspiration, die aber aus der Zeit der römischen Eroberung stammten, und eine recht ungewöhnliche Anzahl von Gebeinen in einem jämmerlichen Zustand, kurzum, nichts wirklich Interessantes.

Verdrossen, erschöpft und entmutigt ließen wir uns zum Abendessen auf der Terrasse eines Restaurants am Hafen nieder, der immer noch überfüllt war von Menschen, Gepäckstücken und Waren. Da sich die Brise endlich verstärkt hatte, war die Temperatur erträglich geworden, und die Luft verbreitete einen Duft nach hoher See, der keineswegs unangenehm war.

Wir bestellten gegrillte Meeresfrüchte und dazu einen leichten Wein und aßen schweigend, während wir mit abwesendem Blick das Kommen und Gehen auf den Kaimauern verfolgten. Anschließend wurde uns der griechische Kaffee serviert; so stark, dass der Löffel darin hätte stehen können. Hyacinthe, der in ein paar Museumsbroschüren geblättert hatte, brach das Schweigen. »Laut Aussage des Museums stammen die Gebeine von einem archäologischen Fundort der alten Phanai, acht Kilometer von Pyrgi entfernt. Interessantes Detail: Es befindet sich dort ebenfalls die älteste Kultstätte der Insel, ein verfallener Apollontempel. Eine Kapelle ist darauf gebaut worden. Ist

das nicht der Ausgangspunkt, den wir in der Bibliothek gesucht haben?«
»Doch«, antwortete ich missmutig.
»Ihre Begeisterung rührt mich.«
»Wenn man dort etwas Ungewöhnliches gefunden hätte, hätten wir es im Museum gesehen.«
»Vielleicht ist nicht alles ausgestellt worden.«
Ich warf ihm ein zweifelndes Lächeln zu.
»Der Ort glänzt nicht gerade durch den Reichtum seiner archäologischen Entdeckungen, das stimmt schon.«
»Wenn die Konservatoren so weit gehen, dass sie einen Zeh der Statue eines Aussätzigen und Gebeine von einem alten ionischen Friedhof aus dem Süden der Insel ausstellen, dann haben sie die Kistenböden wirklich leer gekratzt, glauben Sie mir.«
»Dottore Lafet, wo ist der schöne Abenteurer geblieben, den zu bewundern ich gelernt habe? Wo ist der Elan geblieben, mit dem Sie das Grab des großen Alexander gesucht haben?«
»Das Grab habe ich freiwillig gesucht«, gab ich mit bitterer Miene zurück. »Und mein Vater saß nicht im Gefängnis.«
Der Kellner stellte ein Plastiktellerchen mit der Rechnung und zwei Kaugummis auf den Tisch. Hyacinthe las die Aufschrift auf der Verpackung und verzog angeekelt das Gesicht. »Enthält Mastix. Sie tun Mastix in die Kaugummis? Wie schrecklich!«
Ich lachte über seine Reaktion.
»Seien Sie beruhigt, es handelt sich keinesfalls um das, was Ihre Badezimmerfugen zusammenhält. Es ist eine sehr gefragte aromatische Substanz. Probieren Sie.«
»Nein, danke«, lehnte er ab und legte das Kaugummi zurück auf die Untertasse.

Als die Flamme von Hyacinthes Feuerzeug das Aluminiumpapier aufleuchten ließ, schoss mir plötzlich eine verrückte Idee durch den Kopf. Ich fing an, auf dem Kaugummi herumzukauen, und strengte dabei meinen Grips an. »Mastix ...«, murmelte ich abwesend vor mich hin.

»Entzündet sich da etwa die Lampe der Wissenschaft über Ihrem Kopf?«

Ich fuchtelte abwesend mit der Hand.

»Dottore Lafet?«

Aber ich hörte ihm nicht mehr zu. Mir war, als hätte man einen Motor entfesselt, der mein Gehirn allmählich auf Volldampf brachte.

»Nein«, murmelte ich vor mich hin. »Das wäre zu einfach ...«

»Wenn meine Anwesenheit überflüssig ist, sagen Sie's ruhig.«

Mit entschlossener Miene drehte ich mich zu ihm um und sah ihn durchdringend an. »›Du kennst die Insel, wo die Toten nach Ewigkeit duftende Tränen weinen, das Gesicht erhoben zum Wächter der Schlüssel, der über sie richtet, hoch oben von seinem Felsen hinab‹«, zitierte ich.

Er runzelte die Stirn. »Bekommen Ihnen die Meeresfrüchte nicht?«

Aufgeregt beugte ich mich zu ihm vor. »Wo befinden sich die meisten Klöster von Chios, Hyacinthe?«

»An allen Ecken der Insel, warum?«

»Von der Lage aus gesehen.«

»In der Höhe. Sie sitzen auf Berggipfeln.«

»Wo befinden sich die ältesten von ihnen?«

»Spielen wir etwa Rätselraten?«

Ich knurrte ihn an.

»Okay, okay. In Richtung Süden.«

»Was gibt es im Süden von Chios, das seinen Ruf ausmacht?«
Er zuckte die Achseln.
»Mastix, Hyacinthe. Und was haben wir im Museum gesehen, was von demselben Ort stammte?«
»Die Gebeine, allesamt in erbärmlichem Zustand, aus verschiedenen antiken Gräbern nahe des Apoll…« Er hielt einen Moment lang inne. »Eine alte Kultstätte, die über einen Friedhof hinausragt?«
Ich lehnte mich mit zufriedener Miene auf meinem Stuhl zurück. »Etti hat mir erklärt, einer der Beinamen des Anubis sei …« Ich wühlte rasch in meiner Plastikmappe und zog ein Bündel Notizen hervor. »…*Tepi-Dju-Ef*, ›der auf dem Berg steht‹. Und Ernesto sagt, die Legende von den Verstorbenen, die zum Herbstanfang wehklagen, sei wesentlich älter als das von den Türken im 19. Jahrhundert verübte Massaker.«
»Das ist bei den meisten Legenden der Fall.«
»Und das umso mehr, wenn die Mastixbäume mitten zwischen den Gräbern wuchsen. Das muss die Erinnerung über mehrere Generationen hinweg geprägt haben. Ich möchte gern diese auf Ruinen gebaute Kapelle besichtigen, von der Sie eben gesprochen haben.«
»Und mich würde interessieren zu erfahren, welcher Zusammenhang zwischen dem schönen Apollon und einem Einbalsamierer mit Schakalkopf bestehen kann.«
»Zu der Zeit, als man den, wie Sie sagen, Einbalsamierer mit Schakalkopf anbetete, existierte Apollon nicht einmal. Und da, wie man weiß, die Insel Chios erst seit sechstausend Jahren bewohnt ist, sollten Sie sich fragen, welcher der Gott war, zu dem man an diesem Ort betete und der später mit Apollon verschmolzen ist.«

Er warf mir ein kokettes Lächeln zu, gefolgt von einem provokanten Augenzwinkern.
»Wissen Sie, mein lieber Morgan, dass Sie geradezu schrecklich betörend sind, wenn Sie so brillieren?«
Er hatte diese Worte absichtlich auf Griechisch ausgesprochen, und ich blickte mich hastig um, um sicherzugehen, dass niemand ihn gehört hatte. Entgegen der weit verbreiteten Meinung schätzen Griechen diese Art von Getue zwischen zwei Personen desselben Geschlechts wenig, und ich hatte nicht die geringste Lust, eine Prügelei zu provozieren.
»Noch eine Bemerkung dieser Art, und ich spendiere Ihnen die Schönheitsoperation.«
Er lachte über meine Drohung und zahlte unser Essen in bar, nicht ohne dem Rechnungsbetrag ein großzügiges Trinkgeld hinzuzufügen.

Als wir wieder im Hotel waren, blieb ich zunächst in der riesigen Eingangshalle, um Etti anzurufen.
»Hallo?«
»Ich bin's. Wie geht es dir?«
»Könnte nicht besser gehen! Papa ist von seiner Gefängniszelle in eine überwachte Residenz überführt worden. Es ist zwar nicht besonders luxuriös, aber wohnlich. Er wird dort gepflegt und gut ernährt, wir hätten uns nichts Besseres erhoffen können.« Das Telefon fiel zu Boden, und Etti fluchte. »Bist du noch dran?«
Ich vernahm ein unangenehmes Brummen am anderen Ende der Leitung.
»Morgan? Hörst du mich?«
»Ja, ja, ich höre dich. Wo zum Teufel bist du denn?«

»Oh! Im Taxi. Ich komme gerade von Papa und fahre zurück ins Hotel.«

Ein Hupen, Bremsgeräusche, eine Beschimpfung auf Hindi … Durch den Hörer drang ein Rascheln, als hielte mein Bruder sein Telefon zwischen Schulter und Kiefer eingeklemmt. Ein »Taxi« – von wegen!

»Etti«, sagte ich vorwurfsvoll, »du bist schon seit zwei Jahren nicht mehr gefahren.«

»Warum sprichst du jetzt davon?«

»Halte mich nicht für einen Idioten.«

»Ich habe ein Auto mit dem Lenkrad auf der linken Seite und einer Automatikschaltung gemietet«, erwiderte er spöttisch. »Beruhigt?«

»Papa ist also nicht in Delhi?«

»Doch, natürlich.«

»Dein Hotel ist nicht in Delhi?«

»Was sollen diese blöden Fragen?«

»Warum hast du dann ein Auto gemietet?«, brüllte ich in den Hörer, woraufhin sich die Hälfte der Hotelgäste umdrehte. Ich verließ das Gebäude mit einer entschuldigenden Geste.

»Ich musste mal raus aus der Stadt und ein wenig Luft schnappen. Hör auf, so zu brüllen, man konnte dich glatt für hysterisch halten.«

»Etti, sollte ich erfahren, dass du …«

Das Telefon fiel ihm erneut aus der Hand. Reifenquietschen, Bremsgeräusche, und der Motor des Autos schwieg.

»Etti? Etti! Was ist los?«

»Ich habe nur am Straßenrand angehalten, Morgan.«

»Wozu musstest du ein Auto mieten?«

Schweigen.

»Du wolltest in dein altes Dorf zurückkehren, ist es das?«
Ein entnervter Seufzer.
»Du gibst dich immer noch Illusionen hin, was? Glaubst du wieder mal, die Dinge hätten sich geändert? Es hat sich aber nichts geändert, Etti! Du liest die indischen Zeitungen, du schaust Fernsehen, was erhoffst du dir denn? Auf einer Bahre zu enden, mit säureverbranntem Gesicht oder gebrochenen Gliedern? Dein Platz ist bei deiner Familie, Etti, und deine einzige Familie in Indien ist im Moment Papa.«
Langes Schweigen.
»Hör auf, dich tot zu stellen, rede mit mir!«
»Und du, hör auf, dir um alles Sorgen zu machen. Papa geht es gut, mir geht es gut, es regnet Bindfäden, aber die Mädchen sind hübscher als je zuvor in ihren feuchten Saris. Dir würden die Augen übergehen. Ich wusste allerdings nicht mehr, dass es auf den Straßen so viele frei herumlaufende Kühe gibt.«
Ich zog die Augenbrauen zusammen. Irgendetwas stimmte nicht. Sein leichter Tonfall und seine Mätzchen passten weder zu der Situation noch zu seinem gewohnten Verhalten.
»Etti, sag mir, was los ist.«
»Warum willst du bloß so sehr, dass die Dinge schlecht laufen?«
»Es ist Papa, nicht wahr?«
Ich hörte ihn eine Zigarette anzünden, was er nur unter besonders stressigen Umständen tat.
»Etti …«, sagte ich drohend.
»Er hat mich nicht wiedererkannt, Morgan«, gab er schließlich nach einer Weile zu. Sein Tonfall war heiser geworden. »Als ich ankam, wusste er nicht, wer ich war.«
Das Blut schien mir in den Adern zu gefrieren.

»Er brauchte gut zwei Stunden, um sich daran zu erinnern, dass ich sein Sohn bin.«
»Was, du hast gesagt, es ginge ihm gut«, stammelte ich, »was …«
»Ja, ja, es geht ihm viel besser. Morgan, der Gefängnisarzt behauptet zwar das Gegenteil, aber ich bin davon überzeugt, dass er einen Anfall hatte.«
Ich musste mich gegen eine Mauer lehnen, um nicht umzukippen. »Wie kommst du darauf?«
»Erinnerst du dich, vor sieben Jahren, in den Pyrenäen?«
Mit meinem freien Handrücken wischte ich mir den kalten Schweiß ab, der mir über die Stirn lief. Wir waren in jenem Winter in den Skiurlaub gefahren, und unser Vater hatte einen kleinen Herzanfall erlitten, der ihn wochenlang an ein Krankenhausbett fesselte. »Überanstrengung«, »zu viel Arbeit«, hatten die Ärzte diagnostiziert. Seitdem war er allerdings ausgezeichneter Verfassung gewesen.
»Er war den ganzen Tag Ski gefahren, Etti«, versuchte ich ihn zu beruhigen. »In seinem Alter ist das nicht sehr vernünftig, das muss man zugeben.«
»Es ist ihm wieder passiert, Morgan«, murmelte mein Bruder, als müsste er die Worte förmlich ausstoßen.
»Nein, ich bin überzeugt, dass es sich einfach um den Schock der Verhaftung handelt und …«
»Erinnerst du dich, kurz vor unserer Abreise nach Korinth, als ich ihn in England besucht habe? Während er an der Konferenz teilnahm …«
»Du hast mir gesagt, es sei für eine Studie über die … Etti, warum habe ich davon nichts gewusst?«, fragte ich mit klopfendem Herzen, da mir plötzlich bewusst wurde, dass die

Herzprobleme meines Vaters viel ernster waren, als man mich hatte glauben lassen.

»Er wollte nicht, dass du es weißt. Er fürchtete, du könntest dir Sorgen machen. Seitdem funktionierte seine Behandlung wunderbar. Allerdings hat er im Gefängnis tagelang seine Medikamente nicht einnehmen können.«

Ich verstand nun, warum Etti so beunruhigt gewesen war, als wir nichts von ihm gehört hatten.

»Was habt ihr beiden noch vor mir geheim gehalten?«, brachte ich mit erstickter Stimme hervor, wie betäubt von der Neuigkeit.

»Verstehe es nicht falsch, Morgan. Du brauchtest nicht zu …«

»Brauchte nicht?«, schrie ich in den Hörer. »Wie ich auch nicht zu wissen brauchte, dass du am Leben bist, eingesperrt in einer Klinik? Wie ich was noch nicht zu wissen brauchte?«

»Deine Karriere befand sich in vollem Aufschwung, und du musstest dich auf deine …«

»Das ist ganz mein Vater! Du … Wie konntest du mir das antun, Etti? Ich habe dir vertraut!«

»Morgan, wir werden gleich unterbrochen, der Akku ist fast leer. Bleib ganz ruhig. Er wird nun von einem der besten Ärzte Delhis überwacht. Ich sorge persönlich dafür. Ich drück d–«

»Biieeipppp.«

»Scheiße!«

»Das Netz funktioniert momentan nicht so gut«, sagte einer der Hotelgäste, der hinausgegangen war, um eine Zigarette zu rauchen. Er bot mir freundlicherweise eine an, die ich gern annahm. »Alles in Ordnung? Ihre Hände zittern.«

Es handelte sich um einen athletischen Mann von etwa dreißig Jahren, bekleidet mit einer grauen Leinenhose und einem pas-

senden eleganten Hemd, das Hyacinthe nicht verschmäht hätte. Sein Griechisch war von einem leichten, kaum wahrnehmbaren Akzent gefärbt.
»Ich habe soeben eine schlechte Neuigkeit erhalten. Mein Ausbruch muss Sie schockiert haben, verzeihen Sie, ich hatte Sie nicht gesehen.«
»Nicht weiter schlimm. Ich weiß, wie das ist. Schwierigkeiten brechen leider immer ohne Vorwarnung über uns herein.« Sein vornehmes Gesicht drückte Mitleid aus, aber er besaß die Feinfühligkeit, nicht nachzubohren, und gab mir Feuer mit einem vergoldeten Talmifeuerzeug.
»Auf Vergnügungsreise?«, fragte ich aus reiner Höflichkeit.
»Geschäft. Ich arbeite viel auf dieser Insel. Und Sie?«
»Ich bin Archäologe.«
Seine stahlblauen Augen funkelten, und ein Lächeln zog über seine schmalen Lippen, unter denen der Anflug eines blonden Barts in Erscheinung trat. Ich bemerkte, dass seine Haare und Augenbrauen braun gefärbt worden waren. Merkwürdig, die Dandys machten es doch normalerweise genau umgekehrt.
»Faszinierend! Ein Traumberuf. Aber erlauben Sie, dass ich mich vorstelle: Constandinos Egrigoros.«
»Morgan Lafet. Erfreut«, sagte ich und drückte seine hingehaltene Hand. »Grieche?«
»Athener, ja. Machen Sie hier Ausgrabungen?«
»Nein, ich bin nur hergekommen, um ein paar Überreste zu besichtigen«, log ich. »Ich arbeite an einer Biografie über Kara-Ali*.«

* Besonders grausamer türkischer Eroberer, verantwortlich für den Tod von Hunderttausenden von Menschen.

»Oh! Die osmanischen Seeschlachten. Umfassendes Thema. Und eine recht barbarische Persönlichkeit.«
»Das stimmt. Nun ja, hocherfreut, Sie kennen gelernt zu haben, Monsieur …«
»Egrigoros. Constandinos Egrigoros.«
»Verzeihen Sie. Danke für die Zigarette.«
Ich verabschiedete mich freundlich und betrat die Eingangshalle, wo ich meine Zigarette ausdrückte, bevor ich den Aufzug betrat. Wenn dieser Mann Grieche war, war ich Sultan.

V

Am nächsten Tag versuchten wir, an der Rezeption ein Auto zu mieten, aber der überaus peinlich berührte Hotelangestellte erklärte uns, dass wegen der vielen Touristen und eines unangekündigten Taxistreiks vor Spätnachmittag keines verfügbar wäre. Und dann auch nur, wenn wir sofort reservierten, was wir taten.

Mangels Auto gingen Hyacinthe und ich daher auf Wanderschaft. In unserer sehr bequemen Kleidung mit Shorts und Laufschuhen, die Rucksäcke ganz lässig über die Schulter geworfen, hätte man uns leicht für zwei typische Ökotouristen halten können.

Ein – nicht klimatisierter – Autobus setzte uns, nachdem seine Reifenpanne zwischendurch repariert worden war, dreißig Kilometer südlich von Chios-Stadt ab, nicht weit von Pyrgi entfernt, einem Dorf, das sich seinen typisch mittelalterlichen Charakter bewahrt hatte. Wir machten dort kurz Halt, um kühles Mineralwasser zu kaufen und nach dem Weg zu fragen. Wenn wir den Pfad »genau dort« hinuntergingen, würden wir nach zehn Kilometern, so versicherte man uns, das alte Apollonheiligtum finden.

Hyacinthe schaute missvergnügt auf die Uhr. Halb elf. Durch die Reifenpanne hatten wir die kostbaren Stunden der morgendlichen Kühle versäumt.

»Nur Mut!«, neckte ich ihn und klopfte ihm auf die Schulter. »Wir werden nicht vor Mittag in der Sonne braten.«

»Warum sollte der Mann gelogen haben?«, fragte mein Begleiter ein wenig später beunruhigt, als wir unter der bleiernen Hitze querfeldein liefen.

»Wahrscheinlich wieder einer von diesen originellen Spaßvögeln, die sich zu wenig beachtet fühlen«, erklärte ich achselzuckend. »An touristischen Orten wimmelt es davon.«

Er schien nicht überzeugt zu sein.

»Sie so verwirrt zu sehen, hat etwas Alarmierendes, wenn man Sie kennt, wissen Sie das?«

»Verzeihen Sie, Dottore Lafet. Mein ›Amt‹ hat mich gelehrt, dem zu misstrauen, was anderen banal erscheint.«

»Hören Sie auf, mich so zu nennen, ich habe sonst den Eindruck, Sie reden mit meinem Vater.«

Hyacinthe zog eine Flasche Mineralwasser hervor, um seinen Durst zu löschen.

Der Blick war herrlich, und ich lehnte mich an den genarbten Stamm eines Olivenbaums, um wieder zu Atem zu kommen. Das saftige Gras verströmte einen belebenden Geruch nach Chlorophyll, den ich in kräftigen Zügen einatmete.

Mein Begleiter hockte sich neben mich.

»Ich mache mir Sorgen um Etti«, gestand er mir.

»Inwiefern? Wissen Sie etwas, das ich nicht weiß?«

Er schüttelte den Kopf.

»Ich habe heute früh mit einem der Anwälte gesprochen, die sich um den Fall Ihres Vaters kümmern. Er findet, Ihr Bruder verhalte sich seit zwei Tagen merkwürdig.«

»Das heißt …?«

»Er konnte es mir nicht genau erklären. Wir sollten aber eines

nicht vergessen: Greenfeald ist Londoner«, versuchte er zu scherzen.
Ich verdrehte die Augen. »Matura …«
»Eine Frau?«
»Nein, Matura ist das Dorf, in dem er aufgewachsen ist.«
»Hat er dort noch Familie?«
»Nein, aber … Es ist kompliziert.« Ich zog zwei Zigaretten aus meiner Tasche und zündete sie an, bevor ich Hyacinthe eine reichte. »Jedes Mal, wenn Etti den Fuß auf seinen Heimatboden setzt, ist es die gleiche Geschichte. Die ersten zwei, drei Tage ist alles in Ordnung. Er verhält sich wie ein einfacher Besucher aus dem Westen, aber dann … Es ist nicht leicht zu erzählen.«
»Versuchen Sie's.«
»Er geht mit gesenktem Kopf durch die Straßen, weigert sich, bestimmte Tempel oder Restaurants zu betreten, er weicht vor vielen Leuten zurück und gibt ohne ersichtlichen Grund den Weg frei. In bestimmten Vierteln legt er sogar seine Uhr ab und zieht manchmal seine Schuhe aus.«
»Ich verstehe nicht, worauf Sie hinauswollen.«
Ich stieß den Rauch meiner Zigarette aus. »Er wird wieder zu dem, was er war, bevor mein Vater ihn adoptiert hat.« Hyacinthe runzelte verwirrt die Stirn.
»Ein *dalit*. Ein Unberührbarer.«
»Stimmt, davon haben Sie mir erzählt.«
»Für die Hindus ist und bleibt Etti sein ganzes Leben lang ein Paria, egal was er tut.«
»Aber er ist doch jetzt kein Inder mehr.«
»Aber er ist immer noch Hindu, auch wenn das über Ihren und meinen Verstand hinausgeht. Hindu und *dalit*.«

»Soweit ich weiß, steht ihm das nicht ins Gesicht geschrieben, warum hält er ihnen die Wange hin, damit sie ihn schlagen?«
»Er hat es mir nie genau erklären können. Mein Bruder war fünfzehn, als er adoptiert wurde, sechzehn, als er Indien verlassen hat; man kann sich in einem so fortgeschrittenen Alter nicht vollkommen umerziehen, vor allem nicht, wenn man so behandelt wurde wie er. Bei jeder Reise dorthin besteht er darauf, die Orte wiederzusehen, wo er gelebt hat, oder in sein Dorf zurückzukehren. Er ist jedes Mal davon überzeugt, dass die Dinge sich geändert haben und dass die ideologische und physische Grenze, die das Dorf in zwei Lager teilt, das der Menschen von Kaste und das der *dalits*, verschwunden ist. Und jedes Mal ist es dieselbe Enttäuschung. Bis auf eine Kleinigkeit: Nun, da er ›verwestlicht‹ und ›reich‹ ist, wird er von beiden Seiten gehasst. Er ist in seiner eigenen Heimat nirgendwo zu Hause. Meistens schlüpft er gerade in einem solchen Moment in seine alte Pariahaut, in der unbewussten Hoffnung, nehme ich an, einen Platz in der überhierarchisierten Gesellschaft zu finden, in der er aufgewachsen ist.« Ich trat meine Zigarette mit dem Absatz aus. »Er erlebt nun den Alptraum, erneut ›unrein‹ zu sein, begreift aber zugleich die Ungerechtigkeit all dessen, und diese Auflehnung löst manchmal bei ihm seltsame Reaktionen aus.«
»Ja, er muss sich ziemlich ratlos fühlen.«
Ich drehte mich mit ernstem Gesicht zu ihm um. »Sie haben mich falsch verstanden, Hyacinthe. Sie kennen von meinem Bruder nur das Bild eines kranken jungen Mannes wie in Griechenland oder eines Genesenden wie in Barbizon. Vielleicht sogar das ein wenig idealisierte Bild, ich gebe es zu, des perfekten, zu früh gestorbenen Bruders, das ich Ihnen beim letzten

Mal gezeichnet habe. Wir sprechen aber hier von einem Ausgeschlossenen, einem ›Pestkranken‹, der mehrfach misshandelt und verjagt wurde, einem Kind, das sich im wahrsten Sinne des Wortes durchkämpfen musste, um nicht zu verhungern. Etti mag Ihnen vielleicht folgsam, feinfühlig und friedfertig erscheinen, er kann aber eine Gewalt und eine Kaltblütigkeit an den Tag legen, die Sie bei ihm nicht vermutet hätten. Treiben Sie ihn bis zum Äußersten, und er springt Ihnen an die Gurgel.«

Hyacinthe schmunzelte.

»Ich muss zugeben, dass er mich bei unserer letzten Zusammenkunft überrascht hat.«

»In Indien wird diese Art von Verhalten einem Unberührbaren nie verziehen, ob eingebürgert oder nicht. Viele von ihnen waren plötzlich am ganzen Körper gelähmt oder von Säure entstellt, weil sie Wasser aus einem Brunnen getrunken haben, der den höheren Kasten vorbehalten ist, oder weil sie an Stellen gebadet haben, die ihnen verboten waren.«

»Haben Sie keine Angst«, versprach er. »Er ist dort drüben nicht allein. So diskret sie auch sein mögen, seine ›Schutzengel‹ sind deswegen nicht weniger präsent.«

Ich nickte, da ich verstand, worauf er hinauswollte. »Helios wird nicht zulassen, dass ihm irgendjemand ein Haar krümmt, darauf gebe ich Ihnen mein Wort.«

»Wenigstens nicht, solange er ihn braucht«, hätte er noch hinzufügen können.

Wir machten uns wieder auf den Weg, nachdem wir die Sandwiches verschlungen hatten, die wir zuvor an der Hotelbar gekauft hatten. Nach einer Stunde Fußmarsch hatten wir Aussicht auf die ersten Mastixbaumplantagen. In zwei Monaten

würden die Bäume zur Ader gelassen werden und den wertvollen Mastix produzieren.
»Drehen Sie sich nicht um«, flüsterte Hyacinthe plötzlich, als wir einen leichten Abhang hinabstiegen. »Wir werden verfolgt.«
»Von wem?«
»Ich habe nicht die leiseste Ahnung.«
»Was glauben Sie, warum?«
»Wenn er uns hätte angreifen wollen, wäre das schon passiert. Tun Sie so, als sei nichts, aber achten Sie auf Ihre Worte, der Wind kommt von vorn, und der Schall reicht bis weit hinter uns.«
Wir legten die letzten beiden Kilometer, die uns von dem alten Tempel trennten, auf den ein Schild hingewiesen hatte, scheinbar leichten Schrittes zurück, aber ich sah, dass Hyacinthe in regelmäßigen Abständen seine Seite abtastete, wahrscheinlich um sicherzugehen, dass er seine Waffe jeden Moment problemlos ziehen konnte.
»Folgt er uns noch?«, wisperte ich und konnte dabei meine Aufregung schlecht verbergen.
»Ja. Ganz ruhig.«
Ein paar Landwirte grüßten uns, als wir an ihnen vorbeikamen, und ich nutzte die Gelegenheit, um sie zu fragen, ob sich der alte Tempel wohl in dieser Richtung befand. Da wir das letzte Stück wieder querfeldein gelaufen waren in der Hoffnung, unseren Verfolger zu zermürben, hatten wir kein Hinweisschild mehr gesehen.
»Die Kapelle? Ja, die ist da oben. Sehen Sie die Olivenhaine? Sie ist genau da, mitten zwischen den Bäumen.«
Wir durchquerten die Mastixbaumplantagen und machten

uns daran, den steilen Hang hinaufzuklettern. Auf halbem Weg konnte ich nicht anders, als einen Blick hinter mich zu werfen, indem ich so tat, als bewunderte ich den Ausblick.

»Unnötig«, erklärte mein Begleiter. »Er würde sich nicht auf offenes Terrain wagen. Entweder ist er auf der anderen Seite des Mastixbaumfeldes geblieben und beobachtet uns von dort aus, oder aber er hat auf dem Absatz kehrtgemacht.«

Auf dem Gipfel des schroffen Hügels kamen wir im Schatten der Olivenbäume wieder zu Atem. Eine orthodoxe Kapelle erhob sich dort, klein, aber massiv. Hier und da lagen noch verstreut Steine des antiken Gebäudes herum, wenn sie nicht dazu verwendet worden waren, das neue zu erbauen.

»Ein bisschen trostlos, nicht?«, bemerkte Hyacinthe.

»Hyazint auf Wallfahrt zum Tempel seines geliebten Apollon«, witzelte ich. »Vorsicht vor unbekannten Flugobjekten, der Wind erhebt sich.«

Der Scherz entspannte die Stimmung, und wir gingen bis zur Eingangstür der Kapelle. Sie war nicht abgeschlossen, und ein kleiner Stoß reichte, damit sie sich vor uns öffnete. Drinnen brannten mehrere Kerzen und erhellten den Ort mit flackerndem Licht. Nach der blendenden Sonne brauchten wir einen Moment, um im Halbschatten etwas erkennen zu können.

Als sich unsere Augen an das Halbdunkel gewöhnt hatten, schien sich ein gespenstischer Schatten vor uns zu materialisieren, und ich trat unwillkürlich einen Schritt zurück.

»Seien Sie willkommen im Hause Gottes«, sagte eine weiche Stimme auf Englisch. Der alte weißhaarige Priester mit dem angegrauten Bart und der straff geschnürten, schwarzen Soutane, bat uns mit einem liebenswürdigen Lächeln einzutreten.

»Verstecken Sie sich immer im Dunkeln, um Touristen Angst einzujagen?«, fragte ich auf Griechisch.
Er lachte aus vollem Herzen und kam näher, ein Bein hinter sich herziehend. Dann segnete er uns, indem er uns ein Kreuz auf der Stirn nachzog. »Ich habe das geschmolzene Kerzenwachs auf dem Boden weggeputzt. Sie scheinen einen langen Fußmarsch hinter sich gebracht zu haben. Ich werde Sie in Ruhe lassen und später wiederkommen.«
»Nein, Vater, das ist nicht nötig, wir sind nicht da, um zu beten. Im Gegenteil, Sie könnten uns eine große Hilfe sein.«
»Ach? Wenn ich Ihnen irgendwie behilflich sein kann, stehe ich Ihnen zur Verfügung.«
Ich reichte ihm die Hand und stellte mich vor.
»Und das ist Hyacinthe Bertinelli, mein Assistent.«
»Archäologen. Was für einen wunderbaren Beruf Sie haben.«
»Ja, das hören wir in letzter Zeit öfter.«
»Wie Sie sehen, ist nicht viel von dem heidnischen Tempel übrig geblieben. Es ist alles dem archäologischen Museum übergeben worden. Haben Sie es besucht?« Wir nickten. »Ah, gut. Ein sehr hübsches Museum.«
»Eben, wir haben dort Gebeine gesehen, die von hier stammen sollen.«
Der Priester nickte und nahm auf einem kleinen dreibeinigen Hocker Platz, während er sich das Kreuz massierte. »Das stimmt. Sie haben sie dort unten in den Feldern gefunden. Wir haben sie übrigens lange behalten, in einem schicklichen Grab«, beeilte er sich zu erklären. »Nahe der Kapelle. Offen gesagt dachten wir, es handelte sich um die armen Opfer der osmanischen Verfolgungen. Es ist erst … mein Gott, das muss bald zehn Jahre her sein. Ja, ungefähr. Weiter unten haben ei-

nige Landarbeiter etwas entdeckt, das ein Grab zu sein schien. Sehr alt. Wir haben uns daher an Kollegen von Ihnen gewandt, um es zu untersuchen. Leider ist die Mumie zu Staub zerfallen, als sie sie aus der Erde holen wollten.«

Hyacinthe horchte sofort auf. »Haben Sie gerade ›die Mumie‹ gesagt?«

»Ja. Ein mumifizierter Körper, Sie wissen schon, wie in Ägypten.«

»Wir verstehen sehr gut«, murmelte ich.

»Nicht so gut mumifiziert wie dort, sonst wäre sie nicht so zerfallen, nehme ich an. Wie dem auch sei, wir haben ihnen daraufhin die Gebeine nahe der Kapelle gezeigt, denn sie stammten von demselben Ort, oder fast. Sie haben sie datiert, und anscheinend waren sie sehr, sehr alt. Bestimmte zumindest.«

»Wie ›sehr alt‹?«, erkundigte sich mein Begleiter.

»Vier- oder fünftausend Jahre, wenn ich mich recht erinnere. Aber in meinem Alter, wissen Sie …«

»Die, die wir im Museum gesehen haben, waren wesentlich jünger«, bemerkte ich.

Der Priester hob die Schultern und faltete die Hände.

»Das Geld …«, seufzte er. Ich runzelte die Stirn. »Oh, das ist für niemanden ein Geheimnis. Man hat nicht nur Gebeine gefunden, sondern allerhand Sachen. Auf rätselhafte Weise verschwunden. Verkauft eher«, fügte er leiser hinzu.

»Verkauft an Sammler, ist es das, was Sie andeuten wollen?«, fragte ich und zog eine Grimasse.

Der Priester bestätigte mit einem Kopfnicken. »Ganz bestimmt.« Er schien einen Augenblick zu überlegen. »Entschuldigen Sie bitte meine Unwissenheit und verzeihen Sie,

wenn ich Ihnen zu nahe trete, aber … Sind Sie berühmte Archäologen?«
Seine Frage überrumpelte mich.
»Ich habe schon an einigen Ausgrabungen in Ihrem Land teilgenommen, und, sagen wir mal, mein Ruf öffnet mir einige Türen. Ich habe im Louvre gearbeitet und für verschiedene griechische Museen in Athen, Sparta, Delphi …«
»Schon gut, schon gut«, unterbrach er mich. »Ich habe vielleicht nicht die Antwort auf Ihre Fragen, aber zusätzliche Elemente, die Ihnen zum Studium unserer Insel von Nutzen sein können.« Ich beugte mich interessiert zu ihm vor. »Ich denke an einen Mann im Norden, ein Ire mit Namen O'Connor, wie sie dort ja alle heißen, der vor einigen Jahren ein verfallenes Kloster erworben hat. Er hat es restauriert und daraus eine Villa gemacht, aber das ist nicht das Wichtigste. Dieser Mann, angeblich Liebhaber von Kunst und Antiquitäten, hat im Laufe der Jahre Hunderte von alten Gegenständen, die von der Insel stammen und über die Welt verteilt waren, gekauft, gesammelt und sie wieder hierher zurückgebracht. Nach seinem Tod werden sie dem Museum vermacht, aber bis dahin verwahrt er sie und erklärt sich manchmal einverstanden, sie Gelehrten und Forschern zu zeigen. Wenn Ihr Ruf so ist, wie Sie ihn mir beschrieben haben, bin ich davon überzeugt, dass er damit einverstanden sein wird, Ihnen seine Sammlung zu zeigen.«
Hyacinthe warf mir ein optimistisches Lächeln zu.
»Wo können wir ihn denn treffen, diesen Mister O'Connor?«
»Haben Sie Papier und einen Stift?« Ich zog ein Notizheft aus meiner Tasche. »Seien Sie so doch gut und schreiben Sie für mich, meine Augen lassen mich allmählich im Stich.«

Ich notierte gewissenhaft seine Angaben.

»Diese Informationen können sehr wertvoll für uns sein, Vater.«

»Nicht der Rede wert. Ich bedauere, nicht mehr tun zu können. Ich will Ihnen aber auch unsere Schätze zeigen. Sie können es zwar bestimmt nicht mit denen des Louvre aufnehmen, aber wir sind stolz auf sie. Kommen Sie, kommen Sie, treten Sie näher.«

Er stand mühsam auf und schob uns zum Altar, von dem er eine Kerze nahm, um die Wände der Kapelle zu erleuchten. Vergoldete Ikonen funkelten in der flackernden Flamme. Jungfrauen, pausbäckige Babys mit Heiligenschein und was weiß ich noch alles lächelte von einer bescheidenen Höhe auf uns herab. Ich verstand nichts von diesen Dingen und warf Hyacinthe einen beunruhigten Blick zu. Doch zur großen Freude des Priesters begann er, die Malereien wie ein wahrer Kunstliebhaber und Experte zu kommentieren. Er würde wahrhaftig nie aufhören, mich zu überraschen.

Ich für meinen Teil sah nur schlecht wiedergegebene Gesichter, ungeschickte Perspektiven und auffällige Vergoldungen, die es nicht mit dem naivsten Fresko der bescheidensten antiken Behausung aufnehmen konnten. Der Altar selbst mit seinen bestickten Deckchen zeugte von einem mehr als zweifelhaften Geschmack. Was das Kruzifix betraf, so war das die Apotheose. Der Christus am Kreuz war auf seine einfachste Ausdrucksform reduziert worden: ein großer Ring in Form einer umgedrehten Birne für den Kopf, zwei Stifte als 'I' für Arme und Beine, das Ganze auf ein Kreuz geklebt, das mit Goldblättchen und bunten Halbedelsteinen verziert war. Schreiend fromm und kitschig. Etti hätte es geliebt.

»Wir danken Ihnen für Ihre Hilfe und dafür, dass Sie uns diese kleinen Wunderwerke gezeigt haben«, schloss Hyacinthe.
Der gute Mann bekam rosige Wangen vor Freude und begleitete uns zu dem steilen Weg, der zur Kapelle führte.
»Möge Gott Sie beschützen. Seien Sie vorsichtig, man hat sich hier schnell den Fuß verstaucht, ich weiß, wovon ich spreche.«
Mein Begleiter zog zwei Hunderteuroscheine aus seiner Tasche und schob sie dem verblüfften Priester in die Hand.
»Für die Erhaltung der Kapelle«, sagte er.
»Gott segne Sie, meine Jungen. Und vergessen Sie nicht«, rief er uns nach, »der Boden ist in den Hügeln sehr uneben. Man sollte sich lieber Zeit nehmen.«
Nach einer letzten Verabschiedung stiegen wir den Abhang hinab und gingen querfeldein durch das Mastixbaumfeld. Der Mann, der uns den Weg gezeigt und uns wahrscheinlich mit dem Priester gesehen hatte, rief uns von weitem etwas zu.
»He! Wo geht's denn hin?«, fragte er, während er sich eine Zigarette drehte
»Nach Pyrgi!«
»Zu Fuß? Bei der Hitze? Wollen Sie vertrocknen wie Feigen? Kommen Sie, ich habe meinen Lieferwagen unter den Bäumen stehen!«
Wir gingen begeistert zu ihm hinüber.
Der Mann erzählte uns, dass er seit über vierzig Jahren von der Mastixernte lebte, »wie seine Vorfahren vor ihm«, während er uns in seiner alten, stotternden Karre nach Pyrgi fuhr. Was aber tausendmal besser war, als mit einem Unbekannten auf den Fersen unter der Sonne längs zu marschieren.
»Sie haben also schon immer hier gelebt?«, fragte Hyacinthe höflich.

»Ja, mein Junge«, antwortete er, die Zigarette zwischen die Lippen geklemmt. »Hab wohl nicht so viele Länder gesehen wie ihr, aber ich würd für nichts auf der Welt tauschen. Und dann muss ich ja auch nicht buddeln«, fügte er in meine Richtung gewandt hinzu. »Wette mal, du hast auch noch 'n ganzen Haufen studieren müssen.« Ich nickte, und er schüttelte den Kopf. »Studieren, um Löcher zu graben!«

»Da wir gerade von Löchern sprechen«, ergriff ich das Wort, »der Priester der Kapelle hat uns erzählt, dass vor zehn Jahren Ausgrabungen in den Feldern stattgefunden haben.«

»Pater Ioannis? Der verflixte Alte! Ja, stimmt. Die Schweine haben mir mehrere Sträucher rausgerissen. Und glaubst du, die hätten die wieder eingepflanzt oder für die Schäden bezahlt? Nix da.« Er beobachtete uns misstrauisch. »Sagt mal, ihr beiden … Ihr kommt doch nicht auch, um in meinem Feld zu buddeln, hoff ich?«

Hyacinthe, eingequetscht zwischen mir und unserem Chauffeur, hielt einen Lachanfall zurück.

»Nein«, beruhigte er ihn. »Wir sind nur hier, um ein paar Informationen über die Geschichte der Insel zu sammeln.«

»Pater Ioannis hat auch erklärt, dass einige antike Gegenstände aus der Erde geholt worden sind«, fuhr ich fort.

Unser guter Samariter schürzte die Lippen, und die Asche seiner gedrehten Zigarette fiel auf seine Hose aus grobem Leinen.

»Ich versteh nicht, warum die sich die ganze Mühe gemacht haben mit ihren Pinseln. Man holt jeden Tag so 'n Ramsch hervor wie den, den die gefunden haben. Teile von Vasen, altes Eisen, Dinge, bei denen man noch nicht mal weiß, was es ist, und die nach nix aussehen. Doch, einmal hab ich einen hübschen Ring gefunden, den hab ich meiner Tochter gegeben. Aus Gold war der. Aber das war das einzige Mal.«

»Und was machen Sie mit all diesen Gegenständen?«

»Dasselbe, was wir hier in der Ecke immer gemacht haben. Wenn's geht, verwenden wir's wieder, wenn nicht, schmeißen wir's weg. Meine Frau hat Geranien in einen bemalten Krug gepflanzt, den der Hund letztes Jahr ausgebuddelt hat. Der Krug war so groß«, zeigte er, wobei er das Lenkrad losließ auf die Gefahr hin, uns in den Graben zu befördern. »Mit Henkeln und nackten Typen drauf, so wie die das in der alten Zeit gemacht haben. Der hätte euch gefallen, man hätte meinen können, der wär grad erst gemacht worden, bis auf ein kleines Stück, das ich wieder drangeklebt hab. Ihr müsst die Hände ja voll von diesem Töpferzeugs haben.«

»Töpferzeugs«. Dieser gute Mann pflanzte Geranien in wahrscheinlich zweitausend Jahre alte griechische Vasen …

Hyacinthe lächelte, als er sah, wie ich mich an meinem Sitz festkrallte, aber unser Chauffeur fuhr ungerührt fort: »Sie hat auch die Tücher der Kapelle mit den Resten bestickt, die wir gefunden haben, nicht ganz echte Edelsteine und Glasperlen in allen möglichen Farben, habt ihr die gesehen?«

Ich dachte zurück an die Deckchen und zwang mich, anerkennend zu klingen. »Ja, entzückend.«

Voller Stolz auf seine bessere Hälfte fügte er hinzu: »Sie hat 'n Talent dafür. Da gibt's 'n Kurs im Dorf, einmal die Woche. Die Frauen lernen, einen Haufen Zeugs aus irgendwelchen Resten herzustellen, um damit das Haus zu dekorieren. Da sind wir. Nun seid ihr sogar zu früh für den Bus.«

Hyacinthe lud ihn zum Dank auf ein Glas ein, und wir verbrachten zwei Stunden im Café, unserem Mann dabei zuzuhören, wie er sich über die griechischen Politiker und die Übertragung des Fußballspiels vom Vortag ausließ. Ich bedauerte fast, nicht zu Fuß nach Pyrgi zurückgegangen zu sein.

Zurück im Hotel, versuchten wir den Mann zu erreichen, von dem Pater Ioannis uns erzählt hatte, Donald O'Connor. Es fiel uns nicht schwer, seine Nummer im Telefonbuch zu finden, da, wie man uns an der Hotelrezeption erklärte, der sechzigjährige Milliardär eine Berühmtheit der Insel war. In den neunziger Jahren hatte er sich das alte, verlassene Franziskanerkloster aus dem 16. Jahrhundert im Norden von Chios zugelegt, das Moundon-Kloster. Für eine beträchtliche Summe hatte er die Ruinen des alten Andachtsortes in eine prunkvolle Privatvilla umgewandelt. Dass er nach den Arbeiten seine Tür den Touristen und Besuchern aller Art verschlossen hielt, hatte eine gewisse Unzufriedenheit ausgelöst, aber eine große Spende an die Kulturverwaltung der Insel – von dem unerschwinglichen Preis, zu dem er die Ruinen erstanden hatte, abgesehen – hatte die bösen Zungen zum Schweigen gebracht.
Ein Hausangestellter ging ans Telefon. Ich zählte, ohne zu zögern, sämtliche hochtrabende Titel auf, deren ich mich rühmen konnte, woraufhin man mich sofort zum Privatanschluss des Hausherrn durchstellte.
Wie der Priester vorausgesehen hatte, hatte der Mann mit der rauen, ein wenig hochmütigen Stimme von mir und vor allem von meinem Vater gehört, der eine Zeitlang weltweit bei Fernsehsendungen zu sehen gewesen war, nachdem er mit dem Unterrichten aufgehört hatte. O'Connor machte uns keinerlei Schwierigkeiten, was die Besichtigung seiner Sammlung anging, ganz im Gegenteil.

»Zum Abendessen? Heute?«
Hyacinthe stimmte mit einem Kopfnicken zu.
»Ich überrumpele Sie bestimmt ein wenig, Professor Lafet, verzeihen Sie mir. Würde Ihnen morg–«
»Nein, nein, heute Abend ist perfekt. Mein Kollege und ich hatten nichts Besonderes vor.«
»Wunderbar! Sagen wir gegen 21 Uhr?«
»21 Uhr ist in Ordnung.«
Er beschrieb mir den Weg, und ich hatte kaum Zeit, seine Angaben zu Ende zu notieren, als Hyacinthe schon das Auto abholen ging, das wir am selben Morgen reserviert hatten.
Es blieben uns noch gut zwei Stunden.

Ich schlüpfte in ein schlichtes schwarzes T-Shirt und eine Hose aus Naturleinen, band mir die Haare zusammen und warf dann einen kritischen Blick in den Spiegel. Je stärker ich gebräunt war, desto mehr trat die lange Narbe hervor, die mir quer über das Gesicht lief. Auch wenn das weibliche Geschlecht sie eher sexy fand, hätte ich doch liebend gern auf sie verzichtet.
»Und zum Cocktail? Holen Sie da die Latzhose raus?«, spottete Hyacinthe, der in einem seiner einwandfrei geschnittenen, italienischen Designeranzüge mit Krawatte perfekt gekleidet war.
»Es ist das Eleganteste, was ich habe, tut mir leid.«
Er schielte auf den Schritt meiner Hose und beugte sich neckisch zu mir herüber. »Tragen Sie nie Unterwäsche?«
Ich warf ihm einen vernichtenden Blick zu.
»Lieber Freund, erlauben Sie mir, Sie auf mein tadelloses Benehmen hinzuweisen, seitdem wir dieses Zimmer miteinander teilen«, verteidigte er sich.
»Im entgegengesetzten Fall würden wir es nicht mehr mitein-

ander teilen, *lieber Freund.*« Er zündete sich eine Zigarette an und schaute auf die Uhr. »Ich habe Ihnen noch nicht zu Ihrer Leistung heute Nachmittag gratuliert.« Er hob die Augenbraue. »In der Kapelle. Ihre Ansprache über religiöse Kunst.«

»Oh!«

»Wo haben Sie das alles gelernt?«

»Bei den Jesuiten.« Ich blickte ihn erstaunt an. »Wahre Bulldoggen, aber eine bemerkenswerte Ausbildung.«

Wir verließen das Zimmer und begaben uns gemächlich in die Eingangshalle.

»Wie sind Sie dazu gekommen, für Helios zu arbeiten?«

»Sie stellen zu viele Fragen, Professor.«

»Sie wissen alles von mir, und ich weiß nichts von Ihnen, da ist es ganz natürlich, dass ich ein bisschen neugierig werde, glauben Sie nicht?«

»Nehmen Sie sich in Acht … Sie könnten sich verlieben.«

Er ließ sich hinter dem Steuer eines kleinen weißen Fiats nieder, und ich stieg auf der Beifahrerseite ein und knallte entnervt die Tür zu. Wieder einmal war er einer persönlichen Frage mit Scherzen ausgewichen.

»Fahren Sie hoch in die Innenstadt«, befahl ich.

Wir fuhren die Westküste der Insel entlang, durchquerten Pispilounta, wo sich das alte Schloss Ta Markou erhob, und bogen auf eine Straße ein, die durch üppige Vegetation führte. Verloren inmitten der Bäume befanden sich die Dörfer Kourounia und Nenitouria, letzte Etappen vor dem Gebirge, dessen Hänge kleine Siedlungen und byzantinische Kirchen zierten.

Wir kamen an einer Abzweigung nach Volissos vorbei, dem größten Dorf im Norden der Insel.

»Hat hier nicht Homer gelebt?«, fragte Hyacinthe und zeigte auf das Hinweisschild.

»Das sagt man gern. Ein kleines Häuschen wird dort noch immer den Touristen als seines präsentiert.«

»Was denken Sie?«

»Was glauben Sie denn? Die Einwohner von Volissos erzählen auch, dass der byzantinische General Velissarios für den Bau des Schlosses verantwortlich ist und dass er dort seit seiner Erblindung gewohnt hat. Warum nicht der Zweitwohnsitz von Darius, wenn wir schon einmal dabei sind? Geradeaus«, sagte ich, als wir an eine weitere Abzweigung kamen.

Wir waren nun nahe des höchsten Bergs von Chios, dem Pelineo, der in fast eintausenddreihundert Meter Höhe gipfelte.

»Ich hoffe, Sie verlangen nicht von mir, dass ich die Bergstraßen dort hochfahre?«

»Nein, es ist gleich da links.«

Von dem alten, beeindruckenden Moundon-Kloster war nur noch der Name geblieben. Vor uns befand sich eine Villa, deren Gemäuer durch nichts von der modernsten Technik ablenken konnten, die überall installiert war, obwohl man sich offensichtlich Mühe gegeben hatte, alles so alt wie möglich erscheinen zu lassen.

Unter dem prüfenden Blick einer Kamera parkten wir das Auto vor einer großen Eingangstür, über der das Kontrolllicht einer Alarmanlage blinkte.

Die Villa war eine reine Festung. Wir brauchten nicht einmal auf den Knopf der Gegensprechanlage zu drücken, da ein Hausangestellter, der wahrscheinlich durch einen Überwachungsbildschirm von unserer Ankunft wusste, lächelnd auf der Schwelle stand.

»Seien Sie willkommen, Professoren«, sagte er mit einer Verbeugung. »Es ist uns eine Ehre, Sie zu empfangen. Bitte«, fügte er hinzu und trat einen Schritt zurück, um uns vorbeizu lassen.

Wir betraten die große Eingangshalle und warfen uns fassungslos einen Blick zu. Wenn das Dekor das Gemüt des Hausherrn widerspiegelte, dann versprach der Abend denkwürdig zu werden. Wer hatte gesagt, dass die Iren nüchterne Menschen sind?

Nie zuvor hatte ich ein solches Übermaß an schreienden Farben und schlechtem Geschmack gesehen, nicht einmal im Zimmer meines Bruders, und das wollte etwas heißen. Zu viele Goldverzierungen, zu viel Marmor und zu viele Meistergemälde, die so nah nebeneinander aufgehängt waren, dass sie jede Pracht verloren.

»Mister O'Connor erwartet Sie in seinem Büro«, verkündete der Hausangestellte. »Wenn Sie mir bitte folgen wollen.«

Was wir zögerlich taten. Unsere Schritte hallten in dem gesamten Korridor wider, der mit mehr oder weniger künstlerischen Scheußlichkeiten vollgestopft war.

Wenn die Eingangshalle und der Korridor hier den Standard in Sachen Hässlichkeit vorgaben, so verdiente das Arbeitszimmer den ersten Preis für seine überkandidelte Ausstattung. Der Boden bestand aus Carrara-Marmor, und die Wände waren mit einem tiefroten Samt bespannt, auf dem absonderliche, goldfarbene Motive prangten. O'Connor saß mit einem breiten Grinsen hinter seinem massiven Ebenholzschreibtisch. Seine Miene war eine Spur süffisant, trotzdem schien er sich der verheerenden Wirkung, die seine Villa auf seine Gäste ausübte, nicht bewusst zu sein.

Sein Hang zum Vulgären ging sogar so weit, dass er Elfenbein und Lapislazuli in das kostbare Holz seines Schreibtischs hatte einarbeiten lassen. Wenn man den grünen Damastdiwan und das Sammelsurium an Möbeln aller erdenklichen Epochen und Stilrichtungen hinzunahm, dann ließ sich leicht erraten, dass Donald O'Connor alles schätzte, was praktisch unerschwinglich war.
»Seien Sie willkommen in meinem bescheidenen Wohnsitz«, schmetterte er theatralisch und stand auf, um uns die Hand zu geben.
Eine Hand, die ebenso kostbar veredelt war wie die Umgebung ihres Besitzers: lange, manikürte Fingernägel, ein goldenes Armband und ein Siegelring mit Wappen und einem Rubin, der jeden Zuhälter des Pigalle-Viertels vor Neid erblassen ließe.
Hyacinthe drückte O'Connors Hand mit vollendeter Heuchelei, ohne sich etwas von dem Widerwillen anmerken zu lassen, den dieser Ire mit seiner gedrungenen, kahlköpfigen Statur, dem dicken Wanst und dem Gestank nach französischem Eau de Toilette in ihm hervorrief. Mit seinem perlgrauen Anzug, in den er sich offensichtlich gezwängt hatte, und dem marineblauen Ziertüchlein, passend zur Krawatte, war er die Karikatur eines Geschäftsmannes aus einem billigen Z-Movie. Man brauchte gewiss nicht den Lack dieses Mannes abzukratzen, um den Clown dahinter zu finden, O'Connor stellte sich bereits als solcher zur Schau.
»Professor Lafet!«, rief er aus und quetschte meine Finger mit seiner feuchten Hand. »Es ist mir eine Ehre, Sie zu treffen.«
Ich kämpfte gegen das Verlangen an, meine Hand an der Hose abzuwischen.
»Danke, dass Sie uns empfangen.«

»Darf ich Ihnen etwas zu trinken anbieten?«
Er bestand darauf, uns einen unbezahlbaren Wein kosten zu lassen, den er aus seiner »bescheidenen Reserve« hatte heraufholen lassen, und nachdem wir seine Theorien über die Punischen Kriege über uns hatten ergehen lassen, gingen wir ins Esszimmer, das ebenso kitschig gehalten war wie der Rest des Hauses.
Die Mahlzeit passte ebenfalls zu der Kulisse: eine Fülle an erlesenen Gerichten, die alle nicht zueinander passten, großzügig übergossen mit verschwommenen Thesen und garniert mit Anachronismen aller Art. Diese ununterbrochene Salve an Nahrung und Worten erlaubte uns wenigstens zu schweigen. O'Connor redete ohne Unterlass und hielt nur inne, wenn er unsere Zustimmung oder ein Kompliment erheischen wollte. Bei diesem Spiel erwies sich Hyacinthe als furchterregend leistungsfähig.
Gegen Mitternacht war ich so weit, mir einen plötzlichen Anfall von Malaria oder eine akute Blinddarmentzündung herbeizuwünschen, um dem ständigen Strom von Banalitäten, dem ekelerregenden Zigarrengestank und dieser grässlichen Villa zu entkommen. Just in diesem Moment beschloss unser Gastgeber endlich, uns seine »bescheidene Sammlung« zu zeigen.
Diese befand sich in einer Art zwei Quadratmeter großen Bunker, den er seinen »kleinen Keller« nannte. Auch dort entgingen wir nur knapp einem Schlaganfall. Diesmal lag es nicht am Innendekor, sondern daran, dass sich die »antiken Kleinigkeiten« als Museumsstücke von unschätzbarem Wert erwiesen, die genau genommen nichts im Untergeschoss eines solchen Exzentrikers zu suchen hatten.

Mein Blick glitt von einer Sammlung römischer Kameen, für die ein Museumskonservator zu töten bereit gewesen wäre, zu dem außerordentlich gut erhaltenen griechischen Schmuck, über Mauer- und Bodenfragmente, die herausgerissen worden waren, um Fresken und Mosaike zu bergen.
Ich konnte meine Zunge nicht im Zaum halten. »Wo zum Teufel haben Sie das alles her?«, fragte ich mit erstickter Stimme und konnte einen gewissen Groll nicht unterdrücken.
O'Connor zuckte die Achseln, und es schien, als habe ihn meine plötzliche Verärgerung ein wenig aus der Fassung gebracht.
»Von Auktionen.«
»Bestimmt nicht«, gab ich zurück.
Er wurde rot, trat einen Schritt zurück und wischte sich die feuchte Stirn mit dem Handrücken ab. »Es kommt auch schon mal vor, dass ich ein paar Objekte aus den Händen von Schmugglern rette«, verteidigte er sich. »Ich lasse sie restaurieren, wenn es möglich ist, und alles, was Sie hier sehen, wird nach meinem Tod dem archäologischen Museum vermacht. Ich habe alles arrangiert. Wenn es mehr Leute wie mich gäbe, würden die Kunstwerke sich nicht … Nicht da lang!«, rief er aus und stürzte auf Hyacinthe zu, dessen Hand auf einer angelehnten Panzertür lag. O'Connor schloss die Tür schnell wieder, indem er gleichzeitig meinen Begleiter zur Seite stieß. Seine Gesichtsröte vertiefte sich.
»Entschuldigen Sie«, sagte Hyacinthe mit einem engelsgleichen Lächeln, »ich wollte nicht unhöflich sein.«
Unser Gastgeber wand sich verlegen wie ein Kind, das bei einer Unartigkeit ertappt wurde.
»Ich … Das ist meine Privatsammlung. Lächerliche persönli-

che Dinge, Familienerinnerungen, Sie wissen, wie das ist. Ich würde sterben vor Scham, wenn Sie sie sähen.«
Wenn er auch kein Wort glaubte, so ließ sich Hyacinthe dennoch nichts anmerken. »Ich verstehe vollkommen. Wenn wir Ihre Anschaffungen sehen wollten«, erklärte er und entfernte sich absichtlich ein paar Schritte von der Tür, »dann weil Ihre sehr profunden Kenntnisse der Insel und die nicht unwesentliche Erfahrung, die Sie im Bereich antiker Kunstwerke haben, uns armen Allgemeinwissenschaftlern eine große Hilfe sein können.«
»Ach, tatsächlich?«, plusterte sich O'Connor auf.
Ich tat, als bewunderte ich eine Ikone, um die Verachtung, die er in mir hervorrief, zu verbergen.
»Wir interessieren uns hauptsächlich für die Stelle der alten Phanai«, fuhr Hyacinthe mit unerschütterlicher Ruhe fort. »Leider haben wir Grund zu der Annahme, dass dort eine große archäologische Plünderung stattgefunden hat. Wenn Sie regelmäßig einige Objekte vom Schwarzmarkt retten, haben Sie ja vielleicht zufällig ein paar von dort bergen können.«
O'Connor runzelte die Stirn, rieb sich das Kinn und tat so, als kenne er den genauen Inhalt seiner Sammlung nicht. Sein Verhalten begann mir ernsthaft auf die Nerven zu gehen.
»Hm, Phanai. Der Apollontempel. Ja, ich habe da vielleicht etwas. Einen Augenblick.« Er ging zu einem Regal und kam mit einer Votivstatuette zurück, die er Hyacinthe reichte. »Sie ist nicht weit entfernt von der heutigen Kapelle gefunden worden und wurde mir von einem Bauern anvertraut.«
Das musste man natürlich übersetzen mit: »Ich habe sie zu Goldpreisen Plünderern oder anrüchigen Archäologen abgekauft.«

»Haben Sie eine Idee, um was es sich handelt?«, erkundigte sich mein Begleiter und drehte die Miniatur zwischen seinen Händen.

Die etwa zehn Zentimeter große Votivstatuette aus Elfenbein stellte eine männliche Figur mit hässlichen Zügen dar, die auf einem Büffel saß. Früher war sie einmal grün angemalt gewesen, die Kleider hingegen in Rot, ebenso die Augen. Ihre Haare waren auf dem Kopf zu einem Dutt zusammengebunden und wurden durch eine Krone gehalten. Jede ihrer vier mit Krallen versehenen Hände umfasste einen anderen Gegenstand: eine Schnur, einen Stab, eine Keule und eine Lotusblume.

Als ich sie erkannte, hätte ich fast einen kleinen Schrei ausgestoßen, aber es gelang mir, mit scheinbarer Unwissenheit die Achseln zu zucken.

»Wahrscheinlich ein Votivbildnis«, antwortete O'Connor oberlehrerhaft. »Die Tatsache, dass die Figur mehrere Arme hat, bedeutet höchstwahrscheinlich, dass derjenige, der sie Apollon dargebracht hat, ihm dankbar war, weil er ihn von einer Verletzung an dieser Stelle geheilt hat.«

»Das ist in der Tat möglich«, murmelte ich, benommen von der Ungeheuerlichkeit, die er soeben vom Stapel gelassen hatte. »Haben Sie noch weitere Objekte von dort?«

»Nein«, antwortete er umgehend.

»Gut. In diesem Fall denke ich, dass wir schon lange genug Ihre Zeit in Anspruch genommen haben, Mister O'Connor.«

»Ach was! Vielleicht könnten wir noch einen kleinen …«

»Mein Kollege hat Recht«, unterbrach ihn Hyacinthe und sah auf die Uhr. »Es ist spät, und wir haben noch ziemlich viel Arbeit.«

Trotz der inständigen Bitten unseres Gastgebers gelang es uns, Reißaus zu nehmen, als die große Standuhr im Wohnzimmer zwei Uhr in der Frühe schlug. Nachdem wir uns tausendmal bedankt hatten, sprangen wir in den Fiat und winkten ein letztes Mal. Hyacinthe startete den Wagen mit gelassener Miene.

»Bei allen Göttern!«, fluchte ich. »Was für ein …«

»Pscht! Die Kommentare später.«

»Wie bitte?«

»Lächeln Sie, Sie werden gefilmt.« Ich warf einen unauffälligen Blick durch die Scheibe. »Zwischen den Lorbeerzweigen, Dottore, rechts vom Gitter. Die Kamera ist auf uns gerichtet.«

Ich erkannte nichts trotz der Scheinwerfer, aber ich konnte ihm vertrauen.

Wir bogen auf den Zufahrtsweg ein, und sobald wir auf der Straße waren, entspannte sich Hyacinthe.

Ich hingegen ratterte eine ganze Litanei von Schimpfworten herunter, bevor ich bemerkte: »Nun haben wir wenigstens den Beweis, dass die Kapelle tatsächlich eine ehemalige heidnische Kultstätte war, die mit einer Totengottheit in Verbindung stand.«

»Ist mir da vielleicht etwas entgangen?«, fragte mich Hyacinthe neugierig.

»Die Statuette. Es handelt sich um den Gott Yama, den Herrscher über die Toten.« Er runzelte die Stirn. »Das ist eine indoarische Gottheit, die wahrscheinlich einem noch älteren Kult entlehnt wurde. Im Iran heißt sie Yima. Ihr Name bedeutet ›der fesselt‹, daher die Schnur, die sie in einer ihrer Hände hält.« Hyacinthe lächelte, als er verstand, worauf ich hinauswollte. »Wenn die Seele den Körper verlässt, wird sie zum Palast Yamas geführt, den sie allein betritt mit ihren Taten als einzigem Gepäck«, fuhr ich fort. »Dort, und je nach seinen zu Lebzeiten vollbrachten Handlungen, bestraft oder verzeiht der Richter-Gott dem Verstorbenen. Kommt Ihnen das nicht bekannt vor?«

»Eine indo-arische Entsprechung von Anubis?«

»Sagen wir, eine seiner vielfachen Darstellungen. Es sei denn, Anubis wäre selbst eine der Darstellungen Yamas. Die meisten alten Götter weisen frappierende Ähnlichkeiten auf. Der Gott Thor der Wikinger zum Beispiel, der Träger des Blitzes, scheint zahlreiche Wandlungsformen zu haben. Indra in Indien, Taishaku-ten in Japan, Zeus in Griechenland, unter anderem.«

»Es wäre also nicht abwegig zu denken, dass ein Ägypter fern seines Landes diesen Yama anstelle von Anubis angebetet haben könnte. Aber wie kann eine indo-arische Gottheit in Griechenland gelandet sein?«

»Viele aus Asien stammende Völker haben sich über den gesamten Mittelmeerraum verteilt. Endaemon soll angeblich von indischen Kaufleuten, die Strabon ›Minäer‹ nennt, gegründet worden sein. Herodot versichert, dass das Oberhaupt der damaligen Einwohner Athens, die von Kreta stammten, Pandion hieß, ein typischer Name drawidischer Königsfamilien.«

»Okay, okay. Aber wie hätte ein Ägypter den Zusammenhang zwischen dieser schrecklichen Figur und Anubis herstellen können?«

»Er muss gewusst haben, wer diese ›schreckliche Figur‹ ist, was nicht weiter erstaunlich ist, da der indische Subkontinent regelmäßige Freundschafts- und Handelsbeziehungen mit Ägypten, Babylon, Arabien und Palästina unterhielt, und das ab 6000 v. Chr. Die archäologischen Beweise sind unwiderlegbar. Edelsteine, die aus Südindien stammten, so genannte Amazoniten aus der Zeit vor 3000 v. Chr., sind in Ur entdeckt worden. Indische Siegel sind in Bahrain und in Mesopotamien in archäologischen Schichten von vor 2500 v. Chr. ausgegraben worden. Man hat auch so ziemlich überall Spuren indischer Baumwolle gefunden, und bestimmte Stoffe, mit denen ägyptische Mumien eingewickelt wurden, sind mit Indigo aus Südindien gefärbt worden. Das Teakholz, das beim Bau von Babylon verwendet wurde, kam aus Kerala und so weiter und so fort. Es gibt aber etwas, das noch eindeutiger ist: Die Ägypter selbst sagen ›aus dem Osten über das Meer, jenseits des Landes Punt‹ gekommen zu sein, und Punt liegt in Südarabien. Sie haben daher wohl auf Indien angespielt.«

»Wirklich?«

»Die Historiker sind geteilter Meinung.«

»Und was glauben Sie?«

»Ebenso wie mein Vater interessiert mich Akademikergerede kaum, ich glaube nur, was ich sehe.«

»Sie haben meine Frage nicht beantwortet.«

»Das Experiment hat vielleicht nichts Wissenschaftliches, aber nehmen Sie meinen Bruder, bekleiden Sie ihn mit einem Lendenschurz aus Leinen, einer Perücke, geben Sie ihm ein Anch* in die Hand und setzen Sie ihn ins Profil. Was erhalten Sie?«

Er stellte sich die Szene vor und prustete los.

»Ist das der Grund, weshalb er sich für Ägyptologie interessiert hat?«

»Vielleicht. Aber um auf etwas bodenständigere Betrachtun-

* Ägyptisches Symbol, das auch »ägyptisches Kreuz« oder »Lebensschlüssel« genannt wird. Es ist die Darstellung des Lebenshauchs.

gen zurückzukommen: Wir sind im Vorteil, Hyacinthe. Und ich wette mit Ihnen, dass der Bunker voller ›Familienerinnerungen‹ dieses guten O'Connor nicht nur vergilbte Fotos enthält. Ich habe im ersten Raum nicht viele ägyptische Antiquitäten gesehen.« Ich seufzte. »Die Frage ist nur, wie kommen wir da rein?«

»Durch Einbruch natürlich!«

»Kennen Sie sich mit Überwachungssystemen so gut aus?«

»Nein. Aber ich kenne jemanden, der uns da gelegen kommt«, fügte er mit schelmischem Tonfall hinzu. »Ein Virtuose der Sicherheitstechnik.«

»Ach?«

Er grinste, ohne dass ich verstand, warum.

Am frühen Nachmittag des darauf folgenden Tages warteten Hyacinthe und ich an der Hotelbar, als hinter uns eine kreischende Stimme ertönte.

»Hallo Vorfahren! Na, Morg? Wie läuft's?«

Ich drehte mich auf meinem Barhocker um, und als ich die große Bohnenstange wiedererkannte, die in unsere Richtung schlenderte, hätte ich fast mein Glas fallen lassen. Er trug seine geliebte Jeans im Akkordeonlook, deren Schritt ihm bis zur Mitte der Schenkel reichte, ein T-Shirt, das so groß war, dass man denken könnte, er habe sich meines ausgeliehen, und das übliche Paar Kosmonautenschuhe an den Füßen. Dazu gestikulierte er wie ein Schimpanse und hatte seine Haare in geradezu unmöglichen Abstufungen von Platinblond bis zu einem elektrisierenden Blau gefärbt.

»Hans …«, stammelte ich verblüfft. »Was … Was machst du …«

Ich drehte mich zu Hyacinthe um. »Was macht er hier?«

Hans fuchtelte mit seinen langen Armen. »*Keep cool*, Spartakus! Ich bin eingeweiht, keine Panik. Frag das Blümchen.«
Hyacinthe warf ihm einen eisigen Blick zu, der noch besser wirkte als eine Ohrfeige.
»Gehen wir hoch«, befahl er mit kaum unterdrückter Verärgerung. »Alle starren uns schon an.«
Ich drehte mich zu einem Mann um, der an der Bar lehnte, und sah ihm direkt in die Augen, woraufhin der den Blick in seine Kaffeetasse senkte.
Wir nahmen den Aufzug, und sobald wir in unserem Zimmer waren, ließ ich meiner Wut ungezügelten Lauf.
»Hans ist einer der Qualifiziertesten für diese Art von Arbeit, Dottore Lafet«, argumentierte Hyacinthe.
Ich fuchtelte mit dem Finger vor der Nase des Jungen herum. »So, hat dir Helios also ein Stipendium für ein Informatikstudium spendiert, hm?«
Er zuckte die Achseln.
»Ja. Unter anderem …«
Ich stieß einen Fluch aus.
»Mal ehrlich, Morg, hast du mich etwa wieder im Hörsaal der Uni mir den Hintern platt sitzen sehen, nach allem, was ich letztes Jahr mit dir erlebt habe?«
»Wie alt bist du noch mal, Indiana Jones?«
»Hans ist volljährig und weiß sehr genau, was er tut«, warf Hyacinthe ein.
»Sind Sie sich darüber im Klaren, dass dieser Knirps bei der kleinsten Fahrlässigkeit für Jahre im Gefängnis verschwindet?«, brauste ich auf.
Hans ließ sich auf mein Bett fallen und stieß ein entrüstetes Schnauben aus. »Wenn ihr euch fertiggezankt habt, können

wir uns dann endlich um diese Bruchbude kümmern? Ich bin nicht hergekommen, um mich anschnauzen zu lassen, sondern um zu arbeiten.«

Hyacinthe zog einige Dokumente aus einer Mappe und reichte sie Hans.

»Kommt nicht in Frage.« Ich stellte mich zwischen die beiden und griff nach der Mappe. »Ich weigere mich, diesen Jungen mit hineinzuziehen.«

Hans öffnete den Mund.

»Du, halt die Klappe!« Ich baute mich vor Hyacinthe auf. »Unser beider Leben und Freiheit zu riskieren, das geht gerade noch, wir haben unsere Gründe, aber ich lasse nicht zu, dass Sie aus ihm einen …«

»Er hat sich mit vollem Bedacht entschieden. Wir haben ihn zu nichts gezwungen.«

Ich schüttelte angewidert den Kopf.

»Natürlich nicht. Sie haben ihm nur mit Versprechen von Abenteuer und leicht verdientem Geld den Kopf verdreht!«

»He!«, mischte sich Hans ein. »Kann ich am Gespräch teilnehmen? Es ist *mein* Leben und *meine* Zukunft, um die es geht, wollte ich euch nur mal drauf hinweisen.«

»Es gibt weder Leben noch Zukunft im Dienst von Männern wie Helios, Hans. Willst du etwa so enden wie er?«, fragte ich und zeigte mit dem Finger auf Hyacinthe, der mich beleidigt ansah. »Na, herzlichen Dank auch.«

»Hör auf mit deiner Moralpredigt, Morg. Ich habe nicht die Absicht, Killer oder Gangster zu werden. Ich will dir nur helfen.«

Ich schüttelte energisch den Kopf.

»Warum? War ich das letzte Mal nicht gut?«

Ich warf ihm einen wissenden Blick zu.
»Okay, ich hab vielleicht ein paar Mal Mist gebaut, aber wir sind doch ein Mordsteam, du und ich, oder? Und denk an deinen Alten. Und an Etti, verloren da drüben in Indien. Je schneller wir hier fertig sind, deso schneller ist diese Geschichte vorbei.«
»Ach, weil du das also auch noch weißt?«
»Was denn? Hattest du etwa nicht vor, es mir zu erzählen? Ich dachte, ich würde fast zur Familie gehören?« Ich wandte den Blick ab, und er schmetterte mir beleidigt entgegen: »Das war also alles nur Quatsch, ja?«
»Natürlich nicht.«
»Warum hab ich denn dann nicht das Recht, auch mitzumachen? Ist es nicht das, was man macht, wenn man zusammenhält?«
»Ihre Befürchtungen entbehren jeglicher Grundlage, Morgan«, mischte sich Hyacinthe ein. »Die Situation ist bei weitem nicht so gefährlich wie das letzte Mal, das habe ich Ihnen bereits gesagt.«
Hans streckte die Hand aus, und ich reichte ihm widerwillig die Dokumente.

VI

VI

Um zwei Uhr morgens begaben wir uns mit dem Hotelaufzug hinunter ins Parkhaus.

Hans zappelte herum und benahm sich reichlich wichtigtuerisch, womit er sich vermutlich selbst Mut machen wollte.

Mir erschienen die schlimmsten Szenarien vor dem geistigen Auge, und ich fragte mich, ob die paar Stunden, die wir uns die Pläne der Villa genauestens angesehen hatten, wirklich genügt hatten.

»Ganz ruhig, Dottore Lafet«, versuchte Hyacinthe mich ohne großen Erfolg zu beruhigen. »Es wird alles gut gehen.«

Er verstaute die Taschen auf dem Rücksitz und setzte sich ans Steuer.

Wir fuhren durch die Stadt, wie Hunderte anderer Touristen auf dem Weg in eine sommerliche Partynacht, und schlugen die Richtung der O'Connor-Villa ein.

Zwei Kilometer bevor wir das ehemalige Kloster erreichten, verließ Hyacinthe die Straße und parkte das Auto im Schutz einer Gruppe Olivenbäume. Dann griff er nach einer der Taschen, die er mitgebracht hatte, und zog daraus Kleidung aus schwarzer Baumwolle hervor.

»Zieht euch das an«, befahl er und reichte uns eine Art Militäruniform mit Nachttarnung. Sie bestand aus einer weiten Drillichhose, einem feinmaschigen Rollkragenpullover und einer

Strumpfmaske. Ich betrachtete die Ausrüstung mit einer Grimasse.
»Hast 'n Problem?«, erkundigte sich Hans beim Ankleiden. »Ist es nicht die richtige Größe?«
»Findet ihr nicht, dass es ein bisschen heiß ist für diese Art von Ritterrüstung?«
»Entweder das«, sagte Hyacinthe bestimmt, »oder Sie schmieren sich das Gesicht mit Schuhwichse ein. Was ist Ihnen lieber?«
Ich gehorchte, und wir schoben unsere eigene Kleidung in die Tasche, die wir anschließend wieder auf die Rückbank stellten.
»Das macht was her, hm?«, tönte Hans und posierte stolz mit der Strumpfmaske über dem Gesicht, die Hände in die Hüften gestemmt.
Hyacinthe war gerade dabei, das weiße Auto mit einer dunklen Plane zu bedecken, die er aus dem Kofferraum geholt hatte, als ihm die Schuhe des Jungen auffielen, die in voller Pracht erstrahlten.
»Hatte ich nicht gesagt dunkle Schuhe?«, warf er ihm wütend vor.
Hans senkte den Blick zu seinen ultramodernen Sportschuhen.
»Was denn? Die sind doch schwarz.«
Hyacinthe zog ein Taschenmesser aus dem Etui, das er am Gürtel trug, und ging in die Hocke. »Stell deinen Fuß auf die Stoßstange«, befahl er.
Hans gehorchte misstrauisch.
»Was hast du da vor?«, fragte er panisch, als er sah, wie sich Hyacinthe kurzerhand an den Leuchtstreifen zu schaffen

machte. »He! Das ist ’ne limitierte Serie! Weißt du, wie viel diese Latschen kosten?«

Hyacinthe riss schonungslos die teuren Verzierungen von beiden Schuhen und warf sie in den Kofferraum.

»Du kannst sie nachher wieder drankleben«, antwortete er in einem Ton, der keinen Widerspruch duldete.

In fast vollkommener Dunkelheit gingen wir durch das Gestrüpp auf die Villa zu. Als wir die Mauern erreicht hatten, versteckten wir uns hinter dem dichten Laubwerk, und Hans holte die Pläne hervor, die Hyacinthe ihm gegeben hatte, und überflog sie unter dem Licht einer Taschenlampe.

»Erstes Hindernis«, flüsterte er und zeigte auf das Kabel, das oben an der Mauer entlanglief. »Das ist an ein Stromnetz angeschlossen. Um es durchzuschneiden und dran vorbeizukommen, müssen wir zuerst den Strom umleiten.« Aus seinem Rucksack zog er ein Gehäuse hervor, mit dem zwei Stromkabel verbunden waren, die in Krokodilklemmen und einem Spannungsmesser endeten. »Ich werde deine Schultern brauchen, Morg.«

Skeptisch hob ich den Blick zur Mauer, die etwa drei Meter fünfzig hoch sein musste.

»Gehen wir«, meinte Hyacinthe und zog sich seine Strumpfmaske über.

Wir liefen bis zum Fuß der Mauer, und ich ging mit dem Rücken dazu in die Hocke, um eine Räuberleiter für Hans zu machen, der mit der Gewandtheit eines jungen Affen an mir emporkletterte.

»Fertig?«, murmelte ich.

Er nickte, und ich richtete mich so langsam auf, wie ich konnte. Sobald ich sicher stand, reichte ich ihm den Spannungsmesser.

»Zehntausend Volt«, meldete er nach einem Moment mit dünner Stimme. »Krass …« Ich spreizte ein wenig die Füße, um meinen Halt zu verstärken, und spürte, wie er sich auf meinen Schultern anspannte. »Hast du sie nicht mehr alle?«, schimpfte er mit erstickter Stimme. »Willst du, dass wir als Grillhähnchen enden?«

»Tut mir leid.«

Er gab mir den Apparat zurück, und ich reichte ihm das Gehäuse.

»Also, das rote Kabel auf den roten Knopf und das grüne Kabel auf den grünen Knopf, so muss es sein – oder andersherum.« Ich hielt den Atem an. »War nur 'n Scherz, Morg. Atme tief durch und wackle mit keinem Ohr mehr, denn wenn ich das Kabel berühre, wirst du's sonst spüren.«

Mit zusammengebissenen Zähnen blieb ich so unbeweglich wie möglich stehen, während er unablässig, eine Krokodilklemme in der Hand, vor sich hin murmelte: »Beide zur gleichen Zeit, beide zur gleichen Zeit, beide …«

»Also?«, fragte Hyacinthe ungeduldig.

»Okay«, verkündete Hans endlich. »Gib mir die Kneifzange.«

Ich seufzte erleichtert auf. Ich war schweißgebadet, und das nicht nur wegen des beträchtlichen Gewichts auf meinen Schultern. Nachdem er einen Kabelabschnitt abgetrennt hatte, sprang Hans flink auf den Boden.

»Also, ich erklär's euch: Seht ihr das Loch da oben? Dort müssen wir durch, ohne das Gehäuse oder die beiden abgetrennten Kabelenden zu berühren.«

»Was passiert sonst?«, wagte ich zu fragen.

»Grillhähnchen, mein Freund.«

Hyacinthe schwang sich als Erster empor. Nachdem er, oben

auf der Mauer angekommen, überprüft hatte, ob die Luft rein war, befestigte er dort eine Strickleiter, und wir kamen zu ihm auf die andere Seite. Im Schutz des Gebüschs kamen wir wieder zu Atem.

Ich fuhr plötzlich zusammen, als ich das Auge einer Überwachungskamera bemerkte, das direkt über unseren Köpfen blinkte.

»Hans …«, wisperte ich und zeigte ihm den Apparat.

Er machte eine beruhigende Handbewegung. »Das ist 'ne Attrappe.«

»Woher weißt du das?«

Er klopfte auf seine Tasche. »Ich erinnere dich daran, dass ich die Pläne des Überwachungssystems habe. Die einzigen angeschlossenen Kameras sind die am Tor der Befestigungsmauer und die am Hauseingang.« Er zeigte auf eine kleine Hütte, etwa zwanzig Meter von uns entfernt. »Der Wachposten. Das System muss dort neutralisiert werden, weil, draußen ist's zwar eher lässig, aber drinnen ist es ein Minenfeld.«

»Ihr beiden bleibt hier«, flüsterte Hyacinthe und reichte mir eine Pistole. »Man weiß ja nie.«

Ich hatte kaum Zeit zu protestieren, als er bereits auf die Tür der kleinen Hütte zuging, an deren Schwelle er sich hinhockte.

In dem Licht, das durch die Fenster fiel, sah ich, wie er eine kleine Bohrmaschine aus seiner Tasche holte und ein winziges Loch unten in die Tür bohrte. Dort hindurch schob er eine Röhre, die am Ende einer Spraydose befestigt war, und wartete.

Nach einer Minute richtete er sich auf, sah durch eines der Fenster und öffnete weit die Tür. Nachdem er einen Moment gelüftet hatte, gab er uns ein Zeichen, näher zu kommen.

»Es ist okay«, ermutigte mich Hans und klopfte mir auf die Schulter. Wir gingen zu Hyacinthe in das Innere der Hütte, deren Tür er sorgfältig schloss. Auf dem Boden schliefen zwei Wächter in marineblauen Uniformshorts den Schlaf des Gerechten.

»Die werden gut zwei Stunden pennen, mach dir keine Sorgen«, beruhigte mich Hans, bevor er sich die Strumpfmaske vom Kopf zog und sich vor den Kontrollcomputer setzte. Auf dem Bildschirm zogen Zahlen und Pläne vorüber. Kameras, Laser, Bewegungsmelder … was für eine Ausrüstung!

»Wirst du es schaffen?«, fragte ich, als ich ihn wie einen Wahnsinnigen auf die Tastatur einhämmern sah.

Er nickte.

»Betrachte es als erledigt«, versicherte er mir und steckte einen USB-Stick in die dafür vorgesehene Schnittstelle. »Es geht nur darum, den verdammten Code zu finden.« Er führte einige Handgriffe durch und weitete mit spöttischer Miene die Augen »FERRARI … wie originell!« Er zog den Stick wieder ab und klatschte in die Hände. »Der Weg ist frei!«

Dann blies er über seine Fingernägel und tat anschließend so, als polierte er sie vorn an seinem Pullover. »Wer ist der Größte?«

Hyacinthe setze ihm seine Strumpfmaske wieder auf.

»Glückwünsche verschieben wir auf später, auf geht's.«

»Wo kommen wir hinein?«, erkundigte ich mich und zeigte auf die Villa.

»Natürlich durch die große Tür, mein Lieber«, antwortete er und schwenkte einen der großen Schlüsselbunde der Wächter.

Mit der Taschenlampe in der Hand durchquerten wir das Erdgeschoss und stiegen in den Keller hinab bis zu der Panzertür, deren Zugang uns O'Connor verweigert hatte.

Hans betrachtete aufmerksam das mit einem Nummernblock versehene elektronische Schloss und verzog das Gesicht.

»Ein BASILE-600-BNF …«

»Ein was?«

»Das ist ein Panzer mit Dreicodeverschluss.« Ich verdrehte die Augen. »Ein Modell, bei dem die Tür mit drei verschiedenen Codes geöffnet werden kann, von denen zwei aber einen lautlosen Alarm auslösen.«

»Ich dachte, du hättest das Sicherheitssystem gekappt?«, fragte Hyacinthe.

»Das Ding da läuft auf einem unabhängigen System.«

Er holte aus seiner Tasche eine Reihe von Elektromagneten, einen Laptop, eine weitere Spraydose und eine Brille mit fluoreszierenden Gläsern.

»Was hast du mit dem ganzen Zeug vor?«, erkundigte ich mich.

»Das Schloss kurzschließen. Dann können wir die Codes ausprobieren, ohne die Türöffnung auszulösen«, erklärte er und verteilte die Elektromagneten rund um das Schloss, bevor er sie an eine Miniaturbatterie anschloss. Danach schaltete er seinen Laptop an, setzte sich die seltsame Brille auf und bespritzte den Nummernblock mit einer wässrigen Substanz. »Durch dieses Mittel kann man die am meisten gedrückten Tasten in Erscheinung treten lassen«, fügte er hinzu und gab eine Reihe Zahlen in seinen Computer ein. Er holte aus seiner Tasche ein mit Kolben versehenes Magnetgehäuse hervor, das er so auf den Nummernblock anpasste, dass jeder Kolben einer Taste entsprach.

Dann vernetzte er das Gehäuse mit seinem Computer.
»Wenn ich dir sage ›go!‹«, wandte er sich an Hyacinthe, »drückst du hier auf den Schalter, der die Elektromagneten in Gang setzt. Sobald diese unter Spannung stehen, braucht der Computer nur zehn Sekunden, um sämtliche Codes auszuprobieren. Fertig? Go!«
Eine Reihe von Kombinationen liefen über den Bildschirm, und gleichzeitig drückten die Kolben des Gehäuses wie unter dem Einsatz von Hunderten von Fingern die Tasten des Nummernblocks und probierten Hunderte von möglichen Kombinationen aus.
Nach einigen Sekunden erschienen drei Zahlenreihen.
»Gut, jetzt müssen wir uns einen aussuchen«, erklärte er und zeigte auf die drei Codes. »Pech im Spiel, Glück in der Liebe, heißt's. Wer hat in der letzten Zeit einen Partnerschaftsvertrag mit seiner rechten Hand geschlossen?« Wir starrten ihn bedrückt an. »Los, Jungs, entscheidet euch, ich hab noch nie Glück im Spiel gehabt.«
Ungeduldig wies Hyacinthe schließlich auf eine Kombination, die Hans auf seiner Tastatur eintippte.
Die Tür gab ein Klicken von sich.
»Jetzt müssen wir nur noch darum beten, dass es der richtige Code war«, stellte ich fest.
»Im Zweifelsfall«, gab Hans zurück, »sollten wir lieber nicht zu sehr trödeln.«
Er zog sanft an der Tür, die sich geräuschlos öffnete, und ließ den Strahl seiner Taschenlampe durch das Innere der Panzerkammer gleiten. Meine Begleiter und ich blickten verdutzt, als wir einen Blick ins Innere warfen.
Zwar waren dort einige Antiquitäten gelagert, aber in weit ge-

ringerer Zahl als die Cannabispakete, die auf den Regalen, Tischen oder auf dem nackten Boden aufgestapelt waren.
»Unnötig zu erklären, woraus unser Gastgeber den Großteil seiner Einkünfte zieht.«
»Wie viele Kilo, was meint ihr?«, fragte Hans und ließ seinen Blick über die Regale schweifen.
»Ich würde sagen, etwa fünf- oder sechshundert«, schätzte Hyacinthe. »Ein kleines Vermögen. Die türkischen Küsten liegen zwar in Reichweite, das Gebiet ist deswegen aber nicht weniger militarisiert. Ein Handel auf diesem Niveau an diesem Ort … Da geht es auch nicht mehr um Bakschisch, die Behörden kompromittieren sich bis auf die Knochen, sowohl auf türkischer als auch auf griechischer Seite.«
Ich stieß einen Seufzer aus, und Hans hob seine Taschenlampe, um sich umzuschauen.
»Das ist doch ägyptisch, oder?«, fragte er und zeigte mir das Stück eines gut einen Quadtratmeter großen Freskos, das auf einem soliden Regal lag.
Mit Anch und Zepter in der Hand, schien uns Anubis mit spöttischem Ausdruck herauszufordern. Ein Fresko aus einem Grab, wie es sie zu Hunderten in allen Museen der Welt gibt, und das von überall her stammen konnte.
»Ist das Gold?«, fragte er und zeigte auf eine Sammlung alter, mit Edelsteinen verzierter Kreuze, die unmittelbar unter dem Fresko auf einem Tisch verstreut lagen.
»Das sieht mir ganz danach aus, ja. Frühmittelalter, würde ich sagen.«
Hyacinthe war ebenso enttäuscht wie ich und biss sich auf die Lippen.
»Warum sind denn ägyptische Kreuze auf diesen Bildern? Das

ist doch christlich, oder?«, bemerkte Hans und betrachtete eine Reihe koptischer Ikonen.

»Man nennt das ein Anch, kein Kreuz. Es ist das Symbol des ewigen Lebens. Die koptischen Christen haben das Anch für sich übernommen als …« Mein Herz tat einen Sprung in meiner Brust. »Ein Anch …« Mein Blick glitt von den goldenen Kreuzen zu dem Anch, den der Gott mit dem Schakalkopf festhielt. »Aber ja, das ist es, das erste Artefakt …«

Ich zermarterte mir das Hirn, um mich zu erinnern. Die Kapelle, der Altar, das grässliche Kruzifix … Der Christus am Kreuz reduziert auf seine einfachste Ausdrucksform: ein großer Ring in Form einer umgedrehten Birne für den Kopf, zwei Stifte als T für Arme und Beine, das Ganze auf ein Kreuz geklebt.

Ich drehte mich zu Hyacinthe um.

»Das war ein Anch«, stieß ich hervor, als läge das auf der Hand. »In der Kapelle. Ich erinnere mich.«

»Von was reden Sie?«

Ich war so erregt, dass es mir schwerfiel zu flüstern.

»Der Text. Der erste Hinweis ist ein Anch. Erinnern Sie sich, ›der Herr der Schlüssel‹.« Ich zeigte mit der Hand auf Anubis. »Ein Anch. Das Kreuz in der Kapelle. Der Bauer hat uns gesagt, dass sie alles, was sie finden, wiederverwenden. Und genau das haben sie getan!«

»Pscht!«

»Sie haben das Anch für einen Christus am Kreuz gehalten; und er befindet sich in der Kapelle, auf das Altarkreuz gesetzt. Ich wusste doch, dass an dem Kruzifix etwas merkwürdig war! Wie kann man nur so blöd sein!«

»Keine Bewegung mehr!« Das Licht schaltete sich plötzlich

ein, wir sprangen auf, und Hans ließ seine Taschenlampe fallen. »Los, an die Wand!«

Wir drehten uns langsam um und entdeckten O'Connor im Schlafrock, ein Maschinengewehr in den Händen. Er richtete es direkt auf uns.

»Du solltest dein Glück lieber in einem Singleclub als beim Roulette versuchen«, zischte Hans Hyacinthe zu.

»Wir sind nicht gekommen, um irgendetwas zu stehlen«, log ich.

»Wer's glaubt! Die Taschen auf den Boden, los, und zwar ein bisschen dalli. Vorsichtig, mein Junge ...« Hans stellte zitternd seinen Rucksack auf den Boden. »Ich wusste doch gleich, dass Sie nicht wie ein Archäologe aussehen«, rief er mir zu. Hyacinthe, den die Lage nicht zu beunruhigen schien, erlaubte sich ein Lächeln.

»Was gibt's denn da zu lachen? Zurück!«

»Was haben Sie denn vor?«, spottete unser Begleiter. »Die Polizei rufen?«

Er wies auf die Cannabisbrocken.

O'Connor zielte auf Hyacinthe, und aus Reflex schnappte ich mir Hans, um ihn zu beschützen. Unser »Gastgeber«, der an einen Angriff glaubte, lenkte den Lauf rasch in unsere Richtung, und das genügte unserem Schutzengel bereits, um seine Pistole zu ziehen und ihm eine Kugel mitten in die Stirn zu jagen. Erstickt durch den Schalldämpfer, war sein Schuss nicht lauter als das Geräusch eines Ballons, aus dem die Luft entwich.

»Wir hauen ab«, befahl Hyacinthe. Er hob grinsend das Maschinengewehr auf und legte es auf die Cannabispakete. »Dieser Schwachkopf hat es noch nicht mal entsichert.«

»Ich hasse es, wenn er das macht«, stöhnte Hans und schritt über die Leiche hinweg.
Dann führte er uns nach draußen, so dass wir das Anwesen dieses Mal durch das große Tor verließen.
Wir legten im Laufschritt die zwei Kilometer zum Auto zurück, und ich schubste Hans gewaltsam hinein, bevor ich auf dem Beifahrersitz Platz nahm.
»Und jetzt?«, fragte ich atemlos.
»In Richtung Kapelle, in der Hoffnung, dass Sie Recht haben, denn was immer daraus folgt, wir müssen Chios in … drei Stunden verlassen«, sagte Hyacinthe und sah dabei auf die Uhr. »Ein Boot erwartet uns im Hafen.«
Ich sah ihn verblüfft an.
»Ich treffe immer meine Vorkehrungen, Dottore Lafet. Was haben Sie denn gedacht? Wenn wir etwas gefunden und gestohlen hätten, wie wir zu Anfang vermuteten, hätte uns O'Connor sofort verdächtigt. Dachten Sie etwa, ich würde ruhig warten, bis die Polizei uns im Laufe des Vormittags im Hotel einsammelt?«
»Und wenn ich mich irre?«
Er schauderte.
»Ich hoffe nicht, Dottore. Ich hoffe es wirklich und wahrhaftig nicht.«
Nervös zog ich meine Tarnuniform aus. Ich verstand seine Beunruhigung. Helios verzieh weder Niederlage noch Irrtum. Ich nahm einen langen Zug von meiner Zigarette und versuchte das Bild eines Mannes zu vertreiben, der in Sparta ausgestreckt in einem Gang gelegen hatte – vom Schädel bis zu den Zehen mit Kugeln durchsiebt. Nein, Helios verzieh nicht.

Wir stiegen bei fast vollständiger Dunkelheit den kleinen Hügel hinauf, auf dessen Gipfel sich die Kapelle erhob. Hinter mir fiel Hans fast alle zehn Schritte hin, weil sich die Brombeersträucher in seinen viel zu weiten Kleidungsstücken verfingen. Kiesel rollten unter unseren Sohlen den Hügel hinab, und die vertrockneten Büsche zerkratzten uns die Arme.

Plötzlich ertönte das Geräusch reißenden Stoffs, gefolgt von einem Hagel erstickter Flüche. »Die Jeans war ganz neu! Könnt ihr nicht die Taschenlampen anmachen? Verdammt noch mal!«

Nachts verschwand das kleine Bauwerk fast vollständig hinter den Bäumen und wilden Pflanzen. Wir mussten uns vortasten, um die Tür zu finden.

Sobald wir hineingegangen waren und die Tür geschlossen hatten, richtete Hyacinthe seine Lampe auf den Altar, wo das mit Goldblättchen bedeckte, primitive Kreuz funkelte.

Jetzt erkannte man sofort das Anch, das ich für eine stilisierte, linkische Version des Christus gehalten hatte.

»Wie haben Sie es denn nicht sehen können?«, staunte Hyacinthe.

»Nun erscheint es einleuchtend«, antwortete ich, »aber wenn man nicht weiß, wonach man sucht …«

Ich griff nach dem Kruzifix, das viel leichter war, als ich es mir beim Anblick seiner Größe von fast vierzig Zentimetern vorgestellt hatte.

»Wir müssen das Anch abnehmen und reinigen, Dottore Lafet. Denken Sie, Sie können das schaffen?«

Ich kratzte mit dem Fingernagel die feine Goldschicht ab und betrachtete die Klebestellen.

»Ja, es ist ungeschickt auf das Holz geklebt worden, und die

Goldblättchen liegen nur sehr grob auf. Öffne deine Tasche, Hans.«

Hans gehorchte, und ich legte das Kruzifix in das Sammelsurium von elektronischen Einzelteilen, Werkzeugen, einem Mini-Laptop und Verpackungen von Keksen oder Süßwaren.

»Abergläubisch, was?«, spöttelte Hans und öffnete an Hyacinthe vorbei die Tür.

Ich kann nicht genau erklären, was dann geschah.

Wie durch eine unsichtbare Kraft brutal zurückgeworfen, stieß Hyacinthe mit voller Wucht gegen meine Brust. Ich packte ihn mit einer Hand und hielt mich mit der anderen gerade noch an Hans fest, um nicht zu fallen. Dieser schaltete seine Taschenlampe ein und richtete sie auf die Tür. »Wer bist du denn, du Blödmann?«, knurrte er.

Keuchend versuchte Hyacinthe, der zusammengeklappt war, wieder zu Atem zu kommen. Ich stützte ihn und starrte dabei den Mann an, der auf der Schwelle stand, und den ich auf Anhieb wiedererkannte. Constandinos Egrigoros, oder so ähnlich. So hatte er sich zumindest vorgestellt.

»Hocherfreut, Sie wiederzusehen, Professor«, rief er und zielte mit seiner Pistole in meine Richtung. »Bertinelli … ich wage es ja nicht zu glauben. Was für eine freudige Überraschung!«

Hyacinthe hob den Kopf, und sein Gesicht verzog sich zu einer Maske der Verachtung.

»Ich dachte, ich hätte in Rio mit Ihnen abgerechnet.«

»Ich habe Hilfsquellen, *padre.*« Er streckte seine freie Hand aus. »Das Anch.«

»Was?«

»Spielen Sie nicht den Idioten, *padre*, und sagen Sie diesem

Jungen, er soll mir das Anch geben«, wiederholte er und richtete die Pistole auf Hans.
»Tu, was er verlangt«, zischte ich.
Hans gehorchte widerwillig mit zusammengebissenen Zähnen und legte das Objekt in den Rucksack, den ihm unser Überraschungsgast hinhielt.
»Ärgerlich, was, Kleiner?« Er warf sich den Rucksack über die Schulter. »Deine Waffe, Bertinelli. Los, los, nur Mut.«
Hyacinthe, der noch immer am Boden hockte und keuchte, packte seine Pistole am Lauf und zog sie langsam aus dem Holster.
»Na also, du kannst doch vernünftig sein, wenn du nur w–« Er beendete seinen Satz mit einem Blubbern und brach vor unseren Augen zusammen. Ich hatte das Pfeifen des Schusses kaum wahrgenommen, da es von einem Schalldämpfer erstickt worden war. Dieser befand sich auf Hyacinthes zweiter Pistole, die er in seiner anderen Hand hielt, verborgen durch sein gebeugtes Knie. Er hatte den Lauf in die Spitze des Winkels geschoben, den sein Schenkel und seine Wade bildeten.
»Wir hauen ab«, sagte er und richtete sich auf, vollkommen Herr seiner selbst und keineswegs verletzt durch den Schlag, den er abbekommen hatte.
Hans holte das Kruzifix aus Egrigoros' feuerfestem Rucksack und legte es in seine Tasche zurück. Ich spürte, dass er kurz davor war, ohnmächtig zu werden, und auch ich hatte größte Mühe, den Anschein von Ruhe zu bewahren. Ein Einbruch und zwei Morde an einem Abend, das war ein bisschen mehr, als meine Nerven vertragen konnten. Im Gegensatz zu Hyacinthe, der sich den Luxus einer zweiten Kugel gönnte, die er aus nächster Nähe der Leiche direkt zwischen die Augen schoss.

»Eine Auferstehung reicht«, rechtfertigte er sich, als er meine erschrockene Miene sah.
Die Nachtluft tat mir gut, und ich atmete tief ein, bevor ich mich daranmachte, den Hügel hinabzusteigen. Weiter unten entdeckten wir ein Licht, das zum Haus des Mannes gehörte, der uns zur Haltestelle des Busses nach Pyrgi gebracht hatte. Langsam erhellten sich die Fenster eines nach dem anderen.
»Wir haben doch gar keinen Lärm gemacht«, entrüstete sich Hans.
Ich schnappte mir seine Tasche und stieg den Abhang schneller in Richtung Auto hinab.
Hyacinthe ließ in Windeseile den Motor an. Allerdings nicht schnell genug, um dem Einschlag einer Patrone in die Wagentür auszuweichen. Unser freundlicher Chauffeur nahm uns vom Hügel aus ins Visier.
»Dieser Irre schießt uns ab wie Tauben!«, rief mein ehemaliger Praktikant aus, während wir auf die geteerte Straße bogen. »Wenn er die Bullen ruft und eine Beschreibung der Karre abgibt, sind wir geliefert.«
»Fahren Sie schneller!«, drängte ich Hyacinthe.
»Das ist das beste Mittel, um auf sich aufmerksam zu machen.«
»Warum hat dich dieser Typ *padre* genannt?«, fragte Hans.
»Dieser Mann«, unterbrach ich ihn, »war der, von dem ich Ihnen erzählt habe, der falsche Grieche.«
»Das habe ich mir gedacht.«
»Er schien Sie zu kennen.«
»Darüber reden wir später, wenn es Ihnen nichts ausmacht.«
»*Padre*«, bohrte Hans nach. »Nennt man so nicht einen Pfarrer?«

Hyacinthe nickte gereizt.
»Ich war bei den Jesuiten«, erklärte er. »Das bringt mir im Milieu einiges an Gespött ein.«
»Du wolltest Priester werden?«
»Die zukünftigen Würdenträger sind nicht die einzigen Schüler, die jesuitische Anstalten besuchen, Hans.«
»Unser geheimnisvoller Verfolger, das war er, nicht wahr?«, fragte ich.
Zu unserer Überraschung bremste Hyacinthe heftig ab und atmete tief ein.
»Warum hältst du mitten auf der Straße an?«, fragte Hans panisch.
Hyacinthe drehte sich wütend zu uns um.
»Ist es jetzt bald mal gut, ihr beiden?« Hans vergrub sich in seinem Sitz, und ich starrte geradeaus auf die Straße. »Geht doch …«
Mit einem unangenehmen Schweigen fuhr er weiter.
»Sie fahren direkt in Richtung Hafen, Hyacinthe. Unsere Sachen sind aber noch im Hotel«, wagte ich anzumerken, als ich das Straßenschild entdeckte.
»Ich habe sie auf das Boot bringen lassen, machen Sie sich keine Sorgen.«
»Sie denken wirklich an alles, nicht wahr?«
Er zwinkerte mir viel sagend zu.
»Ihre hübschen Shorts zurückzulassen würde mir das Herz brechen, Morgan. Sie betonen so gut Ihre Kurven.«
Hans stieß ein dreckiges Lachen aus. Ich zündete mir eine Zigarette an und zog es vor zu schweigen und darum zu beten, dass uns kein Polizeiauto anhalten möge. Wir begegneten lediglich einem Polizeiwagen, als wir in Chios-Stadt ankamen.

Dieser brauste jedoch mit heulender Sirene in Richtung Süden an uns vorbei, ohne uns weiter zu beachten. Wir fuhren schließlich nur ein kleines weißes Auto unter Hunderten, die zu dieser Reisezeit auf der Insel unterwegs waren.
Im Hafen erwarteten uns zwei Männer im grauen Anzug. Sie halfen uns, auf eine elegante Jacht zu steigen, die fast unmittelbar danach die Leinen losmachte.

VII

Als ich am späten Vormittag aus einem unruhigen Schlaf hochfuhr, durchquerten wir die griechische Inselgruppe des Ionischen Meeres in Richtung Alexandria. Der Kapitän, ein schweigsamer Mann von etwa vierzig Jahren, erklärte mir, dass wir soeben Thera hinter uns gelassen hatten und in Kürze eine zweistündige Zwischenlandung auf Kreta machen würden, bevor wir Kurs auf Ägypten nähmen.

Ich verließ die Steuerkabine, um zu duschen und mich anschließend zu Hyacinthe in den Salon zu gesellen, der mit Teakholz verkleidet und im Kolonialstil möbliert war, was auf einem Boot überraschend wirkte.

Hyacinthe sprach am Telefon und gab mir ein Zeichen, mich zu setzen und mich von den Speisen zu bedienen, die auf dem großen Tisch standen. Ich begnügte mich mit einem Kaffee und ein paar Keksen.

Er legte kurz darauf mit finsterer Miene auf.

»Probleme? Ich dachte, davon hätten wir schon genügend gehabt.«

»Ach, wenn Sie nur wüssten, wie Recht Sie haben, Dottore Lafet.«

»Ich habe Ihnen bereits gesagt, dass Sie mich nicht so nennen sollen. Was ist los?«

»Marco Da Almeida. Ihr ›falscher Grieche‹.«

Ich leerte meine Kaffeetasse und schenkte mir neu ein, bevor ich mir eine Zigarette anzündete.
»Wer war dieser Mann?« Hyacinthe zog eine Plastikkiste aus einem Schrank und stellte sie vor mich hin, nachdem er die Speiseplatten zur Seite geschoben hatte. Die Kiste quoll über von Pinseln, Klemmen, Pfriemen, Feilen und anderen Utensilien. »Was soll ich damit?« Er nahm ein Tuch beiseite, unter dem sich das Kruzifix befand, das wir entwendet hatten. »Ich verstehe. Aber Sie haben meine Frage nicht beantwortet«, bemerkte ich und schob meinen Kaffee weg, um mich an die Arbeit zu machen.
Er setzte sich neben mich und erklärte mir, dass jener Da Almeida jemand war, den man im Milieu einen »Wilderer« nannte. Ein Plünderer. Ein Pseudo-Abenteurer, der seine Dienste und Fundstücke dem Höchstbietenden verkaufte, oft überaus wichtige Sammler oder schwerreiche Geschäftsleute.
»Männer wie Helios?«
»Nein. Niemals hätte Helios mit einem solchen Typen Geschäfte gemacht, im Gegensatz zu vielen seiner … ›Kollegen‹, wenn ich mich so ausdrücken darf. Wir waren oft bei verschiedenen Anlässen aneinandergeraten, und ich glaubte, ihn vor vier Jahren in Rio für immer losgeworden zu sein.«
Ich schob einen Spatel zwischen das Kreuz und das Anch, das sich auf Anhieb löste. Wer immer das Kruzifix angefertigt hatte, hatte sich nicht besonders viel Mühe gegeben. Allein der Leim war lediglich von mittelmäßiger Qualität.
Das Anch war so leicht, dass es nur hohl sein konnte und damit zerbrechlich. Ich klemmte mir eine Juwelierslupe vors rechte Auge und untersuchte es von nahem. Dort, wo er aufgetragen worden war, hatte der Klebstoff in keiner Weise das

von feinen Goldblättchen bedeckte Metall angegriffen. Nicht die geringste Spur einer Oxidierung. Merkwürdig.
»Was glauben Sie, warum uns dieser portugiesische Lazarus auf den Fersen war?«, fragte ich. Mein Begleiter zuckte die Achseln.
Dann säuberte ich einen weiteren Spatel und entfernte Stück für Stück die Reste des getrockneten Gummis auf der Vorderseite des Anchs.
»Helios ruft mich zurück, sobald er das klargestellt hat.«
»War er das eben am Telefon?« Hyacinthe nickte. »Hatte er Neuigkeiten über meinen Vater?«
»Ja, er steht kurz vor der Freilassung.« Ich vergaß völlig, den Rest des widerspenstigen Klebstoffs mit dem Spatel weiterzubearbeiten. »Habe ich Ihnen nicht mein Wort gegeben, dass wir alles tun würden, um ihn da rauszuholen?«
Ich warf ihm ein dankbares Lächeln zu, und da ich vor Erleichterung nicht wusste, was ich sagen sollte, fuhr ich mechanisch mit der Reinigung des Anch-Zeichens fort.
»Ich weiß nicht, wie ich Ihnen – das ist nicht wahr!« Die Lupe fiel mir vom Auge, und Hyacinthe zuckte zusammen. »Das ist … das ist Titan!«
»Wie das Schwert Alexanders?«
Ich nahm eine Serviette, um das Metall abzureiben, und eine Prägung kam zum Vorschein. Als er sie wiedererkannte, ließ mein Begleiter einen Fluch auf Italienisch entweichen. Eine Hand, die einen Hammer hält. Das Siegel des Hephaistos …
»Jetzt wissen wir, warum uns Helios in dieses missliche Aben teuer geschickt hat«, meinte ich. »Hat er Ihnen etwa nichts gesagt?«
Fassungslos schüttelte Hyacinthe den Kopf.

Am späten Nachmittag hatte ich mich mit Hans und Hyacinthe um den Tisch versammelt. Wir betrachteten das Anch aus Titan, von seinen Goldblättchen befreit, das in der Mitte der Tischplatte lag. Auf den beiden flachen Seiten, das heißt auf der Vorder- und Rückseite, war es mit Zeichnungen und einer für mich unlesbaren ägyptischen Schrift verziert. Diese bestand aus kleinen Stücken Glasmasse und war, durch ich weiß nicht welches Wunder, in das Metall eingearbeitet worden war.

»Auf was wartet ihr denn?«, fragte Hans und starrte uns abwechselnd an. »Dass es anfängt zu sprechen?«

Ich nahm das Anch und drehte es im Schein der Lampe.

»Wir sollten es fotografieren und an Etti schicken, damit er die Inschriften entziffert.«

»Im Büro ist ein Scanner«, teilte uns Hyacinthe mit. »Können Sie wirklich nichts damit anfangen?«

Ich griff nach der Lupe, die er mir reichte. Auf einer Seite war das Anch mit einem ägyptischen Text bedeckt, auf der anderen hatte man anscheinend ein Fresko oder Fries mit feiner Gravur nachgebildet. Anubis stand einem Pharao gegenüber und hielt in seinen Händen ein Anch und einen Stab. Über den Köpfen der beiden Figuren schwebte eine Waage. Auf einer der Waagschalen lag eine Feder, auf der anderen das Herz des Verstorbenen. Im Vordergrund kam eine dritte Figur zum Vorschein, die nicht Teil des Freskos zu sein schien. Wahrscheinlich ein Priester, denn er kniete nieder und streckte respektvoll den Arm aus, um Anubis' rechte Hand zu berühren, die das Anch hochhielt.

»Wie haben sie es geschafft, Glasmasse in das Titan einzuarbeiten, ohne dass sie schmilzt?«, staunte Hans.

»Erinnere dich an den Knochengriff am Schwert des Alexander«, bemerkte ich.
»Weißt du immer noch nicht, wie der Typ, wer auch immer es war, das hingekriegt hat?«
Ich drehte mich zu Hyacinthe um.
»Ich weiß darüber nicht mehr als Sie«, versicherte er. »Ich bin nicht in das Geheimnis der Götter eingeweiht, auch wenn Sie dies anscheinend glauben. Ich werde das Anch scannen und die Datei per Mail an unsere Männer in Delhi schicken. Sie werden die Informationen an Etti weiterleiten.«
Hyacinthe verschwand, und mein ehemaliger Praktikant stupste mich scherzhaft mit der Schulter an. »Steht der immer noch so auf dich?«
»Das ist jetzt nicht der richtige Moment, Hans.«

Wir legten mitten in der Nacht in Alexandria an. Als wir von Bord gingen, übergaben uns Helios' Männer Reisepässe und falsche Protokollunterlagen für das Anch. Wir passierten den Zoll wie Glückwunschkarten einen Briefkastenschlitz: »Seien Sie willkommen, Professoren, es ist eine Ehre, Sie zu empfangen.« Das beeindruckte mich nicht mehr.
»Ich find's komisch, wieder hierherzukommen«, ließ Hans verlauten. »Wo gehen wir hin? In Helios' Superwohnung, wie das letzte Mal?« Hyacinthe nickte und holte das Auto, das ebenfalls für uns bereitstand. »Erster im Whirlpool!«
Helios' Residenz lag an einer großartigen, ausgedehnten Küstenstraße, die sich über mehr als zwanzig Kilometer erstreckte. Hier nahm Ägypten das Gesicht der Modernität und der Technik an. Die Strände und futuristischen Bauwerke rankten sich in einer Fülle von Blau- und Weißtönen, die hier und da von

wohldurchdachten Grünflächen unterbrochen waren, an der Küstenstraße entlang.
Ein Wächter in Livree nahm die Schlüssel des Autos von Hyacinthe entgegen und machte sich auf, den Wagen in der Garage zu parken.
Mit unseren Rucksäcken über der Schulter durchquerten wir die Eingangshalle voller Spiegel und Golddekor und stiegen in einen riesigen Aufzug. Dieser hielt mit einem musikalischen »pling« im letzten Stockwerk, und Hyacinthe öffnete mit Hilfe einer elektronischen Karte die einzige Tür, die sich auf der Etage befand und von zwei Kameras überwacht wurde.
»Bitte, nach dir, Hans.«
Der junge Mann stürzte ins Badezimmer, als habe er schon immer an Ort und Stelle gewohnt.
»Was für eine Energie!«
Ich trat als Nächster ein und stellte meine Tasche auf dem Boden ab. Helios' Alexandriner Wohnung war riesig und vollständig klimatisiert. Sie nahm fast die gesamte letzte Etage des Hochhauses ein. Die Ausstattung war ein Beispiel an Design und Modernität, nüchtern und hell gehalten. Auch das Mobiliar bestand ganz aus Naturtönen und war bequem und ohne jegliche auffällige Verzierung. Überall überwogen klare Linien.
Die Wohnung beherbergte lediglich ein paar Sammlerstücke in Form von modernen Bronzestatuen und Gemälden, die eine mitreißende, zeitgenössische Hommage an die Wüste boten.
Ich ließ mich auf das weiße Ledersofa fallen, und Hyacinthe holte zwei Bier aus dem Kühlschrank der Bar. Er reichte mir eines und verschwand mit seinem im Nebenzimmer.
Als er, mit einem Bademantel bekleidet, zurückkam, hatte ich meine Dose fast leergetrunken.

»Die Mail, die ich vom Boot aus an Ihren Bruder geschickt habe, ist nicht gelesen worden«, verkündete er und setzte sich neben mich. Ich spürte, wie meine Anspannung stieg, wie Hyacinthe nach dem Telefon griff und eine lange Nummer wählte. »Mailbox«, seufzte er. »Das Handy Ihres Bruders ist aus oder hat keinen Empfang.« Er wählte eine andere Nummer. »Martha? Hyacinthe. Verbinde mich mit Etti Lafet in Delhi. Ja, es ist dringend.« Er wartete und wippte dabei mit dem Fuß. »Hallo?« Ich lauschte. »Dann geben Sie mir in diesem Fall die Rezeption. Hallo? Rezeption?«, fragte er auf Englisch. »Ich versuche, einen Ihrer Gäste zu erreichen, Mister Lafet. Etti Lafet. Zimmer 87.« Er wurde blass. »Wann? Ich danke Ihnen.«

Er legte auf und drehte sich verblüfft zu mir um.

»Was denn?«, drängte ich ihn voller Angst. »Wo ist mein Bruder?«

»Etti steht seit gestern nicht mehr auf der Gästeliste des Hotels. Man hat seine Sachen abgeholt und seine Rechnung beglichen.«

Das Blut gefror mir in den Adern, und ich malte mir die schlimmsten Szenarien aus.

»Was sind denn das für Geschichten? Ich dachte, Sie beschutzen ihn!«, rief ich empört.

Er griff wieder zum Telefon und gab mir ein Zeichen, ihm eine Zigarette anzuzünden.

»Martha? Hier ist noch mal Hyacinthe. Wo sind James und Anthony?« Sein Gesicht erhellte sich, und ich reichte ihm mit klopfendem Herzen seine Zigarette. »Sind sie erreichbar? Dann gib sie mir doch, sei so lieb. Es ist okay«, brachte er mit einer beruhigenden Geste in meine Richtung hervor.

Mein Herzschlag beruhigte sich ein wenig. Hyacinthe entfernte sich, um eine Weile mit seinen Gesprächspartnern zu diskutieren.
»Wo ist mein Bruder?«, erkundigte ich mich, sobald er aufgelegt hatte. »Warum ist er nicht mehr im Hotel? Was ist passiert?«
»Ihm – nicht viel.« Ich hob eine Augenbraue. »Es geht ihm sehr gut, seien Sie versichert. Wie ich soeben erfahren habe, befindet sich Rama Patel seit heute Morgen in Delhi im Gefängnis. Er hat alles gestanden.« Ich segnete im Stillen alle Götter des indischen Subkontinents. »Ihr Vater müsste bald entlassen werden. Es läuft alles wie geplant.«
Wenn Hans da gewesen wäre, hätte ich ihn mit Freuden an mich gedrückt, aber da ich nur Hyacinthe zur Hand hatte, ließ ich es lieber bleiben.
»Ich weiß nicht, wie ich Ihnen danken soll«, sagte ich schlicht.
»Sie wissen es: Indem Sie diese verfluchte Maske finden.«
»Etti und ich werden dafür unser Möglichstes tun, sobald er Papa zurück nach Frankreich gebracht hat und zu uns stößt.«
Hyacinthe erhob sich und legte die Fingerspitzen aneinander.
»Morgan, so wird es nicht ablaufen.« Mein Blick verdüsterte sich. »Es sind unsere Männer, die Ihren Vater nach Frankreich zurückbringen werden, da Etti in …« Er sah auf die Uhr. »Knapp zwei Stunden hier sein wird.«
»Sie haben ihn gezwungen, Indien zu verlassen und meinen Vater da drüben allein zu lassen?«, fragte ich mit erstickter Stimme.

»Keineswegs.« Er hüstelte verlegen. »Eigentlich … sind es die indischen Behörden, die ihn ausgewiesen haben.«
»Was?«, rief ich aus.
»Ich weiß im Augenblick auch nicht mehr als Sie, was mir wirklich aufrichtig leidtut.«

Draußen ging gerade die Sonne auf, als es an der Tür läutete. Hans sprang vom Sofa auf, auf dem er eingedöst war, und Hyacinthe ging öffnen.
Zwei athletische Männer in den Dreißigern, jeweils in einen grauen und eierschalenfarbenen strengen Anzug gekleidet, betraten die Wohnung und schoben einen verängstigten Etti vor sich her. Ihren verzerrten Mienen und den zögerlichen Gesten nach zu urteilen, wussten sie nicht so recht, wie sie mit ihm umgehen sollten.
»Professor«, begrüßten sie mich und stellten das Gepäck meines Bruders ab. »Hans.«
»Hallo, Jungs«, antwortete dieser fröhlich, ohne den Blick von meinem Bruder zu wenden, den ich ebenso erstaunt anstarrte. Etti war mit einem traditionellen *dhoti*, einer Art Lendenschurz, und einem Hemd aus fleckenloser, weißer Baumwolle bekleidet. Auf seiner Stirn trug er die drei weißen Striche und das dritte Auge der Shiva-Anbeter. Sein verlorener Blick erweckte den Anschein, als habe man ihn aus einer religiösen Zeremonie eines anderen Zeitalters in unsere Epoche katapultiert.
Eine seiner Begleitpersonen trat vor und übergab mir ein Dokument.
»Ihr Bruder hat, sagen wir, ein wenig Leben in einen Tempel gebracht.«
Ich faltete das Blatt Papier auseinander und sprang auf. Es han-

delte sich um einen Ausweisungsbeschluss für zwölf Monate, gültig für das gesamte indische Staatsgebiet.

»Aber Etti, was ist denn passiert?«

Mein Bruder zog den Kopf ein, als fürchtete er eine Tracht Prügel. Der Mann rückte seine Krawatte zurecht.

»Es wartet Arbeit auf uns. Hocherfreut, Sie kennen gelernt zu haben, Professoren. Hyacinthe, Hans.«

Hyacinthe begleitete sie zur Tür und schloss sie wieder, bevor er sich dagegenlehnte und uns mit einer gewissen Neugier beobachtete. »Na, kommen Sie schon, stehen Sie nicht so in der Gegend herum. Wollen Sie etwas trinken?«, schlug er meinem Bruder freundlich vor.

Etti lehnte das Angebot wortlos ab und setzte sich vorsichtig auf das weiße Sofa, als fürchtete er, es zu beschmutzen. Unser Gastgeber war durch das Benehmen meines Bruders aus der Fassung gebracht. Er warf mir einen fragenden Blick zu, woraufhin ich ihm mit einer Geste zu verstehen gab, dass er bitte so tun möge, als habe er nichts bemerkt.

»Dürfte ich wissen, was dies hier bedeutet, Etti?«, schnappte ich und wedelte mit den Dokumenten, die ich in der Hand hielt.

Er warf mir einen verstohlenen Blick zu. »Ein Priester hat mir den Zutritt zu einem Tempel verweigert. Dazu hatte er kein Recht. Keine Kultstätte ist uns mehr verboten seit …«

»Wem ›uns‹?«, unterbrach ich ihn, auch wenn ich die Antwort nur zu leicht erriet. Er antwortete nicht. Hans betrachtete uns einen nach dem anderen sorgenvoll.

Was ich befürchtet hatte, war wieder eingetreten. Nach ein paar Tagen in Indien hatte Ettis stets folgsames Verhalten seine Kaste verraten, und der unvermeidliche Zwischenfall hatte stattgefunden. Und im Anschluss die schmerzhafte Periode der Entmutigung und der Reue, die nach dieser Art von Missgeschick stets über ihn hereinbrach.

»Was hast du getan?«, fragte ich.

Etti hob den Kopf, senkte ihn aber sofort wieder. »Was hättest du an meiner Stelle getan?«

Er verschränkte die Arme vor der Brust und rollte sich auf dem Diwan zusammen. Als ich ihn so sah, tauchten die Gespenster der vergangenen Monate wieder auf. Ich sah ihn wieder, wie er krank auf dem Sessel im Wohnzimmer oder auf seinem Bett saß, apathisch und gehorsam wie ein Hund. Ich wurde panisch. Was, wenn er durch die jüngsten Ereignisse einen Rückfall erlitt? Ich musste ihn schnellstens zu einer Reaktion bewegen.

»Papa ist jetzt allein …« Er erstarrte. »Und er wird in Begleitung von Fremden nach Frankreich zurückkehren müssen. Danke in seinem Namen, Etti.«

Ich schleuderte ihm wütend entgegen, was der Beschluss der indischen Regierung bedeutete, ohne dass er auch nur mit der Wimper gezuckt, geschweige denn sich verteidigt hätte. Normalerweise hätte er auf meine Vorwürfe mit einem säuerlichen Kommentar ebenso unbeugsam gekontert.

Hans und Hyacinthe fühlten sich immer befangener. Die Situation wurde sehr unangenehm.

Auch auf die Gefahr hin, dass sich mein Bruder plötzlich gewalttätig geben würde, fing ich an, ihn schwer zu beleidigen, und hoffte auf so etwas wie eine Reaktion.

»Ich gehe schlafen«, sagte ich und bewegte mich auf den Flur zu. »Sagt mir Bescheid, wenn der *dalit* wieder ein echter Mann ist. Falls er je einer war«, fügte ich hinzu, woraufhin mir Hyacinthe vernichtende Blicke zuwarf.

Ich knallte die Tür zu und wartete. Es dauerte kaum eine Sekunde, und Etti, der noch zwischen Wut und Traurigkeit schwankte, öffnete sie wieder.
»Was willst du?«, fauchte ich mit vorgetäuschter Wut.
Er antwortete in scharfem Ton: »Du weißt nicht, was passiert ist, also erlaube dir nicht, darüber zu urteilen.«
»Wie können dich die Leute anders behandeln als einen Paria, wenn du dich wie einer verhältst?«
»Verstehst du denn nicht …«
»Ich verstehe, dass mich mein älterer Bruder als Teenager an der französischen Schule von Delhi blamierte, weil er wie eine Larve vor meinen Klassenkameraden robbte! Und ich beginne mich zu fragen, ob es dir im Grunde nicht sogar gefällt!«
Er blickte mit ruhigem Gesicht zu mir auf und verpasste mir eine kräftige Ohrfeige, gefolgt von einem sanften Lächeln.
»Das sollte als Antwort auf deine Frage genügen. Versuch nun zu schlafen, du bist leichenblass«, riet er mir, drehte sich auf dem Absatz um und verschwand. Ich rieb mir die schmerzende Wange. Er hatte kräftig zugelangt, aber ich war noch nie so glücklich darüber gewesen.

Als ich nach ein paar Stunden wohlverdienten Schlafs erwachte, gesellte ich mich zu meinen Begleitern in die große Bibliothek der Wohnung. Sie hatten bereits Dutzende Bücher aus den Regalen genommen, und an dem großen ovalen Tisch machte sich Etti, bekleidet mit Baumwollshorts, einem weißen T-Shirt und Sportschuhen, Notizen. Hyacinthe stand oben auf einer kleinen Treppleiter und forschte in einem alten Manuskript über ägyptische Symbole, während Hans, der meinem Bruder gegenübersaß, aufmerksam die Seiten eines mit Fresken und Malereien illustrierten Bands umblätterte.

Sie waren alle so konzentriert, dass sie mich nicht einmal bemerkten, als ich bereits in der Türöffnung stand.

Mein ehemaliger Praktikant schob sein Buch meinem Bruder hin, und dieser nahm sich wie ein alter, geduldiger Lehrer mit seinem leicht zerstreuten Schüler der Sache an.

»Nein. Die Kartuschen stimmen nicht überein, schau. Da. Und da.« Hans konnte seinen Verdruss nicht verbergen. »Geduld, du wirst es schon schaffen.«

Hans blätterte weiter, und Hyacinthe hob endlich den Blick und entdeckte mich. »Gut geschlafen, Morgan?«

»Wie ich sehe, amüsiert ihr euch prächtig.«

»Etti hat es geschafft, den Text zu entziffern.«

Ich zog einen Stuhl heran und setzte mich neben meinen Bruder, der mir seine Notizen zeigte. Zu meiner großen Erleichterung stellte ich fest, dass er sich wieder vollkommen gefasst hatte.

»Übersetzt oder nicht«, meinte er, »dieser Text bringt uns in keiner Weise weiter. Es fehlt ein Teil.«

Ich las laut vor:

»›Der Fluss trat über die Ufer, und wir mussten unsere Häuser verlassen. Er streckte seinen ewigen Leib in den Straßen unserer Stadt aus, wie der Tod sich in einem Grab ausstreckt. Drei Monate lang nahm er ein Bett ein, das nicht seines war. Dann zog sich das Wasser zurück, Die Jahre vergingen, wir glaubten den Fluss besänftigt, unser Leben gerettet, aber wir waren im Irrtum, denn der Meister des Todes kehrte zurück, ließ seinen Zorn in seiner Stadt hervorbrechen und verschonte weder …‹«

»Eine Überschwemmung?«

»Das sieht mir ganz danach aus. Die Rückseite des Anchs erscheint mir interessanter. Also, Hans, findest du's?«

Dieser zeigte ihm ein Foto eines Freskos, auf dem ein Pharao abgebildet war.

»Sethos I.?«, fragte er und legte den Finger auf die Kartusche, die sich rechts neben der Figur befand.

Auf Ettis Gesicht machte sich ein großes Lächeln breit, und er richtete ein stilles Bravo an ihn. Der Junge wurde rot vor Freude.

Hyacinthe schüttelte amüsiert den Kopf. Hans, der sich schon immer für Indien und die alten Zivilisationen dieses Teils der Erde begeistert hatte, brachte meinem Bruder und meinem Vater eine Bewunderung dar, die an Fanatismus grenzte, und das umso mehr, seitdem sie ihn unter anderem mit Hindi und Sanskrit vertraut gemacht hatten. Zu Beginn von Ettis Konvaleszenz hatte Hans ständig bei uns gesteckt und *massala movies* geschaut, dann, als der Zustand meines Bruders sich besserte, hatte er diesen damit bedrängt, dass er ihm die großen Epen der indischen Mythologie übersetzte. Wenn mein Vater da war, wurde unser »Gast« regelrecht zur Klette. Mit offenem Mund trank er förmlich Kurse in westasiatischer Geschichte, die auch die zähesten Studenten eingeschläfert hätten.

»Was hat denn Sethos I. in unserer Rundreise zu suchen?«, erkundigte ich mich.

Etti schob das Anch zu mir hinüber und reichte mir eine Lupe.

»Er ist es, der auf der Zeichnung mit Anubis abgebildet ist. Sein Name steht links auf der winzigen Kartusche.« Ich betrachtete eingehend die sorgfältig angefertigte Gravur. »Die Figur im Vordergrund, der Mann, der das Anch zu berühren scheint, gehört nicht zu dem Fresko.«

»Ein Priester?«

»Wahrscheinlich, denn er ist barhäuptig und sein Schädel ist rasiert. Nun sieh dir gut die vier Symbole des Anubis an: Waage, Feder, Anch und Stab. Was fällt dir auf?«

»Zwei von ihnen sind aus eingearbeiteter Glasmasse gefertigt worden: das Anch und der Stab.«

»Was hältst du in der Hand?«

Ich nickte, da ich verstand, worauf er hinauswollte.

»Ein Anch! Was wir im Wadi Natrun suchen müssen, ist also ein Stab aus Titan.«

»Das ist nur eine Hypothese.«

»Die mehr als überzeugend ist«, mischte sich Hyacinthe ein, der zu uns getreten war. »Was halten Sie davon, Morgan?«

»Ja, das ist standfest. ›Du kennst die Salzwiesen, die von den marschierenden Verstorbenen durchquert werden, über ihren *Stab* gebeugt …‹«

»Ich sehe nur ein kleines Problem«, fuhr Hyacinthe fort. »Wir werden es dort mit Höllenhunden zu tun haben, die etwas blutgieriger sind als ein mit einem Jagdgewehr bewaffneter Mastixpflanzer. Das Gebiet ist unter Militärkontrolle. Das Wadi Natrun ist eine christliche Bastion in einem muslimischen Land. Eine verlorene Oase mitten in der Wüste, die sozusagen nur Klöster birgt. Unserem Freund zufolge haben diese vor kurzem Terroranschläge erlitten. Islamistische, genauer gesagt. Es gab auf beiden Seiten einige Tote«, erklärte er und

verzog das Gesicht. »Nicht sehr … saubere Tote. Seitdem ist die ägyptische Armee auf der Hut.«
»Auf *beiden* Seiten?«, mischte sich Hans ein. »Wenn ihr sagt ›christliche Bastion‹, heißt das christlich-sympathisch wie ›Mutter Teresa, wir sind alle Brüder‹, oder eher christlich-hirnlos, Typ ›heiliger Thomas von Aquin, der größte Fanatiker kommt in den Himmel‹?«
Hyacinthe legte die Stirn in Falten.
»Eher christlich im Sinne: ›Man hat einen der Islamisten mit den Füßen und Fäusten an eine Palme genagelt vorgefunden.‹«
Ich machte große Augen.
»Ich verstehe …«
»Das sind wahrhaftige, original-koptische Klöster.«
Hans stieß mich mit dem Ellbogen an.
»Was genau sind die Kopten?«
»Hast du schon mal die bärtigen Gottesfanatiker im Pyjama gesehen, welche die Steinigung untreuer Frauen und das Märtyrium predigen? Tausche den Pyjama gegen eine Soutane und den Koran gegen eine Bibel aus, und du erhältst ein recht genaues Bild dieser Irren.«
»Der Zusammenfassung fehlt es nicht an Würze, wenn sie auch ein wenig flüchtig ist«, räumte Hyacinthe ein.
»Wie werden wir uns bei diesen Spinnern einschleusen?«, fragte Hans besorgt.
»Wenn du eine Idee hast …«, meinte ich und tätschelte ihm den Nacken.
»Als Archäologen?«, schlug Etti vor. »Glaubt ihr, die werden uns überall herumschnüffeln lassen?«
»Nun kommt schon, meine Brüder«, griff Hyacinthe durch.

»Wir werden uns wie Hunderte von Besuchern einschleusen, die sich jedes Jahr ins Wadi Natrun begeben.« Wir drehten uns alle gleichzeitig zu ihm um. »Als Pilger natürlich!«
Beim Anblick unserer fassungslosen Mienen brach er in Gelächter aus.

VIII

Am darauf folgenden Tag sollten wir uns einem Reisebus mit christlichen Touristen aus Europa anschließen, der zum Wadi Natrun fahren würde. Diese Oase war eine der Etappen einer religiösen Rundreise durch den Mittleren Osten. Zu diesem Anlass hatten wir uns Bibeln, Holzschnitte, Medaillons und Kruzifixe beschafft.

Wir saßen im Wohnzimmer, ein Amulett zum Ruhme des Erlösers gut sichtbar um den Hals, und warteten auf Etti, der mit seinen Vorbereitungen nicht fertig wurde.

»Dürfte ich erfahren, was du anstellst?«, rief ich des Wartens überdrüssig.

Seine Stimme drang aus seinem Zimmer zu mir.

»Muss ich wirklich dieses Mordinstrument um den Hals tragen?«

»Etti, das sind nur zwei übereinandergelegte Holzenden!«

»Das ist ein Galgen auch!«

Als er erschien, zögerte ich, ob ich in Gelächter ausbrechen oder einfach umkippen sollte. Hans entschied sich für die erste Lösung.

»Was denn?«, fragte mein Bruder erstaunt.

Mit offenem Mund betrachteten wir ihn von oben bis unten und versuchten dabei, ernst zu bleiben. Bekleidet mit einem Hawaiihemd und einer knallbunten Shorts, Badelatschen an

den Füßen und einer Bobfrisur, hatte Etti seinem Outfit den letzten Schliff verliehen mit einer riesengroßen Sonnenbrille, einer Gürteltasche und einem Fotoapparat, den er an einem Riemen um den Hals trug.
»Was ist das denn für eine Ausstaffierung?«, prustete ich.
Er zupfte an seinem Hemd.
»Du hast mich gebeten, wie ein christlicher Tourist aus dem Westen auszusehen.«
»Nein, Etti, ich habe dich gebeten, dich so anzuziehen, dass du inmitten der Gruppe christlicher Touristen nicht auffällst. Und ich bezweifle, dass sie so aussehen.«
»Sie werden überrascht sein«, mischte sich Hyacinthe ein.
Mit den Taschen gingen wir hinunter, um das Taxi zu nehmen, das unten vor dem Haus auf uns wartete, während wir uns immer noch vor Lachen auf die Zunge bissen.

Der ultramoderne, klimatisierte Bus verließ Alexandria am späten Vormittag mit etwa vierzig überdrehten Pilgern und uns an Bord, die wir uns im hinteren Teil des Fahrzeugs so klein wie möglich machten.
Nach einer Stunde Fahrt auf der Desert Road, der Straße, die Alexandria mit Kairo verbindet, hatten mir die schiefen Lobgesänge und die von den Lämmern zur Ehre ihres Schäfers geblökten Gebete bereits eine heftige Migräne verschafft.
Verblüfft beobachteten Hans und Etti ihre Umgebung mit fassungsloser Miene. Hyacinthe hingegen plauderte jeweils mit dem, der gerade ein Gespräch anknüpfte.
Einen Moment der Ruhe nutzend, beugte ich mich hinüber zu meinem Bruder.

»Geht's?«

»Und da sagt man, die Hindus seien komisch …«, flüsterte er. »Schau dir das Phänomen da drüben an.«

Er zeigte mir einen jungen Mann von höchstens zwanzig Jahren, der, mit einem ekstatischen Lächeln auf den Lippen und einem Rosenkranz in der Hand, sich murmelnd vor- und zurückbeugte.

»Wen betet der denn an?«, spöttelte Hans »Den Gott Ganja?«

»Hans …«, rügte ich ihn. Er wandte sich ab. »Wir müssten in zwei oder drei Stunden ankommen.«

Die Frau, die vor uns saß, drehte sich auf ihrem Sitz um. Sie musste etwa im Alter unseres Vaters sein, und ihre seltenen grauen Haare waren oben auf ihrem Kopf in einem losen Dutt zusammengehalten.

»Entschuldigen Sie, mein Junge«, piepste sie mit ihrer Kanarienvogelstimme. »Sind Sie Franzose?«

»Ja, Madame«, antwortete ich blöde.

Ihr faltiges Gesicht hellte sich auf, und sie tätschelte die Schulter ihres Reisebegleiters, höchstwahrscheinlich ihr Mann.

»Hörst du das, Claude? Dieser charmante junge Mann ist Franzose.«

Der Mann drehte sich nun ebenfalls um und lächelte. Er hatte eine vage Ähnlichkeit mit Charles de Gaulle gegen Ende seines Lebens, plus Alkoholismus und einer noch längeren Nase.

»Wir fingen schon an, uns ein bisschen allein zu fühlen.« Dann bemerkte er Etti, auf den ich mich stützte, und sein Lächeln erstarb. »Sie müssen ja von ganz schön weit her kommen«, wagte er sich vor. »Pakistani?«

Ich spürte, wie mein Bruder sich verkrampfte. Wer noch nie

einen Inder als Pakistani bezeichnet hat, kann sich die Wirkung nicht vorstellen, die diese Benennung auslöst. Die meisten Inder betrachten die Bildung des Staates Pakistan noch immer als einen Riss, eine Wunde, die ihrem Mutterland beigebracht wurde, und als ein Verrat an der nationalen Einheit. Hätte man meinen Bruder offen als Verräter bezichtigt, so hätte er nicht beleidigter sein können.

»Er ist taubstumm«, mischte sich Hyacinthe ein und legte ihm die Hand auf den Arm, da er eine wenig liebenswürdige Erwiderung seitens meines Bruders fürchtete. Etti nahm einen dummen Ausdruck an. »Und er ist Inder, kein Pakistani.«

Das Gesicht der Frau wurde traurig.

»Armer Junge. Er hat wahrhaftig kein Glück.«

Mein Bruder blieb stoisch und schüttelte den Kopf, als habe er nichts verstanden.

»Man sagt ja, dass sie in diesen Ecken noch Götzenbilder mit Tierköpfen anbeten und dass sie Kali Menschenopfer darbringen«, unterbrach sie der Mann. »Was für Barbaren ...«

Siebenundvierzig Touristen im Bus, und wir mussten uns ausgerechnet hinter zwei nationalistische Blüten setzen.

Hans tauchte sein Gesicht in ein Surfermagazin, um seine Entrüstung zu verbergen, und ich unterdrückte einen Fluch.

»Sind Sie Christ?«, fragte die Frau Etti mit lauter Stimme und artikulierte dabei übertrieben die Silben. »Chr-ist«, betonte sie nachdrücklich und legte ihre beiden Zeigefinger übereinander, um ein Kreuz nachzuahmen.

Mein Bruder näherte sein Gesicht dem ihren, jegliches Lächeln war verflogen.

»Ich bin taubstumm, nicht blind.«

Hans prustete los, und die beiden verabscheuenswürdigen Personen vergruben sich so tief in ihren Sitzen, dass ihre Schädel hinter ihren Kopfstützen verschwanden. Außer zum Beten machte das Paar bis zum Wadi Natrun nicht mehr den Mund auf.

Um zu der antiken Stadt zu gelangen, muss man die Straße, die Alexandria mit Kairo verbindet, verlassen und sich durch die Dünen schlängeln. Das Wadi Natrun liegt auf dem Grund einer Bodensenkung in der Wüste westlich des Nildeltas. Im Norden befinden sich mehrere Salzseen, die zu bestimmten Zeiten im Jahr vollkommen ausgetrocknet sind. Mehrere Meter hohe Steinmauern bergen eines der größten Klöster und seine Obstgärten. Eine derartige uneinnehmbare Befestigung erschien albern, um nicht zu sagen unpassend in einer so unfruchtbaren und feindseligen Region, wo Gastfreundschaft aus offenkundigen Gründen der gegenseitigen Hilfe und des Überlebens angebracht zu sein schien.
»Nette Ecke«, bemerkte Hans, als er durch das Busfenster sah. »Wer hat denn dieses Blockhaus gebaut? Die rasende Sankt Misanthropie? Ich denke mir mal, die Trinkwasserstandorte sind im Inneren?«
»In der Tat«, bestätigte Hyacinthe.
Als würden die Mauern nicht ausreichen, um die Besucher zu entmutigen, patrouillierten Soldaten am Fuße der Wälle und belauerten das geringste Kommen und Gehen.
Sobald wir uns allerdings in der Festung befanden, waren wir überrascht von der Anzahl an Bussen und Autos, die auf dem Parkplatz standen. Die Pilger kamen aus aller Herren Länder, einige von ihnen sogar nur für ein paar Stunden. Sie drängten durch die schmalen, ockerfarbenen Gassen dieser Stadt in ver-

kleinertem Maßstab, bevor sie erneut den Bus nahmen, um die folgenden Klöster zu besichtigen, von denen einige mehrere hundert Kilometer, andere gut zehn Kilometer entfernt lagen.
Wir wurden von einem älteren, untersetzten Mönch empfangen, der mit einer langen Robe aus schwarzem grobem Wollstoff bekleidet war und ein Barett auf dem Kopf trug. Sein grauer Bart breitete sich auf seiner Brust wie ein Fächer aus und bedeckte fast vollständig das riesige Kruzifix, das ihm um den Hals hing.
Unsere Reisebegleiter grüßten ihn mit Ehrerbietung. Die Frau, die im Bus ein Gespräch mit uns angefangen hatte, ging sogar so weit, vor ihm auf die Knie zu gehen und ihm die Hand zu küssen, was der Mönch nicht ohne eine gewisse Verlegenheit akzeptierte.
Die Diskussion mit einem der Rundreiseführer, die anschließend folgte, ließ uns erahnen, dass die Pilger im Gegensatz zu uns nach der Abendmesse weiterfahren würden. Ich hörte daraufhin, wie sie deutlich unsere Namen aussprachen, und der jüngste der Animateure zeigte mit dem Finger in unsere Richtung, woraufhin sich unsere Reisebegleiter zu uns umdrehten.
Hyacinthe neigte freundlich den Kopf, und der Mönch verlor seine Kälte, ging auf uns zu und schüttelte uns die Hand.
»Seien Sie willkommen, Bruder Bertinelli, sowie Ihre Freunde«, grüßte der alte Mann auf Latein. »Wir haben Ihnen Zimmer im Gästehaus herrichten lassen. Folgen Sie mir bitte. Bruder Paul wird zu Ihnen kommen, sobald Sie sich ausgeruht haben.«
Mit unseren Taschen über der Schulter und ein wenig aus der Fassung gebracht, bahnten wir uns einen Weg durch die Hor-

de verblüffter Pilger und folgten dem Priester durch das Wirrwarr staubiger Gassen der Festung bis zu einer gewaltigen Tür, die mit Eisenbeschlägen und monströsen Nägeln gepanzert war.

»›Bruder Bertinelli‹?«, flüsterte ich Hyacinthe ins Ohr.

»Ich werd's Ihnen erklären«, antwortete er diskret.

Die dicken Mauern des Klosters und seine bunten Glasscheiben stellten ein wundervolles Gegenmittel gegen die Hitze dar, die draußen herrschte, und, wenn der ekelerregende Gestank von Wachs und Weihrauch nicht gewesen wäre, hätte ich mit Vergnügen die kühle Luft dieses Ortes geatmet.

Nach einem schnellen Gang durch die Kapelle und einer Reihe von Kniefällen vor einer Vielzahl von Ikonen, durchquerten wir einen großen rechteckigen Hof, in dessen Mitte ein wunderbar gepflegter Obstgarten erblühte. Weiter hinten im Hof sang ein Brunnen in der vom Murmeln der Gebete durchbrochenen Stille.

»Wo finden die nur das ganze Wasser?«, staunte Hans und betrachtete die Orangenbäume und die Melonenanpflanzungen.

Nachdem wir einen großen Gang und einen zweiten quadratischen, wesentlich bescheideneren Hof hinter uns gelassen hatten, betraten wir das Gästehaus. Ein quasi leeres, anspruchsloses Gebäude über zwei Etagen, das für Besucher auf der Durchreise bestimmt war. In der etwa vierzig Quadratmeter großen Eingangshalle, die auch hier mit Kruzifixen und Ikonen geschmückt war, diskutierten zwei Priester – katholische, ihrer Kleidung nach zu urteilen – leise auf einer gemeißelten Bank. Sie grüßten uns im Vorübergehen, und wir stiegen bis in die letzte Etage des Gebäudes hinauf, wo der Mönch uns zwei

fensterlose Zimmer am Ende des Ganges zuwies. Klein und spartanisch, kalkgeweißt, durch eine kränkliche Glühbirne erhellt, zählten sie als einziges Mobiliar nur zwei Betten, einen flachen Tisch, auf dem ein Wasserkrug und eine Waschschüssel standen, und einen Betstuhl, über dem eine geschmacklose Allegorie der Auferstehung hing.
»Ich lasse Sie sich frisch machen«, sagte der Mönch, immer noch auf Latein. »Bruder Paul wird Sie im Vestibül erwarten.«
Er verschwand, und ich streckte mich auf einem der Betten aus, das unter meinem Gewicht knarrte. Etti nahm an meiner Seite Platz, und Hans drehte sich ungläubig zu Hyacinthe um.
»Also, da habe ich ja nun gar nichts gecheckt. Oder ich hab eine Episode versäumt.«
Der Angesprochene schloss sanft die Tür.
»Ich habe mich für einen ehemaligen, reumütigen Priester ausgegeben. Ein ehemaliger Mann Gottes auf der Suche nach … Spiritualität. Das ist hier ein Kloster, falls ihr es noch nicht bemerkt haben solltet«, fügte er angesichts unserer skeptischen Mienen hinzu. »Ein Ort der Besinnung und der Meditation.«
»Und wir in alldem?«, fragte Etti.
Hyacinthe zuckte neckend die Achseln.
»Vom Weg abgekommene Schäfchen auf der Suche nach der Wahrheit.«
Hans zog eine Grimasse.
»Oh, also ich hab mit dem Katechismus mit acht aufgehört!«
»Wer ist dieser Paul, von dem der Mönch gesprochen hat?«, fuhr mein Bruder fort.
»Unser geistlicher Führer.«
Hans zuckte zusammen.

»Sag mir nicht, du hast uns einen christlichen Guru auf den Hals gehetzt?«

»Ob Guru oder nicht, ich schlage euch vor, dass wir uns waschen und dann zu diesem lieben Paul nach unten gehen. Kommst du, Hans?«

Hans warf Etti und mir einen mörderischen Blick zu.

»Warum bin ich es, der die Rose auf dem Hals hat?«

»Weil du jung und schön bist«, gab Hyacinthe zurück. »Los, los, auf die Brücke, Matrose.«

Sich kabbelnd verschwanden sie.

»Hast du einige Grundlagen in jüdisch-christlicher Theologie?«, fragte mich Etti.

»Abgesehen von dem, was wir im Laufe unseres Studiums eingetrichtert bekommen haben, gebe ich zu, dass ich mich nie wirklich mit dem Thema beschäftigt habe. Du kennst dich in Sachen Religion bestimmt besser aus als ich.«

»Auf jeden Fall nicht in christlicher Religion. Hast du nicht ein oder zwei Tipps?« Ich schüttelte den Kopf. »Hast du nie am Katechismusunterricht teilgenommen?«

»In Indien geboren, mit einem Indianist als Vater, einem Sanskritist als Großvater – wie soll ich da am Katechismusunterricht teilgenommen haben? Meine Taufe belief sich auf zwei Kokosnüsse, die auf einem Vishnu geweihten Altar mit der Machete gespalten wurden, und einem Zwangsbad im Ganges.«

»Ich denke nicht, dass das als christliche Taufe zählt«, lachte er mich aus. »Hat Papa dich wirklich in den Ganges getaucht?«

»Ich glaube, dass es bis heute in Indien kein westliches Baby gibt, das so viele Segnungen hat über sich ergehen lassen wie ich, nicht ein Gewürz, mit dem ich nicht bekleckert worden bin. Selbst die Dienste der *hijra** wurden in Anspruch genommen, um mir eine kräftige Gesundheit und eine lange Nachkommenschaft zu sichern.«

Ich stand auf, um mir Wasser in die Waschschüssel zu gießen, und bespritzte mir das Gesicht. Mein Bruder tat es mir gleich, und wir packten unsere Taschen auf dem Bett aus, um uns umzuziehen.

»Etti … Du schaust ziemlich finster drein, seitdem wir Alexandria verlassen haben.« Er zuckte die Achseln. »Was ist los? Ist es das, was in Indien passiert ist, das …«

»Nein«, schnitt er mir das Wort ab. »Ich bin … müde, das ist alles.« Ich sah ihn scharf an. »Okay«, gab er zu, »ich habe … Ich weiß nicht, wie ich das erklären soll. Sagen wir mal, eine schlechte Vorahnung.«

Meine Kehle war plötzlich wie zugeschnürt. Da konnte ich auch noch so oft behaupten, nicht abergläubisch zu sein, die Intuitionen meines Bruders hatten sich zu oft bewahrheitet, um mich nicht zu beunruhigen.

»In welchem Zusammenhang?«

»Ich weiß nicht genau. Es ist … Es wird sich vielleicht herausstellen. Ich kann im Augenblick nichts Genaues darüber sagen.«

Ich wollte nachbohren, aber Hyacinthe klopfte diskret an unsere Tür.

»Gehen wir?«

* Indische Eunuchen, die den antiken Galloi-Priestern der griechischen Göttin Kybele sehr ähnlich sind. Ihre religiöse Rolle besteht unter anderem darin, Neugeborene zu segnen.

Wir gingen hinunter in die Eingangshalle, wo ein winziger, magerer Mönch auf uns wartete. Als er aufstand, bemerkte ich, dass er einen Meter fünfzig oder höchstens einen Meter sechzig groß war. Er reichte mir knapp bis zur Brust und besaß den Kopf eines hundertjährigen, bärtigen Kindes. Auf seinem gemeißelten Gesicht, das faltig war wie eine getrocknete Pflaume, machte sich ein drolliges Lächeln breit, das von seinem unendlich langen weißen Bart nicht versteckt wurde.
Er ließ ein merkwürdiges Geräusch entweichen, das einem Lachen nahekam.
»Sie könnten ja einen Pflug hochheben, junger Mann!«, schleuderte er mir in einem Französisch mit undefinierbarem Akzent entgegen, wobei er mich von oben bis unten musterte.
Ich reichte ihm die Hand, die er mit seinem Händchen so gut drückte, wie er konnte.
»Morgan. Bruder Paul, nehme ich an?«
»Sie nehmen richtig an.« Er drehte sich zu Hyacinthe um. »Nein, nein, sagen Sie nichts. Sie sind der ehemalige Priester, mhh? Gut. Und dieser junge Mann?«
Er näherte sich Hans und stellte sich auf die Zehenspitzen.
»Hans Peter, mein Br… mein Vat… Monsieur.«
Der Mönch gab erneut diesen seltsamen hohen Ton von sich.
»Bruder Paul, mein Junge. Bruder Paul genügt.«
Mit einer Lebendigkeit, die verwirrend war bei einem Mann seines Alters, drehte er sich zu Etti um, und sein Lächeln gefror plötzlich auf seinem gutmütigen Gesicht. Die goldenen Augen meines Bruders funkelten und verengten sich unmerklich, aber dies war seine einzige sichtbare Reaktion. Trotzdem war die Spannung, die sich soeben ohne ersichtlichen Grund zwischen ihnen aufgebaut hatte, spürbar.

»Pakistani?«, erkundigte sich der Priester, wobei er sich wieder fasste und seinen liebenswürdigen Ausdruck wiedererlangte.

Hans prustete los.

»Inder«, antwortete mein Bruder mit seiner sanften Stimme. »Etti. Etti Lafet. Erfreut.«

»Konvertiert?«

»Im Augenblick nicht, nein.«

»Gut! Kommen Sie.«

Und er ging … hopsend? … davon. Ja, man kann sagen, dass er hopste. Er hopste zu dem kleinen Hof und setzte sich auf eine Steinbank im Schutze einer Palme, bevor er uns bat, es ihm gleichzutun.

»Was ist denn das für ein Phänomen?«, wisperte Hans.

Ich gab ihm ein Zeichen zu schweigen und schob ihn vorwärts.

»Etti«, murmelte ich in das Ohr meines Bruders. »Was ist los? Man könnte ja meinen, er hat ein Gespenst gesehen.«

»Er hat offensichtlich Angst vor mir, aber ich weiß noch nicht, warum.«

Wir ließen uns neben dem Mönch nieder, und Etti nahm im Schneidersitz auf dem Boden Platz, was ihn zum Lachen brachte. Allerdings ein Lachen, das von Misstrauen gefärbt war.

»Der Schüler zu Füßen des Meisters, mhh? Oder das Kind zu Füßen des Ahnen?«, scherzte Bruder Paul. Mein Bruder sah ihn durchdringend an, und er wandte sich ab. »Respekt ist eine sehr schöne Eigenschaft. Weswegen sind Sie alle hierhergekommen? Was suchen Sie? Nicht Sie«, sagte er zu Hyacinthe, der den Mund aufgemacht hatte.

»Frieden?«, probierte ich.

Er warf mir eine vor Humor überschäumende Grimasse zu.

»Guter Versuch, junger Samson. Und Sie«, fragte er und wies mit dem Kinn auf Hans.

»Ich? Äh ... Glaube?«

Seine Heiterkeit verstärkte sich.

»Und Sie?«, fragte er Etti – wider Willen, hätte ich geschworen.

»Sie wissen es«, antwortete mein Bruder, ohne zu zögern.

Das Gesicht des Mönchs verzerrte sich. Er schloss halb die Augen und schien sich in einer Welt zu verlieren, zu der er allein den Schlüssel besaß, wobei er uns da sitzen ließ, schweigsam, linkisch und verblüfft.

Bruder Paul packte plötzlich das Kreuz, das ihm um den Hals hing.

»Glaube«, verkündete er. »Es ist der Glaube, der den geistigen Frieden bringt. Ja, wenn man Frieden sucht, dann ist es Gott, den man letztendlich findet.«

»Wie tiefsinnig«, meinte Hans ironisch.

Hyacinthe zwickte ihm in den Arm.

»Gott ist Liebe«, fuhr der Mönch fort. »Gott ist Vergebung und Erlösung. Indem er in Gottes Fußstapfen tritt, entledigt sich der Mensch seiner Sorgen, seiner Sünden und seiner Ängste.« Er wandte sich an meinen Bruder. »Die Hand zu nehmen, die Gott uns reicht, heißt, sein Paradies und seine Vergebung zu finden. Eine Wahrheit, so einfach und schön wie Gottes Liebe selbst. Und diese Wahrheit, diesen Frieden habe ich hier gefunden.«

Etti lächelte traurig.

»Es gibt eine Legende bei mir in Indien. Die eines jungen Mannes, der in eine Prinzessin verliebt war. Der König, Vater der jungen Frau, der fand, dass der Stand des Jungen nicht gehoben genug war, als dass er um die Hand seiner Tochter hätte anhalten können, stellte eine Bedingung für diese Hochzeit: ›Gehe fort, reise und finde die Wahrheit. Sobald du sie gefunden hast, kannst du zurückkommen und meine Tochter heiraten.‹ Der junge Mann ging fort und suchte jahrelang nach der Wahrheit. Er traf Weise, befragte die gelehrtesten unter ihnen, aber er fand sie nicht. Dann traf er die Priester, ohne weitere Ergebnisse. Jahr für Jahr suchte er vergeblich. Dann, eines Nachts, sprach ihn auf dem Gipfel eines Berges eine alte Frau an, dreckig und von Wunden bedeckt: ›Du hast mich gesucht? Hier bin ich. Ich bin die Wahrheit.‹ Der junge Mann unterhielt sich mit ihr bis zum Morgen und sah, dass sie nicht log. Da sein Auftrag erfüllt war, konnte er daraufhin zurückkehren. ›Aber was soll ich denen sagen, die mich fragen werden, wer du bist?‹, fragte er. Die alte Frau beugte sich daraufhin zu ihm: ›Sag ihnen, dass ich jung und schön bin.‹«

Der Mann richtete sich auf, das Gesicht ernst und verzerrt. Eine drückende Stille fiel über den kleinen Hof, und Bruder Pauls Hand krampfte sich um sein Kruzifix.

»Die Erlösung ist ein schönes junges Mädchen aus blauem Dunst«, fuhr Etti fort. »Es gibt keine Vergebung, mein Bruder. Früher oder später verlangt das Schicksal von uns Rechenschaft. Das wissen Sie ganz genau …«

Bruder Paul stand mit der Langsamkeit des Greises auf, der er innerhalb weniger Augenblicke geworden war. Hyacinthe warf mir einen ratlosen Blick zu, auf den ich mit einer hilflosen Geste antwortete. Hans hingegen sah nicht ohne Respekt starr auf den Boden und war sich darüber im Klaren, dass das, was sich vor unseren Augen abspielte, über unser aller Verstand hinausging.

»Du bist grausam, mein Sohn«, brachte schließlich der Mönch in Ettis Richtung hervor. »Ja, recht grausam und recht weise für einen jungen Mann deines Alters.«
»Ich habe das Alter meines Volkes. Als sich die ersten Weisen im Ganges badeten, war Ihre Zivilisation nichts als eine werdende Knospe. Es ist mein Volk, das den Humus umgegraben hat, in der Sie Ihre Wurzeln verankert haben, mein Volk, das die Erde besät hat, von der Sie die Früchte Ihrer Kultur und Ihres Glaubens geerntet haben, mein Volk, das Sie alles gelehrt hat. Sie nennen mich Ihren Sohn, aber ich bin Ihr Vater.«
Der Mönch starrte Etti einen Moment lang an, betrachtete dann einen unsichtbaren Punkt.
»Ich habe so lange auf Sie gewartet …«, faselte er mit kaum hörbarer Stimme. »Ich habe mich jahrelang auf dieses Treffen vorbereitet, und das ist alles, was Sie mich erdulden lassen?«
»Ihre Strafe tragen Sie in sich selbst«, gab mein Bruder zurück. »Es ist nicht an mir, sie Ihnen aufzuerlegen.«
Der Mönch entfernte sich schweren Schrittes, gebeugt, als habe er einen Keulenschlag erhalten, und Hyacinthe räusperte sich.
»Was war denn das für ein unheimliches Gerede?«, stammelte Hans und betrachtete meinen Bruder mit weit aufgerissenen Augen.
Etti verfolgte den Mönch mit den Blicken, bis er hinter einer Säule aus Sandstein verschwand.
»Ein Mann, der von seinen Verbrechen gepeinigt wird und der seit Jahren auf seine Nemesis wartet. Ich bin in ihr Kostüm geschlüpft, um seiner Qual ein Ende zu bereiten, nicht mehr. Nicht weniger.«

»Die Schuld … Schreckliches Gefängnis«, schloss Hyacinthe. »Nicht wahr, Hans?«
»Ich versteh nur Bahnhof von eurem Gelaber, Jungs!«
Unser »Bodyguard« zerzauste ihm den bläulichen Haarschopf. »Mach dir nichts draus, ich werd's dir erklären, wenn du groß bist. Und wenn wir uns nun diese Oase anschauen gingen?«
Er durchquerte den Garten in Hans' Begleitung, und ich folgte ihm auf dem Fuß mit meinem Bruder.
»Was hat der arme Alte deiner Meinung nach getan?«
»Etwas, das entsetzlich genug ist, um mit der Ungeduld der Verzweiflung auf Richter und Henker zu warten. So entsetzlich, dass er die Last seiner Taten dem ersten Fremden anvertraut, der ein bisschen sensibel für solche Dinge ist.«
»Glaubst du, er wird …«
Ich wagte es nicht, meinen Satz zu beenden.
»Nein. Dafür ist er zu feige. Er wird wieder einmal in diesem Kloster bei seinem Gott Vergebung suchen, wie die meisten, die hier leben. Es ist ja so einfach …« Er sog die Luft tief in sich ein. »Ich hasse solche Orte. Sie stinken nach dem Bösen wie Ställe nach Mist. So viele Verbrechen, Schandtaten und Perversionen an einem einzigen Ort … Wie stellen es all diese Menschen an, sich gegenseitig zu ertragen? Wie können sie glauben, dass ein einfaches Gebet ihre Sünden auslöschen kann? Sie stehen für immer in ihren Augen und in ihren Gesichtern geschrieben.«
Ich legte ihm tröstend einen Arm um die Schultern.
»Wir werden wieder von hier verschwinden, sobald wir gefunden haben, was wir suchen.«
Wir verließen die frische Atmosphäre des Klosters und traten hinaus in die erstickende Hitze des von Pilgern heimgesuchten

Pseudodorfes. Abgesehen von den Kapellen und einigen Läden, die von Mönchen geführt wurden, in denen sich klösterliches Handwerk, kulturelle Gegenstände oder religiöse Souvenirs anhäuften, gab es in diesem Kloster nicht viel zu sehen, so berühmt es auch sein mochte. Nachdem wir in dem Labyrinth der Gassen ein wenig hin und her gelaufen waren, betraten wir eines der Geschäfte, um Mineralwasser und köstliche Fladen von hausgemachtem, mit Sesam gewürztem Brot zu kaufen, die wir uns vor der Sonne geschützt auf einer Bank teilten.

»Ihr werdet es mir nicht glauben, aber es gibt ein Museum«, sagte Hyacinthe und blätterte in dem kleinen Reiseführer herum, den er gerade gekauft hatte.

»Ein Museum?«

»Ja. Alte landwirtschaftliche Werkzeuge und …«

Er schwieg, die Augen starr auf die Menge gerichtet, als habe er soeben ein Gespenst gesehen.

»Was denn?«, fragte Etti beunruhigt und folgte seinem Blick.

Inmitten der Gaffer war eine wie gemeißelte junge Frau, bekleidet mit einem Safari-Outfit in einem makellosen Weiß, ebenfalls stehen geblieben. Groß, langes rabenschwarzes Haar, das ihr bis zu den Hüften reichte, und ein hübsches Gesichtchen, mit dem man sämtliche Heilige des Ortes verdammen könnte, starrte sie uns an. Ihre Pupillen wanderten von einem zum anderen, und als sie auf mir ruhten, hatte ich das Gefühl, als liefen mir winzige Eidechsen die Hüftgegend entlang.

»Was für 'ne Bombe …«, stammelte Hans.

Hyacinthe öffnete den Mund, wie um sie herbeizurufen, aber eine Sekunde später war sie verschwunden.

»Schöne Frau«, urteilte mein Bruder bewundernd. »Kennen Sie sie?«

»Ich fürchte leider ja …«
Das schien ihn, seinem sorgenvollen Ausdruck nach zu urteilen, nicht zu erfreuen.
»Eine ehemalige Eroberung?«, scherzte ich. Er warf mir einen giftigen Blick zu. »Wer ist das, Hyacinthe?«
»Jemand, der sich nicht aus religiösen Gründen hier befindet.«
Etti hakte nach: »Könnten Sie etwas genauer werden?«
»Sie hat vor einigen Jahren für Helios gearbeitet. Sie heißt Cassandra.«
»Und was war ihre … Funktion?«
Er fixierte mich mit dem Blick.
»Dieselbe wie Ihre.«
»Was macht sie hier? Was bedeutet das?«
»Meiner Meinung nach nichts Gutes.«

In Hans' und Hyacinthes Zimmer eingeschlossen, warteten wir auf Hyacinthe, der hinuntergegangen war, um außerhalb des Klosters ein paar Anrufe zu tätigen.
Etti saß auf dem nackten Boden und zeigte dem Jungen Yogaübungen, bei denen man schon allein beim Hinschauen Muskelkater bekam.
»Was fällt dir zu dieser ganzen Geschichte ein?«, fragte ich.
Er unterbrach sich inmitten einer Verrenkung.
»Zuerst dieser Da Almeida, von dem ihr mir erzählt habt, und jetzt diese Frau … Zwei Schatzsucher, die innerhalb weniger Tage unsere Wege kreuzen. Ihr müsst zugeben, dass das eher seltsam ist, oder?«
Hans, der gerade Opfer eines Krampfs geworden war, richtete sich quietschend auf. »Glaubt ihr, dass Helios mehrere Schäf-

chen ins Rennen geschickt hat? Das ist nun wirklich nicht sein Stil.«

»Eine Flucht?«, schlug ich vor.

»In diesem Stadium wäre das keine Flucht mehr, sondern eine Blutung«, korrigierte mein Bruder.

Mein ehemaliger Praktikant fuchtelte mit dem Zeigefinger. »Ach übrigens, Helios sollte uns doch zurückrufen, um uns mehr über diesen Portugiesen zu sagen.«

»Das sollte er, ja«, bestätigte ich missmutig.

»Keine Panik, Morg. Wir haben seit Alexandria keinen Empfang mehr. Er wird ja wohl keine Rauchzeichen geben.« Er zeichnete mit den Händen großzügige weibliche Kurven nach. »Ich würd die Kanone ja gern fragen gehen, was sie hier macht.«

»Das riecht nicht gut, Morgan«, schloss Etti, während er einen Handstand machte. »Überhaupt nicht gut.«

Hyacinthe kam in diesem Augenblick zurück.

»Helios hat uns im Augenblick nichts Neues mitzuteilen. Wie schafft er das?«, rief er aus, als er Etti bei seinem Handstand beobachtete.

»Wir sprachen von Da Almeida«, erklärte ich. »Wissen Sie mehr über ihn? Er muss über unseren Plan informiert gewesen sein! Er war uns seit unserer Ankunft auf Chios auf den Fersen!«

»Die Untersuchungen sind im Gange.« Er gab mir keine Zeit zu antworten. »Wir haben keine Kristallkugel, Morgan!«, rief er aufgebracht. »Im Speisesaal ist das Abendessen aufgetragen worden«, fuhr er ruhiger fort. »Man wartet auf uns. Du musst dich umziehen, Hans.«

Hans zog an seinen Bermudashorts, in die vier seiner Sorte hineingepasst hätten. »Warum?«

Hyacinthe schob den Finger unter den Träger seines Unterhemds. »Anstand ist hier unerlässlich, falls du das noch nicht bemerkt haben solltest.«

Mein Bruder und ich gingen in unser Zimmer.

»Du machst aber ein komisches Gesicht«, bemerkte ich.

Etti stieß einen tiefen Seufzer aus. »Hyacinthe lügt.«

IX

Am nächsten Morgen, nach einem Frühstück, das ebenso fad wie mächtig war, nahmen wir unsere Irrwege durch die Oase wieder auf. Die Menschenmenge war noch dichter als am Vortag, denn, wie man uns zwischen zwei schweren Kaffees mitteilte, sollte am späten Vormittag eine Hochzeitsfeier stattfinden.

Ich hatte furchtbar schlecht geschlafen, da ich mich dazu hatte entschließen müssen, die schmale Matratze meines Bettes, das zu kurz für mich war, auf den Boden zu legen. Ich war wie gelähmt vor Muskelkater. Hyacinthe sah auch nicht besser aus, aber wahrscheinlich nicht aus denselben Gründen. Mit Ringen unter den Augen belauerte er alles auf die Art eines in die feindliche Armee eingeschleusten Soldaten. Ich kannte ihn inzwischen gut genug, um die Anspannung zu bemerken, die er zu verbergen suchte. Hans hingegen, getreu der Sorglosigkeit und des Selbstvertrauens seines jungen Alters, lief mit der Nase in der Luft umher und war sich in keiner Weise der subtilen Veränderung bewusst, die sich vollzogen hatte, seitdem unser »Schutzengel« mit seinem »Obersten« gesprochen hatte.

»Was schlägt unser Reiseführer vor?«, fragte ich schließlich.

Hyacinthe zog das kleine Heft aus seiner Hosentasche.

»Es gibt in dieser Festung nur einen Ort, an dem wir hoffen können, etwas zu finden: das Antiquitätenmuseum. Sollte das

nicht der Fall sein, werden wir uns zur *Wadi-Natrun-Klöster-Tour* entschließen müssen.«
»Das Kloster ist nicht sehr groß«, bemerkte Hans. »Wir hätten schnell die Runde gemacht.«
»Hans …«, tadelte ich ihn. »Es muss im Wadi Natrun gut zehn andere Klöster wie dieses geben, die manchmal fünfzig Kilometer voneinander entfernt liegen, mitten in der Wüste.«
Er hob flehend den Blick zu Hyacinthe.
»Gehen wir nun in dieses Museum, ja oder nein?«
Wir begaben uns also dorthin.
Es handelte sich im Grunde um ein bescheidenes, zweistöckiges Bauwerk, das zum Museum umgebaut worden war. Im Zentrum des quadratischen Innenhofes, von den beiden Flügeln des Baus begrenzt, diente ein alter Handkarren als Skulptur. So rustikal und sinnbildlich er auch sein mochte, das ehrwürdige Gerät zog kaum die Aufmerksamkeit der Touristen auf sich.
Am Eingang zum Hof klebend, dessen Zutritt verboten war, hatten alle ihre Augen auf die bis zu den Zähnen bewaffneten Männer in Uniform gerichtet, die mehr schlecht als recht versuchten, die Neugierigen zurückzudrängen.
»Was ist denn das für ein Aufstand?«, rief Hans und bahnte sich einen Weg bis zu den Soldaten, die ein Sicherheitsband vor dem Karren bildeten.
»Zurück!«, befahl einer von ihnen. »Das Museum ist bis auf weiteres geschlossen.«
»Was ist passiert?«, informierte ich mich.
»Eine Vitrine ist heute Nacht zerbrochen worden.«
Ein Schauer durchlief mich, und ich warf einen vorsichtigen Blick zu Hyacinthe.

»Ist etwas gestohlen worden?«, erkundigte er sich außer Atem.
»Anscheinend.«
»Was ist gestohlen worden?«, bohrte unser »Bodyguard« nach.
Der Soldat schätzte Hyacinthes unehrerbietigen Ton nicht. Er schien sich anzustrengen, um nicht die Selbstbeherrschung zu verlieren, und wenn unser Freund kein Europäer gewesen wäre, hätte er bestimmt seine Abneigung durch einen recht empfindlichen Schlag zum Ausdruck gebracht. Da man aber nicht die Haupteinnahmequelle des Landes malträtierte, musste er sich dazu entschließen, seine Streitsucht hinunterzuschlucken.
»Ich weiß es nicht, mein Herr«, antwortete er mit einer Höflichkeit, die ihm die Eingeweide herauszureißen schien.
Ein wenig abseits vom Stimmengewirr traten wir den Rückzug an.
»Was für ein Pech! Das kommt in diesem gottverlassenen Nest wahrscheinlich alle tausend Jahre mal vor und musste natürlich uns passieren.«
Hyacinthe zeigte offensichtliche Anzeichen von Nervosität.
»Uns ist jemand zuvorgekommen, nicht wahr?«, ließ Hans fallen.
»Das ist eine Möglichkeit, das gebe ich zu. Ich muss Helios anrufen. Ich treffe euch im Kloster wieder.«
Wir kehrten daraufhin mürrisch ins Kloster zurück, aber kaum hatten wir die Schwelle überschritten, kam ein Mönch auf mich zu und verbeugte sich höflich.
»Professor Lafet? Morgan Lafet?«
»Ja.«
»Eine Nachricht für Sie, Professor. Sie ist vorhin am Empfang eingegangen.«

Er reichte mir ein zusammengefaltetes Stück Papier, das ich las. Ein einfacher Name und eine Telefonnummer. Ich bedankte mich bei ihm und schob den Zettel in die Hosentasche meiner Shorts.
»Wer ist es?«, erkundigte sich Hans. »Helios?«
Ich schüttelte den Kopf.
»Madeleine«, log ich. »Sie will wissen, ob es uns gut geht.«
»Oh … Du musst sie von mir grüßen.«
Etti beugte sich zu mir hinüber.
»Amina?«, flüsterte er.
Ich nickte. Ich hatte ihr in aller Diskretion eine Nachricht auf ihrem Handy hinterlassen, bevor wir Alexandria verlassen hatten.
Wir gingen zu Hans in den quadratischen Hof.
»Da hatten wir in Rom und in Sparta aber mehr Spaß«, brummelte er. »Da komme ich nun schon zweimal nach Ägypten, und was habe ich gesehen? Erst eine Moschee und jetzt ein Kloster! So 'n Scheiß …«
Mein Bruder versprach ihm, nicht das Land zu verlassen, ohne ihm ein paar Ruinen gezeigt zu haben, und unser junger Freund taute wieder ein wenig auf.
Hyacinthe traf uns einen Augenblick später wieder, um uns kühl zu verkünden, dass er hinaufginge ein Nickerchen machen und dass wir gut daran täten, es ihm gleichzutun, während wir auf Neuigkeiten vom »Chef« warteten, die bald eintreffen würden.
Hans folgte ihm murrend. Etti und ich warteten ein wenig, bevor wir wieder hinausgingen, um zu telefonieren.
Die Telefonzelle befand sich zwei Schritte vom Kloster entfernt in einer lebhaften Gasse. Ich zog die Nachricht aus der Tasche,

die mir der Mönch gegeben hatte, und wählte die von Amina übermittelte Festnetznummer. Sie hob beim ersten Klingeln ab.

»Morgan? Gott sei Dank, es geht dir gut …«

»Woher weißt du, wo wir sind?«

»Ich habe meine Quellen, was glaubst du denn? Wo sind Hans und Etti?«

»Etti ist bei mir.« Mein Bruder, der seine Wange gegen meine drückte, um das Gespräch mitzuhören, runzelte die Stirn.

»Was ist los, Amina? Du scheinst beunruhigt.«

»Morgan … Nehmt das erste Flugzeug und haut ab aus Ägypten. Hörst du mich? Haut ab, so schnell es geht!«

»Was? Ja aber, was ist denn los?«

»Ich habe nicht viel Zeit, um mit dir zu sprechen, ohne Misstrauen zu erregen, also hör mir gut zu: Ich habe mich zu deinem Auftrag und dieser Maske erkundigt, wie du mich gebeten hast. Es handelt sich überhaupt nicht um eine gewöhnliche Schatzsuche. Ihr seid die Figuren in einem naturgetreuen Schatzsucherspiel, das Helios mit vier anderen Sammlern angezettelt hat, ein Spiel, in das jeder seine besten Elemente geschickt hat und in dem alle Schläge erlaubt sind. Ihr seid in Gefahr, Morgan. Die anderen Mitbewerber sind vertraut mit dieser Art von Übung, und das sind keine Unschuldslämmer. Ihr müsst das Spiel abbrechen und Ägypten verlassen, hörst du? Sofort!«

Mein Bruder und ich wechselten einen verdutzten Blick.

»Beruhige dich, Amina, ich verstehe überhaupt nichts. Was soll das heißen, was für ein Spiel?«

Ich hörte sie tief einatmen.

»Helios und vier andere Sammler haben eine wahnsinnige

Wette abgeschlossen: der Erste, der die Maske des Anubis findet, hat das Recht, von jedem der Mitbewerber irgendein Stück aus seiner Sammlung einzufordern. Der Sucher, der gewinnt, erhält hingegen die Summe von fünfhunderttausend Dollar! Kannst du dir vorstellen, zu was manche bereit wären, um das große Los zu ziehen?«

Ich fluchte.

»Wer sind die anderen?«

»Ich weiß es nicht. Versprich mir, dass du nach Frankreich zurückkommst, Morgan!«

»Du vergisst meinen Vater, Amina. Solange wir nicht …«

»Weißt du denn noch nicht Bescheid?«

Ich spürte, wie sich mir die Kehle zuschnürte.

»Bescheid über was?«

»Dein Vater ist kurz nach Ettis Abreise freigelassen worden, ich dachte, du wüsstest es. Er hat Indien sofort verlassen.« Nun war es an Etti, zu fluchen. »Ich … Ich muss jetzt auflegen, Morgan. Ruf mich an, wenn ihr am Flughafen seid. Verlasst das Wadi Natrun, schnell!«

»Amina, warte! Amina?« Ich drehte mich zu Etti um. »Sie hat aufgelegt.« Er lehnte sich gegen die Zellenwand und ballte die Fäuste. »Hyacinthe und Helios haben uns von Anfang an an der Nase herumgeführt … Warum haben sie uns verschwiegen, dass Papa frei ist?« Ich widerstand der Lust, den Hörer kurz und klein zu schlagen. »Das wird er mir büßen.«

Ich stürzte direkt zum Kloster, bleich vor Wut. Die Touristen oder Mönche, die sich auf meinem Weg befanden, besaßen den gesunden Menschenverstand, zur Seite zu gehen, da sie sich bewusst waren, dass sie einen Frontalzusammenstoß mit hundert Kilo angespannten Muskeln nicht aushalten würden.

»Morgan! Warte! Das haut nicht hin!« Etti versuchte, mich mit dem Arm zurückzuhalten, aber ich schüttelte ihn mit einem Stoß ab. »Beruhige dich, Hyacinthe scheint mir nicht … Morgan!«
Ich war außer mir, und als ich, nachdem ich alle vier Stufen auf einmal nehmend die Treppe des Gästehauses erklommen hatte, vor der Tür unseres »Schutzengels« ankam, machte ich mir nicht einmal die Mühe, den Türknauf zu drehen, sondern stieß die Tür mit einem Schulterschlag auf.
Hans, der eine Zeitschrift las, ließ einen Schrei der Überraschung entweichen, und Hyacinthe, der auf seinem Bett saß, richtete sich verblüfft auf.
»Morgan? Was fällt Ihnen ei…«
Bevor er reagieren konnte, packte ich ihn vorne an seinem eleganten T-Shirt und verpasste ihm einen heftigen Faustschlag. Ich griff ihm an die Kehle, um das Experiment zu wiederholen, aber das war die falsche Entscheidung. Er hatte sich bereits gelöst und mir seinen Ellbogen in die Rippen gebohrt, wobei er mir den Atem abschnürte. Ich hatte vergessen, dass ich es mit einem Professionellen zu tun hatte.
»Sind Sie verrückt geworden?«, rief er aus und rieb sich den Kiefer. »Zurück!«
Er schwenkte eine kleine Pistole in meine Richtung, aber da ich trotzdem dachte, dass er es nicht wagen würde, auf mich zu schießen, stützte ich mich auf dem Bettpfosten ab, um mich aufzurichten und auf ihn zu stürzen. Ein heftiger Schmerz erwachte daraufhin auf der Höhe meiner Halswirbel und lähmte mich. Er wurde umso stechender, als ich versuchte, mich aufzurichten. Unerbittlich wurde ich auf den Boden gestoßen, auf den ich mich langlegte, um dem schrecklichen Ziehen zu entkommen.

»Beruhige dich, Morgan«, schärfte mir Etti ein und klemmte sein Knie zwischen meine Schulterblätter um mich unbeweglich zu machen, ohne jedoch dabei meinen Nacken loszulassen. »Und Sie, nehmen Sie diese Pistole runter«, befahl er Hyacinthe ebenso ruhig.

Hyacinthe gehorchte, überrascht, mich meinem Bruder so ausgeliefert zu sehen, der wesentlich weniger robust war als ich.

»Was fällt dir ein?«, knurrte ich. »Lass mich los!«

»Ja, es ist alles in Ordnung«, hörte ich Hans jemanden durch die halbgeöffnete Tür beruhigen. »Unserem Freund ist schlecht geworden, aber es geht jetzt, er ist wieder zu sich gekommen. Wahrscheinlich die Hitze. Danke nochmals.« Er wollte die Tür verriegeln, aber ich hatte definitiv das Schloss herausgerissen. »Darf ich erfahren, was mit dir los ist, Morg? Was hat er dir getan?«

»Frag ihn!«

Ich wollte mich bewegen, aber Etti verstärkte den Druck seines Daumens auf eine bestimmte Stelle meiner Kehle, und mein Blick verschwamm.

»Entweder du beruhigst dich«, sagte er, »oder ich schicke dich für ein paar Minuten ins Land der Träume. Du hast die Wahl. Wie haben Sie uns in diese schmutzige Wette mit hineinziehen können, Hyacinthe?«, fuhr er fort. »Wir haben Ihnen vertraut.«

Dieser setzte sich auf sein Bett.

»Das ist es also … Es ist Amina, die Ihnen davon erzählt hat, nehme ich an?«

Hans stellte sich dazwischen.

»Was denn? Welche Wette?«

»Ich wusste davon nichts, Etti. Ich gebe Ihnen mein Wort, dass ich bis gestern nichts von dieser Wette wusste. Helios hat sie mir gegenüber erst zugegeben, als ich ihn nach Cassandra gefragt habe.«
In meinen Schläfen pochte es wie Trommeln, und Dutzende von Leuchtpunkten tanzten vor meinen Augen. Das Blut gelangte nur in reduzierter Menge in mein Gehirn, und ich spürte, wie ich in einen Taumel geriet. Ich klammerte mich an Ettis Bein in der Hoffnung, diesem höllischen Drehen zu entkommen.
»Etti …«, stöhnte ich. »Ich falle in Ohnmacht.«
Der Druck auf meinen Nacken verwandelte sich in eine leichte Massage, und der Schmerz ließ ein wenig nach.
»Wie lange hatten Sie vor, das Geheimnis für sich zu behalten?«, fuhr Etti fort.
»Helios hatte mir verboten, es Ihnen mitzuteilen, er fürchtete, dass Sie die Mission abbrechen würden. Ich … Ich bin ebenso empört wie Sie, glauben Sie mir!«
Hans stellte sich dazwischen.
»Oh! Oh! Stopp mal! Von was für einer Wette redet ihr?«
Etti fasste ihm das Gespräch zusammen, das ich mit Amina geführt hatte. »Helios hat uns ins Kreuzfeuer geschickt mit einer Bande Durchgeknallter auf den Fersen, ohne uns was zu sagen?«, schrie er. Er drehte sich zu Hyacinthe um. »Das ist ja ’ne ganz miese Tour!«
»So wie ich es verstanden habe«, erklärte Hyacinthe, »gehörte das zu den Spielregeln. Eine Art, das Spiel mit Spannung zu würzen, sozusagen. Was erklärt, warum Cassandra ebenso überrascht war wie ich.«
»Und dieser Almadeida?«, bemerkte der Junge. »Der wusste sehr gut, wer wir waren und was wir suchten, oder?«

»Was ihn betrifft, so sind die Würfel aller Wahrscheinlichkeit nach gefälscht worden. Ihm hätte die Anwesenheit anderer ›Spieler‹ selbst auffallen müssen, aber der, der ihn engagiert hat, wollte ihm offensichtlich einen Vorteil verschaffen.«
Mit Ettis Hilfe gelang es mir, mich aufzusetzen, aber mein Blick war noch verschwommen. Die Stimmen erreichten mich nur verzerrt und verstärkt.
»Fünf Spieler sind auf dem Plan laut Amina«, fuhr mein Bruder fort. »Außer uns bleiben also noch zwei, wenn diese Cassandra keinen davon eliminiert hat.«
»Was kümmert uns die Anzahl der Mitbewerber«, unterbrach ich die beiden. Ich war noch immer benommen.
»Was uns betrifft, Etti und mich, so ist das Spiel nun zu Ende. Und du«, fügte ich an meinen Bruder gerichtet hinzu, wobei ich mir meinen schmerzenden Nacken rieb, »wirst mir das hier büßen, darauf kannst du Gift nehmen.«
»Sie vergessen eine Kleinigkeit, Morgan«, meinte Hyacinthe vorsichtig. »Wenn Sie jetzt aufhören, wird Ihr Vater nicht …«
»Mein Vater ist frei und hat Indien verlassen!«, explodierte ich. »Aber das haben Sie natürlich wunderbar für sich behalten!«
Er schüttelte fassungslos den Kopf.
»Nein. Der Prozess kann erst …«
»Der Prozess hat vor zwei Tagen stattgefunden, Amina hat es uns vorhin gesagt!«
Er stand auf und ging ein paar zögerliche Schritte im Zimmer umher. »Das ist unmöglich … Sie muss sich geirrt haben, man hat mir gesagt, dass … ich verstehe überhaupt nichts mehr.«
Er ließ sich aufs Bett fallen und nahm seinen Kopf zwischen die Hände. Entweder war er ein sehr guter Schauspieler, oder aber er begriff, dass er der vierte Dumme im Bunde war.

»Wo ist unser Vater, Hyacinthe?«, flehte Etti und starrte ihn mit seinen goldenen Augen unverwandt an.
Hyacinthe hielt ihm zwar stand, ohne mit der Wimper zu zucken, aber mit einem Ausdruck tiefer Frustration im Gesicht.
»Wenn er nicht mehr in Indien ist … dann weiß ich es nicht.«
Ich wollte von neuem in die Luft gehen, aber mein Bruder hielt mich zurück. Hyacinthe log nicht.

Ich war auf die Straße gegangen, um von einer Telefonzelle aus zu telefonieren, warf nervös Geldstücke ein und wählte fieberhaft die Nummer meines Vaters in Paris.
»Anrufbeantworter«, seufzte ich.
»Versuch es zu Hause«, schlug Hans vor.
Ich gehorchte. Madeleine hob ab.
»Madeleine? Hat mein Vater angerufen? Oh … Nein, es läuft alles wie geplant. Ja«, log ich, »es ist alles in Ordnung. Ich habe fast kein Kleingeld mehr, Madeleine, ich werde versuchen, Sie in zwei oder drei Tagen noch mal anzurufen, okay? Ja, alles Liebe auch für Sie. Sehr gut. Auf Wiederhören.«
Ich legte mit ernster Miene auf. Etti schluckte schwer, die Kehle war ihm wie zugeschnürt.
»Zur Seite«, befahl Hyacinthe und griff nach dem Telefon.
Er tätigte mehrere Anrufe hintereinander, die ihn wütend machten.
Nach einer langen Viertelstunde verließ er schließlich wieder die Zelle. »Amina hatte Recht«, stammelte er.
Er ging die Gasse hinunter, die wie leergefegt war. Die brennende Sonne hatte sämtliche Touristen verjagt. Es schien ihn zutiefst zu demütigen, dass man ihn wie einen Anfänger übers Ohr gehauen hatte.

»Versuchen Sie es auf dem Mobiltelefon Ihres Vaters«, befahl er mir plötzlich.
»Sein Mobiltelefon? Aber wenn die Polizei es nicht in die Finger bekommen hat, wird der Akku leer sein. Wo hätte er ihn aufladen sollen? In seiner Zelle?«
»Versuchen Sie es trotzdem.«
Ich gehorchte ohne große Hoffnung, aber entgegen jeglicher Erwartung nahm jemand ab, und eine sanfte Stimme erklang am anderen Ende der Leitung.
»Helios …«, stammelte ich, woraufhin mein Begleiter zusammenfuhr. »Wo ist mein Vater?«
»In Sicherheit. Im Moment.«
»Sie sind ein Dreckskerl …«
»Werden Sie nicht grob, Professor. Ich hasse das.«
»Ich will mit meinem Vater sprechen!«
»Er ruht sich aus. Sie werden das nächste Mal mit ihm sprechen.«
»Ich will sofort mit ihm sprechen.«
»Es geht ihm gut, ich gebe Ihnen mein Wort darauf.«
»Ich weiß, was Ihr Wort wert ist!«
Er stieß ein sonores Lachen aus. »Dann haben Sie in dem Fall ja nichts zu befürchten. Habe ich je ein Versprechen gebrochen? Ich habe Ihnen versichert, dass ich meinen ganzen Einfluss geltend machen lassen würde, um Ihren Vater aus dem Gefängnis zu holen, was ich getan habe. Im Austausch sollten Sie mir einen kleinen Dienst erweisen, und ich stelle leider fest, dass Sie nicht viel guten Willen an den Tag legen.«
»Sie haben uns hintergangen!«
»Tun Sie Ihre Arbeit und Sie sehen Ihren Vater wieder.«

»Und wenn nicht?«
»Sie unterschätzen sich, Professor. Sie haben Unrecht. Meine Grüße an Ihre Kameraden.«
»Nein! Warten Sie!«
Er legte auf, und ich schlug frustriert den Hörer auf das Tastenfeld der Telefonzelle.
»Morgan«, rief Etti höchst besorgt und krallte sich an meinem T-Shirt fest. »Wo ist Papa?«
Ich fasste ihm das Gespräch zusammen und sah, wie Hyacinthe trunken vor Wut die Zähne zusammenbiss.
»Diesmal geht er zu weit.«
Etti rang die Hände und fing an, eine Mischung aus Gebeten und Schimpfreden auf Hindi vor sich hin zu murmeln.
»Wir müssen diese Maske finden«, sagte er schließlich. Ich warf ihm einen empörten Blick zu. »Dieser Mann lässt uns keine Wahl, Morgan.«
Die Touristen begaben sich nach der Mittagsruhe allmählich wieder nach draußen, und ich befürchtete, dass wir die Aufmerksamkeit auf uns ziehen würden. Wir kehrten ins Kloster zurück und gingen auf unsere Zimmer.
Als ich gerade die Hand auf den Türknauf legen wollte, um mit der anderen aufzuschließen, wurde ich von Hyacinthe zurückgehalten »Warten Sie! Schauen Sie«, flüsterte er und zeigte auf das Schloss.
Er legte den Finger auf winzige Schrammen auf dem Holz, die so unauffällig waren, dass ich sie nie bemerkt hätte.
Mit stummen Gesten bedeutete er uns, an beiden Seiten der Tür Position zu beziehen, und zog seine Pistole hervor.
»Bewegen Sie sich nicht«, brachte er flüsternd hervor und entsicherte die Pistole.

Vorsichtig legte er an und brach die Tür mit einem Fußtritt auf, bevor er in die Hocke ging, die Pistole auf den Einbrecher gerichtet. Oder vielmehr … die Einbrecherin.
»Einen schönen guten Tag, Vater«, sagte sie mit provozierender Stimme und schien nicht im Geringsten überrascht oder gar verunsichert durch unser plötzliches Auftreten.
Dann hielt sie ihre Waffe, an deren Ende ein Schalldämpfer geschraubt war, Hyacinthe hin, ohne dass er sie darum gebeten hätte. Hyacinthe sah sich misstrauisch im Raum um, bevor er langsam auf die junge Frau zuging, um ihr die Pistole abzunehmen und sie Etti anzuvertrauen.
»Du bist noch verrückter, als ich dich in Erinnerung habe, Cassandra.«
Während er weiterhin auf ihren Kopf zielte, tastete er ohne jede Verlegenheit ihre Kleider mit der linken Hand ab und schob sogar eine Hand unter ihren langen Safari-Rock und zwischen ihre Schenkel, was Hans erröten ließ.
»Heutzutage haben Frauen ihre Pistolen nicht mehr im Strumpfband stecken, tut mir leid«, sagte sie spöttisch.
Hyacinthe fuhr mit seiner Durchsuchung fort, stand dann auf und schwenkte ein merkwürdiges längliches Metallobjekt.
»Du hast deine guten Angewohnheiten nicht abgelegt, könnte man meinen.«
Er warf mir sein Fundstück zu, ein Klappmesser mit drei Klingen, das ich im Flug auffing, um es in die hintere Hosentasche meiner Shorts zu stecken. Es war eine dieser Waffen, die man manchmal in Actionfilmen aus Hongkong zu sehen bekommt.
Mit erstaunten Blicken musterte ich die junge Frau, die mir mit einem ironischen Augenzwinkern antwortete, bevor sie

sich elegant auf mein Bett setzte. Es schien sie keineswegs zu beeindrucken, dass ihr ehemaliger Waffenbruder seine Pistole noch immer auf sie gerichtet hielt.

»Man hat mir Ihre anatomischen Vorzüge bereits gepriesen, Professor Lafet, aber ich gebe zu, dass sie meine Erwartungen übertreffen«, meinte sie und bediente sich anschließend von meiner Zigarettenschachtel, die auf dem Boden mitten zwischen meinen Sachen lag.

Sie hatte unser Gepäck auf dem Dielenboden ausgeleert und schien den Inhalt mit den Fußspitzen überall hin verteilt zu haben.

»Wo ist das Anch?«, fragte sie. Hans wich zurück, die Hand um den Riemen seines Rucksacks gekrampft.

»Ich verstehe …«

»Wo ist der Stab?«, gab Hyacinthe zurück und kam mit der Flamme seines silbernen Feuerzeugs auf sie zu.

Sie nahm einen tiefen Zug von ihrer Zigarette, und ihr sinnlicher Mund verzog sich zu einem Raubtierlächeln.

»Der Stab war im Museum, nicht wahr?«, mischte ich mich ein.

»Haben Sie es besichtigt?«

Ich verneinte.

»Freut mich, in diesem Fall dem erfahrenen Archäologen, der Sie sind, dieses Unglück erspart zu haben, Professor. Diese jämmerliche Sammlung hat von einem Museum nur den Namen. Alte Fälschungen und zerfallene Natronstücke, damit haben diese guten Mönche vor, sich die Neugier der Besucher zu erhalten.«

»Ja aber … der Diebstahl?«, warf Etti ein.

Cassandra drehte sich zu ihm um, musterte ihn von Kopf bis

Fuß, ein genießerisches Funkeln in den Augen, dann drehte sie sich zu Hyacinthe um.
»Aus welchen heidnischen Höllen haben Sie denn diesen vedischen Apollon geholt, Vater?«
Weder ihre freimütigen Worte noch ihre Anspielungen schienen Etti aus der Fassung zu bringen.
»Der Apollon hat Ihnen eine Frage gestellt … Madame.«
Mein Bruder zog eine Grimasse, als er das letzte Wort aussprach, was der jungen Frau zu missfallen schien.
»Der Einbruch ins Museum war nur ein Mittel, um die Aufmerksamkeit der Mönche und Soldaten abzuwenden.«
»Wo ist der Stab?«, bohrte ich nach. »Und wo haben Sie ihn gefunden?«
»Nicht weit von hier«, meinte sie gedehnt und stand auf, um ihre Zigarette in dem Wasserkrug zu löschen, der mir zum Waschen diente. »Gut! Kann ich jetzt gehen, oder habt ihr vor, mir sofort eine Kugel in den Kopf zu jagen?«
»Wir haben das Anch, du hast den Stab«, fasste Hyacinthe zusammen. »Wir befinden uns in einer Sackgasse, meine Liebe.«
»Ihr habt es im Moment«, brachte sie hervor und warf ihm einen Kuss zu. »Bis bald, Vater«, fügte sie hinzu und wandte sich zur Tür um, wo sie das von Hyacinthes Tritt misshandelte Holz zärtlich streichelte. »Es wird euch nicht leichtfallen, dies hier zu erklären … An eurer Stelle würde ich verschwinden, bevor man zu unangenehme Fragen stellt.«
Sie verschwand mit laszivem Hüftschwung im Gang. Hans schleuderte mit einer leidenschaftlichen Geste seine Schirmmütze zu Boden.
»Warum hast du sie gehen lassen?«, fuhr er Hyacinthe an.
Hyacinthe warf ihm einen verächtlichen Blick zu.

»Was hast du dir denn erhofft? Sie zu foltern, bis sie gesteht? Sie kaltmachen? Hier, in diesem Zimmer?« Der Junge senkte den Blick. »Kleiner Hohlkopf.« Er ließ seine Hand über das Holz der beschädigten Tür gleiten. »Zwei Türen an einem Tag. Es ist in unserem Interesse, ein gutes Trinkgeld zu hinterlassen. Wir müssen abhauen.«

»Ohne den Stab?«, rief ich aus.

»Cassandra wird uns folgen und der Stab mit ihr. Hier zu bleiben, mit den ganzen Soldaten, die …«

»Was ist das denn?«, unterbrach ihn Hans und zeigte mir eine Art langes, rostiges Messer, das er soeben aus einem Haufen verstreuter Kleider gezogen hatte.

Etti griff nach dem Werkzeug, an dessen Ende ein Etikett mit einem Namen, einer Beschreibung und einem Datum hing.

»Man könnte meinen, das kommt aus einem Museum«, rief Hyacinthe wütend.

»Die Schlange …«

»Sie will uns den Diebstahl in die Schuhe schieben.« Ich hatte begriffen.

»Wir müssen sie einholen, Hyacinthe!«, rief Etti aufgebracht. »Wenn sie den Behörden Bescheid gibt, dann …«

Unser Begleiter unterbrach ihn mit einer Handbewegung.

»Nein. Sie hat das Anch nicht gefunden. Wir haben nichts zu befürchten. Sie hatte wahrscheinlich darauf gehofft, es zu stehlen und uns anschließend bei den Behörden anzuschwärzen, um uns loszuwerden, aber sie hat es nicht.«

»Und wenn sie es trotzdem machen würde, hm?«, fragte Hans mit Panik in der Stimme.

»Sie ist nicht blöd. Unser Eigentum würde konfisziert, das Anch eingeschlossen, und sie wäre nicht bereit, es sich zu beschaffen. Nein, nein ... Wir müssen sie weit von hier wegbringen, auf offenes Gelände, und den richtigen Augenblick abwarten, um sie in die Finger zu bekommen. Bis dahin befreien wir uns von alldem«, sagte er und zeigte auf Cassandras Waffe und das Museumsstück.

Ich begleitete ihn in den Garten, wo er unauffällig Waffe und Antiquität in den tiefen Brunnen fallen ließ, dessen Wasser dazu diente, die Obstbäume zu gießen.

Als das getan war, begaben wir uns zum Klosterempfang, um unsere Unterkunft und Verpflegung in bar zu zahlen, erkundigten uns nach den Reisebussen, die nach Kairo fuhren, und gesellten uns zu Hans und Etti, die unsere Taschen packten.

»Habt ihr was herausgefunden?«, fragte mein Bruder.

»Ein Touristenbus, der heute Morgen angekommen ist, fährt gegen 19 Uhr wieder ab. Ein paar Geldscheine werden genügen, um den Fahrer zu überreden, uns mitzunehmen«.

Die Glocke des Speisesaals ertönte, und Hans schaute auf die Uhr.

»13 Uhr.« Er seufzte. »Ein Königreich für einen Hamburger.«

X

Wir hatten unser Mittagessen fast beendet, als der Mönch, der uns bei unserer Ankunft empfangen hatte, an unseren Tisch kam. »Ich habe erfahren, dass Sie aufbrechen, mein Bruder«, sagte er zu Hyacinthe. »Haben Sie an diesem heiligen Ort gefunden, was Sie suchten?«

»Ich weiß es noch nicht. Die Zeit wird es zeigen.«

»Der Zweifel … Das ist eine Prüfung, die wir alle durchgemacht haben.« Der Mönch bekreuzigte sich. »Ihr ehemaliges Leben als Geistlicher muss in diesen stürmischen Zeiten schwer zu ertragen sein.«

Hans und ich wechselten einen amüsierten Blick. Hyacinthes Rolle des ehemaligen, bußfertigen Priesters hatte die Mönche stärker überzeugt als erhofft, und er schien das Gespräch so schnell wie möglich beenden zu wollen. Unser Gastgeber sah das offenbar anders.

»Wissen Sie, dass Monsignore Ferri mir oft schreibt und mir mit viel Zuneigung von Ihnen erzählt?«

Hyacinthe hüstelte verlegen.

»Ah, ich … ich habe ihn seit Jahren nicht mehr gesehen. Wie geht es ihm? Er war ein außergewöhnlicher Theologielehrer.«

Der Mönch runzelte die Stirn. »Na, so etwas, ich wusste gar nicht, dass er unterrichtet. Ich dachte, dass …«

»Nehmen Sie es mir bitte nicht übel, mein Bruder«, unterbrach ihn Hyacinthe erneut, »aber es bleibt uns nicht mehr viel Zeit in Ihrem Kloster, und meine Freunde haben die Kapelle noch nicht besichtigt«, gab er vor. »Würden Sie uns die Ehre erweisen, uns dorthin zu begleiten, um zu beten?«

Der Mönch nickte freudig und ergriff mit einer herzlichen Geste seine Hände.

»Mit großer Freude, sobald Sie fertig gegessen haben …«

Wir verließen nun den Tisch und begaben uns zur Kapelle des Klosters. Nach der Führung durch das Gebäude verrichteten wir ein kurzes Gebet, in dem wir göttlichen Schutz für unsere Reise erbaten.

»Ich danke Ihnen für Ihren Empfang«, sagte ich zu dem Mönch, der seine geschichtliche Darstellung des Ortes beendet hatte, während mein Bruder und Hans die blutige Szenerie eines Gemäldes betrachteten, das am anderen Ende des Kirchenschiffs hing.

»Gern geschehen. Ich bedauere es, dass Sie nicht länger bleiben können. Kommen Sie wieder, wann Sie es wünschen. Sie sind hier gern willkommen.«

Nach tausend Segnungen traten wir hinaus.

»Was machen wir, bis der Bus abfährt?«, gähnte Hans. »Es ist erst drei Uhr.«

»Du – Mittagsschlaf«, gab Etti zurück und klappte ihm den Mund zu. »Ich werde unsere Taschen zu Ende packen.«

Sie stiegen hinauf, und Hyacinthe ging erneut telefonieren. Ich für meinen Teil blieb im Hof, rauchte eine Zigarette und dachte erneut an alles, was passiert war, seitdem wir vom Museum zurückgekommen waren. Sobald sein Gespräch beendet war, nahm mein Begleiter neben mir auf der Bank Platz. Ich hielt ihm meine Packung *Gauloises* hin.

»Sie haben Helios angerufen, nicht wahr?«

Er nickte und bediente sich.

»Sie hatten mir nicht gesagt, dass Ihr Vater Herzprobleme hat.« Ich warf ihm einen panischen Blick zu. »Es geht ihm sehr gut. Aber er hatte anscheinend im Gefängnis einen Anfall. Es ist alles wieder in Ordnung gekommen, seien Sie beruhigt. Warum haben Sie uns nicht darüber in Kenntnis gesetzt?«

»Ich wusste es nicht. Wird er überwacht? Medizinisch gesehen.«

»Ja, man hat es mir soeben versichert.« Er machte eine müde Geste. »Niemals hätte ich gedacht, dass Helios so weit gehen würde. Nicht mit Ihnen. Und bestimmt nicht mit mir …«, murmelte er nach einem kurzen Zögern.

»Er hat Sie aber doch schon mal ins Kreuzfeuer geschickt, oder?«

»Nicht auf diese Weise.«

War es nur ein Eindruck, oder lag da wirklich Bitterkeit in seiner Stimme?

Er rauchte schweigend seine Zigarette.

Mein Bruder gesellte sich in dem Moment zu uns, als Hyacinthe den Stummel unter seinem Schuh ausdrückte.

»Hans ist eingeschlafen wie ein Murmeltier«, verkündete er.

»Hast du ihm vielleicht ein wenig dabei geholfen?«, neckte ich ihn.

Etti zuckte die Achseln.

»Der arme Junge war mit den Nerven am Ende.« Er wartete einen Moment, dann brach er das drückende Schweigen. »Wie wird ein Priester zum Auftragskiller, Hyacinthe?«

»Indem er sich für die Schauspielkunst und das Theater begeistert«, scherzte er. Dann schaute er Etti direkt in die Augen. »Mal im Ernst, können Sie sich mich in Soutane vorstellen?«

Hyacinthe wandte sich mir Beifall heischend zu, aber ich verzog keine Miene. Mein Bruder warf solche Hypothesen nie leichtfertig in den Raum.

»Helios hat uns alle ohne die geringsten Skrupel zur Schlachtbank geschickt«, sagte Etti mit sanfter Stimme. »Denken Sie nicht, dass es Zeit ist, zusammenzuhalten und die Masken fallen zu lassen?«

Hyacinthe stand auf.

»Ich denke, dass Hans nicht der Einzige ist, der Ruhe braucht, Etti.«

»Professor Lafet?«, hörte ich jemanden hinter mir rufen.

Ich erkannte den Mönch vom Empfang und fürchtete, unsere Abreise sei gefährdet.

»Ja?«

»Eine Dame ist vorbeigekommen, Professor. Eine Ihrer Kolleginnen, Madame Weilland. Sie hat das hier für Sie hinterlassen.«

»Weilland?«

»Cassandra«, erklärte Hyacinthe.

»Die Dame hat gesagt, es sei außerordentlich dringend. Verzeihen Sie mir meine Offenheit, Professor, aber … sie schien zutiefst erschrocken.«

Ich wechselte einen neugierigen Blick mit Hyacinthe und dankte dem Mönch, der sogleich wieder verschwand.

»Sie will uns sehen«, verkündete ich, nachdem ich den hastig geschriebenen Brief überflogen hatte. »In dem Laden, in dem Sie Ihren Reiseführer gekauft haben. Eine Falle?«

»An einem überfüllten Ort? Mit der Armee, die draußen patrouilliert? Nein, es ist ganz das Gegenteil: Sie will gesehen werden und sicher sein, dass man sich nicht vor Zeugen an ihr vergreift.« Er las mit gerunzelter Stirn den Brief. »Das sieht ihr nun wirklich nicht ähnlich.«

»Sie steht Ihnen vielleicht in Sachen Theaterspielen in nichts nach.«

»Selbst wenn das der Fall wäre – Cassandra würde sich nie zu so etwas herablassen. Ihr falscher Stolz hat sie schon in verzwickte Situationen gebracht, was unter anderem der Grund dafür war, weshalb Helios sie zurückgewiesen hat.« Er schwenkte den Brief. »Das hier ist nicht die Cassandra, die ich kenne. Es ist etwas passiert, Morgan … Fünf Mitbewerber, das hat Amina doch gesagt, nicht wahr?«

»Glauben Sie, dass Cassandra mit einem von ihnen ein Hühnchen zu rupfen hat?« Er nickte. »Haben Sie eine Idee, wer das sein könnte?«

»Ich hoffe, dass ich mich irre, aber … Wir werden sehen.«

Er schob den Brief in seine Hosentasche.

»Haben Sie vor, hinzugehen?«

Er wandte sich dem Säulengang zu, der nach draußen führte, besann sich aber eines Besseren. »Gehen wir Hans holen.«

»Wenn da draußen noch andere Schatzsucher herumlaufen, wäre es dann nicht besser, wenn er hier in Sicherheit bliebe?«, schlug Etti vorsichtig vor.

»Wenn sich das, was ich im Kopf habe, bewahrheitet, dann ist er hier keineswegs in Sicherheit, glauben Sie mir. Besser, wir bleiben zusammen.«

»Legen Sie die Karten auf den Tisch, Hyacinthe!«, protestierte ich. »An was denken Sie?«

»Ich bleibe lieber vorsichtig, Morgan, das ist alles.«
Es gelang mir nicht, ihm weitere Informationen zu entlocken, aber er schien besorgter denn je zu sein. Und ihn seine Selbstbeherrschung verlieren zu sehen hatte auch nichts Beruhigendes …

Wir trafen Cassandra in dem Geschäft, wie sie uns gebeten hatte. Sie wartete hinten im Laden an einem der drei quadratischen Tische auf uns, ihre Hände klammerten sich um ein Glas Tee. Sie war nicht allein. Ihr gegenüber saß ein untersetzter Mann im gereiften Alter mit kahlem Schädel, der sich nervös mit einem großen Taschentuch über das Gesicht fuhr, das trotz der Klimaanlage, die an der Decke surrte, feucht war vor Schweiß.
Als sie uns bemerkte, entspannte sich die junge Frau ein wenig. Sie hob ihre Hand mit den langen lackierten Fingernägeln und gab uns mit einer eleganten Handbewegung ein Zeichen. Der Mann stand höflich auf, um uns zu begrüßen.
»Danke, dass ihr gekommen seid. Möchtet ihr etwas trinken?«
Eine derartige Freundlichkeit hatte etwas Befremdliches, wenn man bedachte, wie sie bei uns eingedrungen war und welche Schwierigkeiten sie uns hatte bereiten wollen.
»Ein Tee wäre perfekt«, antwortete Etti und nahm an ihrer Seite Platz.
Hans setzte sich, von ihrem Dekolleté in den Bann gezogen, Cassandra gegenüber.
»Das ist Professor Enrique Villalobos de la Parra«, begann sie. »Hervorragender Anthropologe und …«
»Und anerkannter Betrüger«, unterbrach sie Hyacinthe säuerlich und brachte den alten Mann zum Erröten. »Bieten die

Aztekengräber nicht mehr genügend Schätze zum Ausplündern, dass Sie mit Ägypten Vorlieb nehmen, *Señor* Villalobos de la Parra?« Der Angesprochene wandte beleidigt den Blick ab, war aber zu nervös, um sich gegen die Beschimpfung zu wehren. »Was willst du, Cassandra? Was sollen diese Täuschungsmanöver?«
Die junge Frau versicherte sich, dass niemand außer uns ihr zuhörte, aber die meisten Touristen waren im Verkaufsraum des Ladens, und wir waren die Einzigen, die hinten am Tisch saßen. Sie bestellte vier weitere Tassen Tee beim Besitzer, oder zumindest bei dem Mann, der dieses Geschäft am Laufen hielt, und zündete sich eine Zigarette an. Der Terrakotta-Aschenbecher vor ihr quoll bereits über.
»Ihnen die Ehre, Professor Villalobos.«
Der Mann hüstelte und stürzte ein randvolles Glas Tee hinunter.
»Beeilen Sie sich«, drängte ihn Hyacinthe, »wir verlassen Wadi Natrun in drei Stunden, und wir haben nicht die Absicht, sie in Ihrer niederdrückenden Gesellschaft zu verbringen.«
Wieder ging der Mann nicht auf die Bemerkung ein. Mit zitternden Händen betrachtete er uns abwechselnd, dann blieb sein Blick auf mir ruhen.
»Bilden wir ein Team und teilen wir uns die Belohnung«, sagte er kühn mit seinem starken spanischen Akzent.
Ich verzog angewidert das Gesicht.
»Wenn das alles ist, was Sie uns zu sagen hatten«, fauchte Hyacinthe, »dann war das die Störung nicht wert. Danke für den Tee«, fügte er hinzu und stand auf.
»Warte!«, insistierte Cassandra. »Alter Schwachkopf«, tadelte sie ihren Gefährten.

»Das Geld interessiert uns nicht«, setzte ich nach und stieß meinen Stuhl zurück.
»Das Geld vielleicht nicht, aber Ihr Leben?«
Hyacinthe beugte sich verächtlich zu ihr hinüber.
»Wenn diese Vogelscheuche der vierte Sucher ist«, antwortete er und wies mit dem Kinn auf den Grabschänder, »dann verspricht mein Leben lang zu werden, und was dich betrifft, so mache ich mir keinerlei Sorgen.«
»Fünf Sucher«, betonte Villalobos de la Parra, als wir uns auf dem Absatz umdrehten. »Sie, ich, Da Almeida, dessen Leiche man vor zwei Tagen auf einer Insel des griechischen Archipels entdeckt hat …« Hyacinthe war sichtlich getroffen. »Auch ich bin gut informiert, Bertinelli.«
»Das freut mich für Sie. Cassandra, willst du das Anch? Komm es in Kairo holen. Ich warte an der Stelle auf dich, *cara mia*.«
»Sie wird bestimmt kommen, Monsieur Bertinelli«, fuhr der Mann fort. »Aber ohne das, was Sie interessiert, denn das habe ich. Und es befindet sich an einem sicheren Ort.« Ich drehte mich zu ihm um. »Kommen wir nun ins Geschäft, Professor, oder nicht?«
»Cassandra?«, fragte Hyacinthe.
»Ich bin nur sein Bodyguard, so wie du es für Professor Lafet bist«, gestand sie. »Er ist der … Sucher.«
Sie hatte das letzte Wort mit einer Verachtung ausgesprochen, die den alten Mann zum Lächeln brachte.
»Wie konntest du nur so tief fa–«
»Ich bitte dich, Hyacinthe, erspare mir das! Auch du hast deine misslichen Momente erlebt, oder?«
»Um also auf den Punkt zu kommen, Monsieur Bertinelli«,

fasste der grässliche Mann zusammen, »da wären Sie, ich, der selige Da Almeida – reife Leistung, *amigo!* – und der ach so bedauernswerte Pers Mikailoff – eins zu eins. Wer ist der fünfte Ihrer Meinung nach?«

»Sagen Sie es mir, wenn Sie doch so gut informiert sind.« Villalobos bedeutete Cassandra, fortzufahren.

»Niemand kennt seinen wirklichen Namen«, sagte sie resigniert. »Nicht mehr als seine Gesichtszüge.« Hyacinthe wurde blass. »Verstehst du nun die Gründe dieser Zusammenkunft? Und warum ich dir vorschlage, unsere Kräfte zu vereinen … *caro mio*?«

Hyacinthe ließ sich auf seinen Stuhl fallen, als habe man ihm, wie einem Atlas der modernen Zeit, soeben die Welt auf die Schultern gesetzt.

»He!«, entrüstete sich Hans. »Du wirst doch nicht etwa mit diesen Pappnasen verhandeln? Wir brauchen sie nicht!«

Cassandra lachte verbittert auf.

»Schaut euch diesen kleinen eingebildeten Gockel an! Setz dich hin, Kleiner, und halt die Klappe, bis man dir erlaubt, sie wieder aufzumachen.«

Der Junge ballte die Fäuste, aber Hyacinthe brachte ihn mit einer jähen Handbewegung dazu, sich zu setzen.

»Was ist passiert?«, fragte er dann mit unsicherer Stimme.

Die junge Frau zog einen kleinen schwarzbefiederten Pfeil aus ihrem Rucksack und legte ihn auf den Tisch.

»Sein Lieblingsspielzeug. Es war um Haaresbreite«, erklärte sie und zeigte den Gegenstand ihrem Gefährten, der verlegen auf seinem Stuhl herumrutschte.

»Wann?«

»Als ich euch verlassen habe, um ins El Souryani-Kloster zurückzugehen, wo wir untergebracht sind, etwa zwei Kilometer von hier.«

»Wir lassen Ihnen das Geld, aber wir nehmen die Maske«, entschied unser Begleiter. »Das Leben eines Menschen hängt davon ab. Entweder – oder.«

»Haben Sie den Verstand verloren?«, brauste ich auf. Er blickte finster zu mir auf, und meine Wut legte sich wieder. »Hyacinthe, was ist los?«

»Wenn der *Schatten* uns bereits auf den Fersen ist, junger Mann«, murmelte Villalobos, »müssen wir dafür sorgen, sechs ausreichend große Löcher zu graben, um unsere Gerippe darin zu versenken.« Hans verzog die Lippen zu einem völlig verkrampften Grinsen. »Wer bitte?«

Auf dem Parkplatz des El-Souryani-Klosters, wo Cassandra und ihr Schatzsucher Quartier bezogen hatten, schichteten Etti und ich unser Gepäck in einen geräumigen Geländewagen, während die junge Frau auf den hinteren Sitzen Platz machte, damit wir uns alle in das Fahrzeug pferchen konnten. Dank des sorgfältig zusammengeräumten und in Khakisäcke verpackten Materials, das sie transportierte, war sie für jede Art von Situation in der Wüste gewappnet.

»Und niemand hat jemals das Gesicht von diesem Typen gesehen?«, staunte Hans Kaugummi kauend.

Cassandra hatte ihr Safarikostüm gegen eine Leinenhose, eine langärmelige Bluse und ein langes Kopftuch ausgetauscht, mit dem sie sich vor der brennenden Sonne schützte.

»Niemand. Helios aber hat noch nie jemanden so gehasst.«

»Aber wer ist es denn?«, fragte Etti ungeduldig. »Sie müssen doch irgendeine Idee haben, oder?«

Hyacinthe und die junge Frau zuckten gleichzeitig die Achseln.

»Gerüchte sagen, dass es sich angeblich um Helios' eigenen Bruder handelt. Sein hartnäckigster Konkurrent in allen Bereichen.«

»Sein Bruder?«, fragte ich erstaunt. »Und was hat er so Schreckliches getan, dass alle ihn fürchten?«

Cassandra lehnte sich gegen die Motorhaube des Autos.

»Haben Sie mit den Handlungsweisen Ihres Beschützers Erfahrungen gemacht? Kennen Sie die Mittel, die er aufwendet? Die Heimtücke, die er an den Tag legen kann, um sein Ziel zu erreichen? Stellen Sie sich seinen Klon in zwanzigmal grausamer vor. Nach dem, was Sie mir erzählt haben, hat Helios Ihnen Ihren Bruder in einem guten Gesundheitszustand zurückgegeben; der *Schatten* hätte ihn Ihnen Stück für Stück versandt, bis Sie ihm das bringen, um das er Sie gebeten hat.«

»Haben Sie mit diesem Individuum schon zu tun gehabt?«

»Oh, ja … Wie jeder andere, der sich in diesem Milieu bewegt. Fragen Sie Hyacinthe.«

Dieser bestätigte.

»Er hat mehrere Male dafür gesorgt, dass Helios' Pläne scheiterten. Cassandra und ich haben bei einer Expedition im Pazifischen Ozean vor sechs Jahren neun unserer besten Männer verloren. Sie ist mit der Harpune eines Unterwassergewehrs in der Seite davongekommen.« Er hob sein T-Shirt an und zeigte mir die tiefen Narben, die er an der Taille trug. »Ich mit zweien. Wie Cassandra gesagt hat, denken wir, dass es sich um Helios' Bruder handelt, aber manche sprechen von einem ehemaligen Söldner, andere von einem reichen Industriellen, der ein Liebhaber starker Empfindungen ist, wieder andere versichern, ihn hinter den Zügen eines Geistlichen oder eines Piloten gesehen zu haben. Niemand weiß es im Grunde wirklich, aber eines ist sicher: er ist gefährlich. Weitaus gefährlicher als Helios. Nur kann ich mir nicht erklären, warum er akzeptiert hat, an diesem Spiel teilzunehmen!«

»Die Möglichkeit, seinen Feind um ein Kunstwerk zu erleichtern, an dem er besonders hängt, muss etwas mit der Angelegenheit zu tun haben.«

»Bereits vor einiger Zeit wurde unser Konvoi attackiert bei dem Transport einer Statue, dem Poseidon von Ephesos, die sehr schwer zu beschaffen war«, erklärte Hyacinthe. »Eine prächtige Antiquität. Helios träumte seit Jahren davon. Zwei Wochen später wurde sie uns durch einen Boten zurückerstattet … in feinen Scherben. Man hätte glauben können, es hätte sich jemand dabei amüsiert, mit einer Straßenwalze darüberzufahren.«

»Nun gut«, meinte Hans ungeduldig. »Was macht denn Villabobos de la Pampa? Man braucht doch keine drei Stunden, um eine Tasche zu holen!«

»Unnötig, auf ihn zu warten«, antwortete Cassandra.

Sie legte einen Finger auf meine Lippen und klopfte sanft mit ihrem langen lackierten Fingernagel auf eine der hohlen Röhren, die den auf der Motorhaube befestigten Gepäckträger bildeten. Eine Röhre, die lang und breit genug war, um einen Gegenstand hineinschieben zu können, der mehr oder weniger einem Gehstock ähnelte.

»Enrique hatte so viel Fantasie wie ein Topinambur«, fügte sie hinzu.

»›Hatte‹?«, hakte Hyacinthe nach.

»Vergiss ihn, ich löse ihn ab, schöner Epheber. Auf geht's.«

Er griff sie brutal beim Arm und stieß sie gegen das Fahrzeug.
»Was hast du getan, Cassandra?«
Sie machte sich los.
»Nichts, was du an meiner Stelle nicht auch getan hättest.«
Hans protestierte.
»Sie haben ihn kaltgemacht?«, fragte er mit erstickter Stimme.
»Mitten im Kloster?«
»Was haben Sie mit diesem Mann gemacht?«, fragte nun auch ich, so ruhig wie möglich.
»Er war nicht mehr ganz jung, Professor. In diesem Alter ist eine Gefäßstörung nichts Verwunderliches.«
»Sie versuchen doch nicht etwa, uns weiszumachen, er sei Opfer eines Schlaganfalls gewesen?«
»Auf jeden Fall ist es das, was diejenigen schließen werden, die ihn morgen früh in seinem Zimmer finden, vertrauen Sie mir.«
»Kann jemand einen Zusammenhang zwischen der Leiche und dir herstellen?«, erkundigte sich Hyacinthe mit abschreckender Kälte.
»Nein. Wir hatten getrennte Zimmer, und ich habe dafür gesorgt, mich als eine Unbekannte vorzustellen, die er in Kairo kennen gelernt und die ihm angeboten hat, ihr Auto mit dem lieben alten, vom Rheuma gelähmten Mann zu teilen. Christliche Nächstenliebe, wenn du uns mal gepackt hast! Nicht wahr, mein Vater? Damit müssen Sie sich doch auskennen.«
»Hör auf, mich so zu nennen, ich habe die Jesuiten seit langem verlassen.«
»Was hat das mit mein Vater zu t…«
Er schubste sie ins Auto und ließ sich auf dem Fahrersitz nie-

der, als er aber den Zündschlüssel einstecken wollte, konnte er nicht umhin zu überprüfen, ob auch kein Kabel oder sonstiger Hinweis die Anwesenheit eines Detonationssystems verriet.

Nach langen Kilometern holpriger Wege durch die öde Wüstenlandschaft nahmen wir die Straße, auf der wir aus Alexandria gekommen waren, aber diesmal in Richtung Süden, nach Kairo.
Da der Einbruch der Nacht ein wenig Kühle mit sich brachte, war der Verkehr zwar nicht dicht, so doch regelmäßig. Mehrere Male musste Hyacinthe zwischen Tritten auf die Bremse und Griffen ins Lenkrad abwechseln, um Lastwagen, Autos oder fahrenden Wracks auszuweichen, die von den Straßenverkehrsregeln nur eine sehr kurz gefasste Vorstellung zu haben schienen.
Was Hans betraf, so suchte er die Dunkelheit nach ein wenig Abwechslung ab. Vergebliche Mühe, denn die Wüstenstraße machte ihrem Namen alle Ehre. Außer ein paar Dörfern hier und da bot der Blick nichts wirklich Unterhaltendes.
»Du wirst sie schon sehen, deine Pyramiden«, scherzte Etti und rüttelte ihn leicht beim Arm.
»Sie haben uns immer noch nicht gesagt, wo Sie den Stab des Anubis gefunden haben«, sagte ich, um die drückende Stimmung zu brechen.
Cassandra drehte halb den Kopf zu mir um.
»Im Abu Maqar-Kloster, welches das des heiligen Johannes des Täufers geworden ist. Das Objekt, von Goldblättchen überzogen, ist erstaunlich leicht. Doch man könnte meinen, es sei aus Metall, aber welches? Ich könnte es Ihnen nicht sagen.«

»Aluminiumtitan«, erklärte Hyacinthe und hupte mehrfach hinter einem Lieferwagen, der gerade vor ihm ausgeschwenkt war. *»Cretino!«*

»Titan?«, wiederholte Cassandra ungläubig. »Titan im alten Ägypten? Ich denke, du müsstest noch mal deine Klassiker nachlesen, mein armer Hyacinthe.«

»Ist die Schrift lesbar?«, erkundigte sich Etti.

»Ja. Es sind mit Glasmasse überzogene Symbole.« Mein Bruder zeigte ihr das Anch, das er aus Hans' Tasche zog. »Ja, genau die gleiche Ausführung und das gleiche Material. Wissen Sie, was das ist?«

»Titan«, bestätigte Etti mit einem versteckten Lächeln. Sie zog ein Gesicht. »Ich versichere Ihnen, dass es sich tatsächlich um Aluminiumtitan handelt, so verrückt Ihnen das auch vorkommen mag. Mein Bruder und Hyacinthe haben es in einer Kapelle gefunden. Die Chioten haben es aus einem ...« Mit einer Armbewegung schloss er Hans' Mund wieder, der sich anschickte, eine begeisterte Bemerkung zu machen. »... alten Friedhof des Phanai-Ausgrabungsplatzes geholt«, fuhr er fort.

»Haben Sie die Inschriften entziffert?«

»Enrique hat es getan. Ich weiß aber nicht, ob man sich auf seine Interpretation verlassen kann. Mautstelle«, verkündete sie und zeigte auf die orangefarbenen Lichter, die in der Ferne blinkten. »Wir sind fast da. Hat Helios immer noch einen Zweitwohnsitz in Kairo, Hyacinthe?«

»Ja, aber ich weiß nicht, ob es sehr vorsichtig wäre, sich dorthin zu begeben. Was meinst du?«

»Ich bin fürs Hotel«, sagte sie und zog ihr Mobiltelefon aus der Hosentasche, um es anzuschalten.

»Wir sind noch in der Wüste, Cassandra«, fuhr unser Fahrer sie

an und hielt am Ende einer der Warteschlangen für die Autobahnmautstelle an. »Es gibt kein Netz. Ach, doch«, verbesserte er sich, als er die Striche des örtlichen Mobilfunknetzes auf seinem Farbdisplay erscheinen sah.
»Haltet mich für eine frivole Städterin unterhalb eures Bildungsstandes, wenn euch das passt, aber …« Sie unterbrach sich, als sie uns fieberhaft die PIN-Codes unserer jeweiligen Telefone eintippen sah. »Ich verstehe …«

Wir trafen gegen 22 Uhr in Kairo ein, und wie gewohnt, zu welcher Tages- oder Nachtzeit auch immer, dröhnte, bewegte sich diese polypenartige Stadt, quoll über, floss über …
Siebzehn Millionen Einwohner, einer der größten Ballungsräume der Erde, und das spürt man. Für jeden, der sich zum ersten Mal in Kairo befindet, ist dieser Kontakt verwirrend, verstörend, abschreckend, wenn nicht sogar aggressiv. Kairo, Stadt der Schönheiten und der Antiquitäten? Sicher, aber unter einer Schmutzschicht. Bei jedem meiner Besuche erschien mir die Stadt dreckiger und verschmutzter.
Wir fanden uns bald im Stau wieder, einer Hölle aus Hupen, Fußgängern, Fahrrädern und allem, was fahren, geschoben werden und auf zwei oder vier Beinen laufen konnte.
Nach einer halben Stunde zeigte Hans Anzeichen von Ungeduld.
»Und so was will nach Delhi!«, meinte Etti ironisch.
Ich warf meine halbaufgerauchte Zigarette aus dem Fenster, um es schnellstens wieder zu schließen. Der Lärm und die Mischung aus Gerüchen nach Essen und Autoabgasen waren nach zwei Tagen mitten in der Wüste in einem Kloster wahrhaftig unhaltbar.

Zwischen den Hindernissen im Zickzack fahrend, gelang es unserem Fahrer, in Richtung Nil zu wenden.
»Ich hab die Nase voll!«, brauste Hyacinthe auf, der die Geduld verlor.
»Wo fahren Sie hin?«, erkundigte ich mich.
»Zum Hilton!«
Cassandra verbarg ihre Befriedigung nicht, und Hans rieb sich entzückt die Hände.

Das Nile Hilton, das sich zwei Schritte vom Ägyptischen Museum entfernt entlang der Uferstraße erhob, war ein luxuriöses Palasthotel mit Swimmingpools, Restaurants, Cafeterias, Stars und dem ganzen Tralala. Unsere Suite, die aus fünf Schlafzimmern und einem riesigen Wohnzimmer bestand, ging auf den Nil hinaus, und Hans trat sogleich hinaus, um staunend den Ausblick zu bewundern.
Mit offenem Mund ließ er seine Fantasie im Rhythmus der Strömung treiben, vergoldet in den Lichtern des Vollmonds und der Stadt. Von hier aus wurde Kairo – oder zumindest was man davon sah – die Stadt aus Tausendundeiner Nacht, wundervoll schillernd und von ausufernd üppigen Gärten gepflastert.
»Das kann dem Ganges nicht das Wasser reichen«, bemerkte Etti mit einer plötzlichen patriotischen Voreingenommenheit, die uns alle zum Lächeln brachte.
Der Etagenservice brachte uns unser Abendessen, das reichhaltig mit Champagner begossen wurde.
»Genießt die Mahlzeit«, riet Cassandra, »es ist vielleicht die letzte.«
Dieser morbide Gedanke gab dem Champagner einen bitteren

Geschmack, und so wie mein Bruder schob ich angewidert meinen Teller von mir.
»Wer opfert sich, um den Stab vom Parkplatz zu holen?«, fragte Etti.
Alle Blicke konzentrierten sich auf die junge Frau, die uns verächtlich von oben bis unten ansah, bevor sie verschwand.
»Ich hasse diese Tussi!«, spie Hans aus und rieb sich die fettigen Hände an einer dicken, makellosen Serviette ab.
Hyacinthe schenkte sich eine Tasse Tee ein und ließ sich neben ihm auf dem bestickten Diwan nieder.
»Was denkt Helios über unsere … Partnerschaft?«, erkundigte ich mich, da ich wusste, dass er ihn nach unserer Ankunft nur selten angerufen hatte.
»Es amüsiert ihn.«
Etti setzte sich zu ihnen auf den Diwan.
»Und unser Vater?«
»Sie können morgen mit ihm sprechen. Er hat es mir versichert. Helios wird uns am späten Vormittag anrufen.«
Cassandra kam mit einem leichten, demontierten Campingzelt zurück, das in einer länglichen Schutzhülle aus einem marineblau-pinkfarbenen, wasserundurchlässigen Material verpackt war, bedruckt mit dem Logo einer berühmten Sportartikelmarke.
»Sie haben also vor, auf dem Balkon zu schlafen?«, scherzte Etti.
»Mit Ihnen als Kopfkissen«, gab sie verführerisch zurück, »bin ich sogar bereit, auf einem Nagelbett zu schlafen.« Sie zog den langen Stab aus Titan aus der Schutzhülle und zeigte ihn uns. »Das ist doch etwas diskreter, als mit einer sperrigen, mit ägyptischen Symbolen gravierten Antiquität im Hotel herumzulau-

fen, glauben Sie nicht? Hier sind die Notizen des lieben Enrique«, fügte sie hinzu und reichte ihm ein Reisetagebuch.
Etti ließ sich an dem großen Mahagonitisch nieder und machte sich mit der Lupe in der Hand sogleich an die Arbeit. Hyacinthe breitete die Dokumente aus, über die wir verfügten, und Hans zog das Anch aus dem Wust seiner Tasche.
»Ich beglückwünsche nicht gerade den, der diesen Stab gereinigt hat«, brummelte Etti und schüttelte die Hand, um sich von einem übrig gebliebenen Goldblättchen zu befreien, das ihm am Finger klebte.
Der Stab war der gesamten Länge nach mit Symbolen graviert, und an seinem Ende war der Knauf in Form eines Wassertropfens anscheinend mit derselben Freskendarstellung verziert wie das Anch.
»Nicht genau«, bemerkte mein Bruder und rieb mit einer Papierserviette über das Metall, um es von den Resten von Goldblättchen zu befreien, die dem Abschaben standgehalten hatten. »Schaut euch die Figur an. Hier berührt sie den Stab und nicht das Anch.«
»Und was sagt das Heft?«, fuhr Hyacinthe fort.
»Die Übersetzung ist in etwa exakt.« Mein Bruder legte die Lupe ab und rieb sich die Augen, wobei seine Lider mit goldenen Pailletten bedeckt wurden. »Aber wir sind nicht viel weitergekommen. Der Text vervollständigt gut den des Anchs, aber er liefert keinen bedeutsamen Hinweis.«
Er schob ein Blatt mit Notizen vor ihn hin.
»›Der Fluss trat über die Ufer, und wir mussten unsere Häuser verlassen. Er streckte seinen ewigen Leib in den Straßen unserer Stadt aus, wie der Tod sich in einem Grab ausstreckt. Drei Monate lang nahm er ein Bett ein, das nicht seines war.

Dann zog sich das Wasser zurück, Die Jahre vergingen, wir glaubten den Fluss besänftigt, unser Leben gerettet, aber wir waren im Irrtum, denn der Meister des Todes kehrte zurück, ließ seinen Zorn in seiner Stadt hervorbrechen und verschonte weder jene, die ihn ehrte, noch jenen, der zu ihm betete. Lange vor Ankunft der Sonne, des Usurpators der Träume, ließ Osiris, Geliebter der Isis, seinen furchtbaren Schatten schweifen wie ein Geheimnis und säte die Krankheit. Die Stadt blieb lange Zeit unbewohnt, und in den Schriften steht, dass alle ihr entflohen und mit der Maske der Verzweiflung einhergingen. Dann trug ihr Boden andere Menschen, änderte der Ort sein Gesicht, und er nahm einen anderen Namen an …‹«

»Wir befinden uns in einer Sackgasse«, schloss ich und zündete mir eine Zigarette an.

Cassandra nahm sie mir aus den Händen und klemmte sie sich an die Lippen.

»Moment, Moment, geraten wir mal nicht in Panik. Es handelt sich um eine Stadt, die eine Überschwemmung erlitten hat, wahrscheinlich ein Nilhochwasser, dann eine Epidemie. Einverstanden?« Wir stimmten zu. »Viele Tote also. Und wer Tod sagt, sagt dazugehörige Gottheit. Immer noch einverstanden? Gut. Es ist die Maske des Anubis, die wir suchen, und diese Maske, wie wir alle wissen, wurde von den Einbalsamierpriestern getragen. Man kann also darauf wetten, dass, wenn diese Objekte jene Tragödie erzählen, die Stadt etwas mit der Maske zu tun hat. Tote, Einbalsamierer, eine Anubis-Maske, eine Stadt … Finden wir die Stadt und wir werden die Maske finden. Oder?«

Etti mischte sich eine Spur sarkastisch ein:

»Haben Sie eine Vorstellung von der Anzahl an Städten, auf die diese Beschreibung zutreffen könnte?«
Ich strengte mir den Grips an und wischte mir die Hände an meinen Shorts ab, da auch ich eine Spur von Goldresten hinter mir herzog.
»Es muss uns etwas entgehen. Es gibt bestimmt irgendwo einen Hinweis.«
»Es passt nichts zusammen, Morgan«, verzweifelte mein Bruder. Er las erneut den Text von Plutarch. »Was haben Echnaton, eine überschwemmte Stadt und Sethos I. miteinander zu tun?«
»Sethos I.?«
»Er ist es, der auf der Gravur dargestellt wird, erinnere dich dran. Er und Echnaton haben in einem zeitlichen Abstand von sechzig Jahren regiert und gehörten nicht zur selben Dynastie.«
»Fangen wir noch mal von vorne an. Echnaton?«
»Ein monotheistischer Schwarmgeist.«
»Anubis?«
»Führer der Seelen«, rezitierte Etti, »Schutzpatron der Einbalsamierer, Meister des Todes und …«
»Stopp!«, unterbrach ich ihn und griff nach meinen Notizen. »›… denn der Meister des Todes kehrte zurück, ließ seinen Zorn in seiner Stadt hervorbrechen und verschonte weder jene, die ihn ehrte, noch jenen, der zu ihm betete‹.«
»Der Text spielt auf Osiris an«, mischte sich Hyacinthe ein. »Nicht auf Anubis.«
Mein Bruder sprang auf.
»Das ist nicht dumm. Einigen Quellen zufolge war die erste Totengottheit tatsächlich Anubis oder eine seiner Verwandlun-

gen, aber anschließend ist er wohl von Osiris verdrängt worden. Gib mir noch mal die Notizen. ›Dann trug ihr Boden andere Menschen, änderte der Ort sein Gesicht, und er nahm einen anderen Namen an …‹ Es gab im alten Ägypten eine Stadt, die Anubis geweiht war: Kynopolis.«

»Und wo befindet sie sich?«

»Im Süden des Landes, zwischen Luxor und Edfu, am Nilufer.«

Bei der Erwähnung der legendären Namen fasste Hans wieder Mut.

»Das wär vielleicht 'n Versuch wert, oder?«

Etti zuckte die Achseln.

»Aber was suchen wir, wenn wir einmal da sind?«

Cassandra antwortete schüchtern.

»Enrique hatte eine Theorie, aber … sie ist so sehr eines zweitklassigen Abenteuerfilms würdig, dass ich nicht weiß, ob …«

»Sagen Sie ruhig«, ermutigte ich sie.

Sie hob das Anch mit einer Hand und den Stab mit der anderen hoch.

»Ihm zufolge seien das Schlüssel«, sagte sie unwillig. Ich machte große Augen. »Ja, Schlüssel. Sie wissen schon, Sie stellen die Inkafigur in ein Loch in der Wand, die dicke Kugel voller Stacheln fällt von der Decke und die Falltür geht auf … Verstehen Sie?«

Ich versuchte, mich daran zu erinnern, wie viele Gläser Champagner sie getrunken hatte, und Hans brach in Gelächter aus.

»Enrique hatte Recht«, meinte Etti entscheidend und nahm Cassandra das Anch aus der Hand.

Hyacinthe, Hans und ich starrten ihn an, als habe er uns die Ankunft des Messias noch in dieser Stunde verkündet.

»Etti …«, brachte ich zwischen meinen Zähnen hervor. »Welche exotische Pflanze hast du diesmal aus Indien mitgebracht?«

Er hielt das Anch in meine Richtung und legte den Finger auf die Gravur.

»Er hatte Recht«, betonte er. »Die Figur, die wir für einen Priester hielten, diese Gegenstände, das Fresko … Das ist keine Nachbildung. Das ist eine Gebrauchsanweisung.«

Selbst Cassandra setzte eine spöttische Miene auf.

»Dreitausend Jahre alte Antiquitäten aus Aluminiumtitan und eine auf Kultobjekten eingravierte Gebrauchsanweisung …«, fasste sie sarkastisch zusammen, wobei sie sich die Hände rieb, um die Goldpailletten zu vertreiben, die sich daran festgeklebt hatten. »Ich glaube, ich werde noch ein bisschen Champagner nehmen, denn ich bin noch nicht besoffen genug, um euch in euren Delirien zu folgen.«

»Schaut es euch doch an, anstatt geistreich daherzureden«, meinte mein Bruder ungeduldig. »Da, die Figur berührt das Fresko nicht, sie setzt das entsprechende Objekt an seinen Platz.«

»Das ist vielleicht gar nicht so blöd …«, wagte sich Hyacinthe vor.

Ich betrachtete die Gravuren näher. Man musste feststellen, dass die Schlussfolgerung logisch war.

»Was wir finden müssen, ist dieses Fresko. Es ist die Tür, und wir haben die Schlüssel«, schloss er.

»Okay, nehmen wir einmal an«, räumte ich zweifelnd ein. »Ich habe gesagt: ›nehmen wir einmal an‹, damit das klar ist. Plutarch schrieb, dass die Einbalsamierer die Maske bei der Verfolgung durch Echnaton versteckten. Sethos I. kam nach Echnaton. Wie hätten die Priester die Maske in einem Tempel oder in einem was weiß ich was für einem anderen Monument verstecken können, das von einem Pharao gebaut worden war, der noch gar nicht existierte?«

Mein Bruder warf mir ein strahlendes Lächeln zu.

»›Dann änderte die Stadt ihr Gesicht, ihr Boden trug andere Menschen, und sie nahm einen anderen Namen an …‹ Diese Objekte sind erst nach Echnatons Tod, und zwar unter der Regierung Sethos' I., hergestellt worden. Die Maske ist nicht von der Stelle gewichen, aber der Ort, an dem sie sich befand, hat sein Aussehen verändert. Kannst du mir folgen? Die Priester würden nicht ihr Leben und die Zerstörung ihrer heiligsten Reliquie riskieren, indem sie Hinweise während einer Epoche verstreuen, in der man sie verfolgte und man selbst die geringsten polytheistischen Symbole vernichtete. Sie haben den Ort geheim gehalten, dann, zur Zeit Sethos' I., als wieder Ruhe eingekehrt und ihre Sicherheit garantiert war, haben sie den Ihren die Möglichkeit gegeben, das Grab ihres Gottes wiederzufinden. Wir haben Plutarchs Text wörtlich interpretiert, und eben das hat uns irregeführt.« Er griff nach dem griechischen Text inmitten der verstreut herumliegenden Dokumente. »›Da sie die Verfolgungen …‹ Bla, bla, bla, hier steht es: ›… brachten sie den Wächter der Gräber in einem von diesen in Sicherheit. Damit er weder verloren noch von seinen Dienern vergessen würde, noch auf ihre Gebete und Opfergaben verzichten müsste, wurden bald darauf zwei heilige Artefakte angefertigt, die den Standort des Grabes anzeigen.‹ Hier steht: ›bald darauf‹, Morgan. Wir haben aber vergessen, dass zu der Zeit, als Plutarch lebte, die Ereignisse bereits fast 1500 Jahre her

waren. ›Bald darauf‹ kann sowohl sechzig Tage als auch sechzig Jahre bedeuten.«
Cassandra, die Etti während seiner Darlegung nicht aus den Augen gelassen hatte, fuhr sich mit der Zunge über die Lippen. Sah sie die Hunderttausende von Dollar Belohnung sich materialisieren, oder reagierte sie auf den Charme und die Ausstrahlung meines Bruders, der von Goldpailletten bedeckt war und sich vor allem von der Leidenschaft für seinen Beruf hinreißen ließ?
Ich machte eine kleine Verbeugung der Bewunderung in seine Richtung, auf die er mir mit einem anmutigen indischen *namaste* antwortete.
»Kynopolis geht in Ordnung, Professor Lafet«, rief ich aus.

Ich lag noch keine zwei Stunden im Bett, als ich aus dem Schlaf hochfuhr, gequält von Alpträumen, in denen mein Vater, auf einem Tisch liegend, bei lebendigem Leibe einbalsamiert wurde. Ein Mann ohne Gesicht, wahrscheinlich Helios, hielt ihn an den Handgelenken fest, während sich ein grinsender Schakal über ihn beugte. Dieser schwenkte ein Skalpell und einen Haken wie jene, welche die Einbalsamierer in die Nasenlöcher der Leichen einführten, um die Hirnschale auszuschaben und zu leeren.
Schweißgebadet und mit aufgerichteten Haaren floh ich aus meinem Bett. Tastend schlüpfte ich in meine Shorts und verließ mein Zimmer, um ins Wohnzimmer zu gehen. Ich hatte vor, ein Glas kühles Wasser zu trinken und eine Zigarette zu rauchen, um die schrecklichen Bilder zu vertreiben, die mir noch immer den Geist verwirrten.
Ich bewegte mich in der Dunkelheit vorwärts, als die rötliche

Glut einer Zigarette, die dem Geruch nach zu urteilen nicht nur Tabak enthielt, ihr dürftiges Licht im Zimmer verbreitete.
»Können Sie auch nicht schlafen?«
Ich erkannte Hyacinthes müde Stimme.
Meine Augen hatten sich an die Dunkelheit gewöhnt, und dank des bläulichen Mondlichts, das durch die großen Fenstertüren des Balkons hereinfiel, konnte ich unseren Schutzengel erkennen, bekleidet mit einer leichten Pyjamahose und in den Diwan versunken, einen – wie Hans sagen würde – »Zweiblättrigen« in einer Hand und ein Glas Cognac in der anderen. Ich erinnere mich, ihn gesehen zu haben, wie er in Gesellschaft meines Bruders auf der Terrasse zurückgeblieben war, als ich mich schlafen gelegt hatte. Etti musste ihn in jenem Moment mit dem Rohstoff versorgt haben, dessen unerlaubte Aromen er nun genoss.
»Sie sollten mit dieser Art von Mischung aufpassen bei der Hitze«, riet ich.
Hyacinthe lächelte freudlos.
»Da braucht es schon mehr, damit ich unter den Tisch falle, machen Sie sich keine Sorgen. Leider …«, fügte er kaum hörbar hinzu. Er bot mir seine »Zigarette« an, aber ich lehnte die Einladung ab. »Sie sind im Unrecht, es ist von erster Qualität.« Er nahm einen langen Zug, den er eine Weile in den Lungen behielt, bevor er ihn wieder ausstieß. »Bringt er oft Souvenirs dieser Art mit?«
»Von jeder Reise«, klagte ich und zündete mir eine etwas konventionellere Zigarette an.
»Wie zum Teufel stellt er es an, durch den Zoll zu kommen?«
»Wenn ich es Ihnen sagte, würde ich Ihnen den Spaß verderben.«

Ein tiefes, schmerzhaftes, fast ungehobeltes Gelächter, das ihm kaum ähnlich sah, entkam seiner Kehle.
»Etti ist wirklich seltsam. Charmant natürlich, aber … verstörend.« Er trank sein Glas Cognac leer und nahm mit starrem, gequältem Blick einen weiteren Zug Gift in sich auf. »Gefährlich sogar.« Ich blieb still. »Fragen Sie mich nicht, warum?«
»Nicht nötig, ich kenne meinen Bruder.«
Er drückte methodisch seinen Stummel aus.
Seine Gesten waren ruhig und sicher, aber ich spürte einen wahrhaftigen verborgenen Sturm in ihm. Ein Wirbelwind aus Leiden und Ungesagtem, der strudelte und kämpfte, um aus seinem Käfig aus Fleisch und Zurückhaltung zu entkommen. Trotz der Neugier, die mich juckte, ließ ich erneut das Schweigen sich einstellen in der Hoffnung, dass er es als Erster brechen würde. Das war der Fall.
»Das *Opus Dei*«, ließ er plötzlich fallen, als habe er seinen Atem zu lange zurückgehalten.
Vielleicht sogar jahrelang …
»Ich bitte um Verzeihung?«
»Kennen Sie das *Opus Dei*?«
»Ich habe davon gehört, warum?«
»Ich bin in einem Kinderheim der Jesuiten aufgewachsen, nicht weit von Rom entfernt. Ohne Familie oder sonstiges Auskommen als die Nächstenliebe des Vatikans. Ich hatte keine andere Wahl, als in dieser ehrenhaften Institution zu studieren oder noch als Jugendlicher anzufangen zu arbeiten und ein Versager zu werden. Ich habe mich für die erste Lösung entschieden.«
»Was hat das mit dem *Opus Dei* zu tun?«
Er fuhr fort, als habe er meine Frage nicht gehört, wie ein er-

schöpfter Mensch, der endlich seinen Sack voller Ziegelsteine abstellen muss, der ihm in die Schulter schneidet.

»Es ist alles gut gelaufen, bis ich vierzehn war. In diesem Alter habe ich meinen ersten Menschen getötet.« Ich sprang auf. »Mein Lehrer hatte mich geschlagen wegen einer etwas zu frei adaptierten Lateinübersetzung. Es wäre nicht das erste Mal gewesen, dass man mich mit dem Stock schlug, und jene Schläge wären wahrscheinlich ebenso schnell vergessen worden wie die vorangegangenen, wenn dieser Hund nicht versucht hätte, eine Rute zu verwenden, die für diese Art von Bestrafung zum Mindesten ungeeignet ist. Sie verstehen, worauf ich anspiele, nehme ich an?« Ich nickte mit aufsteigendem Zorn. »Ich habe nach dem Brieföffner gegriffen und ihn da gekratzt, wo es ihn gejuckt hat. Pater Giovanni ist ausgeblutet wie ein Schwein. Meine Hand hat nicht eine Sekunde gezittert, und ich habe meine Tat nicht einen Augenblick lang bereut. Natürlich ist keine Klage eingereicht und keine Untersuchung durchgeführt worden, aber ich musste meine Koffer packen. Ich wurde einer anderen religiösen Institution, die unter der Fuchtel des *Opus Dei* stand, anvertraut. Das wusste ich damals nicht. Dort habe ich auf natürliche Weise eine geistliche Karriere angesteuert. Ich wurde mit zweiundzwanzig Jahren zum Priester berufen, aber zu einer besonderen Art von Priester.«

Etti hatte wieder einmal Recht gehabt, begriff ich verblüfft.

»Meine Theologiekurse waren von einem ein wenig speziellen Training durchsetzt. Ich gehörte zum bewaffneten Flügel des *Opus Dei*. Sonntags morgens verteilte ich Hostien, und ein paar Stunden später rechnete ich mit denen ab, die man mir am Vortag genannt hatte: Politiker, Mafiosi, Prälaten. Auf alle nur erdenklichen Arten. In einem Alter, in dem andere gerade anfangen, sich von ihrem Elternhaus abzunabeln, hatte ich bereits einen Ruf, der die besten Auftragskiller erblassen lässt. Minus Gehalt und Freiheit natürlich; das *Opus Dei* wachte darüber. Keine Familie, keine Freunde, keine Einkünfte – ich war eine indoktrinierte und nach Lust und Laune verfügbare Tötungsmaschine. Trotzdem mangelte es mir nicht an dem Verlangen zu fliehen, glauben Sie mir, aber um wohin zu gehen und um was zu tun?«

»Wie sind Sie dieser Hölle entkommen?«

»Man hat mich rausgeholt.«

»Helios?«, flüsterte ich.

»Helios … ja. Ohne ihn wäre ich noch dort, oder ich wäre tot. Einer seiner Männer kam eines Tages in der Kirche, in der ich diente, auf mich zu. Ich weiß nicht, wie er von mir gehört hat, aber er hat mir ein Angebot gemacht, das ich nicht abschlagen konnte. Einen Vertrag. Einen bezahlten diesmal. Und zwar fett. Mit der Versicherung, dass die, die mich in diese Hölle befördert hatten, bald nicht mehr von dieser Welt sein würden. Ich habe später erfahren, dass der Vatikan, von der wachsenden Macht des *Opus Dei* bedroht, beschlossen hatte, eine große Säuberungsaktion zu starten und die Organisation an ihren Platz zu verweisen. Helios war in diesen Frühjahrsputz verwickelt. Wahrscheinlich hatte er sich Vorteile ausgehandelt. Wie dem auch sei, ich musste eines meiner Pfarrkinder und ehemaliges Mitglied des *Opus Dei* eliminieren – die Geliebte eines Prälaten, der dem Papst nahestand und von dem sie ein Kind hatte – mit dem offensichtlichen Ziel, ihn zum Vorteil der Organisation zu erpressen, laut Helios. Die Aufgabe missfiel mir, da diese Frau sich mir gegenüber immer besonders zuvorkommend gezeigt hat, aber das war der Preis für meine Freiheit, und das erste Opfer eines Blutbads. In wenigen Monaten ist das *Opus Dei* führerlos gemacht und seine Einmischung im Vatikan kontrollierbar geworden. So bin ich zu Helios gekommen. Alles, was ich heute bin, alles, was ich habe, meine Freiheit, meinen freien Willen, verdanke ich ihm.« Er zündete sich eine zweite Graszigarette an. »Ist Ihre Neugier in Bezug auf mich endlich gestillt, Professor?«

Erschüttert durch das, was ich soeben gehört hatte, brauchte ich Zeit, um meine Sprache wiederzufinden.

»Ihre ›Freiheit‹? Verzeihen Sie mir, aber ... ich glaube, Sie sind ihr so lange beraubt worden, dass Sie den Sinn dieses Wortes vergessen haben.«

Er antwortete nicht und schenkte sich ein weiteres Glas Cognac ein.

»Gute Nacht, Morgan«, verabschiedete er mich mit einer gewissen Steifheit.

Ich bohrte nicht weiter nach und ließ ihn allein mit seinen Gespenstern.

»Er ist eine rissige Mauer ...«, hatte Etti vorausgesagt. »Aber er ist sich dessen noch nicht vollauf bewusst.«

XI

Ich wurde gegen fünf Uhr morgens durch einen Schrei geweckt, der mich aus dem Bett geholt hätte, wenn nicht ein mehr als aussagekräftiges Stöhnen diesem animalischen Klagelaut gefolgt wäre.

Neugierig lauschte ich.

Das Stöhnen setzte sich eine Weile fort, bevor es sich in schmachtende Seufzer, dann in ersticktes Gelächter verwandelte. Cassandras hohe Stimme drang schließlich durch die dünnen Wände zu mir.

Ich drehte mich in meinem Bett um in der Absicht, wieder einzuschlafen, aber das Stöhnen setzte erneut ein. Mein Filou von Bruder hatte sich wirklich vollkommen erholt!

Ein wenig neidisch – ich muss es zugeben – verschränkte ich meine Hände im Nacken und versuchte das Kribbeln zu vergessen, das meinen Unterleib quälte.

Als ich gegen sieben Uhr aufstand, um den Etagenservice anzurufen und einen ordentlichen starken Kaffee zu bestellen, trat Etti mit angewiderter Miene zu mir ins Wohnzimmer.

»Wie konntest du es wagen, Morgan?«

»Was wagen?«

»Dein Bett zu teilen mit dieser … diesem …«

»Wer?«

»Cassandra!«

»Aber … ich dachte, du warst es, der bei ihr war«, verteidigte ich mich verdutzt.

»Ich?«, entrüstete er sich. »Für wen hältst du mich?«

»Ja aber, mit wem …?«

Ich beendete meinen Satz nicht, da ich zu bestürzt war, um den Namen dessen auszusprechen, der soeben einen theatralischen Auftritt gemacht hatte, der den besten Boulevardkomödien würdig gewesen wäre, mit schief sitzendem Bademantel und Ringen unter den Augen.

»Weißt du«, sagte Hans und fuchtelte mit dem Finger in Ettis Richtung, »wir müssen wirklich noch mal übers Kamasutra sprechen, wenn du mal fünf Minuten hast.« Etti biss sich auf die Zunge, um ein Lachen zurückzuhalten, ich aber starrte ihn mit offenem Munde an, unfähig, einen Ton herauszubringen.

»Ich weiß nicht, ob sie eher ›Kuh‹ oder ›Elefant‹ ist, aber du hast ja mächtig Eindruck auf sie gemacht!«

Ich ließ einen Seufzer der Erleichterung entweichen. Mich von dieser Rotznase überrunden zu lassen wäre mehr gewesen, als mein männlicher Stolz hätte ertragen können. Aber wenn es auch Hans nicht war …

»Einen schönen guten Morgen!«, schmetterte Hyacinthe in die Luft.

Ich betrachtete ihn schief von oben bis unten. Er schien in so blendender Form zu sein, dass ich es fast so weit brachte, an unserer nächtlichen Unterhaltung zu zweifeln.

»Ettis Ausgelassenheit hat dich nicht vom Schlafen abgehalten«, stellte Hans fest. »Dasselbe würde ich von mir auch gern behaupten«, gähnte er.

Hyacinthe, sichtlich amüsiert von dieser Verwechslungskomödie, drehte sich zu meinem Bruder um.

»Haben Sie diese Nacht Lärm gemacht? Ich habe nichts gehört.«
Etti begnügte sich damit, ihm ein verstecktes Lächeln zuzuwerfen.
Geduscht, angezogen und herausgeputzt, gesellte Cassandra sich bald darauf zu uns, gerade rechtzeitig, um sich eine Tasse des köstlichen Kaffees einzuschenken, den der Etagenservice gerade gebracht hatte. Sie verhielt sich, als sei nichts gewesen.
»Ich gehe runter zur Rezeption«, verkündete sie, bevor sie, die Hüften schwingend, verschwand.
Unauffällig näherte ich mich Hyacinthe mit dem offensichtlichen Ziel, ihm ein oder zwei Fragen zu stellen, aber er verdrückte sich in Richtung Badezimmer. Ob ich eifersüchtig war? Ziemlich, ja! Und grün vor Wut.
Ich war aber nicht der Einzige, der an der Anekdote keinen Gefallen fand. Während Etti sich über die Situation kaputtlachte, warf Hans ihm Blicke zu, die Bände sprachen über seine Ernüchterung. Empört stand er auf und flitzte in sein Zimmer, wobei er meckerte:
»Ist ja kein Wunder, dass Indien überbevölkert ist.«

Gegen 15 Uhr begaben wir uns in Richtung Bahnhof. Cassandra, die Plätze auf einem Schiff buchen wollte, um den Nil hinunterzufahren, wurde plötzlich mit einem Problem konfrontiert, das uns vollkommen entfallen war: die Terroranschläge auf westliche Touristen.
Die Kreuzfahrtschiffe hatten aus offensichtlichen Gründen der Sicherheit Navigationsverbot in Mittelägypten. Was eine Fahrt in einer der Feluken betraf, jenen kleinen Segelbooten, welche die Authentizität von Nilpostkarten ausmachten, so brauchte

man noch nicht einmal daran zu denken: Ausländern war es ausdrücklich verboten, einen Fuß darauf zu setzen, unter Androhung der Strafe, von den Behörden verhaftet und zur Grenze zurückgeführt zu werden.

Wir beschränkten uns daher auf ein Mietauto, da wir fürchteten, dass Cassandras Geländewagen zu auffällig war, aber auch da mussten wir klein beigeben. Ein ordnungsgemäß von den Behörden unterzeichneter Passierschein und eine Eskorte waren nötig, um durch die Region zu fahren. Im Hinblick auf Helios' Kontakte wäre das kein Problem gewesen, aber die Aussicht darauf, alle zwanzig Kilometer kontrolliert zu werden und sich mit der Anwesenheit einer bewaffneten Eskorte abzufinden, vertrieb jede Gelüste, auf dem zu fahren, was die Ägypter wahrscheinlich ironisch »Straßen« nennen.

Mangels anderer Möglichkeiten mussten wir uns entschließen, den Zug zu nehmen, der den Fluss entlang von einem Ende des Landes zum anderen fuhr.

Hyacinthe schickte sich an, fünf Tickets für die erste Klasse zu buchen, aber Etti und ich konnten ihn in allerletzter Sekunde dazu überreden, Plätze für eine große touristische Schlafwagenlinie zu kaufen.

»Sie fangen an, den Luxus zu schätzen zu wissen, Professoren«, meinte er ironisch und packte die Tickets in seine Hosentasche.

Nachdem wir ihm erklärt hatten, dass die herkömmlichen Züge, erste Klasse oder nicht, weder gewartet wurden noch mit einer Klimaanlage ausgestattet waren, verstand er unsere Reaktion. Es würde schon mühsam genug werden, den Nil entlang in einem Bummelzug durchgerüttelt zu werden, der die fünfzig Stundenkilometer nicht überschritt, da musste man abgesehen von der Hitze nicht auch noch ekelerregende Gerüche, Abfall und Kakerlaken ertragen.

»Die Götter wissen, wie bequem die indischen Züge sein können«, betonte Etti außerdem. »Überfüllt, erstickend und voller Waren und Tiere, aber neben den ägyptischen Zügen sind sie die Antwort auf den Orient-Express.«

»Sind sie schneller?«, fragte Hans.

»Nein, aber sie werden wenigstens öfter als einmal alle fünf Jahre sauber gemacht.«

Um nicht Hans oder Cassandra allein zu lassen, hatten wir nur zwei anstelle von drei Abteilen gebucht. Die junge Frau würde ihres mit Hyacinthe teilen, und Hans das von meinem Bruder und mir. Jedes Abteil, wenn auch winzig, beinhaltete ein WC und eine kleine Dusche, was kein Luxus war.

Der Zug setzte sich natürlich mit fast einer Stunde Verspätung in Bewegung, aber so genau nahmen wir es nicht mehr.

Im Speisewagen tätigte Etti einige Anrufe. In zwei Stunden waren wir kaum hundert Kilometer gefahren, und der Zug hatte in Beni Suef angehalten, Hauptort der Provinz und wichtiges Zentrum des Baumwollhandels, wo man ebenso gut Zuckerrohr als auch Elend züchtete. Durch die Fensterscheibe betrachtete Hans verträumt den Weg, der in der Ferne in Richtung Rotes Meer verschwand.

»Ist das etwa Ägypten?«, stammelte er und starrte die vor Dreck und Staub abstoßenden Kinder an, die sich um einen fahrenden Händler von *eresouz* drängten, einer Art Lakritzsaft.

»Über vierzig Prozent der Bevölkerung leben unterhalb der Armutsgrenze, Hans«, erklärte mein Bruder geduldig. »Fang an, dich daran zu gewöhnen, wenn du willst, dass ich dich nach Indien mitnehme, denn da ist es noch schlimmer.«

Es war ihm nicht möglich gewesen, eine seiner ehemaligen ägyptischen Kolleginnen zu erreichen, die in Luxor und in Kairo tätig waren, und das hatte ihn furchtbar verärgert.
»Wir sind fern vom Prunk der Pyramiden und der Reportagen über Fünf-Sterne-Nilkreuzfahrten, was, Hans?«, mischte ich mich ein.
Wir bestellten einen Kebab mit Mineralwasser, aber sobald unsere Bestellung auf dem Tisch stand, ließ mein Bruder die lauwarmen Flaschen, die sichtlich mit Kranwasser gefüllt worden waren, zurückgehen und bat darum, dass sie uns verschlossen serviert würden. Der Kellner warf ihm einen mörderischen Blick zu, den Etti ihm mit einem bedrohlichen Lächeln zurückgab, und gehorchte.
»Du hättest ruhig etwas freundlicher sein können«, warf ich ihm vor.
Als der Mann aber mit drei Einliterflaschen zurückkam, die noch mit dem Reif des Kühlschranks überzogen waren, freute ich mich über das Misstrauen meines Bruders. Viel hätte nicht gefehlt, und wir hätten uns Montezumas erbarmungslose Rache zugezogen.
Der Kellner verbeugte sich bis zum Boden und machte sich stillschweigend davon.
»Was haben wir ihm denn so arg Schlimmes angetan, dass er uns so übel mitspielen will?«, brummelte Cassandra wütend.
Ein flüchtiges Aufblitzen auf der Brust meines Bruders machte mich aufmerksam, und ich erblickte seinen Anhänger, ein tanzender Shiva aus Gold in einem Flammenkreis, der von winzigen Diamanten besetzt war; ich hatte ihn ihm drei Jahre zuvor zum Geburtstag geschenkt. Gewöhnlich verbarg seine Klei-

dung dieses Medaillon, aber diesmal trug er ein weit aufgeknöpftes Hemd.

»Du bist in einem muslimischen Land, Etti«, erinnerte ich ihn und goss Wasser in die Gläser unserer Begleiter. Er folgte meinem Blick und legte seine Hand auf das Schmuckstück. »Zieh es aus.«

Etti wurde blass.

»Ich werde nicht meine Religion verleugnen wegen …«

»Bitte«, insistierte ich.

»Aber was erzählst du denn, Morg?«, protestierte Hans. »Wir haben doch auch Kreuze getragen, und niemand hat uns angegriffen!«

»Die Zusammenstöße zwischen Hindus und Muslimen bringen jedes Jahr Tausende von Toten und Verletzten mit sich, Hans«, kommentierte Hyacinthe.

»Wir sind nicht in Indien, Rose.«

»Wir sind auch nicht in Palästina, und trotzdem wette ich mit dir, dass du mit einem Davidsstern um den Hals nicht einmal zweihundert Meter weit kämst.«

Etti nahm sein Halsband ab.

»Und jetzt? Sage ich, dass ich Pakistani bin?«

Der Mann, der ruhig hinter ihm zu Abend aß, ein älterer Herr in einem traditionellen weißen Anzug von untadeliger Sauberkeit, drehte sich um und sprach uns höflich an. Wir hatten uns auf Französisch geäußert, das er aber aller Wahrscheinlichkeit nach perfekt verstand.

»Ihre Freunde haben Recht. In Orten wie die, durch die wir fahren, sollte man besser vorsichtig sein, junger Mann. Sie sind nicht mehr in Kairo.« Er zahlte sein Abendessen in bar und verabschiedete sich von uns. »Möge Gott Sie begleiten, meine Kinder.«

Etti warf ihm einen schalkhaften Blick zu.
»Warum? Hat er etwa Angst ganz allein?«
Ebenso wie meine Begleiter verbarg ich meine Belustigung und wartete auf das Schlimmste, aber der alte Ägypter brach in Gelächter aus.
»Mit Ihrer Erlaubnis werde ich den in einem meiner Bücher wiederverwenden.«
Er klopfte meinem Bruder auf die Schulter und ging immer noch lachend davon.
Wir nahmen unseren Kaffee mit in unser Abteil, um geschützt vor neugierigen Ohren zu diskutieren. Sobald er auf dem großen Bett saß, holte Hyacinthe Dokumente, Anch und Stab aus unserem Gepäck hervor.
Wir lasen ein letztes Mal die Übersetzungen durch, in der Hoffnung, eine glänzende Idee könnte überspringen, als Etti uns bat zu schweigen. Er lauschte; wir taten es ihm gleich.
Zunächst nahm ich nichts Besonderes wahr, dann erahnte ich ein leichtes Pfeifen, ein Ausströmen von Luft, wie ein Ballon aus Goldschlägerhaut, aus dem man schrittweise die Luft entweichen lässt.
Mein Bruder wurde blass, Schweißperlen standen ihm auf der Stirn.
»Hebt ganz vorsichtig eure Beine hoch und stellt eure Füße auf die Matratze. Ganz langsam …«
Überrascht und beunruhigt von seinem verzerrten Gesicht taten wir es ihm gleich. Er suchte mit weit geöffneten Augen den Boden ab. Dann sahen wir sie unter dem Bett hervorkriechen. Eine lange Schlange mit schwarzen glänzenden Schuppen. Cassandra konnte einen Schrei nicht zurückhalten, aber Hans hingegen beugte als feiner Kenner den Kopf über den Rand.

»Kobra«, diagnostizierte er mit dem Ton eines Arztes, der sich daranmacht, eine Erkältung zu heilen. »Solange sie sich nicht aufrichtet, kein Grund in Panik zu ger… Jetzt geraten wir in Panik.«
Das Reptil hatte die Haut seines Halses entfaltet und stand aufgerichtet auf seinem Schwanz, seine gespaltene Zunge peitschte die Luft knapp einen Meter von uns entfernt.
»Hyacinthe«, sagte ich mit erstickter Stimme, »worauf warten Sie, um Ihre Pistole herauszuholen?«
»Was glauben Sie, was ich gerade versuche?«
»Bewegt euch bloß nicht«, warnte Etti.
Hans schluckte geräuschvoll.
»Das ist eine Spuckschlange, oder?« Mein Bruder nickte. »Da sind wir aber schlecht …«
»Ich lenke sie ab und du fängst sie?«
»Hab ich eine Wahl?«
»Nein.«
»Ich dachte mir schon, dass du das sagen würdest.«
Ich betrachtete den einen wie den anderen panisch. Was bereiteten uns diese beiden da vor? Ich wusste aus Erfahrung, dass Hans keine Schlangen fürchtete, giftig oder nicht, unsere letzte Reise hatte mir den Beweis geliefert, aber dazwischen und der Tatsache, sich an Speikobras zu vergreifen, lagen Welten.
»Was macht ihr?«, faselte Cassandra, als sie sah, wie sie langsam vom Bett herunterstiegen. »Ihr habt sie ja nicht mehr alle!«
Ich gab ihr ein Zeichen zu schweigen, und verblüfft beobachteten wir, wie Etti seine geballte Faust in einer ruhigen, regelmäßigen und hypnotischen Bewegung vor der Kobra hin und her schwang.

Als ich sah, wie sie sich der Schlange näherten, schnürte sich mir der Magen zu.
»Was machen sie?«, wisperte Hyacinthe.
»Auf diese Art und Weise hypnotisieren die Schlangenbeschwörer die Kobras«, erklärte ich mit fast unhörbarer Stimme und hatte Mühe, an das Spektakel zu glauben, das sich da vor unseren Augen abspielte. »Diese Viecher sind taub. Es ist das Schwingen der Flöte, das sie in den Bann zieht, nicht ihre Musik.«
Etti befand sich nun ganz nah vor der Schlange, und die Kobra, die zögerte zu beißen, folgte gefesselt den Bewegungen seiner geballten Faust. Wenn Hans einen Schritt machte, rückte die Schlange vor zu Ettis Hand, wenn der Junge zurückwich, tat sie es ebenfalls.
»Hans …«, drängte mein Bruder.
»Ich bin fast so weit. Sie ist echt nicht geneigt zu kollaborieren.«
Mit erschreckender Langsamkeit geleitete mein Bruder die Schlange zum Boden, und Hans ergriff sie plötzlich beim Kopf. Die Kobra spuckte sogleich ihr Gift aus in der Art eines Zerstäubers unter Druck.
Cassandra sprang auf, und aus Reflex legte ich mir die Hände aufs Gesicht, aber das war nicht nötig. Hans hatte die Vorsichtsmaßnahme getroffen, die geöffnete Schnauze mit den gebleckten Zähnen nach unten zu richten.
»Meine Hände sind rutschig!«, rief der Junge plötzlich panisch, die Hände glitschig vor Gift. »Etti, sie entkommt mir!«
»Drecksvieh!«, stöhnte mein Bruder und übernahm das Reptil, das sich wütend um seinen Unterarm rollte. Ich griff nach dem Dreiklingenmesser, das ich immer bei mir trug, aber Etti pro-

testierte. »Pack das Messer weg, Morgan! Dieses Vieh hat dich nicht angegriffen.«
»Macht das Fenster auf!«, schrie Hans, der sich an der rechteckigen Fensterscheibe des Abteils festklammerte, um sie herunterzuschieben.
Überaus vorsichtig warf mein Bruder die Schlange mit aller Kraft hinaus, was das Vieh nicht davon abhielt, mitten im Gleitflug zu versuchen, ihn zu beißen.
Sobald der unerwünschte Mieter vertrieben war, wurden unsere beiden Helden von Schaudern heimgesucht. Sie erinnerten mich an jene Menschen, die der einfache Anblick von Insekten abstößt, die sich aber gezwungen sehen, einen riesigen Käfer zu zerquetschen, und die noch minutenlang dieses furchtbare Cornflakes-Geräusch im Gedächtnis haben, das der Panzer von sich gibt, wenn er in seinem Saft zerplatzt.
Etti zog Hans in den Waschraum und wusch ihm gewissenhaft die Hände – wobei er überprüfte, dass er keinerlei Kratzer trug –, dann wischte er das Gift, das den Boden befleckte, mit reichlich Wasser weg.
Was uns betraf, so betrachteten wir sie, noch unter Schock, mit einer Mischung aus Respekt und Bestürzung.
Zwar hatte ich in Indien, als wir Jugendliche waren, bereits meinen Bruder sich an Viechern vergreifen sehen, die es, den Göttern sei Dank, nur dort gibt, aber noch nie hatte ich einem Duell mit einer Speikobra beigewohnt. Und was sollte man von Hans sagen … Der Bengel würde niemals aufhören, mich zu überraschen.
Hyacinthe brach als Erster das Schweigen, das sich eingestellt hatte.
»Was machte dieses Vieh eurer Meinung nach hier?«

Diese Frage schleuderte eisige Kälte ins Abteil.
Etti verdrückte sich erneut ins Badezimmer. Ich gesellte mich zu ihm und verschloss die Tür hinter mir.
»*Tum Kesè ho,* wie geht es dir?«, murmelte ich, als ich sah, wie er unauffällig eine Packung Tabletten weglegte.
Er wusch sich die Hände, hielt das Gesicht unter den Wasserhahn und lächelte.
»*Thīk hū. Koi bāt nahī,* mir geht es gut. Es ist nicht schlimm.«
Mein Bruder nahm seit Monaten keine Medikamente mehr ein, aber auf Anraten seines Neurologen sollte er, wenn er große Furcht verspürte, eine angstdämmende Tablette unter der Zunge zergehen lassen, um nicht den Boden unter den Füßen zu verlieren.
»Es sind fast keine mehr übrig, Etti«, stellte ich fest, als ich die sechs Monate zuvor gekaufte Tablettenpackung wieder hervorholte.
»*Yè bāt zarūrī nahī hai,* ist nicht so wichtig …«
»*Yè ek zarūrī bāt hai*, doch, das ist sehr wichtig! Warum hast du dein Rezept nicht erneuern lassen?«
»Ich war schon genug mit Drogen vollgepumpt!«, gab er heftig zurück.
Er verließ das Badezimmer, und ich folgte ihm auf dem Fuß.
Im Abteil war das Mutmaßen tüchtig im Gange.
»Der *Schatten*?«, wagte sich Hans vor.
»Das wäre schon die Art dieses Mistkerls«, räumte Cassandra ein.
»Und er hätte nicht unser Gepäck durchsucht? Er wäre einfach nur hierhergekommen, um dieses Viech abzustellen? Seien wir doch mal ernsthaft!«, stellte ich fest.
»Die Schlange kann sogar freiwillig hier hereingekommen

sein«, unterbrach uns Etti. Wir starrten ihn an, als habe er den Verstand verloren. »Eine Schlange für fünf, das ist ein bisschen dürftig, oder?«

»In unserem Zimmer wartet vielleicht auch eine Überraschung …«, überlegte Cassandra.

Wir fassten uns ein Herz, gingen in das anliegende Zimmer und durchsuchten es bis in den letzten Winkel. Die Artefakte nahmen wir mit.

»Ich glaube, Etti hatte Recht«, stellte die junge Frau fest. »Hier ist nichts.«

»Nichts ist weniger sicher als das …«, gab Hans zurück und suchte die Blätter des Ventilators an der Decke ab. Wir taten alle einen Sprung nach hinten, und er grinste. »Ich sprach nicht von Schlangen, ihr Pappnasen.«

Er kletterte auf das Bett und streckte die Hand zur Mittelschraube des Ventilators aus, die sich mit einem kleinen metallischen Geräusch löste.

»Pass auf, dass dir nichts auf den Kopf fällt«, warnte Etti.

Die Blätter aber lösten sich nicht. Der Junge stieg von der Liege herunter, warf die Schraube auf den Boden und sprang mit seinem ganzen Gewicht darauf.

»Ich hoffe, das hat ihm die Ohren gesprengt!«, stieß er hervor.

Verblüfft begriff ich in dem Moment, dass die Schraube eigentlich eine Wanze war.

»Wie hast du nur eine so kleine Wanze bemerken können?«

Hans richtete sich stolz auf.

»Gerade eben, weil sie zu klein ist. Die Schraube, die die Blätter dieser Art von Geräten festhält, ist so groß wie mein Daumen und unter dem Deckel verborgen«, erklärte er und zeigte mit dem Finger in Richtung Ventilator.

Hyacinthe, der auf dem Bett lag, betrachtete die Reste der Wanze mit Beunruhigung.
»Es muss noch andere geben«, seufzte er.
»Nach der Jagd auf schädliche Viecher nun Wanzenfang«, brummelte Etti entmutigt. »Wie viele Überraschungen hält uns Helios' Schatzsuche noch bereit?«
Ich stellte in dem Moment fest, dass Helios nicht angerufen hatte, und machte meinen Begleiter darauf aufmerksam.
»Vielleicht haben wir kein Netz …« Ich öffnete den Mund, um zu antworten, aber er hielt mich mit einer Handbewegung davon ab. »Darüber sprechen wir später, okay? Im Augenblick haben wir andere Sorgen.«
Wir nahmen also unsere Durchsuchung wieder auf.
Nachdem wir gut drei Stunden damit verbracht hatten, unsere Taschen zu leeren, jede Naht, jede Falte zu inspizieren, hatten wir vier weitere winzige Wanzen zusammengetragen, die Hans mit Freuden unter dem Absatz seiner Sportschuhe platt trat.
»Diesmal, glaube ich, ist alles okay«, bemerkte er und legte sich auf das Doppelbett unseres Abteils. Er schaute auf seine Uhr. »Zwei Uhr morgens. Da werden wir morgen ja munter sein.«

In Abu Qurqas, wo der Zug eine Pause von fünf Stunden machen musste, bevor er seine Fahrt wiederaufnahm, hatte ich Mitleid mit Hans, der sehnsüchtig die Felsgräber bewunderte, die direkt in die Klippe am Ostufer des Nils eingehauen waren. Etti hatte ihm von den versteinerten Muscheln erzählt, die sie enthielten, und den Malereien, mit denen sie verziert waren.
Hyacinthe wies mit dem Kinn auf den Jungen.
»Nehmen Sie ihn mit, es bleiben uns noch fast vier Stunden. Ich warte hier mit dem Stab auf Sie; nehmen Sie das Anch.

Sollte einer von uns angegriffen werden, sollten wir möglichst nicht alles auf eine Karte setzen.«

Als ich ihm vorschlug, mir zu folgen, stieß Hans entzückt einen Affenschrei aus.

Hans, Etti, Cassandra und ich ließen Hyacinthe in der klimatisierten Kühle des Schlafwagens zurück, nahmen ein Boot, um den Fluss zu überqueren, und schlugen, da wir auf den Minibus verzichteten, den fast einen Kilometer langen steinigen Weg ein, der zur Klippe hinaufführte. Trotz der drückenden Hitze waren wir glücklich, uns die Beine vertreten zu können. Der Junge drehte sich oft um, da er das Panorama genießen wollte, das der Nil und seine lebhaften Ufer boten. Selbst Cassandra, die Hans bisher nicht die geringste Zuneigung entgegengebracht hatte, war gerührt von seiner Begeisterung. Er schien vollkommen vergessen zu haben, warum wir da waren, und genoss den Ausflug wie ein abenteuerdurstiges Kind, das er immer noch war, egal, was er dazu meinte.

»Beni Hassan«, sagte Etti und zeigte ihm ein Dorf, das man in der Ferne sah. »Davon hängt diese Stelle ab.«

»Wie viele Gräber sind da drin?«, fragte Hans und hob die Nase zu der ausgehöhlten Klippe.

»Man nennt sie Hypogäen, Hans«, korrigierte ich ihn.

»Neununddreißig«, antwortete Etti und zahlte dem Touristenführer, der uns gerade empfangen hatte, ein großzügiges Trinkgeld.

»Do you speak English?«, fragte der Mann beunruhigt, als er uns französisch sprechen hörte.

Er hatte einen kehligen Akzent an der Grenze des Verständlichen, und trotz des Eifers, mit dem er artikulierte, schien ihm die Sprache Shakespeares die Stimmbänder herauszureißen.

»Bemühen Sie sich nicht«, versicherte ihm mein Bruder auf Englisch. »Geleiten Sie uns, und ich werde den Reiseleiter spielen.«
Dann musste Etti ihm seine Recherchen in Ägypten erläutern, während wir das erste Hypogäum betraten, vor dem sich ein achteckiger Säulengang erhob. Es handelte sich um die letzte Ruhestätte Amenehats I., Prinz des Bezirks Oryx unter Sesostris I. Die Grabkammer mit drei falschen gerundeten Gewölben wurde von vier kannelierten Säulen protodorischen Typs gestützt, die sehr gut erhalten waren. In der hinteren Wand war eine Nische ausgehauen worden, um die Statue des Verstorbenen zu beherbergen, neben ihr standen zwei weitere Statuen, die allerdings in einem bedauernswerten Zustand waren.
»Sie Archäologen?«, staunte unser Touristenführer. Er schüttelte uns heftig die Hand. »Große Ehre! Wunderbare Arbeit! Und Sie Ägypten kennen? Aber Sie Pakistani, oder?« Er fuhr fort, ohne meinem Bruder die Zeit zu geben, zu antworten. »Pakistani kennen Ägypten ist selten. Weit sein!«
»Ich bin Inder«, verbesserte ihn Etti schroff. »Nicht Pakistani.«
»Indien? Und Sie nicht kennen Pakistan? Nicht gesehen Mohenjo Daro?«
Ettis Blick verdüsterte sich, aber der gute Mann schien es überhaupt nicht zu bemerken.
»Doch, ich habe dort einige Recherchen durchgeführt.«
»Würde so gerne sehen …«, geriet der Ägypter in Begeisterung. »Sehr alte Zivilisation. So wie Ägypten oder mehr! Urahnen von allen.« Er schüttelte erneut Ettis Hand. »Sehr froh, kennen zu lernen Sie, sehr froh!« Ich musste ein Lachen zurückhalten,

als ich die zurückhaltende Miene meines Bruders sah. »Aber zu viel reden. Erklären dem Jungen und der Dame, bitte.«
Ein wenig kopflos gehorchte Etti.
Die Hypogäen waren unter der 11. und 12. Dynastie von den Monarchen der Provinz gebaut worden.
»Zwischen 1500 und 2000 v. Chr., westlicher Kalender«, erklärte unser Reiseführer an Hans gewandt.
Nur zwölf der Skulpturen waren mit Malereien in lebendigen Farben verziert, die auf einem Grund aus einem leichten Verputz aus Gipsmilch aufgetragen worden waren. In horizontale Kapitel aufgeteilt, boten sie dem Besucher Einakter aus dem Leben der Ägypter des Mittleren Reiches. Tanzende junge Leute, Landarbeiter, religiöse oder Kriegsszenen. Diese interessierten Hans und Cassandra besonders, die Etti und den Reiseführer, der im siebten Himmel war, mit Fragen bombardierten.
Wir besichtigten nur drei Hypogäen, weil die Zeit uns fehlte, aber Hans kam verzückt von unserem Ausflug zurück. Sich nicht damit begnügend, uns bis zum Ausgang zu begleiten, ging unser Führer ein Stück mit uns den Weg entlang, bevor er Hans einen kleinen Stein reichte, den er aus seinem langen Hemd zog.
»Als Souvenir«, sagte er. »Nicht Antiquität, aber viel, viel älter.«
Der Junge nahm gerührt das Geschenk und bewunderte das hübsche Fossil. »Hier vorher Meer sein. Viele Muscheln gefangen in Stein. Nicht großer Wert, aber sehr schön. Kein Problem mit Zoll. Nicht wie Antiquität. Niemals kaufen Antiquitäten, keine gute Sache.«
»Vielen Dank, Abdel. Ich werde gut darauf achtgeben. Und ich hoffe, Sie bald wiederzusehen.«
»*Inch Allah!* Große Ehre, Madame, Professor Morgan, Profes-

sor Etti.« Er näherte sich meinem Bruder und beugte sich diskret zu ihm. »Sie sollten sagen, dass Sie Pakistani wegen Sicherheit, weil wir hier große Probleme mit Leuten ein wenig verrückt«, sagte er und klopfte sich mit dem Finger gegen die Stirn. »Machen Touristen Angst. Nicht gut für Handel und Land. Gar nicht gut.«

»Ja, wir haben von Ihren Islamisten gehört.«

Unser Touristenführer fuhr empört fort.

»Sie sagen, Söhne von Islam sein, aber sie lügen. Sie gefährlich. Wir beten, damit Gott bestraft diese Verrückten, aber … Er viel zu tun haben.« Etti musste wider Willen lächeln. »Boot abfahren. *Möge Gott Sie begleiten*«, fügte er in einem mühevollen Französisch hinzu.

Mein Bruder antwortete mit einem höflichen *schukran,* einem »Danke« auf Arabisch.

Der Zug setzte sich mit einer halben Stunde Verspätung im Fahrplan in Bewegung. Hans hatte sich noch immer nicht von seiner Besichtigung erholt und lag Hyacinthe mit tausendundeinem Detail in den Ohren. Wir genossen die klimatisierte Luft unseres Abteils und hatten uns Tee und orientalisches Gebäck bringen lassen, das wir kosteten und dabei unsere Notizen nachsahen. Dadurch dass wir mit dem Stab des Anubis hantierten, hatten wir wieder einmal goldene Pailletten auf Kleidern und Händen.

»Verdammt!«, knurrte ich und wischte mir die Finger mit einer Papierserviette ab. »Es bleiben überall Pailletten!«

Ich nahm eine Bürste aus meiner Tasche und flitzte ins Bad, um den Stab unter Wasser zu halten. Das war keine gute Idee gewesen. Bei dem Kontakt mit Wasser verblassten einige der feinen Buchstaben aus Glasmasse, als würden sie sich von dem Metall ablösen. Das Wasser muss den Klebstoff aufgelöst haben, der sie auf dem Trägerobjekt fixierte.

»Etti!«, rief ich und beeilte mich, den Stab mit Hilfe eines Handtuchs abzutrocknen. Mein Bruder stürzte sogleich herbei. »Ich glaube, ich habe den Kleber gelöst, der die Glasmasse gehalten hat. Ich habe ihn unters Wasser gehalten, um ihn abzubürsten und …«

»Das ist unmöglich, Morgan. Die Buchstaben sind nicht aufgeklebt, sondern eingefasst.«

»Schau, man könnte meinen, dass … Na, so was, das ist ja merkwürdig.« Die Buchstaben hatten wieder ihr gewöhnliches Aussehen angenommen. »Sie schienen gerade eben ganz matt.«

Ich hob die Augen zur Decke. Hatte mir das künstliche Licht einen Streich gespielt?

»Du hast überhaupt nichts beschädigt«, meinte mein Bruder und betrachtete aufmerksam den Stab.

»Es muss einen Druckabfall gegeben haben. Ich hatte den Eindruck, die Buchstaben seien alle grau geworden.«

»Grau geworden?«, wurde Etti hellhörig. Er fuhr mit dem Finger über die kleinen Bruchstücke aus blauem Glas. »Im Wasser, was?« Er beugte sich über das Waschbecken und drehte den Kaltwasserhahn auf. »Grau … So etwa?«, fragte er und schwenkte den Stab.

Die Buchstaben waren erneut matt.

»Wisch diesen … Etti!« Er hatte mich allerdings zur Seite gestoßen, um sich auf Hans' Tasche zu stürzen. »Was hast du denn mit dem Schraubenzieher vor?«, rief ich panisch aus. »Etti!«

Wie vom Blitz getroffen sahen wir, wie er mit dem Ende des Schraubenziehers auf die Buchstaben aus Glasmasse klopfte, das Ohr auf dem Stab, und ein Lächeln machte sich auf seinem Gesicht breit. Unter unseren verblüfften Blicken brachte er den Gegenstand an seinen Mund und nahm das Klopfen wieder auf, diesmal allerdings mit den Zähnen.

Ich rollte die Augen zur Decke.

»Dürfte ich erfahren, was du da machst, Etti?«

Sein Lächeln verbreiterte sich noch mehr.

»Ich fange an zu verstehen …«

»Dasselbe würden wir auch gerne sagen«, mischte sich Hyacinthe ein.

»Da ist keine Glasmasse auf diesem Stab!« Ich machte große Augen. »Dreh das kalte Wasser in der Dusche auf, und du wirst es sehr schnell begreifen.«

Ich gehorchte, da ich wusste, dass man ihm vertrauen konnte, aber meine Begleiter schauten mir mit einem skeptischen Ausdruck dabei zu, wie ich den Hahn aufdrehte.

Etti hielt den Stab unter den eisigen Strahl und wartete.

»Erinnerst du dich, als wir Knirpse waren, in Indien?«, begann er. »Diese Ramschringe, welche die Mädchen uns an die Finger steckten, um zu wissen, ob wir verliebt sind?«

Ich wühlte in meinen Teenagererinnerungen und sah wieder, wie ein dunkelhaariges Mädchen in einem mit blauen Blumen bedruckten Sari mir einen Messingring über den kleinen Finger schob und rief: »Er ist verliebt! Morgan ist in Rani verliebt! Morgan ist in Rani verliebt! Der Stein ist ganz grau!«

»Der Stein des Rama?«

»Was ist das?«, erkundigte sich Hans.

»Ein Stein, der nichts wert ist, eine Art Quarz, den man in Südindien findet«, antwortete ich. »Er wechselt die Farbe je nach Körpertemperatur. Die Mädchen kauften Ringe aus billigem Messing, die wir uns an die Finger steckten. Wenn wir kalte Hände hatten, wechselten sie von Knallblau zu …«

Ich schwieg, da ich plötzlich verstand, worauf Etti hinauswollte.

Im selben Moment zog er den Stab aus dem Wasser: Einige blaue Buchstaben, die dunkelgrau geworden waren, verschwammen fast vollständig mit dem Titan. Andere, wahrscheinlich aus Glasmasse, hatten ihr kräftiges Blau erhalten.

»In Gottes Namen!«, fluchte Hyacinthe.

Mein Bruder, der auf die Inschriften konzentriert war, achtete überhaupt nicht auf unsere verblüfften Reaktionen.

»Aber ja doch …«, murmelte er. »Das ändert alles!« Die Steine begannen wieder ihre ursprüngliche Farbe anzunehmen. »Eiswürfel … Hans, geh und hol Eiswürfel im Speisewagen! Morgan, ich brauche das Anch!«

Hans kam nach einer Weile mit einem wärmeisolierten Kübel voller Eiswürfel zurück.

»Was hast du gesagt?«

»Dass Cassandra mitten in den Wechseljahren ist und Hitzewallungen hat.«

Hyacinthe brach in Gelächter aus, und die junge Frau stieß einen gekränkten Schrei aus.

»Kleines Arschloch!«

Mein Bruder nahm einen großen Eiswürfel und schob ihn langsam über die Inschriften. Als sie die Farbe wechselten, machte er sich Notizen.

Wir warteten, bis er fertig war, wobei wir mit den Füßen

scharrten und wie rasend an unseren Zigaretten zogen, und nach einer halben Stunde richtete Etti sich endlich auf, ein entzücktes Lächeln auf den Lippen.
»Also?«, fragte Cassandra ungeduldig. »Was steht drauf?«
»Hier der Text, den ich übersetzt hatte«, sagte er und zeigte uns ein Blatt Papier. »Und jetzt«, fügte er hinzu und unterstrich einige Wörter mit einem Textmarker, »haben wir hier das, was man liest, wenn man nur die Buchstaben in Betracht zieht, die nicht die Farbe gewechselt haben.«

›Der Fluss trat über die Ufer, und **wir mussten** unsere Häuser **verlassen**. Er streckte **seinen ewigen Leib** in den Straßen unserer Stadt aus, wie der Tod sich **in einem Grab** ausstreckt. Drei Monate lang nahm er ein Bett ein, **das nicht seines war.** Dann zog sich das Wasser zurück, **Die Jahre vergingen**, wir glaubten den Fluss besänftigt, unser Leben gerettet, **aber** wir waren im Irrtum, denn **der Meister des Todes kehrte zurück**, ließ seinen Zorn **in seine**r **Stadt** hervorbrechen und verschonte weder jene, **die ihn ehrte**, noch jenen, der zu ihm betete. **lange vor Ankunft** der Sonne, **des Usurpators** der Träume, ließ Osiris, **Geliebter der Isis**, **Sein**en furchtbaren Schatten schweifen wie ein **Geheimnis** und säte die Krankheit. Die Stadt **blieb** lange Zeit unbewohnt, und **in** den Schriften steht, dass alle ihr entflohen und mit **der Maske** der Verzweiflung einhergingen. **Dann trug** ihr Boden andere Menschen, änderte der Ort **sein Gesicht**, und er nahm **einen anderen Namen** an …‹

Wir hielten den Atem an. Cassandra ergriff als Erste wieder das Wort.
»Somit fällt unsere hübsche Theorie über eine Stadt, die eine

Überschwemmung erlitten hat, ins Wasser, wenn ich das mal so sagen darf.«

»Wir sind aber keine Verlierer in der Geschichte«, beruhigte sie Etti. »›… Der Meister des Todes kehrte zurück in seine Stadt, die ihn ehrte lange vor Ankunft des Usurpators …‹ Der Text spielt auf Osiris an, Bruder und Gemahl der Isis.« Er machte eine Pause und wartete darauf, dass jemand reagierte – vergeblich. »Abydos! Abydos ist die Stadt des Osiris. Aber ich hab noch was Besseres: Ein großartiger Tempel ist dort dem Osiris geweiht worden, und ratet mal, wer ihn hat errichten lassen?«

»Sethos I.?«, schlug Hans vor.

»Bingo!«

Diesmal hielt niemand seine Begeisterung zurück, und zum ersten Mal seit Beginn dieser sonderbaren Schatzsuche sah ich den Dingen mit Optimismus entgegen.

XII

Wir setzten unsere Reise im Zug bis Assiut fort, Hauptstadt des Said und größte Stadt Oberägyptens. Früher Lykopolis genannt, war dieser Ort ein unumgänglicher Knotenpunkt für die Karawanen. Assiut ist heute ein wichtiges Getreidezentrum, ein großer Baumwollproduzent und eine der Lieblingsstädte westlicher Touristen. Im Südwesten der Stadt öffnen sich die Hypogäen der Prinzen zu den Berghängen hin, und die Besucher können sich mit einer Polizeieskorte – was in diesem Land eine Gewohnheit geworden ist – dorthin begeben. Vom schönen goldenen, schwärmerischen Ägypten Agatha Christies, wo Fräuleins im weißen Kleid und Gentlemen in Safarikleidung im Schatten der Pyramiden spazierten, ist nichts übrig geblieben. Die liebenswürdigen, gutmütigen Wächter und die sorglosen Spaziergänge über die örtlichen Märkte gehören der Vergangenheit an. Armeeuniformen und Gewehre haben die *galabieh* und die Sonnenschirme ersetzt, und Assiut macht da keine Ausnahme. Das änderte nichts am Ruf dieser Stadt, deren Qualität der Teppiche ihre wenig glorreiche Vergangenheit nicht auszulöschen vermochte; kaum fünfzig Jahre zuvor war Assiut in der Tat auf Menschenhandel spezialisiert gewesen.

»Was erzählst du da?«, fragte Hans mit erstickter Stimme.

»Die Wahrheit«, versicherte Etti. »So unglaublich es sich auch anhören mag, mitten im 20. Jahrhundert war Assiut der wichtigste Sklavenmarkt Ägyptens.«

»Nein, du veräppelst mich doch nur, oder?«

»Er sagt die Wahrheit, mein Junge«, mischte sich eine Frau in einer prächtigen bestickten Tracht ein. »Die Sklavenhändler haben tatsächlich diesen heiligen Ort besudelt. Möge Gott diesen schlechten Menschen verzeihen.«

Sie rückte ihren Schleier zurecht. Ihr Französisch war mit einem kaum wahrnehmbaren Akzent gefärbt, und ihr gerötetes Gesicht flößte sofort Sympathie ein.

Ein Angestellter der Schlafwagen brachte ihr das Gepäck, und sie gab ihm ein paar Scheine.

»Sind Sie im Urlaub?«, fuhr sie fort.

»Wir müssen nach Abydos«, sagte ich. »Sind Sie von hier?« Sie nickte. »Wissen Sie, ob wir mit dem Schiff dorthin fahren können?«

Sie überlegte einen Moment skeptisch.

»Ohne lange vorher reserviert zu haben, glaube ich nicht. Sie können aber in dieser Region ein Auto mieten. Die Straße folgt den Eisenbahngleisen, es ist sehr hübsch.«

»Werden wir keine Probleme mit der Polizei bekommen?«, erkundigte sich Etti.

»Nein. Sie werden bis dorthin keine Eskorte brauchen. Seien Sie aber trotzdem vorsichtig.« Sie kam näher und senkte die Stimme. »Halten Sie nie außerhalb der bewohnten Gebiete an und vermeiden Sie, sich allein in der Wüste aufzuhalten. Wenn Sie in den Dörfern Halt machen, umfahren Sie weiträumig die riskanten Viertel.«

»Riskant?«, wiederholte Hans.

»Die Viertel der Moscheen, mein Sohn. Unter anderem. Fra-

gen Sie die Einwohner, am besten die Handwerker und Landarbeiter, sie werden Ihnen darüber Auskunft geben, welche Orte zu vermeiden sind. Sie sind es gewohnt, Fremde zu geleiten. Die leider immer weniger werden«, stellte sie fest.
Ihre Stimme wurde wehmütig, und sie rief Gott auf Arabisch an. Hyacinthe versuchte sie zu trösten:
»Sie leben in schwierigen Zeiten. Das wird schon wieder in Ordnung kommen.«
»*Inch Allah!* Ihr Wort in Gottes Ohr. Sie begreifen ja gar nicht, was Sie in Europa für ein Glück haben, sich frei bewegen und leben zu können, wie Sie es gedenken.«
»Ja aber«, entrüstete sich Hans, »wieso schmeißen Sie diese ganzen Fanatiker denn nicht raus?«
»Hans!«, fuhr ich ihn an.
Die Frau aber, weit davon entfernt, daran Anstoß zu nehmen, tätschelte ihm die Wange.
»Nichts lieber als das, mein Junge, Gott weiß das. Aber diese Leute sind wie Unkraut. Wenn man zwei davon abschneidet, wachsen vier nach. Aber denken Sie nicht daran, und genießen Sie Ihren Aufenthalt. Unser wunderbares Land hat viel zu bieten, Sie werden sehen. Wenn Sie darauf verzichten, dann lassen Sie den Sieg diesen Verrückten. Gehen Sie vorwärts, und möge Gott Sie beschützen.«
Ein junger Mann mit einem großen Schnurrbart – ihr Sohn oder ihr Bruder? – kam sie abholen und gab uns, nachdem er einige Worte auf Arabisch mit ihr gewechselt hatte, die Adresse einer Autovermietung an, nicht weit vom Bahnhof entfernt. Er schlug uns freundlich vor, uns hinzufahren, aber wir wollten sie nicht länger aufhalten.
»Arme Leute«, bedauerte Cassandra. »Der Tourismus ist Ägyp-

tens größter Reichtum, und diese fanatischen Psychopathen hemmen ihn. Dieses Land versinkt langsam in der Misere, und seine schönsten Schätze zerfallen … Was für eine Verschwendung!«

Auf diese finstere Feststellung hin gingen wir los, um einen Geländewagen zu mieten. Cassandra legte ihren Führerschein und ihren Reisepass auf den Tresen.

»Füllen Sie dies hier bitte aus«, bat sie der junge Angestellte der Agentur auf Englisch und reichte ihr ein Formular. »Helga Weilland, das ist es doch?«, prüfte er nach und blätterte dabei in dem Reisepass.

»Ich dachte, du heißt Cassandra?«, bemerkte Hans.

»Ich habe den Namen gewechselt.« Etti unterdrückte ein Lachen, und die junge Frau warf ihm einen eisigen Blick zu. »Hast du damit ein Problem?«

Mein Bruder lachte umso lauter, ohne dass ich verstand, warum.

»Es gibt indische Namen, die weitaus lächerlicher sind, weißt du«, mischte ich mich ein, was die Heiterkeit meines Bruders noch verdoppelte.

Der Angestellte hingegen achtete überhaupt nicht auf diese beißenden Bemerkungen. Er hatte anscheinend ein Problem mit dem Pass unserer Freundin.

»Äh … Verzeihen Sie mir, Miss … Mada… Na ja, ich verstehe nicht …«

Zutiefst verärgert legte Cassandra den Finger auf das Dokument.

»Ich hieß Helga und habe das Pseudonym Cassandra angenommen«, fasste sie unter dem amüsierten Blick Hyacinthes und meines Bruders zusammen. »Es steht hier!«

»Ja«, stammelte der Angestellte, »aber der …«
»Das reicht jetzt!«, brauste sie auf und riss ihm den Pass aus den Händen. »Wir werden doch nicht die Nacht damit zubringen, oder?«
Sie hielt ihn davon ab, den geringsten Kommentar abzugeben.
Resigniert druckte er einen Berg von Dokumenten aus, die er sie unterschreiben ließ, und übergab uns die Autoschlüssel.
»Achten Sie nicht darauf, mein Bruder reagiert manchmal etwas seltsam«, entschuldigte ich mich an Cassandras Ohr, als wir die Agentur verließen. »Sie haben einen entzückenden Vornamen«, fügte ich mit einem verführerischen Lächeln hinzu.
Sie wiederum gab mir ein Lächeln voller Versprechen zurück, und Etti kniff mich in den Arm.
»Du erzählst es mir dann. Ich kann's kaum erwarten, die Einzelheiten über deine Spielereien mit … Helga zu hören!«
Er hatte den Vornamen übertrieben mit einer gutturalen Stimme ausgesprochen, nach Art einer schwedischen Witzfigur.
Ich zog es vor, nicht darauf einzugehen.
Nachdem wir uns im Hinblick auf die Fahrt, die vor uns lag, Mineralwasser und Obst besorgt hatten, holten wir das Auto ab, einen Geländewagen, der bestimmt schon bessere Tage gesehen hatte, aber nichtsdestoweniger sehr gut gewartet zu sein schien.
»Auf den ersten Blick ist alles perfekt«, stellte Hyacinthe fest und knallte die Motorhaube zu.
Mit Rücksicht auf Hans beschlossen wir, am pittoreskeren Ostufer entlangzufahren.
Als er die an Anbaugebieten reichen Dörfer entdeckte, be-

fragte der Junge meinen Bruder zu den aus Stampfbau errichteten Türmen, die als für die Region typische Taubenschläge dienten.
»Die Taube wird in der örtlichen Küche sehr geschätzt«, erklärte Etti, »und ihre Exkremente dienen als Dünger für den Gemüsebau.«
Nach etwa hundert Kilometern durchquerten wir das Dorf Sohag, dann Achmim, wo die größte Statue Ägyptens, nämlich die der Königin Meritamun, eine der Töchter Ramses' II. und Gemahlin des Amenhotep, gefunden wurde.
Das Gespräch allerdings drehte sich bald eher um den *Schatten* als um die Landschaft.
Seitdem wir die Wanzen entdeckt hatten, misstraute Cassandra allem und jedem, und ihre Paranoia wurde ansteckend. Unser Feind konnte sich hinter jedermanns Zügen verstecken. Wer konnte wissen, ob er nicht gerade in diesem Augenblick dabei war, uns von dem Auto aus zu beobachten, das uns folgte?
»Warum hat er die Objekte, die wir transportieren, nicht schon an sich gerissen?«, wunderte sich Etti.
»Mir scheint, dass er uns die Dreckarbeit der Recherche machen lässt, um sich zu bedienen, sobald wir unser Ziel erreicht haben«, antwortete Hyacinthe.
Diese Annahme ließ mich erschaudern.
»Konntest du deine Freundin in Abydos erreichen?«, fragte ich meinen Bruder, um das Thema zu wechseln.
»Nein, sie lebt seit über drei Jahren in Kairo. Aber wir werden Professor Mohammed Moukhtar treffen. Er wacht über die meisten historischen Orte des Landes. Ihr werdet sehen, er ist sehr nett. Ich hatte die Gelegenheit, in Kairo mit ihm zu arbeiten, als ich meine Doktorarbeit geschrieben habe. Er muss sich

an mich erinnern. Professor Moukhtar brachte Papa größte Bewunderung entgegen.«

»Da wir gerade von Papa sprechen«, fuhr ich hoch und drehte mich zu Hyacinthe um. »Haben Sie Neuigkeiten?«

»Es tut mir leid, Helios ist nicht erreichbar«, entschuldigte er sich. »Dafür hat Amina mir geraten, in ihrem Namen Yasmin Mahfouz zu kontaktieren, die auch in Abydos ist. Sagt Ihnen der Name etwas?«

»Sie ist Professor Moukhtars Assistentin«, erklärte Etti.

Eine Stunde später kam El-Baliana in Sicht, wo wir an einer Tankstelle eine kurze Pause machten, bevor wir weiter in Richtung Abydos fuhren, das etwa fünfzehn Kilometer entfernt am Rand der Libyschen Wüste lag.

Hyacinthe wechselte Cassandra am Steuer ab.

»Nach rechts«, gab Etti an, die Karte auf den Knien. »In etwa vierzehn Kilometern.«

Wir bogen in eine schmale, von Zuckerplantagen gesäumte Straße ein, die zwanzig Minuten später zur Grenze zwischen dem fruchtbaren Land und der Wüste führte.

Hans stieß einen entzückten Schrei aus, als er die sandigen Hügel entdeckte, die sich vor ihm erstreckten, so weit das Auge reichte. Aber nicht nur sie …

Hyacinthe hielt am Straßenrand an, und wir stiegen aus, um die Landschaft zu bewundern. Vor uns ragten, als wären sie soeben dem rötlichen Sand entwachsen, die Ruinen der heiligen Totenstadt von Abydos auf, umgeben von hohen Felshängen.

Auf einem der Pfade, die zur Oase Kharga führen, befindet sich in bevorzugter Lage der Tempel von Sethos I., zweifelsohne eines der schönsten Denkmäler Ägyptens, das relativ gut erhalten ist. Der Tempel ist nach Osten ausgerichtet, besitzt aber entgegen der früher üblichen Bauweise die Form eines L und wurde nicht quadratisch errichtet.

Diese Details interessierten Hans momentan jedoch nicht. Mit weit aufgerissenen Augen, schlackernden Armen und vom brennenden Wüstenwind zerzausten Haaren ließ er den Blick über die Tempel, Heiligtümer und Gräber einer anderen Zeit schweifen, die von der untergehenden Sonne mit rotem Gold überzogen waren. Seine sonst gelangweilte Miene war einer inneren Ruhe gewichen, gemischt mit einem Ausdruck von Respekt. Was ging in diesem Augenblick in seinem Kopf vor? Offensichtlich stellte sich Etti die gleiche Frage, als er den Jungen neugierig beobachtete.

»Also?«, murmelte ich.

Hans bewegte langsam den Kopf, ohne die Augen von der Ruinenstadt zu wenden.

»Es ist …«

Er ließ den Satz unvollendet.

Wir gönnten ihm noch einen Augenblick, bevor wir wieder ins Auto stiegen und dem Pfad etwa über einen Kilometer hinweg folgten. Wir kamen an zwei Hotels und einem touristischen Restaurant vorbei und fuhren weiter bis zu dem vergitterten Tor am Eingang der Stelle, wo uns ein dickbäuchiger Wächter anhielt.

»Geschlossen«, bellte er auf Englisch. »Sie müssen morgen wiederkommen.«

»Wir kommen, um Professor Moukhtar zu treffen oder, falls er nicht verfügbar sein sollte, seine Assistentin Yasmin Mahfouz«, antwortete Etti. »Wir sind Archäologen.«

Nachdem wir unsere Papiere vorgezeigt und eine Viertelstunde lang verhandelt hatten, verstanden wir, dass dieser übereifrige Wächter sich mehr für unsere Dollars als für unsere Qualifikationen interessierte. Er hielt uns wahrscheinlich für Studenten, die den einheimischen Star, den berühmten Professor Moukhtar, zu treffen wünschten, dessen pausbäckiges Vollmondgesicht selbst bei der geringsten Reportage oder dem kleinsten Artikel über das ägyptische Altertum auftauchte.

»Gehen Sie im Abydos Hotel nachsehen, zweihundert Meter hinter Ihnen auf der Straße«, spie er schließlich aus, nachdem er sich die Geldscheine in die Tasche geschoben hatte. »Aber machen Sie sich keine Illusionen, er hat keine Zeit zu verlieren!«

Wir wendeten, ohne uns die Mühe zu geben, uns bei dieser ungehobelten Person zu bedanken.

Das Abydos Hotel, vor dem wir vorbeigefahren waren, hatte nichts von einer Sommerfrischeunterkunft der Luxusklasse. Es verband sehr hohe Preise mit einem mehr als primitiven Komfort.

Der Rezeptionist hieß uns mit einem breiten Lächeln willkommen, das sofort erstarb, als wir ihm den Grund unseres Besuchs darlegten.

»Er ist nicht da, tut mir leid. Versuchen Sie, das Ministerium oder seine Sekretärin zu kontaktieren.«

Er log schlecht.

Das war zu viel für Etti, der zu unser aller Überraschung aufbrauste.

»Ja, wer glauben Sie denn, wer wir sind? Touristen, die nach einem Autogramm fragen? Unterrichten Sie sofort die Professoren Moukhtar und Mahfouz von unserer Ankunft!«

»Etti …«, mischte ich mich verblüfft ein.

Die wenigen Touristen, die im Hotelrestaurant zu Abend aßen,

drehten sich um, neugierig zu erfahren, wer der Auslöser des Skandals war.
»Monsieur, schreien Sie nicht«, antwortete der Rezeptionist panisch. »Sie sind an einem respektablen Ort. Unsere Gäste …«
»Ihre Gäste werden innerhalb der folgenden fünf Sekunden einer Mumifizierung *in vivo* beiwohnen, wenn Sie nicht …«
»Das wird nicht nötig sein, Professor Lafet!«, lachte eine scherzhafte Stimme schallend hinter uns.
Wir drehten uns alle gemeinsam zu einem rundlichen Mann von mittlerer Größe um, bekleidet mit einer Baumwollhose, einem französischen Hemd und einem Lederhut, den ein gewisser Leinwandabenteurer nicht verleugnet hätte.
»Professor Moukhtar!«, rief Etti erfreut.
»Du bist am Leben …«, stammelte der berühmte Archäologe und umarmte ihn herzlich. »Jeder hat gesagt, du hättest einen Unfall gehabt. Ich dachte, du …« Er wich ein wenig zurück, um Etti zu betrachten, als habe er es mit einem Gespenst zu tun. »Und ich habe doch glatt deinem Vater einen Beileidsbrief geschickt! Allmächtiger Gott, was muss er von mir gedacht haben …«
Mein Bruder beruhigte ihn.
»Nichts Schlimmes. Das ist eine lange Geschichte.« Er zeigte mit der Hand auf mich. »Das ist mein Bruder Morgan.«
»Ja natürlich! Der Hellenist! Ihr Bruder und Ihr Vater haben mir viel von Ihnen erzählt. Hocherfreut, Sie endlich kennen zu lernen, seien Sie willkommen in Abydos.«
Wir bezeichneten unsere Begleiter als Journalisten, was die Augen unseres Gastgebers, der das Rampenlicht fast ebenso liebte wie ägyptische Altertümer, zum Strahlen brachte.

»Haben Sie zu Abend gegessen? Nein, natürlich nicht, für Franzosen ist es noch zu früh. Kommen Sie schon, ich werde Sie den Verantwortlichen der Teams vorstellen, die hier arbeiten. Gamal! Machen Sie für diese Dame und diese Herren Zimmer fertig, anstatt herumzubummeln! Denn ich werde Sie nicht gehen lassen, ohne Ihnen die Stelle gezeigt zu haben«, warnte er uns vor. »Damit das klar ist.«

»Wir haben von Ihnen nichts anderes erwartet, Professor«, bedankte sich Etti.

Unter dem verdutzten Blick des Rezeptionisten zog er uns in den Speisesaal und verlangte von meinem Bruder eine Erklärung zu seinem vorgeblichen Ableben. Etti zog sich geschickt aus der Affäre, ohne die Verantwortlichkeit meines Vaters oder Professor Lechausseurs am Ursprung dieses düsteren Gerüchts zu erwähnen.

Das nette Abendessen wurde beim Kaffee zu einer Prüfung. Die drei Teamkollegen von Professor Moukhtar, die mit uns am Tisch saßen, waren sich genauestens darüber im Klaren und zogen es vor, sich noch vor dem Dessert zu verdrücken.

Yasmin, Aminas charmante Kollegin, beugte sich zu mir hinüber, um mir ins Ohr zu flüstern.

»Flüchten Sie in Ihre Zimmer, solange noch Zeit ist.«

Ich fragte mich, was sie andeutete, als unser lieber Professor die Anwesenheit von drei »Journalisten« und zwei ausländischen Kollegen nutzte, um sich in eine detaillierte Beschreibung seiner Arbeit der letzten fünf Jahre zu stürzen. Eine Zusammenfassung, während der es uns unmöglich war, ein Wort einzuwerfen.

Als wir ihn ohne Unterbrechung erzählen hörten, wobei er

seine Rede mit Stileffekten und Scherzen unterstrich, die nur ihn zum Lachen brachten, schien es offensichtlich, dass er nicht einmal auf den Gedanken gekommen war, dass wir vielleicht aus einem anderen Grund als ihm hergekommen waren.

Mohammed Moukhtar und der Osiris-Tempel. Mohammed Moukhtar und das Grab des Schreibers. Mohammed Moukhtar, der durch die engen Gänge der Pyramide robbt. Mohammed Moukhtar, dem jeden Moment die Decke der Totenstadt über dem Kopf zusammenzubrechen droht. Mohammed Moukhtar, der die Mumien der Pyramidenbauarbeiter rettet. Mohammed Moukhtar gegen die Grabschänder. Mohammed Moukhtar auf der Titelseite der *Times* …

Beim x-ten »ich, ich, ich« konnte Hans ein Gähnen nicht unterdrücken, und ich nutzte die Gelegenheit.

»Danke, dass Sie uns ein paar Stunden Ihrer kostbaren Zeit gewidmet haben, Professor. Wir würden Ihnen ja gerne die ganze Nacht lang zuhören, aber wenn wir für die Besichtigung morgen fit sein wollen, müssen wir uns zurückziehen; die Götter haben uns nicht Ihre legendäre Widerstandskraft gewährt.«

»Denken Sie mal! Wollen Sie mein Geheimnis erfahren, wie man in Form bleibt?«

Eine weitere gute halbe Stunde war nötig, um den berühmten Archäologen loszuwerden und in unsere Zimmer hinaufzugehen.

»Bringt ihn um …«, stöhnte Cassandra und erklomm die Treppe.

»Werden wir ihn für lange Zeit am Hals haben, Mohammed Jones?«, fragte Hans beunruhigt.

»Wie hast du es angestellt, ihn zu ertragen?«, fragte ich Etti.
»Wie alle. Ich habe die Technik des ›Moukhtar-Mabsout‹ gelernt.«
»Des was?«
»Des ›glücklichen Moukhtar‹. Du machst ruhig deine Ausgrabungen, und wenn du kurz davor bist, was zu finden, rufst du ihn unter dem Vorwand, einen wahren Spezialisten zu brauchen. Dann entfernt er in großer Zeremonie vor den Fernsehkameras die paar Zentimeter Erde, die du sorgfältig für diese Gelegenheit wieder an ihren Platz geschaufelt hast, und die Sache ist erledigt. Er freut sich so über seine Show, dass er dich eine Woche lang in Frieden lässt!«
»Charmant …«, kommentierte ich.
»Daraufhin – gute Nacht«, brummelte Hyacinthe und zog sich in sein Zimmer zurück.
Hans tat dasselbe, und Cassandra zwinkerte mir verführerisch zu, bevor sie ihre Tür schloss.
»Entweder das ist eine Einladung«, gluckste mein Bruder, »oder ich verstehe nichts davon.« Er öffnete die Tür des Doppelzimmers, das wir verlangt hatten, und blickte müde auf die Zwillingsbetten. »Ich glaube, du musst mal wieder deine Matratze auf den Boden legen, Morgan.«
Ich setzte mich zögernd auf das rechte Bett.
»Soll ich zu ihr gehen oder nicht?«
»Wenn ich dir ›nein‹ sage, würdest du auf mich hören?«
»Du bist doch nicht etwa eifersüchtig?«
Er lachte schallend.
»Ich habe Silikonbrüste noch nie gemocht.«
»Mich stört das nicht im Geringsten.«
Ich flitzte unter die Dusche und kam kurz darauf heraus, um

unter Ettis amüsiertem Blick in ein Paar saubere Shorts zu schlüpfen.
»Viel Spaß, Don Juan«, sagte er, als er mich aus der Tür treten sah.
Ich ging auf Zehenspitzen zu Cassandras Tür und klopfte diskret an, woraufhin sie mir sofort mit genießerischer Miene öffnete.
»Komm rein, schöner Wikinger. Ich habe auf dich gewartet.«
Das hörte sich ja vielversprechend an …
Ich gehorchte, und sie verriegelte die Tür.
Auch Cassandra kam aus der Dusche. Sie trug nur ein um ihre großzügige – in der Tat zu großzügige – Brust gewickeltes Handtuch, das geradeso eben ihren Po bedeckte.
Sie ließ eine Weile ihren Blick über mich gleiten, dann fuhren ihre langen manikürten Hände ohne weiteres über meinen nackten Oberkörper und kniffen mir in die Brustwarzen, was bei mir einen Schauer in der Bauchgegend auslöste.
Ich nahm sie bei den Hüften und drückte sie an mich, wobei ich meine Lippen auf ihre presste, während sie mit einem Stöhnen, das mein Verlangen noch um eine Stufe steigerte, ihre Finger in meinen feuchten Haaren verflocht. Aufgrund ihrer Größe musste sie sich nicht einmal auf Zehenspitzen stellen, um meine Zunge anzusaugen.
Nun ließ ich wiederum meine Hände über ihre Schultern und ihren athletischen Körper bis zu ihren Brüsten gleiten, die in der Tat ein wenig zu fest waren. In einem Seufzer fuhr sie mit ihrer Zungenspitze über meinen Hals und meine Brust, dann kniete sie sich hin, um meine Shorts aufzuknöpfen. Von seinem Stoffgefängnis befreit, richtete sich mein Glied zu ihren Lippen hin auf, und sie verschlang es. Aber auch ich war unge-

duldig. Ich griff nach ihren Handgelenken, um sie dazu zu bringen, sich aufzurichten, und presste sie an mich.
Meine Hand schlüpfte unter das Frottee, um erst eine Brust, dann die andere zu kneten und ihren Bauch hinunterzugleiten, dann trafen meine Finger … trafen meine Finger … Ich runzelte die Stirn, und Cassandra warf mir ein Raubtierlächeln zu, wobei sie ihr Handtuch löste.
Langsam senkte ich den Blick und machte einen Satz nach hinten.
Ungläubig betrachtete ich die Kreatur, die vor mir stand, ihre perfekten Brüste, ihr Nereidenhaar, ihre feinen Züge, ihre schlanken Beine, ihren weißen Bauch und diesen … diesen …
»Was ist denn das?«, stammelte ich blöde.
Cassandras Gesicht verfinsterte sich, und ihr Lächeln erlosch.
»Schau in deine Shorts, du hast denselben!«, spie sie säuerlich aus.
Ich knöpfte besagte Shorts in aller Eile wieder zu und stieß sie – ihn? – zur Seite, um zur Tür zu stürzen und den Riegel zurückzuschieben.
»Männer sind nicht mein Ding, tut mir leid.«
Ich ließ sie stehen und kehrte in mein Zimmer zurück, wo mich Ettis ersticktes Gelächter empfing. Ich knipste das Licht an und sah, wie er sich auf seinem Bett wand.
»Du hast es gewusst und mir nichts gesagt!«
»Lass mich raten«, keuchte er zwischen zwei Lachanfällen. »Du hast deinen Knüppel rausgeholt, und sie hat dir ihren gezeigt?«
Ich versetzte ihm einen Klaps auf den Oberschenkel, der, obwohl er heftig war, ihm nicht die Lust am Lachen vertrieb.

Er atmete tief ein und beruhigte sich ein wenig.
»Hast du schon mal Frauen mit Adamsapfel gesehen, du Dummkopf? Wenn du nicht deine Kurse in nordischer Mythologie geschwänzt hättest, wüsstest du, dass Helga ein skandinavischer Männername ist. Bei der Verlegenheit des Jungen, als wir das Auto gemietet haben, hättest du hellhörig werden müssen.« Ich nahm den Kopf zwischen die Hände. »Auf jeden Fall hätte ich viel darum gegeben, dein Gesicht zu sehen.«
»Ich habe einem Mann einen Zungenkuss gegeben …«, begriff ich mit Abscheu.
»Du wirst schon nicht dran sterben! Schlaf.«
Er vertrieb mich mit einem Schulterschlag aus seinem Bett, machte es sich bequem und drehte mir den Rücken zu.
Als ich sah, dass nicht die Spur von Reue oder einer Entschuldigung aus ihm herauszuholen war, warf ich wutschnaubend meine Matratze auf den Boden und knipste das Licht aus, bevor ich mich hinlegte.
»Ach, übrigens«, prustete er im Dunkeln. »Wenn du willst, stell ich dir zwei oder drei *hijras* vor, die ich in Delhi kenne …«
Ich warf mit einem meiner Schuhe nach ihm.
»Halt die Klappe oder ich reiß dir die Zunge raus.«

Als ich am nächsten Morgen zum Frühstück hinunterging, saßen Etti, Hans und Hyacinthe bereits im Hotelrestaurant am Tisch.
»Guten Morgen«, grüßte ich mürrisch. »Gut geschlafen?«
Sie senkten die Nasen über ihre Kaffeetassen und brachen alle gleichzeitig in schallendes Gelächter aus, womit sie mich in grenzenlose Verlegenheit brachten. Etti hatte ihnen anscheinend alles erzählt …

Ich durchbohrte meinen Bruder mit meinen Blicken und ließ mich am Tisch nieder.
»Damit das klar ist: Es ist nichts passiert«, knurrte ich drohend.
Hyacinthe biss in ein Gebäckstück und zwinkerte mir zu. »Sie wissen ja nicht, was Sie verpassen.«
»Das wirst du mir büßen«, warnte ich meinen Bruder und zündete mir eine Zigarette an, da mir der Appetit vergangen war.
»Guten Morgen!«
Als ich Cassandras Stimme hörte, konzentrierte ich mich auf den Kaffee, den ich in meine Tasse goss. Etti verhielt sich, als sei nichts, und Hans, rot wie eine Pfingstrose, stammelte ein verlegenes »Hallo«.
»Guten Morgen, *cara mia*«, antwortete Hyacinthe fröhlich.
»Wo ist Professor Moukhtar?«, fragte sie völlig unbefangen und schenkte sich Tee ein.
»Er wartet auf der Restaurierungsbaustelle des Tempels Ramses' II. auf uns.«

Am Eingang der Stelle, die mit einem Gitterzaun umgeben war, hielt uns derselbe Wächter wie am Vortag an, aber diesmal trug er ein ebenso falsches wie breites Lächeln zur Schau.
»Professoren!«, piepste er. »Ich habe Sie erwartet. Haben Sie eine gute Nacht verbracht? Der ehrenwerte Professor Moukhtar hat mich gebeten, Sie zu ihm zu führen. Wenn Sie mir bitte folgen wollen«, fügte er mit einer Verbeugung hinzu.
»Der ehrenwerte Professor Moukhtar« musste ihm ordentlich den Kopf gewaschen haben, der Unterwürfigkeit und dem Diensteifer nach zu urteilen, mit dem er auf Hans' und Cassandras Fragen antwortete.

Dreihundert Meter nördlich vom Tempel Sethos' I. erhoben sich die Ruinen des Tempels Ramses' II. Bis auf zwei Meter über dem Boden zerstört, stellte er aber noch schöne Überreste dar, die ein Archäologenteam sich anstrengte zu restaurieren. Wir fanden Professor Moukhtar in ihrer Gesellschaft in der ersten Säulenhalle.

»Da sind Sie ja! Kommen Sie und schauen Sie sich das an, kommen Sie. Danke, Anouar«, sagte er zu dem Wächter, »du kannst gehen. Sehen Sie!«

Er zeigte uns mit einer emphatischen Geste die Reliefs, welche die Wände zierten. Der König schien Osiris eine Opfergabe darzubringen.

»Es ist wundervoll«, kommentierte Cassandra.

»Haben Sie die äußeren Wände des Tempels bemerkt?«

»Wir hatten keine Zeit.«

Der Professor schob uns nach draußen, um uns die Nord- und die Westmauer zu zeigen. Er erörterte mit ungespielter Leidenschaft die Szenen des Krieges gegen die Hittiten und den langen Text, der den Bau des Tempels erzählte.

»Ramses II. hat die Materialien mit größter Sorgfalt ausgewählt. Die Türrahmen sind aus schwarzem Granit, und die Säulen wurden aus seltenstem Sandstein gehauen! Du bist noch nie zuvor nach Abydos gekommen, nicht wahr, mein Junge?«, sagte er zu Hans, der ihm interessiert zuhörte.

»Nein, Professor, noch nie. Ich bin nicht viel gereist. Ich … Ich bin eigentlich noch nicht wirklich Journalist, nur Student im Praktikum.«

Moukhtar legte ihm den Arm um die Schultern und zog ihn zum Osten der Stelle, als würden wir nicht mehr existieren. Es gab wohl etwas, das der Professor letzten Endes noch mehr

schätzte als das Rampenlicht … aufmerksame, neugierige Studenten.
Da wir nicht wussten, wohin gehen, folgten wir ihnen, während der berühmte Archäologe dem Jungen die Ehre der heiligen Stadt erwies.
»Seit Anbeginn der Geschichte Ägyptens spielte die Stadt Abydos eine große politische und religiöse Rolle. Leider sind nur Bauwerke der ramessidischen Epoche übrig geblieben. Ungefähr 1250 v. Chr.«, erklärte er, als er Hans' fragendes Gesicht bemerkte. »Ab der thinitischen Epoche ließen die Könige ihre Gräber im benachbarten Thinis erbauen. Man verehrte dort einen sehr geachteten Totengott.«
»Anubis?«
»Nein, mein Junge. Dieser Gott nannte sich Khentimenty. In der Zwischenzeit aber gewann der Gott Osiris … Weißt du, wer Osiris ist? Osiris nun, Gott des Lebens im Jenseits und der Auferstehung, gewann derart an Bedeutung, dass er bald mit der Gottheit des Ortes verschmolz und an ihre Stelle trat. In Abydos, der Stadt jenes Gottes, begraben zu werden oder dort ein Zenotaph zu besitzen war der teuerste Wunsch eines jeden Ägypters jener Epoche. Aber hier liegen nicht nur Menschen begraben. Ich werde dir einen Ort zeigen, zu dem die Touristen keinen Zutritt haben. Du kannst sogar eine auf dem Arm halten.«
»Aber was denn?«
»Eine über dreitausend Jahre alte Tiermumie!«
»Im Ernst?«
»Moukhtar-Ehrenwort!«
In der drückenden Hitze zog uns der Professor nun bis zur Tier-Totenstadt von Abydos und machte dann mit uns eine

Führung durch die Gräber des Alten Reiches, denen des Mittleren Reiches und schließlich denen des Neuen Reiches …

Nach einer Mittagspause in der Osiris Park Cafeteria kehrten wir zum Tempel Ramses' II. zurück, bevor wir uns zum Osiris-Heiligtum begaben.

Am späten Nachmittag konnten nur Hans und Professor Moukhtar noch aufrecht stehen!

Als wir zwischen den Archäologen saßen und einen Kaffee schlürften, konnte ich mein Verlangen, auf den Punkt zu kommen, nur schwer bremsen. Hyacinthe kam mir zuvor.

»Aber sagen Sie mir, Professor Moukhtar, Ihren schönsten Schatz haben Sie vor uns versteckt …« Der Archäologe schien überrascht. »Der in der ganzen Welt berühmte Tempel Sethos' I. Wir haben ihn nur von weitem gesehen.«

»Wir haben ihn schließen müssen.«

»Ihn schließen müssen?«, beschwerte sich Etti.

»Ja, mein Sohn. Die wiederholten Besuche der Touristen und die Überschwemmungen haben ihm mehr geschadet, als die Zeit in mehreren Jahrhunderten.«

»Überschwemmungen?«, hakte Cassandra nach.

»Ja, die tiefer liegenden Teile von Abydos werden aufgrund des ansteigenden Wasserstandes regelmäßig überschwemmt. Die Regierung hat vor einigen Monaten beschlossen, den Tempel zu versiegeln.«

»Versiegeln …«, wiederholte ich düster. »Aber … Wissenschaftler können doch immer noch dort hin, nicht wahr?«

Er schüttelte betrübt den Kopf.

»Es tut mir leid. Aber Abydos beschränkt sich ja nicht auf diesen Tempel!«, fügte er schwärmerisch hinzu. »Haben Sie nicht

wunderbare Sachen gesehen? Und die Stelle zählt noch Dutzende weitere, die noch außergewöhnlicher sind.«
Hans nickte begeistert, und ich wechselte einen finsteren Blick mit Hyacinthe. Der Tempel Sethos' I., das letzte Ziel unserer Reise, versiegelt …
»Er hat Ihnen doch nicht zu sehr zugesetzt?«, fragte Yasmin beunruhigt und beugte sich dabei zu mir hinüber.
Die rundliche junge Frau war mit rötlicher Erde bedeckt, und ihr kurzes Haar war eher gelb als schwarz aufgrund des Staubs, der sich dort im Laufe des Tages angesammelt hatte. Yasmin war nicht wirklich eine Schönheit, aber ihre Fröhlichkeit ließen ihr zu rundes Gesicht und ihre Adlernase leicht vergessen.
»Wie bitte?«
»Der Professor. Ich habe gesehen, dass er Sie in alle Winkel und Ecken der Totenstadt gezerrt hat.«
»Oh! Ja. Ich bin todmüde …«
»Wenn das der Fall ist, dann sind Sie hier am richtigen Ort, um sich auszuruhen«, scherzte sie. »Was ist denn eigentlich aus Amina geworden, sagen Sie mir? Seit einem Jahr höre ich nur selten etwas von ihr.«
»Es geht ihr sehr gut, aber Ägypten fehlt ihr. Sie erzählt mir oft davon.«
»Es geht mich bestimmt nichts an, aber was macht ein so berühmter Hellenist wie Sie in diesem Teil der ägyptischen Wüste? Sie sind doch nicht Professor Moukhtar zuliebe gekommen, nehme ich mal an.«
»Ehrlich gesagt … nein. Ich kann doch auf Ihre Diskretion zählen?«
»Selbstverständlich.«

Wir überließen die anderen ihrer hitzigen Diskussion über Restaurierungstechniken und traten hinaus in den ersten Innenhof des verfallenen Tempels.
Dort angekommen, zog ich aus meiner Hosentasche die vergrößerte Reproduktion des auf das Anch und den Stab gravierten Freskos, die Etti im Zug angefertigt hatte.
»Sagt Ihnen das etwas?«, fragte ich und reichte ihr die Bleistiftzeichnung.
Sie betrachtete sie aufmerksam und stieß einen Pfiff aus.
»Das ist eine Darstellung von Anubis und Sethos I. Es ist Ettis Werk, nicht wahr? Hübsche Arbeit, aber er hat sich bei manchen Details ein bisschen zu sehr vorgewagt.«
»Was meinen Sie?«
»Ein ähnliches Fresko befindet sich um Sethos-Tempel. Es erscheint mir aber hinsichtlich seines Zustands schwierig zu sagen, ob es zur Zeit seiner Pracht wirklich so ausgesehen hat. Die Vorstellungskraft Ihres Bruders trägt viel zu dieser Reproduktion bei. Nach welchen Quellen hat er sie ausgeführt?«
»Nach einer Skizze, die er im Reisetagebuch eines französischen Abenteurers vom Beginn des 20. Jahrhunderts gefunden hat«, log ich.
»Also, das ist ja merkwürdig …«
»Warum denn?«
»Der Raum, in dem es sich befindet, ist erst vor vierzig Jahren entdeckt worden. Professor Moukhtar versichert, dass niemand vor diesem Datum einen Fuß dort hineingesetzt hat. Meine Vorgänger müssen ihn vor fünfzehn Jahren verschlossen haben, denn die Luft drohte nicht wiedergutzumachende Schäden bei den übrigen Malereien hervorzurufen, welche die Wände bedeckten.«

»Aber Sie selbst haben es gesehen, nicht wahr, da Sie es doch wiedererkennen?«

»Ich habe nur die Fotos gesehen, die damals gemacht worden sind. Wie ich Ihnen schon sagte, ist dieser Raum seit langem verschlossen.«

Ich verbarg meine Enttäuschung nicht.

Wenn wir also diesen Raum beträten, würden wir eventuell Schätze zerstören … Reizende Aussicht für einen Archäologen.

»Nun gut«, sagte ich verwirrt. »Auf jeden Fall danke für Ihre Auskünfte.«

»Warum ist dieses Fresko so interessant für Sie?«

Ich fegte Ihre Frage mit einer Handbewegung weg.

»So wichtig ist sie nicht. Meine Journalistenfreunde und mein Bruder wollten einen detaillierten Artikel über den Tempel Sethos' I. schreiben, und da wir nirgendwo eine Spur dieses Freskos gefunden haben, hatten wir uns gedacht, das könnte ein schöner Scoop werden. Sie kennen doch die Journalisten!«

»Oh, ja! Professor Moukhtar hat ständig welche im Schlepptau«, scherzte sie. »Selbst wenn sie diesen Raum nicht besichtigen können, wird er bestimmt damit einverstanden sein, Ihnen die notwendigen Genehmigungen zur Benutzung der Fotos zu besorgen, die von der Dienststelle für ägyptische Antiquitäten gemacht worden sind. Sie werden natürlich Publikationsrechte an den ägyptischen Staat zahlen müssen, aber zumindest werden Ihre Freunde Stoff haben, um ihren Artikel zu vervollständigen. Und was die Beschreibung betrifft, so wird Ihnen der Professor genügend Details liefern, um ein ganzes Buch zu schreiben!«

»Das ist eine gute Idee«, gab ich zu. »Ich danke Ihnen für Ihre Ratschläge.«

»Haben Sie gehofft, ich würde Sie in den Tempel lassen? Haben Sie mich deswegen beiseite genommen?« Ich antwortete nicht. »Wenn es nicht die Malereien in Gefahr gebracht hätte, dann hätte ich es getan, Morgan. Aber … es ist unmöglich, und das trotz all meiner Freundschaft für Amina. Ich könnte mir nicht mehr ins Gesicht sehen, wenn ich etwas Derartiges tun würde. Sie wird es bestimmt verstehen, und ich bin sicher, dass auch Sie es verstehen.«

Mein Schuldgefühl stieg um eine Stufe an, und ich drückte ihr beruhigend den Arm.

»Ich verstehe. Ich würde an Ihrer Stelle genauso reagieren. Reden wir nicht mehr davon, okay?«

Wir gesellten uns zu den anderen, die unsere Abwesenheit noch nicht einmal wahrgenommen hatten.

XIII

Seit fünfzehn Jahren verschlossen ...«, seufzte Etti, auf seinem Bett sitzend.

In unserem Zimmer versammelt, machten unsere Begleiter lange Gesichter.

»Wir verzichten auf die Genehmigung des lieben Professors«, beschloss Hyacinthe.

»Weil du vorhast, die Siegel aufzusprengen und alles kaputtzu... Diese Typen rackern sich ab wie die Wahnsinnigen, um die Tempel zu restaurieren, und du willst alles in die Luft jagen?«, protestierte Hans.

»Das Leben eines Menschen steht auf dem Spiel, Hans.«

Der Junge verzog das Gesicht.

»Die Stelle wird ständig überwacht«, bemerkte Cassandra.

»So was nennst du Überwachung!«, spottete Hyacinthe.

»Ich misstraue den Unfähigen, sie haben das Glück der Schwachsinnigen.«

»Auf jeden Fall habe ich weder Kameras noch ein besonderes Überwachungssystem gesehen«, gab Hans wider Willen zu.

Wir drehten uns zu ihm um.

»Bist du dir da sicher?«

Er nickte.

»Ich kann ja morgen noch mal nachschauen gehen, wenn euch das beruhigt.«

»Ich wollte eigentlich heute Nacht in Aktion treten«, verkündete Hyacinthe.
»Wenn wir, bevor wir verschwinden, die Siegel erbrechen und in dem Tempel Unordnung stiften, werden sie nicht lange überlegen müssen, um zu erfahren, wer dafür verantwortlich …«
»Die Hauptsache dabei ist, außen keine Spuren zu hinterlassen«, unterbrach mich Hyacinthe. »Egal, wenn wir drinnen Schäden hervorrufen, es darf ja sowieso niemand hinein.«
»Ich stimme ihm zu«, warf Cassandra ein. »Wir müssen uns beeilen. Wir werden unsere Rolle als Journalisten nicht lange aufrechterhalten können. Hat jemand eine Filmkamera oder einen Fotoapparat, die ihres Namens würdig sind?«
Etti schien unruhig.
»Der Professor hat noch nicht einmal gefragt, für welches Magazin Sie arbeiten. Das ist seltsam. Das sieht ihm nicht ähnlich.«
»Ich habe ihm gesagt, wir machten nur eine Stoffsammlung«, erklärte Hyacinthe.
»Und er hat nicht nach weiteren Einzelheiten gefragt?«, bohrte mein Bruder nach. »Merkwürdig.«
»Vielleicht ist er nicht mehr so scharf darauf, den Star zu spielen, wie als du ihn kennen gelernt hast«, gab ich zurück. »Schau dir Papa an. Seit einigen Monaten meidet er die Medien wie die Pest.«
»Also, Rose? Was schlägst du vor?«, kam Hans auf Hyacinthe zurück.
»Heute Nacht. Wir gehen da rein, holen die Maske so unauffällig wie möglich und hauen so schnell wie möglich ab, indem wir einen Scoop vorgeben. Ich kümmere mich darum, unsere

Abeise zu arrangieren. Je schneller wir dieses Land verlassen, umso besser.«
»Sie vergessen eine Sache«, erinnerte ich ihn. »Wenn der *Schatten* tatsächlich darauf wartet, dass wir die Maske holen, um dann einzugreifen, kann es gut sein, dass sich heute Nacht noch weitere Tote zu denen von Abydos gesellen.«
»Es ist an uns, zu überprüfen, dass uns niemand folgt«, gab Hyacinthe zurück.
»Und wenn das doch der Fall sein sollte?«
»Das ist mein Problem, nicht Ihres.« Er schaute auf die Uhr. »Es ist 19 Uhr. Gehen wir mit dem lieben Professor zu Abend essen, und halten wir uns bereit um 23 Uhr. Etti, es liegt an dir, ihm die Würmer aus der Nase zu ziehen.«
Er verließ das Zimmer, um zu telefonieren, und wir tauschten tragische Mienen aus.

Um Punkt 23 Uhr verließen wir das Hotel durch die Hintertür und versicherten uns dabei, dass uns niemand bemerkte. Die Gäste, hauptsächlich Touristen und Archäologen, schliefen bereits seit einer Weile, erschöpft von Besichtigungen, Hitze oder Arbeit.
Schwarz gekleidet huschten wir wie Schatten die dunkle Straße entlang. Hans transportierte in seinem Rucksack das zu einem guten Ablauf unserer Eskapade notwendige Material, und ich hielt den Stab des Anubis in der Hand, in einen Seidenschal von Cassandra gewickelt. Ein paar Meter von dem vergitterten Eingang entfernt, versteckten wir uns hinter einer Gruppe von Palmen und riskierten einen Blick zum Gitter. Ein Wächter in Uniform, bewaffnet mit einer Pistole und einem Schlagstock, gähnte, auf seinem Hocker

sitzend, und überflog eine Zeitung im Licht eines Scheinwerfers.

»Wo ist der andere?«, bemerkte Hyacinthe. »Normalerweise sind es zwei.«

Wir suchten vergeblich die Dunkelheit ab.

»Er wird seine Runde machen«, schlug Cassandra vor.

»Wenn er da ist.«

»Warten wir auf ihn oder wagen wir es hineinzugehen?«

»Wir gehen rein«, beschloss Hyacinthe.

»Kümmert euch um das Gitter, ich nehme mir diese Speckschwarte vor. Hans, hol mir eine Taschenlampe raus.«

Sie wich ins Dunkel zurück, und wir sahen sie einige Augenblicke später, wie sie den Boden mit ihrer Taschenlampe absuchte. Der Wächter sprang von seinem Stuhl auf und legte die Hand auf seinen Schlagstock. Als er Cassandra sah, entspannte er sich.

»Was machen Sie hier, Madam?«, fragte er auf Englisch. »Das Gebiet ist nach 17 Uhr für Touristen verboten.«

Sie erhob sich und ließ ihre Hüften kreisen.

»Verzeihen Sie, ich suche meinen Ohrring.«

»Ihren was?«

»Wir waren heute Nachmittag in Begleitung von Professor Moukhtar hier, und ich habe einen meiner Ohrringe verloren. Ich habe schon alle meine Kleider durchforstet, aber ich …«

»Kommen Sie morgen wieder, wenn es hell ist, Madam, Sie werden heute Abend nichts finden.«

»Hören Sie, das war ein Geschenk meines Vaters, ich habe sehr daran gehangen und …« Sie wühlte in der Tasche ihrer schwarzen Hose und zog eine umfangreiche Menge Geldscheine hervor. »Ich bitte Sie, helfen Sie mir suchen. Wenn ich bis morgen warte, könnte jemand ihn finden und an sich nehmen.«

Der Wächter betrachtete das Bündel und griff nach seinem batteriebetriebenen Scheinwerfer.

»Wie sieht er denn aus, Ihr Ohrring?«

»Ein Goldring mit einem eingefassten Rubin. Beim Hinausgehen heute Nachmittag sind wir dorthin gelaufen.«

Cassandra nahm den Wächter mit in die entgegengesetzte Richtung, und Hyacinthe zog eine Zange aus Hans' Tasche.

»Es ist so weit.«

Er schwang sich über das Gitter, und wir folgten ihm schweigend. Ich belauerte den Wächter und Cassandra, während Hyacinthe das Flechtwerk aus Metall in ausreichender Höhe durchschnitt, damit wir hindurch konnten.

»Morgan«, rief mich Etti und hielt das Gitter mit einer Hand fest.

Ich gesellte mich zu ihnen, und wir versteckten uns hinter einem Kalkblock, während wir auf Cassandra warteten. Wo war sie eigentlich hin verschwunden?

»Wie wird sie uns denn einholen?«, erkundigte ich mich.

Ich erriet Hyacinthes Lächeln mehr, als dass ich es sah.

»Machen Sie sich um sie keine Sorgen.«

Tatsächlich bemerkten wir sie, als sie ein wenig später aus der Dunkelheit trat.

Hyacinthe sprang bis zum Gitter, um ihr die Öffnung zu zeigen, durch die sie mit der Geschmeidigkeit einer Schlange glitt.

»Wo ist der Wächter?«, fragte ich nach.

»Er zieht sich gerade die Hose wieder hoch«, grinste sie. »Kommt ihr?«

Wir liefen in Richtung Tempel. Als ich mich umdrehte, erkannte ich den Wächter, der wieder auf seinem Platz saß, ein seliges Lächeln auf den Lippen.
Wir kamen ungeschützt auf einem Platz an, der damalige Vorhof des Tempels, von dem nur noch die Ausgleichsschichten übrig waren.
Vor uns standen aufgereiht zwölf kolossale Säulen, hinter denen sich drei große Türen befanden. Wir versteckten uns hinter der Säulenreihe und untersuchten eingehend die Umgebung, aus Furcht, den zweiten Wächter plötzlich auftauchen zu sehen. Hyacinthe bemächtigte sich eines Cutters, der stark an ein Skalpell erinnerte, und einer Taschenlampe mit schmalem Lichtkegel, die er sich zwischen die Zähne klemmte.
In dem Moment, als er sich die Siegel so vornehmen wollte, dass er nur ein Minimum an Spuren hinterließ, fluchte er.
»Was denn?«, sprang ich auf.
Er zog die Lampe aus seinem Mund.
»Es ist offen …«
Tausend Vermutungen stießen in meinem Geist aufeinander, und eiskalter Schweiß hüllte mich ein.
Ich beugte mich über die Siegel. Jemand hatte sie so durchgeschnitten, dass man den Einbruch hinterher verbergen konnte.
»Jemand ist uns zuvorgekommen …«
Cassandra legte den Finger auf den Mund und wies mit dem Kinn ins Innere, wobei sie die Pistole zog, die sie unter ihrem Hemd in einem Holster verwahrte. Hyacinthe tat dasselbe.
Etti drückte mir fieberhaft den Arm, und ich tätschelte ihm die Hand, um ihm Mut zu machen.
»Sie sind das gewohnt«, murmelte ich, im Übrigen in keiner Weise beruhigt.

In gemeinsamer Absprache stellten sich Cassandra und Hyacinthe zu beiden Seiten der Tür mit dem Rücken zur Wand auf. Dann, auf einen Pfiff von Hyacinthe hin, traten sie ein, Pistolen und Taschenlampen vor sich schwenkend.
Ich schloss die Augen und wartete auf den ersten Schuss, aber nichts geschah.
»Ihr könnt reinkommen«, rief uns Cassandra zu. »Unser Überraschungsbesucher muss bereits seit einer Weile in diesem Labyrinth verschwunden sein.«
Wir gehorchten, und sie leuchtete den Ort mit ihrer Taschenlampe ab. Wir befanden uns im ersten Hypostylos des Tempels, von allen Seiten umgeben von bauchigen Säulen.
»Was ist denn das für ein Irrgarten?«, stöhnte Hans.
Aus seiner Hosentasche zog Etti einen Stapel Notizen, die er während des Abendessens zusammengestellt hatte, und richtete Cassandras Lampe darauf.
»Nach dem, was ich von Professor Moukhtars wirren Erklärungen verstanden habe«, flüsterte er, »ist dieser Tempel in einer Art gebaut worden, die den Weg der Seele des Verstorbenen symbolisieren soll. Wir sind jetzt in dem Saal, der auf das Diesseits anspielt, die Dimension des Körpers und der Materie, und wir müssen ins Jenseits gelangen. Da entlang«, gab er an und zeigte uns einen Durchgang zwischen zwei Säulenreihen.
Wir bewegten uns vorsichtig vorwärts, und als wir hinter einer angelehnten Flügeltür Licht schimmern sahen, knipsten wir unsere Taschenlampen aus, verschmolzen in der Dunkelheit mit den Säulen und warteten darauf, dass das Licht näher kam, wobei unsere Herzen zum Zerspringen klopften.
Das Licht kam nicht nur keinen Zoll näher, dafür drang unter-

drücktes Gelächter bald zu uns herüber. Ungläubig näherten wir uns dem Licht. Nahe bei der Tür war das Gemurmel perfekt zu hören.

»Das gefällt dir, was? Das gefällt dir?«, ächzte eine Männerstimme in einem mit einem starken arabischen Akzent gefärbten Englisch.

Wir erkannten mit Verblüffung das unnachahmliche Timbre des dickbäuchigen Wächters, der uns bei unserer Ankunft in Abydos empfangen hatte.

Daraufhin erhob sich eine Frauenstimme, immer noch auf Englisch, diesmal aber ohne Akzent.

»Oh ja! Nimm mich, mein Pharao! Nimm mich in deinem Tempel!«

Wir wechselten verdutzte Blicke.

Hyacinthe riskierte einen Blick durch den Türspalt und wich sogleich wieder zurück, wobei er sich auf die Lippen biss.

Mit dem Finger gab er mir ein Zeichen zu schauen, und ich fügte mich, wobei ich mich auf das Schlimmste gefasst machte. »Das Schlimmste« war aber zu schwach, um zu bezeichnen, was ich daraufhin sah. Da ich selbst wiederholt in Gräbern oder antiken Tempeln Sex gehabt hatte, hätte ich kaum den Stein nach diesem armen Mann geworfen, aber ich für meinen Teil hatte mich nie mit einer schwarzen Fransenperücke ausstaffiert, die eines zweitklassigen Historienfilms würdig gewesen wäre.

Der Anblick dieses rundlichen Mannes mit besagter Kopfbedeckung und der englischen Touristin, die ihn begleitete, war so erbärmlich, dass mir fast das Lachen verging.

»Was machen wir jetzt?«, murmelte ich.

Hyacinthe hatte große Mühe, seinen Ernst wiederzuerlangen.

»Warten wir darauf, bis sie fertig sind?«, schlug Hans vor und unterdrückte ein Lachen.
»Damit sie die Siegel wieder an ihren Platz setzen, während wir noch drin sind?«, bemerkte Cassandra.
»Du kannst sie aber auch nicht niederschlagen und in eine Ecke werfen. Sie werden Alarm schlagen, sobald …«
»Pscht«, unterbrach ihn Cassandra und betrat den Raum.
»Kommen Sie zurück, was haben Sie v…«
Ich hatte keine Zeit, meinen Satz zu beenden, da sie mit zwei präzisen Schüssen den Spielereien unserer beiden Turteltauben definitiv ein Ende gesetzt hatte.
»Problem erledigt«, sagte sie und steckte ihre Waffe weg.
»Aber Sie sind ja vollkommen wahnsinnig!«, meinte ich.
»Mir wird schlecht …«, stöhnte Hans.
Hyacinthe fand nichts Besseres zu tun, als ihm einen Klaps auf den Rücken zu versetzen.
»Atme tief durch. Etti?«
Mein Bruder verharrte still, wie betäubt.
»Etti …«, insistierte Cassandra. »Wo geht's lang?«
»Wartet«, mischte sich Hans ein. »Wir sollten besser zurückgehen und Detektoren installieren, falls jemand den Tempel betreten sollte.«
Ich lehnte mich auf.
»Habt ihr alle den Verstand verloren? Dieser … diese Wahnsinnige hat gerade zwei unschuldige Menschen getötet!«
»Wir hatten keine Wahl, Morgan«, schloss Hyacinthe.
»Und der zweite Wächter, habt ihr daran gedacht? Glaubt ihr, er weiß nicht, wohin sein Kollege mit seiner ›Königin von Ägypten‹ gegangen ist?«
»Er wird nichts sagen«, versicherte Etti. »Er würde seinen Ar-

beitsplatz riskieren, und in diesem Land ist das ein Luxus, den man sich nicht erlauben kann.«
Ich betrachtete ihn mit einem gewissen Entsetzen.
»Etti …«
»Sie oder wir, Morgan«, schloss Hyacinthe. »Kommen Sie.«
Am Eingang des Tempels brachte Hans zu beiden Seiten der Tür zwei Metallplättchen an, die aus der Entfernung mit einem Gehäuse verbunden waren.
»Das ist ein Detektor«, erklärte er. »Wenn jemand das Strahlenbündel passiert«, sagte er und bewegte die Hand zwischen den beiden Plättchen, »wird der Alarm ausgelöst.«
Er zeigte mir das rote Licht, das auf dem Gehäuse blinkte, das er an seinem Gürtel befestigte.
»Und was machen wir mit den Leichen?«, entrüstete ich mich, empört von ihrer Gleichgültigkeit.
»So weit sind wir noch nicht«, antwortete Cassandra.
Mein Bruder holte erneut seine Notizen hervor. Er ging uns voraus bis zu dem zweiten Saal, wobei er den Boden mit seiner Lampe absuchte.
»Hier«, erklärte er und vermied es sorgfältig, auf die beiden auf dem Boden ausgestreckten Leichen zu schauen, »sind wir im *neter*. Symbolisch gesehen haben wir unser Herz an der Tür zurückgelassen, genauso wie die befreiten Seelen den Westen erreichen, geführt von der Barke des Sonnengottes Ra. Wir müssen in Richtung untergehende Sonne gleiten.«
Auf den bemalten Wänden wachten die Götter, und Sethos tauchte an verschiedenen Stellen auf.
»Hier befinden wir uns vor den Türen des *naos*«, fuhr mein Bruder fort und durchquerte langsam den Raum. Er wies auf die gewaltige Säule, welche die gesamte Höhe der Wand ein-

nahm. »Der beschnittene, verstümmelte Baum, der ins Leben zurückkehrt. Um weiterzugehen, müssen wir das Herz der Ewigkeit betreten.«

Wir drangen in den folgenden Raum ein, wo uns sieben Kapellen erwarteten, jede mit einer Götterdarstellung verziert und einer Tür versehen.

»Hier musste der Pilger sich vorbereiten, das Allerheiligste zu betreten.«

Ich kam näher und strich über die Flügeltüren aus Sandstein, die direkt in die Wand gemauert waren.

»Tut mir leid, Etti. Das sind falsche Türen.« Ich klopfte mit dem Finger dagegen. »Schotter als optische Täuschung.«

»Dann müssen wir einen anderen Gang suchen, denn der Weg in die Ewigkeit hört hier nicht auf.«

»Könntest du uns dein mystisches Geschwafel ersparen?«, fragte ich ungeduldig, da ich immer nervöser wurde.

»Aber dieser Tempel ist mystisch«, empörte sich Etti. »Wenn du nicht der religiösen Logik folgst, dem Weg, der von den Toten abgesteckt wurde, bleibst du eine herumirrende Seele verloren im Labyrinth des Jenseits.«

»Wonach suchen wir?«, bohrte ich nach.

»Wir müssen einen Weg finden. Der Pfad, der uns erlaubt, unsere Reise ins Jenseits fortzusetzen, um hinauszutreten ins Licht. Einen Gang, einen Graben, einen Tunnel, irgendwas.«

Wir tasteten die Wände ab, untersuchten den kleinsten Winkel, ohne Erfolg.

»Kommt und schaut euch das an!« Hans' Stimme drang aus der zweiten Säulenhalle zu uns herüber. »Hier gibt's einen Durchgang!«

Direkt an der Südwestwand, auf der Höhe der Rampen, die

zum *pronaos* führten, öffnete sich ein langer Gang, der in eine breite Treppe mündete, die nach draußen führte. Wir stiegen sie empor, und vor uns erstreckte sich die weite Wüste, die am Horizont von den ersten Ausläufern der Libyschen Gebirgskette begrenzt wurde. Um uns herum gab es keine Türen mehr, keine Wände, gar nichts … Wir befanden uns auf einer Art Plattform.

»Nach der Vorhölle des Todes sind wir nun an der frischen Luft wiederauferstanden!«, meinte ich ironisch.

»Was denn?«, staunte Cassandra. »Ist das alles? Und was machen wir jetzt?«

Etti hockte sich mürrisch auf den Boden. »Wir müssen etwas verpasst haben …«

»Nun ja, die Lösung werden wir bestimmt nicht in den Sternen finden«, gab Cassandra humorvoll zurück.

Wir stiegen daher wieder in die Vorhölle hinunter, wo Etti sich das Gehirn zermarterte und mit der Taschenlampe in der Hand von einem Raum zum anderen ging. Ich begleitete ihn in die Kammer der sieben Kapellen, wo er die Steintüren eingehend betrachtete.

»Und wenn du es mal mit ›Sesam, öffne dich‹ versuchst?«, spöttelte ich. Er ging nicht darauf ein, sondern trat zurück und klopfte die Türen eine nach der anderen ab. »Das ist Stein, Etti …«

Man hätte genauso gut mit einer Wand sprechen können. Nachdem er dem als Gott dargestellten Sethos einige Schläge versetzt hatte, trommelte er auf dem Bauch des Ptah herum, dann auf dem Fuß des Horus, dem Knie des Amun, dem Hinterteil des Osiris …

»Hast du das gehört?«, rief er aus. »Morgan! Es hört sich hohl

an!« Skeptisch kam ich näher. »Ich schwöre dir, dass es sich hohl anhört!«
Die anderen kamen herbeigelaufen.
»Haben Sie etwas gefunden?«, fragte Hyacinthe begeistert.
»Hilf mir, dagegen zu drücken, Morgan!«
»Etti!«
»Hilf mir, verdammt!«
Ich legte meine Hände zu beiden Seiten des Osiris und drückte. Ein Knirschen ertönte, und Hyacinthe schloss seine Kräfte unseren an.
Mit einem entsetzlichen Knirschen bewegten sich die beiden Flügeltüren um einige Millimeter, und eine Staubwolke ging auf unsere Köpfe nieder.
»Siehst du!«, rief mein Bruder aufgekratzt. »Dieser Tempel ist dem Tod und Osiris gewidmet, warum haben wir nicht eher daran gedacht?«
»Man muss ganz schön abgedreht sein, um auf so was zu kommen«, gab ich zurück.
Ich war aber auch aufgeregt und spannte alle meine Muskeln an, um noch fester dagegen zu drücken.
Nach mehreren Minuten Anstrengung war der Spalt zwischen den Türen breit genug, um uns hindurchzulassen.
»Sagt mal«, wagte sich Cassandra vor. »Ist das nicht gefährlich, dort hineinzuschlüpfen, ohne zu lüften? Ich habe mal gehört, dass die …«
Ohne auf sie zu achten, betraten wir einer nach dem anderen den geheimen Raum und konnten unsere Enttäuschung nicht zurückhalten, als wir die Wände ableuchteten. Die Fresken, wenn auch seit Jahrtausenden vor Luft und Besuchern geschützt, waren zum Großteil furchtbar verblasst und beschä-

digt. Die beiden Reihen von massiven Säulen, die mitten im Saal standen, waren ebenfalls von der Zeit zerfressen.
Hans hüstelte und krächzte dann: »Äh … Jungs. Jungs!«
Er hatte seine Lampe auf eine prunkvolle Aluminiumtür aus den sechziger Jahren gerichtet, auf der ein Schild angebracht war. Darauf stand in mehreren Sprachen: »Osireion. Vorsicht, überschwemmter Weg. Rutschige Treppe.« Wir hatten unsere Zeit und unsere Energie damit vertan, uns Zutritt zu einem mehrere tausend Jahre alten Geheimgang zu verschaffen, während es eindeutig einen gangbaren Weg gab …
»Ist es nicht das, was man ›offene Türen einrennen‹ nennt?«, meinte Hans spöttisch.
»Das würde zumindest den verfallenen Zustand des Ortes erklären …«, entschuldigte sich Etti.
»Sehen wir die gute Seite der Dinge«, scherzte Hyacinthe. »Wir haben höchstwahrscheinlich den ursprünglichen Eingang entdeckt.«
»Oh …«, stieß Hans aus.
»Was denn noch?«, fragte ich mit erstickter Stimme.
Er erleuchtete die drei Kapellen, die von der Nordwand abgingen. An der Wand der mittleren Kapelle, unter der mythischen Waage, stand Anubis gegenüber von Sethos I., das Anch in einer Hand und den Stab in der anderen.

»Da ist nicht das geringste Loch«, stellte Etti fest und fuhr mit dem Finger über das Anch.
Cassandra zog einen Schraubenzieher aus Hans' Tasche.
»Gegen große Leiden braucht es große Heilmittel! Zur Seite.«
»Was haben Sie vor?«, rief ich aus.
»Es wurde ja vielleicht mit der Zeit verstopft, glaubt ihr nicht?«,

meinte sie und kratzte erbarmungslos an der Oberfläche des Anchs herum, wobei sie das Fresko unrettbar beschädigte.
Etti wandte sich ab. »Ich will das nicht mit ansehen.«
Kurz darauf fiel ein ganzes Stück des Anch-Zeichens wie ein Puzzleteil auf den Boden.
»Geben Sie das her!«, befahl ich und riss ihr den Schraubenzieher aus den Händen.
Vorsichtig löste ich die restlichen Teile, die aus bemaltem Ton waren, und blies darüber, um den Staub zu entfernen.
In der Mitte des derart freigelegten Hohlraumes entdeckten wir eine Kerbe, die stark an ein Schloss erinnerte.
Ich nahm mir die Zeichnung des Stabs vor, die wiederum an einem Stück herausfiel und dabei im Mittelteil ein Loch hinterließ, das genau denselben Durchmesser besaß wie die Titanstange, die Hans in den Händen hielt.
»Versuchen wir's?«, fragte Cassandra ungeduldig.
Ich nahm das Anch und reichte den Stab an Etti.
»Glaubst du, man muss drehen?«, fragte er.
»Wir werden schon sehen. Bei drei«, zählte ich. »Eins …« Ich setzte das Anch in den Hohlraum. »Zwei … Drei!«
Ich stieß mit einem harten Schlag zu, Etti tat dasselbe, und mit einem Knirschen, das uns die Zahnwurzeln spaltete, drehte sich die Wand … und blieb stehen. Sie hatte sich kaum einen Zentimeter bewegt.
Ich drückte meine Schulter dagegen und stieß zu. Sie gab ein weiteres Knirschen von sich, dann nichts mehr.
»Stoßen wir alle gleichzeitig!«, rief Hans.
Was wir auch taten, ohne das geringste Ergebnis.
»Nach mehreren Jahrtausenden …«, keuchte mein Bruder, »wird der Mechanismus wohl ein wenig eingerostet sein.«

»Vielleicht sollten wir die Schlüssel wieder entfernen?«, schlug Cassandra vor.

»Warum nicht. Etti? Bei drei. Eins … Zwei … Drei!« Ich zog das Anch mit Wucht weg, aber mein Bruder krampfte weiterhin die Hand um den Stab. »Was machst du?«

»Es klemmt …«

Cassandra klatschte sich mit der Hand gegen die Stirn. »Ihr seid mir ja schöne Schatzsucher!«

Sie stemmte sich gegen den Stab und zog mit aller Kraft – vergeblich. Ich versuchte es nun ebenfalls, und nach mehreren Minuten Anstrengung löste er sich mit einem Mal, so dass ich beinahe Hals über Kopf zu Boden fiel, von meinem Schwung mitgerissen.

»Die Wand scheint sich nicht zu beweg…«

Der Ansatz eines Knirschens unterbrach mich, und die Wand drehte sich um zwei Millimeter. Es folgte ein Gurgeln, das einem verstopften Abfluss glich.

»Was war das?«, quietschte Cassandra.

Ein metallisches Klicken, dann ein weiteres Knirschen und erneut das Abflussgeräusch. Wir wichen mehrere Schritte zurück, den Blick auf das Stück Mauer gerichtet, das erzitterte, rissig wurde und erneut eine Reihe undefinierbarer Geräusche von sich gab.

»Oje! Das Ding wird direkt vor unserer Nase in die Luft gehen …«, stieß Hans hervor.

Die Wand erzitterte für zwei oder drei Sekunden, sonderte dabei eine eindrucksvolle Menge Staub ab, der auf uns herabregnete, und schien zu vibrieren.

»Sie bewegt sich doch, oder?«, murmelte Hyacinthe.

»Ich würde eher sagen, sie … bricht zusammen«, korrigierte ich.

Wir machten einen Satz zur Seite. Die Wand schwankte von vorn nach hinten, als würde sie sich fragen, zu welcher Seite sie wohl fallen sollte.
Die Zeit schien stillzustehen, dann neigte sich das Mauerstück nach hinten und brach mit einem dumpfen Geräusch auf mehrere Jahrtausende alten Sand zusammen und zerbrach in Dutzende von Teile. Wir waren überall von einem rötlichbraunen Staub bedeckt und husteten uns die Lungen aus dem Leib. Hans nieste und beugte sich über das kostbare Fresko, das sich plötzlich in ein Puzzle verwandelt hatte.
»Ich glaube, jetzt ist es vollkommen hinüber …«
Wir bedeckten uns Nase und Mund mit dem Stoff unserer Kleider, ließen den von der Zeit verbrauchten Atem aus dem jäh geöffneten Raum entweichen und warteten, dass die Partikel restlos herabfielen.
»Was stinkt er nur nach Schakal, euer Anubis!«, keuchte Hans.
Etti versetzte ihm einen Klaps in den Nacken. »Jetzt müsste es gehen«, sagte er und wischte sich den Staub aus den Haaren.
»Aber klar doch. Geh schon mal vor, wir sammeln dich dann auf!«, gab Hans zurück, die Nase unter dem T-Shirt.
Cassandra entschloss sich als Erste. Sie atmete vorsichtig die verdorbene Luft ein und ermutigte uns, wieder einzuatmen.
»Meine Herren? Vielleicht sollten wir mal hineingehen?«
Wir schauten uns gegenseitig an und waren plötzlich zögerlich nach so vielen Prüfungen.
»Dir die Ehre, Etti«, sagte Hyacinthe und bedachte ihn mit einem Klaps auf den Rücken. »Willkommen zurück in der Archäologie, mein Freund!«

Ich spürte, wie sich mir sämtliche Körperhaare aufstellten. Etti betrat voller Neugier, aber mit zugeschnürter Kehle das Grab.

Ich sah, wie er unbeweglich und wie hypnotisiert mitten im Raum stand, zwischen zwei massiven Säulen, die mit einem obskuren Text überzogen waren. Das rechteckige Grab stellte prächtige Fresken in kräftigen Farben zur Schau. Gegen jegliche Erwartung quoll es weder vor Gold noch vor Edelsteinen über, sondern hatte sämtliche Eigenschaften einer klaren, nüchternen Kultstätte. Gegen die hintere Wand erhob sich der schönste Altar, den ich je gesehen hatte. Der Lichtkegel meiner Taschenlampe ließ eine schwere Fliese aus purem Gold und Elfenbein aufleuchten, in die Tausende von Lapislazulisplitter eingearbeitet waren, die komplizierte, elegante Arabesken oder feine Kartuschen bildeten. Auf dem Boden waren Dutzende goldener Schalen und Körbe aufgereiht, deren Opfergaben vor langer Zeit verschimmelt waren.
Mein Blick glitt langsam über den Altar, und ich entdeckte endlich, was bei meinem Bruder zu diesem Zustand der Lähmung geführt hatte. Vor Überraschung ließ ich meine Lampe fallen und wich zur Tür zurück, wo ich mit Hans und Hyacinthe zusammenstieß, die gerade eintraten.
»Was denn?«, fragte Hyacinthe beunruhigt.
Stumm zeigte ich auf den hinteren Teil der Grabkammer, und nun richteten sich auch ihre Taschenlampen auf den Altar.
»Ist … ist er tot?«, stotterte Hans. »Biste dir da sicher?«
Mit weit aufgerissenen Augen betrachteten wir eingehend den jungen Mann, der da auf dem Rücken lag, die Lippen halbgeöffnet und die Augen geschlossen, eine Hand unter dem Kopf ruhend und die andere auf dem, was einmal eine dünne Ma-

tratze gewesen sein musste, aus makellosem Leinen und mit Federn gepolstert. Seine langen schwarzen Haare umhüllten ihn wie in einen kostbaren Seidenmantel, der mit winzigen Goldjuwelen in Form von Käfern besetzt war. Um seine schmalen Hüften und seine Beine war ein langer Lendenschurz aus Leinen gewickelt, der von einem Gürtel gerafft und festgeschnürt wurde.

Etti näherte sich langsam, um ihn aus nächster Nähe zu bewundern. Ich sah, wie er die Hand zu der goldbraunen Haut ausstreckte, um mit dem Finger die Konturen seiner regelmäßigen Züge nachzuziehen.

»Etti, nein!«, rief ich aus.

Er unterbrach seine Geste und wich zurück.

Ich trat nun ebenfalls näher, Hans und Hyacinthe hinter mir, um das feine Gesicht zu bewundern. Wie alt mochte er gewesen sein? Zwanzig Jahre, höchstens. Und doch entdeckte ich nun unter dem flüssigen Obsidian seiner Haarpracht einige Silberfäden.

»Ich habe dieses Gesicht schon einmal gesehen …«, flüsterte ich und musterte die Mandelaugen, die vollen Lippen und die feine Stupsnase.

»Auch ich kann mich nicht erinnern, wo«, gestand Etti.

»Wie konnte man ihn in diesem Zustand konservieren?«, murmelte Hyacinthe »Man könnte meinen, er sei aus Wachs.«

»› … beschlossen die Priester des großen Einbalsamierers nach seinem Tod, den göttlichen Leichnam, den sie bewachten, unter dem Siegel des Geheimnisses zu verwahren und aus seinem derart versteckten Grab ihre heiligste Kultstätte zu machen. Wer auch immer ihn ansah, erwartete jeden Augenblick, dass seine Lider sich erheben oder seine Lippen sich bewegen würden. So vollkommen war seine Einbalsamierung, dass niemand ihn für tot gehalten hätte. In seinem Bett aus purem Gold schien Anubis seit Anbeginn der Zeit zu schlafen‹«, rezitierte Etti.

»Plutarch …«, kommentierte ich. »Wenn er gewusst hätte, wie Recht er hatte.«

»Ich möchte ja nicht den Bann brechen«, mischte sich Cassandra ein, »aber wir sind gekommen, um etwas zu suchen.«

Das wirkte wie eine kalte Dusche, doch die einfache Vorstellung, diesen schlafenden Jungen um seine Habe zu erleichtern, erschien mir nun wie ein Sakrileg.

Wir suchten trotzdem unsere Umgebung ab, fanden aber keine Spur der Maske.

»Da ist vielleicht eine Nische in der Wand.«

»Wartet!«, rief Etti aus und wühlte in Hans' Tasche, um eine Digitalkamera hervorzuholen. »Wenn ihr schon alles kurz und klein schlagen wollt, dann gebt mir zumindest ein paar Minuten.«

»Alles kurz und klein schlagen?«, fragte Hans beleidigt. »Für wen hältst du uns? Tataren?«

»Wandalen«, korrigierte ich.

Gewissenhaft fotografierte mein Bruder jede Inschrift und jeden Gegenstand, der sich in dem Grab befand.

Vorsichtig klopfte ich die Wand ab in der Hoffnung, sie könnte sich hohl anhören, und ein ganzer Teil des Freskos, das sie zierte, bröckelte ab. Verwirrt und zutiefst beschämt starrte ich auf den bunten Staubhaufen, der meine Schuhe befleckte. Hyacinthe und Hans fanden ebenfalls ein plötzliches Interesse an ihren Schnürsenkeln, aber Cassandra verlor nicht im Geringsten die Fassung.

»Tut mir ja leid für die Antiquitäten, aber ich erinnere euch daran, dass uns ein Verfolger auf den Fersen ist!«

Nach etwa zwanzig Minuten waren die prachtvoll verzierten Wände nur noch eine Erinnerung, aber keine einzige hatte hohl geklungen.

»Diese Maske muss doch irgendwo sein!«, rief Cassandra ungeduldig.

Sie starrte auf den Altar.

»Da drin?«, sagte ich und strich über den Goldblock.

»Wir müssten ihn auf den Boden stellen«, meinte sie und wies auf den mumifizierten Körper. »Vielleicht unter der Matratze …«

Ich wich zurück.

»Zählen Sie nicht auf mich, um ihn anzurühren.«

»Ich kann auf Sie verzichten«, beschloss Cassandra. »Wenn er ausgeweidet und vertrocknet ist, kann er nicht sehr viel wiegen.«

Sie trat entschlossen näher und legte nach einem kurzen Zögern die Hände auf die Schultern des schlafenden Jungen, der sich auf einen Schlag in einen Haufen Asche auflöste.

»Mein Gott …«, presste Hyacinthe hervor.

Eines der winzigen Schmuckinsekten, die das prächtige Haar geziert hatten, rollte in einem finsteren Klirren vom Altar und fiel mir vor die Füße.

Etti hob es auf und hielt es fest in seiner geballten Faust.

»Sind Sie jetzt zufrieden …«, murmelte er mit bitterer Miene.

Wie gelähmt schaute Cassandra starr auf ihre schwärzlichen Finger.

»Zumindest müssen wir uns nicht mehr fragen, wo wir ihn

hinstellen«, stammelte sie und wischte sich die Hände an ihrer Hose ab. Mit einer weitläufigen Geste fegte sie die Asche und die zerfallene Matratze von der Altaroberfläche. »Helft mir bloß nicht!«

Resigniert untersuchten wir den Altar nach einer Öffnung, vereinten unsere Kräfte, um ihn zum Drehen zu bewegen, und suchten dann nach einem geheimen Mechanismus. Vergeblich.

»Kippen wir ihn auf die Seite«, schlug Hyacinthe vor. »darunter vielleicht …«

Nach einigen Schwierigkeiten gelang es uns zwar, den Altar auf die Seite zu kippen, aber die Enttäuschung war groß. Es handelte sich um einen hohlen Würfel von etwa zehn oder fünfzehn Millimeter Dicke, dessen unterer Teil nicht einmal versiegelt war, weswegen wir auf Anhieb erkannten, dass er leer war.

Cassandra ließ ihre Faust auf das kostbare Metall niedersausen, verärgert und enttäuscht.

»Wisst ihr was?«, murmelte Hans mit zugeschnürter Kehle und überblickte das Desaster, das wir angerichtet hatten. »Der Kategorie Schuft gehören wir, glaube ich, alle an.«

Niemand hatte den Mut, ihm zu widersprechen.

Als wir die Siegel wieder an ihren Platz auf die Eingangstür des Tempels setzten, war es bald drei Uhr morgens. Wir hatten die beiden Leichen in den entferntesten Raum gezerrt und dort den Ratten und dem Ungeziefer überlassen. Das Verschwinden der Frau würde bald in der Region die Runde machen, und wir sollten besser schnellstens das Weite suchen.

Da der Wächter auf seinem Posten eingeschlafen war, hatten

wir keinerlei Schwierigkeit, der Stelle zu entkommen, und betraten das Abydos Hotel, wie wir es verlassen hatten – durch die Dienstbotentür. Wir trafen keine Menschenseele, aber als wir in das Zimmer kamen, das ich mit Etti teilte, um das Ergebnis unserer erbärmlichen Eskapade zusammenzufassen, erwartete uns ein Empfangskomitee.

»James? Anthony? Was macht ihr hier?«, fragte Hyacinthe verwirrt.

Die beiden Männer von Helios, die Etti von Delhi aus eskortiert hatten, verbeugten sich vor uns.

»Meinen allerherzlichsten Glückwunsch, Professoren Lafet und Lafet«, sagte feierlich jener, der auf den Namen James hörte. »Helios hat uns damit beauftragt, Ihnen seine Zufriedenheit mitzuteilen, und lässt Ihnen sagen, dass Ihr Vater auf dem Weg nach Paris ist.«

Etti runzelte misstrauisch die Stirn und wich einen Schritt zurück.

»Glückwunsch? Warum?«

»Für die Maske.«

»Aber wir haben doch nichts gefunden!«, rief Cassandra aus.

Anthony warf ihr ein breites Lächeln zu.

»Aber ja doch. Professor Lafet hat richtig gelegen mit dem Tempel von Sethos I. Als Hyacinthe uns von Ihrer Ankunft in Abydos unterrichtet hat, sind unsere Agenten vorbeigekommen, um die Maske vor Ihnen zu holen.«

»Was? Aber dazu hatten Sie kein Recht!«, rief sie wütend »Das ist …«

»Alle Züge sind erlaubt«, erinnerte sie James. »Davon können Sie doch ein Lied singen.«

»Nein, das haut nicht hin«, protestierte sie.

»Aber ja doch. Man ist Ihnen zuvorgekommen, das ist alles.«

»Ein Auto erwartet Sie, um Sie nach Luxor zu fahren, Professoren«, verkündete Anthony. »Von dort aus werden wir ein Privatflugzeug nehmen. Falls Sie sich frisch machen wollen, bevor …«

Cassandra schlug mit der Faust auf den Schreibtisch vor ihr ein. »Sie haben die Maske nicht, das ist unmöglich!«

»Wir haben sie, Monsieur Weilland, auch wenn das Ihnen und dem *Schatten* nicht passt. Aber ich bin mir sicher, dass Sie, entzückend wie Sie sind, ein Mittel finden werden, um seine Vergeltungsmaßnahmen abzumildern.«

Hyacinthe zuckte zusammen.

»Was meinst du damit?«

»Dass Monsieur Weilland der Sucher war, der vom *Schatten* losgeschickt worden war. Hast du dir das nicht gedacht?« Cassandra wurde plötzlich blass. »Sie verstehen nun, Professoren«, fügte er an mich und Etti gerichtet hinzu, »warum wir es vorgezogen haben, einen Vorsprung zu gewinnen. Wir legten keinen Wert darauf, Sie mit einer Kugel im Nacken vorzufinden, noch, diese reizende Kreatur im Besitz der kostbaren Reliquie zu wissen.«

»Das ist nicht wahr … Sie arbeiten nicht für den *Schatten*, oder?«, flehte ich Cassandra an.

Sie wandte den Kopf ab.

»Es gab fünf Sucher, oder?«, hakte Hyacinthe nach. »Wie konnte Cassandra zugleich der Sucher des *Schattens* und der Bodyguard von … Nein, was bin ich für ein Idiot!« Er wirbelte zu Cassandra herum. »Wie hast du's angestellt, den armen Enrique in dem Glauben zu lassen, du seiest von seinem Chef geschickt worden, um ihn zu beschützen?«

Sie warf ihm einen mörderischen Blick zu.
»Keine falsche Redlichkeit mit mir, Hyacinthe! Ich hab dir in Sachen krumme Touren nichts beizubringen!«
James und Anthony stellten sich jeweils neben sie.
»Wir werden diese ›Dame‹ zu ihrem Auto zurückbegleiten, während Sie sich vorbereiten.«
Cassandra schien kurz davor zu sein, der Angst nachzugeben.
»Messieurs, Messieurs«, kam ihr Etti verführerisch zu Hilfe. »Seien wir faire Spieler! Wir werden doch diese Dame nicht allein mit der Polizei auf den Fersen auf den ägyptischen Straßen lassen.«
Ich wollte ihm widersprechen, aber er beruhigte mich mit einem kaum angedeuteten Zwinkern. Was hatte er im Hinterkopf?
»Helios' Befehle waren es, zu …«
»Was ist das denn jetzt noch wichtig?«, sagte Hyacinthe. »Der *Schatten* wird sie noch früh genug umlegen. Unnötig, uns die Hände schmutzig zu machen.«
Ich bekam einen Knoten im Magen, als ich begriff, was die beiden Tölpel unter »die Dame zurückbegleiten« verstanden. Eine »Dame«, die in diesem Augenblick nicht besonders gut aussah. Sie schien kurz davor, auf die Knie zu fallen und die beiden Handlanger anzuflehen, meinen Bruder und ihren ehemaligen Gefährten anzuhören.
»Wie Sie wünschen, Professoren. Wir erwarten Sie unten.«
»Wenn Sie erlauben«, fügte James hinzu, »würden wir gerne die Schlüssel wieder entgegennehmen.« Ich reichte ihm den Stab, und Hans holte das Anch aus seiner Tasche. »Unendlichen Dank«, sagte er höflich und senkte elegant den Kopf.

Ich sah, wie Cassandra auf dem Höhepunkt der Mutlosigkeit die Augen schloss.
»Versuchen Sie's doch mal mit den Kleinanzeigen«, stichelte Anthony. »›Suche in Ägypten verloren gegangenen Schakal. Viertausend Jahre alt, schwarz, große Ohren, spitze Schnauze. Hohe Belohnung.‹«
»Arschloch!«, spie sie aus.
Sie verschwanden, und ich trat näher zu ihr, um Erklärungen zu verlangen, aber Hyacinthe hielt mich zurück und drückte mir die Hand auf den Mund.
»Pscht«, wisperte Hans und legte den Finger auf die Lippen. Er wies auf die Unterseite des Schreibtisches. Cassandras Faustschlag hatte zum Teil die Wanze gelöst, die dort angeklebt worden war, in demselben Stil wie die, die wir im Zug entdeckt hatten.
»Der *Schatten*?«, fragte ich Cassandra schweigend, indem ich die Silben übertrieben artikulierte.
Sie schüttelte heftig den Kopf als Zeichen der Verneinung und wies auf die Tür, durch welche die beiden Männer verschwunden waren.
Ich riskierte einen Blick zu Hyacinthe, der bestätigte, bevor er gähnend hinzufügte:
»Ich bin nicht unzufrieden darüber, wie das Abenteuer ausgegangen ist! Und du, meine Liebe, nutze die Zeit, die dir noch zum Leben bleibt!«
Sie gab uns ein Zeichen zu sprechen, um kein Misstrauen zu erregen, und ich gehorchte, indem ich sie mit Beschimpfungen überschüttete, während sie auf ein Stück Papier schrieb:
»Wir reden, sobald wir zurück in Paris sind. Ihr seid alle in Gefahr!«

»Hyacinthe«, sagte ich, »begleiten Sie diese Furie in ihr Zimmer, damit sie dort ihre Sachen zusammenpackt, und passen Sie auf, dass sie Ihnen kein Messer in den Rücken jagt.«
Sie verließen das Zimmer, und Etti fügte auf dem Papier hinzu: »Sie haben gelogen, das Grab ist niemals geöffnet worden, sie haben die Maske dort nicht holen können!«
Ich nahm das Blatt in der Absicht, es unter Wasser zu halten, um keine Spur zu hinterlassen.
Wir duschten, dann gesellten wir uns zu den beiden Männern von Helios.
Zwei Stunden lang fuhren wir durch die Nacht bis Luxor, wo ein Privatflugzeug uns erwartete. Dreieinhalb Stunden später landeten wir in Le Bourget, als wäre dies alles nur ein furchtbarer Alptraum gewesen.
Mein Auto erwartete mich, ebenso wie mein Vater, laut Anthony und James.
»Wo ist er?«, rief ich sogleich aus, als ich ausgestiegen war.
»Erkundigen Sie sich am Flughafenempfang. Er muss vor einer Stunde angekommen sein. Helios wird Ihnen in ein paar Tagen zukommen lassen, was Ihnen zusteht.«
»Was mir zusteht?«, fragte ich erstaunt.
»Die Belohnung.«
»Sollen wie die Dame zurückbeglei…« James schaute sich panisch um. »Wo ist Helga Weilland?«
Wir suchten vergeblich unsere Umgebung ab. Cassandra hatte uns heimlich verlassen.
»Das wird sie schon noch büßen«, knurrte Hyacinthe. »Wenn der *Schatten* sie zwischen die Finger bekommt …«
Er beendete seinen Satz mit einem sadistischen Lächeln.
James und Anthony schienen offensichtlich seine Überzeu-

gung nicht zu teilen. Sie verbeugten sich weniger höflich, um sich von uns zu verabschieden.

»Sie werden es eilig haben, Ihren Vater zu treffen, wir überlassen Sie daher Ihrem Wiedersehen.«

Sie schlüpften in ein Auto mit getönten Scheiben, und Hyacinthe zog mich am Arm.

»Gehen wir den guten Mann abholen. Er muss es satt haben, in der Flughafencafeteria zu warten!«

Wir lenkten unsere Schritte auf den Empfang, wo uns eine freundliche Hostess willkommen hieß.

»Messieurs, was kann ich für Sie tun?«

»Wir kommen, um Monsieur Antoine Lafet abzuholen«, sagte ich fröhlich. »Er muss auf uns warten.«

Sie sah auf ihren Zetteln nach und atmete tief ein.

»Oh … Monsieur Lafet, ja … In der Tat. Er kommt aus Taiwan, oder nicht?«

»Schon möglich! Wir kennen nur seinen Ankunftsort.«

Sie betrachtete uns eingehend einen nach dem anderen, ohne von ihrer Freundlichkeit abzuweichen, obwohl sie sich plötzlich ein wenig verkrampfte.

»Fragen Sie Monsieur Quantrin, Halle 7. Zu Ihrer Rechten.«

»Ah … sehr gut. Danke.«

Wir sausten wie der Wind in die angegebene Richtung, und ich sprach einen der Angestellten an, die aus besagter Halle traten. Er schob gerade einen Karren voller bestempelter Mangokisten aus Asien vor sich her.

»Wir suchen Monsieur Quantrin.«

»Bei den Kühlschränken dort drüben. Der Typ mit dem Schnurrbart.«

»Danke! Wo hat Papa nur wieder seine Nase hineingesteckt?«

Neugier war nicht die geringste der Schwächen meines Vaters.
»Er bereitet uns vielleicht einen dicken Wälzer über indisches Obst und Gemüse vor!«, schmetterte Hans in die Luft.
»Dazu wäre er glatt fähig. Etti?«, rief ich. »Aber wo ist er denn hin? Etti! Beeil dich! Was machst du denn?«
»Kümmere dich nicht drum, er kommt!«
Hans schob mich vor zu dem Mann mit dem Schnurrbart und scherzte über die Marotten meines Vaters.
»Messieurs«, begrüßte er uns. »Es freut mich, Leute zu sehen, die morgens so gute Laune haben.«
»Monsieur Quantrin? Wir kommen, um Monsieur Antoine Lafet abzuholen.«
Er machte eine Rückwärtsbewegung.
»Oh … Ja. Man hatte mir Bescheid gegeben, dass heute Morgen jemand vorbeikommen würde. Wir sind solche Art von Passagiere nicht gerade gewohnt.«
Ich brach in Gelächter aus.
»Ja, das kann ich mir vorstellen!«
»Kommen Sie, er ist hier.«
Ich suchte die Halle ab.
»Wo denn?«
»Da!«
Ich bemerkte nur zwei Verlader in Arbeitskleidung, die sich neben einem Hebekran unterhielten.
»Ich sehe ihn nicht.«
»Da, auf dem Boden!«
»Auf dem Boden?«
Hyacinthe, blass wie ein Leichentuch, legte seine zitternde Hand auf meine Schulter und zeigte mir eine lange Metallkiste, die auf dem Boden stand.

»Ich glaube, er meint den Sarg, Morgan.«
Meine Beine ließen mich im Stich, und ich fiel auf die Knie.
»Alles in Ordnung, Monsieur?«, fragte der Angestellte panisch. »Aber ich dachte, Sie beim Beerdigungsinstitut seien das gewohnt.«
Das Letzte, was ich hörte, bevor ich das Bewusstsein verlor, war das Gebrüll Ettis, der außerhalb der Halle geblieben war.

»Etti … Du schaust ziemlich finster drein, seitdem wir Alexandria verlassen haben. Was ist los? Ist es das, was in Indien passiert ist, das …«
»Ich habe eine schlechte Vorahnung.«
»In welchem Zusammenhang?«
»Ich weiß nicht genau. Ich kann im Augenblick nichts Genaues darüber sagen.«

XIV

Wir hatten unseren Vater zwei Wochen zuvor beerdigt, und seitdem verbrachte Etti seine Tage damit, eingeschlossen in der Bibliothek die Inschriften zu entziffern, die er in dem Grab des Sethos Tempels fotografiert hatte.
Er brauchte diese sterile Aufgabe, um seinen Geist zu beschäftigen und nicht wahnsinnig zu werden, was ich drauf und dran war zu werden, indem ich durchs Haus strich wie ein Bär im Käfig.
Wir hatten von einem Arzt, in den wir vollstes Vertrauen hatten, an Papas Leiche eine Autopsie durchführen lassen, und seine Diagnose war unwiderruflich: Herzanfall. Dem Todesdatum zufolge musste er zum Zeitpunkt unserer Ankunft in Alexandria das Leben ausgehaucht haben. Helios hatte uns ganz schön zum Narren gehalten!
Nach mehreren fruchtlosen Versuchen hatte ich es aufgegeben, Amina zu erreichen, die im Übrigen nicht zur Beisetzung erschienen war, genauso wie Hyacinthe, der ebenfalls von der Bildfläche verschwunden war.
Hans für seinen Teil hatte sein »Informatikstudium« aufgegeben und bei uns Zuflucht gesucht, wobei er jeden Kontakt zu Helios und seiner mysteriösen Organisation abgebrochen hatte. Auch wenn es ihm schwerfiel, es zuzugeben, so wusste ich doch, dass er umkam vor Angst und sich unter unserem Dach

sicherer fühlte als bei seinem Vater, der ihm noch nie besonders viel Beachtung geschenkt hatte.
Er kam mit dem Tod von Papa, den er als einen ein wenig skurrilen Kuchen-Opa und eine unerschöpfliche Quelle an Mythen und Anekdoten betrachtet hatte, nur sehr schwer zurecht. Er hatte sich wahrscheinlich nie vorgestellt, dass mein Vater, diese vor Energie und Humor überquellende Naturgewalt, eines Tages sterben könnte. Ich hingegen war mir seines hohen Alters nur zu bewusst gewesen und wusste, dass sein bewegtes Leben ihm eines Tages übel mitspielen würde, aber sein plötzliches Ableben, und noch dazu unter solchen Umständen, war niederschmetternd für mich.
Meine ursprüngliche Empörung machte erst dem Kummer, dann der Wut Platz. Ich verbrachte ganze Nächte damit, in meinem Bett zu wettern, wobei ich mir vorstellte, was ich Helios erleiden lassen würde, wenn ich ihn erst einmal zwischen die Finger bekäme. Dann wurde ich von Mutlosigkeit gepackt. Ich hatte keinerlei Möglichkeit, mit ihm in Kontakt zu treten, und die Personen, die mir hätten dabei helfen können, schienen sich in Luft aufgelöst zu haben. Nein, da war kein Zorn mehr in mir, keine Wut, nur noch Hass. Ein kalter, erbarmungsloser Hass, der auf seine Stunde wartete, denn ich spürte bis tief in meine Knochen, dass dieser Moment kommen würde. Und an jenem Tag … An jenem Tag würde es Helios leidtun, dass er mir je über den Weg gelaufen war.
»Wir sind fertig«, posaunte Hans und betrat das Wohnzimmer, ein Stück eines von Madeleine gebackenen Kuchens in der Hand.
Ich sprang auf.

»Womit denn?«
»Etti hat die Texte aus dem Grab zu Ende entziffert.«
»Na super! Und jetzt? Wird er ein Buch darüber schreiben?«, meinte ich zähneknirschend.
»Und du bist mal wieder mit dem linken Fuß aufgestanden. Biste nicht wenigstens ein bisschen neugierig?«
Ich nahm einen langen Zug an meiner Zigarette.
»Zum x-ten und letzten Mal, Hans: Ich pfeif auf Anubis, ich pfeif auf Ägypten, und ich scheiß auf diese Inschriften!«
»Und trotzdem …«
»Bringt mir das meinen Vater zurück? Kann ich dadurch Helios finden?«
»Oh, là là … Okay, bleib du nur in deiner Rauchwolke hocken, aber ich warne dich: das wird dir bei deiner Trauerarbeit nicht helfen, Morg.« Daraufhin drehte er sich auf dem Absatz um, und die Klingel der Eingangstür ertönte im Vestibül. »Ich geh schon! Wälz du nur weiter Probleme in deiner stillen Ecke!«
Ich ließ mich tiefer in das Sofa sinken und zündete eine Zigarette mit dem Stummel der vorangegangenen an, aber der Junge kam erneut herein, um den Fluss meiner morbiden Gedanken zu unterbrechen.
»Morg … du hast Besuch.«
François Xavier stand in der Wohnzimmertür.
»Komm rein, François.« Ich stand auf, um ihm die Hand zu schütteln, und der Junge verschwand. »Wie geht es dir?«
»Ich bin gekommen, um *dir* diese Frage zu stellen«, gab er zurück und versetzte mir einen freundschaftlichen Puff.
Ich bat ihn, sich zu setzen, und reichte ihm die Tasse Kaffee, die Madeleine mir kurz zuvor gebracht hatte.

»Willst du, dass ich die Vorhänge aufziehe? Ich bin im Moment wie die Alten«, versuchte ich zu scherzen, »alles stört mich, selbst das Licht.«

»Da hast du ganz Recht, es ist schrecklich heiß draußen.«

»Wie läuft deine Ausstellung?«

Er lächelte. Seitdem während unseres Ägyptenaufenthalts die Schätze des Tutanchamun – bis auf einige Stücke von geringem Wert, die leicht zu verkaufen waren – wiedergefunden und die Diebe festgenommen worden waren, kannte die vorübergehende Ausstellung des Louvre einen derartigen Zulauf, dass das Museum ihren Zutritt beschränken musste.

»Der reine Wahnsinn! Wenn du das sehen würdest … Tausende von Besuchern jeden Tag, bewaffnet mit Blitzlichtern, Videokameras, Sandwichs, Eis, denen man wiederholen muss, dass sie nichts anfassen dürfen.« Ich setzte eine mitleidige Miene auf. »Nein, ich schwebe tatsächlich auf Wolken. Wir sind gerade dabei, mit den ägyptischen Behörden ernsthaft über eine Verlängerung der Ausstellung zu verhandeln.«

»Das ist ja wunderbar!«, meinte ich mit übertriebener Begeisterung.

François' Miene verfinsterte sich.

»Haltet ihr durch, dein Bruder und du?«

»Wir müssen wohl«, seufzte ich.

»Wenn ich irgendetwas tun kann …«

»Du hast bereits viel getan, François. Ohne dich hätten wir es nie geschafft mit den Todesanzeigen und … dem ganzen Papierkram! Es ist verrückt, ich habe den Eindruck, je mehr Formulare man ausfüllt, umso mehr bestehen die Verwaltung und der Notar darauf, einem welche zurückzuschicken!«

»Ja, ich habe das auch erlebt, mit meiner Mutter.« Er reichte mir die Plastiktüte mit dem Logo der Nationalen Museen, die er mitgebracht hatte. »Hier.«

»Was ist das?« Ich holte ein großes kartoniertes Buch daraus hervor, auf dessen Deckel der Name der Ausstellung stand und die Mumie des jungen Pharaos abgebildet war. »Uh … der Louvre hat ja das Sparschwein geschlachtet, sag mal!«

»Schau mal innen rein.«

Ich hob den Deckel an und entdeckte seinen gedruckten Namen.

»Du hast es verfasst? Herzlichen Glückwunsch!«

»Die andere Seite.«

Ich schlug das Deckblatt um und las die Widmung:

»In Erinnerung an Professor Antoine Lafet, ohne den die Archäologie nie wieder das sein wird, was sie einmal war.«

Meine Kehle schnürte sich mir zu.

»Danke.«

»Wir haben es geschafft, sie noch rechtzeitig vor dem Druck hinzufügen zu lassen. Es wurden in weniger als einer Woche bereits über dreitausend Exemplare verkauft.« Ich warf ihm ein gerührtes Lächeln zu, unfähig, ein Wort zu sagen. »Nun gut, ich muss mal wieder zurück und nachschauen, ob kein Besucher mit einer Mumie unterm Arm nach Hause gegangen ist! Danke für den Kaffee. Grüß Etti von mir.«

Ich begleitete ihn bis zur Tür.

»Wer war das?«, erkundigte sich mein Bruder, als ich diese wieder schloss.

»François Xavier. Er hat das hier mitgebracht. Sieh dir die Widmung an.«

Mein Bruder schüttelte traurig den Kopf.

»Er ist ein sehr feiner Mensch.«

Seine Augen begannen zu glänzen.
»Und? Es scheint, du bist mit dem Entziffern fertig?«, fragte ich, um ihn auf andere Gedanken zu bringen.
»Diese Inschriften bestätigen unsere Zweifel. Helios hat auf keinen Fall die Maske des Anubis in Abydos holen können.«
»Ach?«, meinte ich, nicht im Geringsten interessiert.
Die einfache Erwähnung von Helios hatte meinen Hass wieder angefacht, aber das entmutigte meinen Bruder nicht.
»Anubis war eigentlich ein junger Priester des Khentimenty. Erinnert dich der Name an irgendetwas?«
»Die Gottheit, die in Abydos durch Osiris ersetzt wurde?«
»Er hatte eine Einbalsamierungstechnik ausgearbeitet, die so perfekt war«, fuhr er fort, »dass seine ›Patienten‹ nach ihrem Tod zu schlafen und zu atmen schienen.«
Ich sah vor meinem geistigen Auge wieder die friedlichen Züge des schlafenden jungen Mannes in dem Grab und fröstelte.
»Wir hatten ein schönes Beispiel dafür vor Augen.«
»Ja, es ist offensichtlich diese Technik, die man verwendet hat, um ihren Erfinder einzubalsamieren. Und weißt du, wie Anubis sie entwickelt hat?«
»Nein, aber du wirst es mir bestimmt sagen.«
»Er hatte ein Haustier, das er über alles liebte und das er Anubatos genannt hatte. Als es starb, probierte Anubis, der sich nicht dazu entschließen konnte, sich von ihm zu trennen, an dem Tier eine sehr besondere Einbalsamierungstechnik aus, an der er mehrere Monate lang arbeitete. Ihr Erfolg ging über seine kühnsten Hoffnungen hinaus. Der Grabestext erzählt, dass jener vierbeinige Freund an der Tür zum Heiligtum aufgestellt wurde, um über den Tempel zu wachen, und dass er seinen Dienst mehrere Jahrhunderte lang hindurch erfüllte, bis zur

Zerstörung des Bauwerks bei einer Überschwemmung. Er erschien so lebendig, dass die Pilger ihm Nahrung brachten und sich auf Abstand hielten aus Angst, sein Kiefer könnte sich um ihre Hände schließen. Und rate mal, um welche Art von Tier es sich handelte?«

»Ein Hund?«

Etti lächelte.

»Ein … Schakal!« Ich sprang auf. »Ein kohlrabenschwarzer Schakal.«

»Der Anubis-Mythos wäre also nicht auf Sand gebaut?«

»Oh, nein! Mit der Zeit verschmolzen der Name des Tieres und der seines Herrchens miteinander, Legende und Hörensagen trugen den Rest dazu bei. Wir sind weit von den pseudomystischen, verschwommenen Theorien der Religionshistoriker entfernt! Der Mythos des Gottes mit dem Schakalkopf, Führer der Seelen ins Jenseits, hat als einzigen Ursprung die Zuneigung eines Einbalsamierers für seinen geliebten Begleiter. Und die Tatsache, dass nachts die Schakale kamen und nahe der Nekropolen umherstrichen auf der Suche nach Nahrung. Die Pilger und die Priester, die manchmal den Schatten eines jener Aasfresser über die Gräber gebeugt bemerkten, waren davon überzeugt, dass bei Einbruch der Nacht der Tempelwächter wieder ins Leben zurückkehrte und sich auf die Suche nach den verstorbenen Seelen machte, um sie ins Jenseits zu führen. Der berühmte Gott mit der spitzen Schnauze und den großen Ohren war geboren.«

Ich starrte meinen Bruder verblüfft an.

»›… Sein Geheimnis blieb in der Maske, dann trug sein Gesicht einen anderen Namen …‹«, rezitierte ich. »Anubatos' Kopf hat den Namen Anubis angenommen …«

»Anscheinend.«
»Etti ... Bist du dir über die historische und mythologische Tragweite dieser Entdeckung im Klaren?«
»Vielleicht, aber ich wüsste nicht, wie ich sie verteidigen oder in einem Artikel darlegen könnte. Woher sollte ich angeblich meine Informationen haben?«
Ich dachte wieder an unseren Einbruch, die Schäden, die wir angerichtet hatten, die beiden Leichen, die wir zurückgelassen hatten, und ließ ein verdrießliches Knurren entweichen. Bei der geringsten Anspielung auf das Grab drohte mein Bruder sich hinter Gittern wiederzufinden.
»Es tut mir leid, Etti ...«
Er relativierte philosophisch.
»Ach was! Es wird sich eines Tages schon noch eine andere Gelegenheit ergeben, um unterm Scheinwerferlicht zu stolzieren.« Er ließ sich auf das Sofa fallen. »Aber unser Hundetier ist nicht das einzige wichtige Element. Die Inschriften erzählen auch, dass der junge Einbalsamierer nach seinem Tod wie ein Gott verehrt wurde und seine Einbalsamierungstechnik auf die Innenseite seiner Totenmaske graviert worden ist.«
»Das Geheimnis des ewigen Lebens, von dem Plutarch sprach?«
»Ja. Für die Ägypter war die Erhaltung des Körpers wesentlicher Bestandteil des Lebens nach dem Tod. Dieser musste unbedingt im Hinblick auf seine Reinkarnation konserviert werden. Der Text erzählt, dass bei der von Echnaton angezettelten Verfolgung die unsterbliche Hülle des Anubis aus seinem Grab geholt und in Sicherheit gebracht wurde bis zum Ende der Unterdrückungen. Nach dem Tod des Pharaos, als sein achtjähriger Sohn Tutanchamun den Thron bestieg, heckten die

Priester einen teuflischen Plan aus, und da solltest du dich besser setzen.«

Ich gehorchte, indem ich neben ihm auf dem Sofa Platz nahm, wider Willen von Neugier gepackt.

»So schlimm?«

»Urteile selbst: Um die Mumie ihres Gottes definitiv in Sicherheit zu bringen, für den Fall dass ein ähnliches Ereignis wie die Verfolgungen durch Echnaton sich erneut ereignen würde, beschlossen die Priester des Anubis, diesem eine unantastbare Grabstätte zu bieten, zu der nur sie allein den Zugangsweg kannten.«

»Das Grab eines Pharaos!«

»Vollkommen. Dafür brauchten sie aber ein im Bau befindliches Grab, dessen Architektur sie erkaufen könnten, um dort ihren berühmten geheimen Eingang einzubauen.«

»Aber Echnaton war gerade gestorben«, bemerkte ich. »Sein Grab war fertig.«

»Ja. Aber nicht das von Tutanchamun, dessen Bau sieben Jahre zuvor, 1335 v. Chr., begonnen hatte. Der Pharao war erst ein Kind, sie hatten alle Zeit der Welt. Zumindest glaubten sie das. Darüber hinaus hatten sie keinerlei Skrupel, sich diese Grabstätte anzueignen, denn Tutanchamun war in ihren Augen nur der Spross eines Ketzers. Ihr Plan war im Grunde einfach. Sie hatten vor, alle Schätze aus dem Grab des Anubis zusammenzutragen, darunter die Titanmaske mit der Einbalsamierungsformel und eine prachtvolle, aus schwarzem Holz gezimmerte und mit Gold verzierte Skulptur seines Schakals, um damit das Grab Tutanchamuns auszuschmücken. Wenn der Pharao einmal beerdigt war, mussten sie nur noch das Grab durch den geheimen Gang betreten und die Mumien austauschen. Das Grab des Kindpharaos sollte der geheime Tempel des Anubis werden.«

»›Sollte‹?«

»Ja, denn ein unvorhergesehenes Ereignis trat ein: Tutanchamun starb vorzeitig. Als er 1326 v. Chr. den Tod fand – wahrscheinlich durch Ermordung –, war der Grabbau noch nicht beendet, und Eje, sein Nachfolger, nahm dies zum Vorwand, um sich das luxuriöse Grab anzueignen und den Leichnam des Tutanchamun in eine winzige Grabstätte in Theben zu verbannen. Das von Eje mit Überstürzung angeordnete Begräbnis – wahrscheinlich, um den Mordverdächtigungen zu entkommen, die über ihm kreisten – überrumpelte die Priester. Tutanchamun wurde mit Anubis' Schätzen begraben, allerdings in einem Grab, zu dem dessen Priester keinen Zugang hatten. Mumie und Schätze – und daher auch die Maske – waren definitiv voneinander getrennt.«

Ich ging im Zimmer auf und ab, unfähig, meine Aufregung zu beherrschen.

»Das ist also der Grund, weshalb das Grab des Anubis keinen einzigen Schatz enthielt …«

»Das ist hingegen auch der Grund, weshalb die Archäologen einen so wichtigen Schatz in dem Grab eines sozusagen unbekannten Kindpharaos fanden. Die Forscher und Historiker haben sich oft gefragt, warum der Großteil der in dem Grab des Tutanchamun gefundenen Objekte ihm nicht gehörten. Sie haben tausend Theorien zu dem Thema aufgestellt … Wenn sie wüssten!«

»Ja aber … Wenn die Titanmaske sich unter den Schätzen des Tutanchamun … Der Diebstahl!«, begriff ich.

Etti nickte.

»Helios hat sich gut über uns lustig gemacht. Er wusste von Anfang an, wo die Maske zu finden war. Ich bin bereit, meine Hand dafür ins Feuer zu legen, dass er es war, egal, was er dazu meint, der für den Angriff auf den Antiquitätenkonvoi verantwortlich ist.«

»Aber wesha…? Was bin ich für ein Idiot! Um die Wette zu gewinnen natürlich, und um einen seiner Konkurrenten um ein Stück zu erleichtern, das er anders nicht hätte bekommen können … Was für ein Schweinehund! Dieser Dreckskerl hat uns hinter einem Grab hergeschickt, von dem er ganz genau wusste, dass es nicht mehr die Maske enthielt!«

»Zwangsläufig, da er sie ja hatte. Aber das wussten die anderen Mitbewerber nicht.«

Ich blieb mitten im Wohnzimmer stehen.

»Nein, warte, das haut nicht hin. Die Polizei hat die Objekte und die Diebe aufgespürt.«

»Nein, Morgan. François Xavier hat zu dir gesagt ›fast alle Objekte‹. Er hat sogar hinzugefügt, dass, den Experten in Kairo zufolge, die verschwundenen Stücke – unter ihnen eine Statuette der Göttin Bastet, wenn ich mich recht erinnere – kein großes Interesse darstellten, da sie wahrscheinlich nur Fälschungen waren, die nach der Entdeckung des Grabes der Sammlung hinzugefügt worden sind. Und, ganz ehrlich, das hätte ich auch gedacht, wenn man mir noch vor ein paar Monaten eine Schakalmaske aus Titan von offenbar moderner Ausführung als die Erstbeste präsentiert hätte. Helios ist vorgegangen wie ein Ass, tut mir leid, das anerkennen zu müssen.«

Ich spie einen Hagel von Schimpfworten aus.

»Wie konnte er das alles wissen? Ich gäbe viel darum zu wissen, woher er seine Informationen hat.«

»Eine Sache ist auf jeden Fall sicher: sie sind zuverlässig. Er würde sich niemals in ein Abenteuer stürzen ohne ein Maximum an Absicherungen.«

»Das wird er uns bezahlen!«, drohte ich.

»Er hat bereits bezahlt.«

»Wie bitte?«

»Hast du dir denn die Kontoauszüge nicht angesehen? Die Überweisung der Belohnung ist vor einer Woche eingegangen, mit einem kleinen Zusatz von hunderttausend Dollar. Ich nehme mal an, dass es unnötig ist, den Ursprung der Beträge oder den Namen des Überweiserinstituts zu erfahren. Er muss gut zwanzig Steuerparadiese passiert haben, um die Spuren zu verwischen.«

Vor Zorn schlug ich mit beiden Fäusten so heftig auf den Couchtisch, dass er sich spaltete.

Es war drei Uhr morgens, als mich die Klingel an der Eingangstür aus dem Bett warf. Benommen und mit Angst im Bauch trat ich auf den Flur hinaus, wo Etti gerade das Licht angemacht hatte.

»Wer kann das denn sein um diese Zeit?«, stammelte er mit zerzausten Haaren.

»Was ist denn das für ein Lärm?«, keuchte Hans, der nun auch in den Flur trat mit verzerrter Miene und geschwollenen Augen. Die Klingel wurde erneut gedrückt, und der Junge wurde blass. »Vielleicht sollten wir die Polizei rufen, oder?«, stotterte er.

Die Klingel schmetterte zweimal hintereinander.

»Ein Mörder würde nicht so viel Lärm machen, Hans.«

»Du bleibst da«, befahl ihm mein Bruder und eilte die Stufen

hinunter, nachdem er einen bronzenen Opferdolch von der Wand genommen hatte.
Ich stürzte mich auf die Treppe, wobei ich im Vorbeigehen unter anderen Stammeswaffen eine Machete ergriff, die ebenfalls an der Wand hing.
»Ihr seid ja wahnsinnig!«
Etti und ich platzierten uns zu beiden Seiten der Tür, bereit, unsere Waffen in den Schädel oder den Magen unseres nächtlichen Besuchers zu stoßen, und ich knipste die Außenlampe an, bevor ich den Riegel zurückschob und die Tür mit der Fußspitze aufmachte.
»Morgan?«, murmelte eine beunruhigte Stimme. Ich hörte ein Klicken. »Sind Sie das?«
»Hyacinthe?«
Ich nahm meine Machete herunter und öffnete die Tür weit. Helios' Bote, eine Hand unter dem Hemd, schickte sich an, mit seiner Pistole zu schießen. Als er mich erkannte, sicherte er sie wieder und entspannte sich.
»Sie können sich damit brüsten, mir Angst gemacht zu haben«, sagte er und schob mich ins Innere. »Gehen wir rein.«
Ich wollte gerade die Tür wieder schließen, als ich begriff, dass er nicht allein war.
Mit einem eleganten Hosenanzug aus Seide bekleidet, wartete Cassandra auf der Schwelle, ein Handtuch unterm Arm.
»Mein herzliches Beileid, Morgan«, flüsterte sie mit unsicherer Stimme.
Sie schienen alle beide sehr besorgt, und ihre fieberhaften Ges ten verrieten eine Nervosität, die sie nur schwer kontrollieren konnten.
Hans kam beruhigt hinunter ins Vestibül.

»Na, wen haben wir denn da?«, stieß er säuerlich hervor. »Nett, dass ihr zur Beerdigung gekommen seid. Haben wir wirklich geschätzt!«

Unsere Besucher aber schenkten ihm keinerlei Beachtung. Was sie mir zu sagen hatten, duldete offenbar keine Störung.

»Dürfte ich erfahren, was Sie zu einer solchen Stunde herführt?«, fragte ich ungeduldig.

Cassandra wühlte in ihrem Handtuch und holte eine mit einem Datum und der Nummer 63 etikettierte DVD hervor.

»Ihr müsst euch das unbedingt ansehen, Morgan«, sagte sie atemlos.

»Was ist das?«, erkundigte sich Etti.

»Die Aufzeichnung einer Überwachungskamera unseres Labors«, antwortete Hyacinthe. »Amina hat sie mir an ein Postfach geschickt, bevor sie …«

Er unterbrach sich und wandte den Blick ab.

»Amina?«, rief mein Bruder aus. »Wo ist sie? Wir haben versucht sie zu erreichen, während …« Cassandra schüttelte mürrisch den Kopf. »Nein, Hyacinthe.«

»Es tut mir leid«, stammelte er. »Vor zwei Tagen ist ihre Leiche gefunden worden.«

Die Neuigkeit war niederschmetternd.

Amina … tot? Die Momente, die ich mit ihr verbracht hatte, liefen in ein paar Sekunden vor meinem geistigen Auge ab. Ich sah sie wieder in Kairo, wie sie in rasendem Tempo in ihrem Auto fuhr, um Helios' Männern zu entkommen; im Flugzeug, wie sie mit Hans scherzte; in Sparta, wie sie durch den Rauch der Explosion unseres Hotels lief; in Korinth, wie sie Etti half, im Taxi Platz zu nehmen, als er die Irrenanstalt verließ, in die mein Vater ihn eingesperrt hatte; da oben, im Schlafzimmer, wie sich ihr nackter Körper sehnsüchtig an meinen schmiegte. Tot? Sie, die Lebendigkeit und Lebensfreude verkörperte?

»Das ist unmöglich.«

»Warum?«, rief Etti mit erstickter Stimme. »Warum sie?«

Cassandra schwenkte die DVD.

»Sehen Sie sich das an, und Sie werden es verstehen.«

Etti griff nach der CD und lief ins Wohnzimmer, wo er sie in den DVD-Spieler schob, bevor er den Fernseher anschaltete.

»Sie sollten sich besser setzen«, warnte Cassandra.

Auf dem Bildschirm bewegten sich Männer in weißen Kitteln, mit Mundschutz und Handschuhen, um einen Kasten herum, während sich andere hinter einer Panzerglasscheibe an einer Maschine voller Elektrokabel und Knöpfe zu schaffen machten.

»Was ist das?«, fragte ich Hyacinthe.

»Eines unserer Forschungslabors. Die Maschine, die Sie im Hintergrund sehen, produziert eine Temperatur, die einen Granitblock von acht Kilo in weniger als vier Minuten in Lava verwandelt.«

»Und was haben sie vor zu schmelzen?«

Auf die überraschten Ausrufe meines Bruders und Hans' hin drehte ich mich erneut zum Bildschirm um: Zwei Laboranten hatten soeben aus dem Kasten die berühmteste aller ägyptischen Altertümer gezogen – die goldene Totenmaske des Tutanchamun.

Mit starren Blicken beobachteten wir, wie ihre dreidimensionale Digitalisierung auf dem Bildschirm ablief. Dann, stumm vor Betäubung und Entrüstung, sahen wir, wie die Männer in Weiß sich an der berühmten Reliquie zu schaffen machten mit

Zangen, Pinseln, Säuren und Skalpellen. In wenigen Minuten waren Verzierungen, Edelsteine und Malereien verschwunden, es blieb nur noch das reine Gold.
»Die Schweinehunde!«, empörte sich Hans.
Mein Bruder und ich waren zu entsetzt, um die Szene kommentieren zu können.
Dann, als die »Wissenschaftler« die Maske nach der widerwärtigen Reinigung in die Maschine setzten und sie oberhalb eines Bottichs befestigten, glaubte ich ohnmächtig zu werden.
»Das werden sie doch nicht tun … das werden sie doch nicht tun …«, wiederholte ich. Meine Stimme war nur noch ein Flüstern.
Doch die Weißkittel verriegelten präzise und methodisch die Panzerglastür, tippten was weiß ich was für Daten auf der Kontrolltastatur ein und entfernten sich einige Schritte, während sie ihre Mundschutzmasken zurechtrückten.
Hilflos beobachteten wir, wie die Skalenscheibe, welche die Temperatur im Innern des Senkkastens anzeigte, die programmierte Zahl erreichte. Eine rote Glühbirne blinkte über der Glastür.
In diesem Augenblick zerfloss Tutanchamuns liebliches Gesicht vor unseren bestürzten Augen, als habe man es mit einem Glas Säure begossen. Das geschmolzene Gold rann über seine einst perfekten Züge und tröpfelte in den Bottich, der es auffangen sollte.
»Ich will das nicht weiter mit ansehen«, sagte ich und streckte den Arm nach der Fernbedienung aus.
»Nein!«, hielt mich Hyacinthe zurück. »Schauen Sie, was jetzt passiert.«
Ich wandte mühevoll meinen Blick zum Fernseher und konnte

einen Schrei der Verzweiflung nicht unterdrücken, als ich die letzten Tropfen Gold in den Bottich rinnen sah.
»Bei allen Göttern!«, schrie Etti auf. »Ich wusste doch, dass das Gesicht des Anubis mir etwas sagt …«
Und in der Tat sah uns auf dem Bildschirm das friedliche Gesicht des jungen, zu einem Gott gewordenen Einbalsamierers mit seinen leeren Augen entgegen. Beim Schmelzen war die Maske aus grauem Metall hervorgetreten, die von Gold überzogen gewesen war und an deren Züge es angepasst worden war. Da sich Titan erst bei einer wesentlich höheren Temperatur als Gold verflüssigt, musste man die erste Maske einschmelzen, um ohne Beeinträchtigung an die zweite zu gelangen.
Hyacinthe nahm die Fernbedienung und schaltete den Fernseher aus. »Die Maske ist bis auf die kleinsten Kratzer mit den Originalmaterialien völlig identisch wiederhergestellt und zurückerstattet worden. Alle Welt ist nur geblendet gewesen.«
»Die Maske des Anubis?«, begriff Hans. »Die Maske des Tutanchamun ist im Grunde die Maske des Anubis? Da konnten wir ihn ja lange suchen, unseren Schakalkopf!«
»›… Sein Geheimnis blieb in der Maske, dann trug sein Gesicht einen anderen Namen …‹«, zitierte ich mürrisch. »Es war nicht Anubatos' Gesicht, das den Namen Anubis annahm, sondern das Gesicht des Anubis, das den Namen Tutanchamun annahm …«
»Woher hat dieser verfluchte Helios das gewusst?«, stieß Hans hervor.
Etti sprang plötzlich vom Sofa auf, schnappte sich das Buch, das François Xavier uns geschenkt hatte, und blätterte fieberhaft darin herum, bis er das Foto der auf der Totenmaske ein-

gravierten Inschriften fand, die bisher dem jungen Pharao zugeschrieben worden waren.
»›Sei gegrüßt, vollkommenes Gesicht, Besitzer des Strahlens, das Ptah-Sokar ergänzt hat, das Anubis vervollkommnet hat‹«, übersetzte er. »›Deine Augenbrauen sind die neun Götter, und deine Stirn ist … Anubis*.‹«
Hans rückte näher und betrachtete eingehend die Inschriften, als wartete er darauf, dass sie anfingen zu sprechen.
»Das steht … das stand auf der Maske?«, stotterte er.
Das Buch fiel meinem Bruder aus den Händen.
»Was für ein Idiot …«, jammerte er und schlug sich mit der Hand gegen die Stirn. »Was bin ich nur für ein Idiot!«
»Ich werde mal kühles Bier holen gehen«, schlug Hans erschüttert vor. »Ich glaube, wir haben uns eine kleine Stärkung verdient.«
Er verschwand in Richtung Küche.
»Ist es dieser Film, der Amina das Leben gekostet hat?«, fragte ich Hyacinthe.
»Nicht nur.« Er griff nach einem Plastikordner unter Cassandras Handtuch. »Der Umschlag enthielt auch zwei Akten, darunter diese hier.«
»Was ist das?«
»Der Beweis dafür, dass es sehr wohl Helios war, der die Verhaftung Ihres Vaters inszeniert hat zu dem einzigen Zweck, Sie zu erpressen, und dass auch er es ist, der den Verdacht der Polizei auf Ihren Freund vom Louvre gelenkt hat. Er wollte, dass

* Inschriften auf der Totenmaske des Tutanchamun (Ägyptisches Museum Kairo).

Sie sich ihm gegenüber verpflichtet fühlten, weil er Ihrem Freund aus der Patsche half.«
Es gab keine Worte, um den Zorn zu beschreiben, der in diesem Augenblick in mir hochstieg.
»Verfluchter …«, tobte ich.
Ich warf die Akte auf den Boden und stürzte mich auf den ersten Gegenstand in meiner Reichweite, um meine Nerven zu beruhigen. Das war der Fernseher, der einen Gleitflug bis zur Wand ausführte, gegen die er implodierte.
Hans kam erschrocken zurück ins Wohnzimmer.
»Was war das für ein Geräusch?«, fragte er aufgeregt.
Ich ließ alle stehen und ging Türen knallend in den Garten. Im Vorbeigehen schnappte ich mir eine Packung Zigaretten und ein Feuerzeug.
Nachdem ich sämtliche Gartenstühle umgeworfen und die Sträucher mit Fußtritten massakriert hatte, setzte ich mich atemlos auf den Rasen und zündete mir eine Zigarette an.
»Darf ich näher kommen, oder werfen Sie mich dann über den Zaun in Nachbars Swimmingpool?«, hörte ich Hyacinthe fragen, der im Schatten des Kirschbaums stand. Ich antwortete nicht, und er nahm an meiner Seite Platz. Dann reichte er mir eine Flasche Bier, von der ich die Hälfte in einem Zug leertrank. »Was haben Sie jetzt vor?«
»Das Auto zerlegen und den ersten Stock verwüsten.« Ich seufzte. »Diesen Dreckskerl finden. Ich weiß noch nicht, wie, aber Sie können ihn vorwarnen, dass …«
»Nicht ich, sorry. Sie werden sich einen anderen Boten suchen müssen. Ich bin abgesprungen«, fügte er hinzu, als er meinen fragenden Blick sah. »Er weiß es noch nicht, aber ich höre auf. Ich will mit diesem *bastardo* nichts mehr zu tun haben.«

Ich spürte die ganze Wut, die in seiner Stimme mitschwang.

»Warum ist Cassandra bei Ihnen?«

»Nun, da Sie ihn gesehen haben, beabsichtige ich, ihr den Film zu übergeben, damit sie ihn dem *Schatten* zukommen lässt. Wenn er das gesehen hat, wird Helios auf alle Objekte aus den Sammlungen der anderen Mitbewerber verzichten müssen.«

»Zwischen Ihnen und Helios hängt der Haussegen zu beiden Seiten schief, könnte man meinen.« Ich machte eine kurze Pause. »Sie haben vorhin von zwei Akten gesprochen …«

»Wie bitte?«

»Sie haben gesagt, dass Amina Ihnen zwei Akten hat zukommen lassen.«

»Ihnen entgeht nichts«, stellte er missmutig fest.

»Was enthielt die zweite, Hyacinthe?«

»Mein Leben«, sagte er bitter. »Auf siebzehn Seiten. Da sieht man mal, mein Leben ergibt zusammengefasst nicht viel her. Sechsunddreißig Jahre. Sechsunddreißig lange Jahre«, meinte er zynisch, »gedrängt auf siebzehn Seiten, wo sich Dutzende von Namen aneinanderreihen. Dutzende anderer Leben, die durch meine Bemühungen verkürzt worden sind, reduziert auf ein paar Buchstaben und Daten. Das ganze Werk meiner miserablen Existenz. Und auch ein paar offizielle Dokumente, wie meine Geburtsurkunde, die angeblich mit den Archiven meines Heimatdorfes verbrannt ist, oder Briefe. Die Briefe, die Helios jahrelang mit den Dreckskerlen von *Opus Dei* ausgetauscht hat, die er mit meiner Ausbildung beauftragt hatte: töten zu lernen, wie Gott es entschieden hatte.«

»Ich dachte, es wäre gerade Helios gewesen, der Sie da rausgeholt hat.«

»Das dachte ich auch.« Er lachte höhnisch auf. »Im Grunde

war er es, der mich ihnen in die Arme geworfen hat.« Ich starrte auf das feuchte Gras und wusste nicht, was ich sagen sollte.
»Erinnern Sie sich an … an diese Frau, von der ich Ihnen erzählt habe?«
»Das Gemeindemitglied, das Sie eliminieren sollten? Die Frau, die einen Fehltritt mit einem Prälaten begangen hatte?«
Er schluckte mühevoll.
»Sie war meine Mutter.«
Ich zuckte zusammen.
»Hat Helios … hat Helios es gewusst?«, stammelte ich.
»Oh ja«, murmelte er. »Sie war die letzte Kleinigkeit, die es zu regeln galt, um aus mir den perfekten Handlanger des Chefs zu machen! Ein Mörder ohne Bindungen, das ist so viel sicherer …« Er warf seine leere Flasche gegen einen Rosenstock und knirschte mit den Zähnen. »Ich will seine Haut, Morgan. Also, wenn Sie seinen Kopf wollen, können wir uns vielleicht arrangieren?«
Ich schüttelte ohne Zögern die Hand, der er mir hinhielt, und unsere Blicke unterzeichneten einen stummen Pakt.
»Wenn Sie die Rache juckt, Messieurs«, ertönte Cassandras Stimme hinter uns, »kann ich Ihnen vielleicht etwas Besseres vorschlagen als eine einfache Häutung.«
»Spionieren Sie die Leute immer so sorgfältig aus?«
»Das gehört zum Job, Morgan.«
»Was hast du im Hinterkopf, Cassandra?«, fragte Hyacinthe.
»Wie hast du vor, ihn in die Finger zu kriegen, hm? Indem du im Telefonbuch nachschlägst?«
Die Miene meines Begleiters verdüsterte sich.
»Nach dem, was ich ihm gerade angetan habe, wird er mich schon suchen kommen, mach dir keine Sorgen.«

Spöttisch fuhr sie fort: »Liebes Lamm! Hoffst du, dass dein zartes Fleisch den großen bösen Wolf in deine Falle lockt? Die Wut vernebelt deine Klarsicht, *amore mio*. Helios geht nicht selbst los, um die Drecksarbeit zu erledigen, wie du sehr wohl weißt. Er wird einen seiner Männer schicken, wie gewöhnlich. Wenn du allerdings etwas besitzen würdest, was er auf keinen Fall einem von ihnen anvertrauen wollen würde …«

»Und das wäre?«

Cassandra setzte sich uns gegenüber ins Gras und verschränkte die Arme.

»Du weißt doch, wonach er seit Jahren verzweifelt sucht, oder? Man könnte glatt meinen, dass diese Suche ihm vollkommen zu Kopf gestiegen ist, er denkt nur noch daran!«

Hyacinthe blieb nachdenklich.

»Die von dem Götterschmied angefertigten Reliquien«, fuhr Cassandra fort. »Die Objekte, die das Siegel des Hephaistos tragen. Die Rüstung des Alexander, das Anch, der Stab oder auch die Maske des Anubis.«

»Aber warum interessiert er sich so für diese Objekte?«, erkundigte ich mich.

»Vor einem knappen Jahr waren wir kurz davor, es herauszufinden. Bevor Sie in Sparta unser Labor in Stücke gehauen haben«, antwortete Cassandra schroff.

»Die Atomphysiker in dem unterirdischen Labor? Das waren also Sie?«, rief ich aus.

»Wer sonst?«

»Wollen Sie damit sagen, dass der *Schatten* bereits einige dieser Gegenstände besitzt?«

»In der Tat. Es gab zwölf dieser geschmiedeten Objekte. Wenn man die Maske mitzählt, besitzt Helios sechs davon. Der *Schatten* vier, da Sie die Rüstung wiedergeholt haben.«

»Es fehlen also zwei«, meinte ich.

»Die wichtigsten und ältesten.«

»Aber woher zum Teufel wissen Sie, dass es zwölf davon gibt?«

»Ich weiß es nicht. Aber Helios und der *Schatten* kennen sie. Sie könnten Ihnen sogar eine Vielzahl an Zeichnungen und Skizzen davon liefern.«

»Welche fehlen?«, mischte sich Hyacinthe ein.

Die junge Frau schien zu zögern.

»Der Hammer des Thor und der Dreizack des Shiva.«

Ich verschluckte mich fast am Rauch meiner Zigarette und hätte schallend gelacht, wenn die Situation nicht so ernst gewesen wäre.

»Lachen Sie nicht, Professor, gerade Sie sollten wissen, dass hinter jeder Legende ein Kern von Wahrheit steckt. Wenn Sie diese Objekte finden, können Sie sicher sein, dass Helios Ihnen aus der Hand frisst.«

»Und dass der *Schatten* uns auf den Leib rücken wird, um ihn davon abzuhalten«, fügte mein Begleiter hinzu.

Sie hob ihre gezupften Augenbrauen.

»Ihr seid in Gefahr. Alle. Helios wird euch nicht in Ruhe lassen. Ihr braucht jemanden, der imstande ist, euch vor ihm zu beschützen, bis er definitiv nicht mehr in der Lage ist zu schaden. Ihr wollt Rache und Frieden? Der *Schatten* will diese Objekte. Vielleicht besteht ja die Möglichkeit zu einer Übereinkunft.« Sie nahm ihr Handy vom Gürtel. »Ich kann das sofort arrangieren. Also?«

»Etti?«

Cassandra riss die Augen auf. »Wie bitte?«

»Ich sprach nicht mit Ihnen«, sagte ich und zeigte auf die schattige Ecke des Gartens, in die ich einige Augenblicke zuvor meinen Bruder hatte schlüpfen sehen. Etti kam näher, und meine Begleiter sprangen auf.

»Morgan, ich will die Leber dieses Dreckskerls mit kleinen Zwiebeln braten. Wir schulden es Papa und Amina. Es ist mir egal, wie wir das anstellen.«

»Hyacinthe?«

»Ganz meine Meinung«, antwortete er eisig.

Mit einem breiten Grinsen wählte Cassandra eine Nummer auf ihrem Handy.

»Ich bin es«, sagte sie schlicht. »Sie sind einverstanden«, fuhr sie fort.

Ich hatte mir schon gedacht, dass sie nicht nur gekommen war, um ihr Beileid auszusprechen oder den Film noch mal zu sehen!

Sie reichte mir das Telefon.

»Was denn?«

»Sie will Sie sprechen.«

»Sie?«, hakte Etti nach.

Nervös nahm ich das Telefon und zögerte, es an mein Ohr zu halten, als würde es jede Sekunde explodieren.

»Professor Lafet?«, sagte eine sinnliche Frauenstimme am anderen Ende der Leitung.

»Sie sind … der *Schatten*?«, fragte ich verdattert, überrascht, es mit einer Frau zu tun zu haben.

Ein klares, wohlklingendes Lachen ertönte an meinem Ohr.

»Ich bitte Sie, nennen Sie mich Kyrene, Professor. Denken Sie, Sie können Ihre Sachen zusammenpacken und Ihr Haus vor acht Uhr früh verlassen?«

»Wie bitte?« Ich bekam einen Schluckauf.
»Ich werde meine Frage anders formulieren. Morgen Abend wird Ihr Haus und alle, die sich darin befinden, eingeäschert sein. Wollen Sie und Ihr Bruder überleben?«
»Was … was sind denn das für Geschichten?«, stammelte ich.
»Um acht Uhr wird ein Auto Sie abholen kommen, um Sie zu einem Privatflughafen zu fahren, wo Sie mit einem Flugzeug zu einem geheimen Ziel fliegen werden. Niemand, nicht einmal Helios, wird Sie an dem Ort finden, zu dem ich Sie bringen möchte. Der Fahrer des Autos muss auf den Namen Selois antworten. Falls er einen anderen Namen angibt, kommt er nicht von mir. Setzen Sie ihm eine Pistole zwischen beide Augen und schießen Sie. Haben Sie gut verstanden, was ich gerade gesagt habe, Professor? Professor?«
Und es ging wieder von vorn los … Wieder ein geisterhafter Arbeitgeber, der nach und nach seine Anweisungen gab, ohne eine Erklärung zu liefern, und der mich nach Lust und Laune an der Nase herumführte.
»Warum sollte ich Ihnen glauben?«
»In welchem Teil des Hauses befinden Sie sich gerade?«
»Im Garten, warum?«
»Einen Augenblick.« Eine Pause. »Stellen Sie sich vor das von der Garage aus gesehen dritte Fenster im Erdgeschoss. Sehen Sie die Regenrinne, die vom Dach herunterführt? Schieben Sie Ihre Hand dahinter und sagen Sie mir, was Sie berühren.«
Ich gehorchte skeptisch, und in einem Meter Höhe spürte ich, hinter der Rinne befestigt, ein verstaubtes, klebriges Gehäuse. Es musste sich bereits seit mehreren Monaten dort befinden, schimmelig, wie es war.
»Was ist das?«

»Eine explosive Ladung.«
»Was?«, schrie ich auf.
»Einundzwanzig davon sind in diesem hübschen Haus verteilt, das Ihnen Ihr ›Beschützer‹ zum Dank für Ihre Dienste geschenkt hat. Sie sind kurz vor Ihrem Einzug angebracht worden. Einundzwanzig, wenn ich mich nicht irre, und alle auf dem Plan, den ich vor mir liegen habe, verzeichnet. Meinem Informanten zufolge hat Helios angeordnet, sie morgen explodieren zu lassen. Wollen Sie wirklich bleiben, um die Verlässlichkeit meiner Quellen zu überprüfen?« Ich unterdrückte einen Fluch. »Helios sieht immer das Schlimmste voraus, das macht seine Stärke aus. Oder zweifeln Sie etwa daran?«
»Was erwarten Sie von m–«
»Genug geredet, Professor. Im Augenblick müssen Sie Frankreich verlassen und sich in Sicherheit bringen. Sie werden alle gewünschten Erklärungen zu gegebener Zeit erhalten. Oh, ich vergaß, mein herzliches Beileid wegen Ihres Vaters.«
Sie legte auf, und ich kehrte zu meinen Begleitern zurück, als wäre mir soeben der Himmel auf den Kopf gefallen.
»Was denn? Was ist denn mit der Regenrinne?«, fragte Hans, der zu uns in den Garten gekommen war.
Ich schaute auf die Uhr. Uns blieben knapp drei Stunden.

EPILOG

Wir hatten alle das unangenehme Gefühl, Hyacinthe ausgenommen, Opfer einer ungeheuren Farce zu sein. Ich hatte den Eindruck, dass der Jet jeden Moment umkehren und eine Menge Journalisten uns lachend am Flughafen empfangen und ein Schild hochhalten würden: »Lächeln Sie! Sie werden gefilmt! Das war für die versteckte Kamera!«

»Entspannen Sie sich«, sagte Hyacinthe und nahm den Kaffee, den ihm die Stewardess reichte. »Ich habe weitaus schlimmere Situationen erlebt.«

Wir betrachteten ihn vorsichtig. Hans war so gestresst, dass er sogar die Limonade ablehnte, die ihm die bildhübsche Stewardess anbot, auf deren Dekolleté er nicht einmal begehrliche Blicke warf.

»Ihr habt nicht die geringste Ahnung, wohin wir fliegen?«, wiederholte er zum zehnten Mal.

»Nein, Hans.«

»Wir werden in weniger als einer Stunde auf Malta landen, Monsieur«, antwortete die Stewardess freundlich. »Warum haben Sie nicht gleich gefragt?«, fügte sie mit einem Lächeln hinzu.

»Malta? Nette Ecke«, kommentierte Etti. »Ich gebe zu, dass ich gefürchtet habe, mitten in der Wüste oder am Nordpol zu landen.«

»Hyacinthe, denken Sie, dass Helios wirklich die Absicht hat, das Haus in die Luft zu jagen?«

Er zog eine Grimasse.

»Ich habe ihn weitaus schlimmere Dinge tun sehen. Und Sie auch.«

»Wir müssen Madeleine anrufen, wenn wir ankommen«, bemerkte Hans. »Die Ärmste hat überhaupt nicht verstanden, was mit ihr geschieht, glaube ich.«

Wir hatten sie um sechs Uhr morgens geweckt, um ihr eine finstere Geschichte von austretendem Gas aufzutischen. Madeleine wohnte nur zwei Schritte von uns entfernt, und wir mussten unseren gesamten Einfallsreichtum aufwenden, um sie davon zu überzeugen, zu Hause zu bleiben.

Wir hatten sie auf den Kopf ihres verstorbenen Mannes schwören lassen, keinen Fuß in unser Haus zu setzen und ihr gesagt, dass die Angestellten vom Gaswerk im Laufe des Vormittags kommen würden.

Keuchend setzte sich mein Bruder in seinem Sitz auf.

»Etti?«, murmelte ich, beunruhigt über seine plötzliche Blässe. »Etti, was ist los?«

»Was ist die Reichweite von einundzwanzig Explosivladungen, wie wir sie hinter der Regenrinne gefunden haben?«, fragte er Hyacinthe tonlos.

»Das hängt ganz davon ab, wie sie platziert worden sind, aber wenn sie so verteilt wurden, dass das Haus explodiert statt implodiert, so wird der Luftdruck wahrscheinlich alles im Umkreis mehrere Dutzend Meter hinwegfegen.«

Mein Bruder klammerte sich krampfhaft an meinem Unterarm fest.

»Morgan … Wie weit ist Madeleines Haus entfernt?«

Ein drückendes Schweigen brach über uns herein, und Hyacinthe sprang von seinem Sitz auf.
»Mademoiselle!«, rief er. »Mademoiselle! Ein Telefon, schnell!«
Die Stewardess kam herbeigelaufen, und er riss ihr förmlich das Telefon aus den Händen.
»Warten Sie, man muss vorher einen Code eingeben. So, jetzt.«
Er tippte fieberhaft Madeleines Nummer ein.
Wir sahen, wie er erblasste und die Augen schloss.
»Was denn?«, schrie ich auf. »Was ist los?«
»*Der gewünschte Gesprächspartner ist zurzeit nicht zu erreichen … der gewünschte Gesprächspartner ist zurzeit nicht zu erreichen … der gewünschte Gesprächspartner …*«

ENDE

DANKSAGUNGEN

Dank an meine Mutter, Michèle Bidaud, ohne deren Vertrauen und Unterstützung dieses Buch niemals hätte geschrieben werden können.

An Cristina Rodriguez Yugueros, die weiß, was ich ihr schuldig bin.

An Stéphanie, Virginie und Sandie, die mutigen Matrosen, die immer fest angeholt und niemals das Schiff verlassen haben.

Und vor allem danke an alle Leser, die Morgan Lafet gefolgt sind, immer noch folgen und folgen werden, wohin er auch geht, und denen ich eine aufregende Reise und Dutzende aufzuklärender Rätsel wünsche.

Frédéric Neuwald

Götterschwert

Mysterythriller

Der Archäologe Morgan ist jung, dynamisch und begeisterungsfähig – und langweilt sich tödlich in seinem trockenen Museumsjob im Louvre. Als er im Nachlass eines bekannten Wissenschaftlers auf ein mysteriöses Schwert stößt, ist sein Interesse sofort geweckt: Stammt dieses Schwert aus dem Grab Alexanders des Großen? Aber wieso besteht es dann aus einem Material, das zu jener Zeit noch völlig unbekannt war? Morgan gelingt es, die Mittel für eine kostspielige Expedition aufzutreiben – und muss bald entdecken, dass er nicht der Einzige ist, der hinter dem Geheimnis her ist. Die Expedition wird zu einem Wettlauf gegen die Zeit, und Morgan erkennt, dass er größeren Dingen auf der Spur ist als dem Grab eines toten Heerführers.

Haben Sie Lust, hinter das Geheimnis des mysteriösen Schwertes zu kommen? Dann lesen Sie hier weiter:

Knaur Taschenbuch Verlag

Leseprobe

aus:

Frédéric Neuwald

Götterschwert

Mysterythriller

Erschienen bei:

Knaur Taschenbuch Verlag

I

Da ist etwas, das ich mir von den Alten gemerkt habe: Bestimmte Zeichen kündigen, ohne dass man daran zweifeln sollte, einen mühsamen Tag an. Wenn Sie zum Beispiel eines Morgens verkatert aufwachen, allein in Ihrem Bett liegen und eine kleine Notiz auf dem Kopfkissen vorfinden, die lautet:

Ich geh mal schnell, ich habe einen Termin in der Agentur um acht.
Ich rufe dich heute Abend an.
Bussi, schöner Blonder.
Cathia

PS: Ich habe den Wecker ausgestellt, du sahst geschafft aus.

»Scheiße!«
Wenn der Wecker dann 10:30 Uhr anzeigt und Sie begreifen, dass Sie zwei Stunden zu spät dran sind. Und wenn dann kein einziges sauberes T-Shirt mehr im Schrank liegt und die Kaffeemaschine ein gurgelndes Geräusch von sich gibt und dabei gelbliches Wasser ausspuckt, dann sollten Sie sich definitiv mit der Idee anfreunden, dass die Götter es auf Sie abgesehen haben.
Ich dachte einen Moment lang daran, liegen zu bleiben, aber es war Dienstag, der einzige Tag der Woche, an dem ich ein wenig meine Ruhe haben konnte im Museum, da es für Besu-

cher geschlossen war. Ich stand also auf, wetterte dabei über schlechten Alkohol, verantwortungslose Frauen, das Aspirin, das sich niemals dort zu befinden schien, wo man es suchte, und alles, was mir in die Hände fiel oder in mein Blickfeld geriet.

Nach einer Dusche und einer Rasur mit kaltem Wasser, da der Boiler ebenfalls beschlossen hatte, den Geist aufzugeben, schlüpfte ich in mein T-Shirt vom Vortag, eine verwaschene, bis auf das Gewebe durchgescheuerte Jeans und ein altes Paar Wanderschuhe. Mein Haar knotete ich tief im Nacken zu einem Pferdeschwanz und warf aus Gewohnheit einen kritischen Blick in den Spiegel am Eingang. Frauen sagten mir oft, dass ich wie ein Schauspieler aus einem Historienfilm wirke, mit meiner Gladiatorenstatur, meinem blonden Haarschopf, meinem Grübchenlächeln und meinen grob geschnittenen Zügen. Ich musste leider feststellen, dass Ben Hur an diesem Morgen nicht besonders gut aussah. Rote Äderchen durchzogen meine Augäpfel, meine blauen Augen wirkten trüb, und die senkrechte Narbe, die mir längs über die linke Gesichtshälfte lief, hob sich mehr denn je von meiner Haut ab, die kaum gebräunt war trotz der Hitzewelle, die seit zwei Monaten wütete.

»Was sagst du dazu?«, fragte ich das Foto, das auf der Kommode am Eingang stand. Die safranfarbenen Augen schienen mir einen tadelnden Blick zuzuwerfen, und ich lächelte. »Nicht gerade umwerfend, was, Etti?«

Ich pustete über den feinen Staubfilm, der sich auf den Rahmen gelegt hatte, und spürte einen kleinen Stich im Herzen.

Wann hatte ich dieses Foto noch aufgenommen? Bei unserer letzten Reise nach Delhi? Oder war es in Madras? Egal. Etti sah darauf fröhlich und heiter aus, wie immer. Sein weißes Leinenhemd bildete einen Kontrast zu seiner kastanienfarbenen Haut und den tiefschwarzen Haaren mit den fast blauen Reflexen. Seine goldenen Iris strahlten in seinem fein geschnittenen Gesicht. Für mich die Augen eines Königs. Augen, die seine Mitbürger aber nicht sahen, da ein *dalit*, ein Unberührbarer, sie in Gegenwart der »reinen« Kasten niederzuschlagen hat.

Ich hatte nie verstanden, was ihn unwiderstehlich und in regelmäßigen Abständen dazu trieb, nach Indien zurückzukehren, wo er wieder ein nichtiges Nichts wurde, kaum mehr als ein Hund. Wobei es Hunden erlaubt war, in der Küche eine Schüssel Brunnenwasser zu saufen; Etti hingegen hatte nicht einmal das Recht, einen Fuß auf die Schwelle des Hauses zu setzen.

»Ich habe in einer anderen Existenz Böses getan«, sagte er, »es ist normal, dass ich in dieser dafür bezahle.«

Dass er sich leidenschaftlich zu seinem Glauben bekannte, obwohl der Hinduismus ihn in den Rang eines Untermenschen verwiesen hatte, blieb mir ein Rätsel. Einige seiner Reaktionen überstiegen meine Vorstellungskraft. Wenn sie mich nicht sogar amüsierten:

»Lass die Maus in Ruhe, Morgan!«

»Diese Maus ist in meiner Küche.«

»Das ist vielleicht deine Großmutter oder deine Mutter! Lass den Besen los!«

»Beim Zeus, Etti! Das ist nur eine Maus. Diese Viecher tragen einen Haufen Dreck herein!«

»Tu diesem armen Vieh etwas an, und du wirst als Käfer wiederkehren!«
Indrani (das ist der Name, den er dem Mäusefräulein gab, als er es adoptierte) beehrte uns so fast zwei Jahre lang mit ihrer munteren Gesellschaft. Niemand sollte sich einbilden, eines dieser kleinen Viecher zähmen zu können, bevor er nicht gesehen hat, wie unsere Mitbewohnerin bei Erwähnung ihres Namens herbeigelaufen kam, in die Außentasche eines Rucksacks sprang, um einen Spaziergang in den Gärten der Tuilerien einzufordern, oder die Fernbedienung der Hi-Fi-Anlage attackierte, wenn die Musik nicht nach ihrem Geschmack war. Ich gebe freiwillig zu, dass Indrani eine außergewöhnliche Maus war, aber dass sie deswegen Gebete und ein pompöses Begräbnis – mit Kekskrümeln als Opfergabe und ihrer Einäscherung im Spülbecken auf einem Reisigbettchen – verdiente, das war mehr, als mein Ernst vertragen konnte. Etti hatte daher allein in der Küche zelebriert, während ich mich auf der Wohnzimmercouch vor Lachen krümmte. Ich sah wieder seinen gekränkten Gesichtsausdruck vor mir, als er hinausgegangen war, um die ehrwürdigen Reste in ihrer Begräbnisurne (einer Suppennudelpackung) andächtig in die Seine zu werfen.
So war er, und um nichts auf der Welt hätte ich ihn ändern wollen. Etti …
Ein schrilles Klingeln ertönte, und ich fuhr zusammen, es fehlte nicht viel, und ich hätte den Rahmen fallen lassen. Notiz für später: Telefon auswechseln.
»Hallo?«, sagte ich mit klopfendem Herzen.

»Morg? Wecke ich dich? Du solltest dich besser beeilen, wir haben eine volle Ladung Treibstoff für unseren Laden erhalten.«

»Wer hat dir meine Telefonnummer gegeben, Hans?«, fragte ich verärgert.

»Is' doch schnurz, beweg dich her, sag ich dir.«

»Was gibt es?«

Ein kindliches Kichern drang durch den Hörer, gefolgt von einigen Flüchen.

»Du wirst schon sehen!«

Seufzend legte ich auf. Was hatte dieser hirnlose Bengel schon wieder angestellt?

Mit einem Rucksack über der Schulter verließ ich meine Wohnung in der Rue de Richelieu – danke, Papa, dass du ein berühmter Asienspezialist bist und deine Bücher und Fernsehsendungen es dir ermöglicht haben, Etti und mir dieses reizende Apartment zu unserem zwanzigsten Geburtstag zu schenken – und holte bei Madame Risoti, der Concierge des Mietshauses, meine Post ab. Es war fast elf Uhr, und der gute Duft eines vor sich hin köchelnden Ragouts drang aus der Loge. Seit ich sie kannte, das heißt seit fast fünfzehn Jahren, verbrachte die arme Frau ein Drittel ihrer Zeit mit Kochen und ein weiteres mit dem Abpassen irgendeines Handwerkers, der, davon war sie überzeugt, von der Eigentümergemeinschaft beauftragt, eines Tages kommen, Briefkästen anbringen und sie in die Arbeitslosigkeit versetzen würde. Das letzte Drittel war dem Tratschen mit Madame Fréon, der Witwe aus dem dritten Stock, gewidmet. Ich riss meine Post vor ihr auf und warf dabei Werbung und Infor-

mationsbriefe der Museen Frankreichs in den Papierkorb der Loge.
»Warten Sie, Monsieur Lafet«, piepste sie mit ihrer Kanarienvogelstimme, »Sie haben auch noch ein Paket.«
Sie wandte sich langsam von mir ab – um die Spannung zu erhöhen? – und kam dann mit einem kleinen, in Berlin abgestempelten Päckchen wieder.
»Es ist von Monsieur Lafet senior, nehme ich an«, sagte sie und rieb sich dabei ihre kleinen rosa Hände.
Sie liebte es, Papa so zu nennen, und ich selbst war an dem Tag zu ›Monsieur Lafet junior‹ befördert worden, an dem sie ›Monsieur Lafet senior‹ in den 20-Uhr-Nachrichten gesehen hatte, anlässlich der Veröffentlichung eines weiteren dicken Wälzers über Indien. An jenem Tag waren wir für Madame Risoti zu wichtigen Leuten geworden, Persönlichkeiten, die sie für würdig befand, in ihren Klatschzeitschriften an der Seite berühmter Schauspieler oder gekrönter Häupter zu posieren. Zwei Wochen später hatte ich das Spiel so weit getrieben, dass sie ernsthaft glaubte, meine Familie hätte während der Französischen Revolution ihren Namen ändern müssen, von »de La Fet« zu »Lafet«, um den Adelsverfolgungen zu entkommen. Ich hatte flüchtig ein pathetisches Szenario entworfen, wie meine Vorfahren barfuß durch den Schnee marschierten, unser Familienwappen mit ihren gefrorenen Fingern umklammert hielten, und ihr erklärt: »Wissen Sie, Madame Risoti, es war zu jener Zeit verdammt kalt im Monat Juli.« Etti hatte mir mehr als einen Monat lang vorgeworfen, die alte Klatschbase an der Nase herumgeführt zu haben, da-

bei wusste jeder, beim Zeus, wie sehr die liebe Risoti ihn hasste.

»Man müsste Monsieur Etti einmal sagen, dass er nicht mehr die Fenster aufmachen soll, wenn er sein pakistanisches Essen kocht. Die Nachbarn haben sich über die Gerüche beschwert. Er ist nicht mehr in seiner Heimat.«

»Ich finde den Geruch von Curry nicht unangenehm, Madame Risoti, und zum x-ten Mal: Etti ist kein Pakistani.«

»Ach wissen Sie, diese Leute sehen doch alle gleich aus.«

»Das denkt er von den Europäern auch …«

»Monsieur Lafet senior geht es gut?«, fragte sie und verfolgte mit neugierigen Blicken die Bewegungen meiner Finger. Ich antwortete nicht, sondern warf lediglich das Packpapier und die Schnur in den Papierkorb. »Es ist schön zu reisen. Mein Sohn ist letztes Jahr seiner Arbeit wegen nach New York gegangen. Er ist befördert worden, habe ich Ihnen das schon erzählt?«

»Neun oder zehn Mal diese Woche.« Der Inhalt des Päckchens, eine Art Wirrwarr aus langem rotem Fell und Fäden, roch nach Schimmel. Das war doch wieder typisch für Papa …

»Was ist das? Eine kleine Maske? Das ist afrikanisch, oder?« Ich hielt sie ihr mit einem gewinnenden Lächeln hin.

»Sozusagen. Gefällt sie Ihnen? Ich schenke sie Ihnen.«

»Oh! Monsieur Lafet, nein. Das ist ein Geschenk von Monsieur Lafet senior. Das kann ich nicht …«

»Kommen Sie schon«, entgegnete ich charmant. »Sie beleidigen mich, wenn Sie sie ablehnen. Dieses Stück ist eine Antiquität, wissen Sie. Ich kann Ihnen versichern, dass niemand im

Viertel eine ähnliche besitzt. Jedes dieser Werke ist ein Einzelstück, und sie bringen Glück. Halten Sie bitte mal, wir werden sie am Fell über den Postfächern aufhängen. An den Haaren, meine ich.«

Entzückt zückte sie eine Reißzwecke, und ich hängte Papas Geschenk gut sichtbar im Vestibül der Loge auf.

»Monsieur Lafet«, zierte sie sich, »ich weiß nicht, was ich sagen soll. Ich bin wirklich sehr gerührt. Aus was ist sie gemacht? Man könnte es für Terrakotta halten, nicht?«

»Handwerkliche Herstellung. Geheimrezept,« fügte ich mit einem Augenzwinkern hinzu.

»Oh …«

Ich raste mit gut zwei Stunden Verspätung zum Louvre und ließ Madame Risoti mit ihrer »Antiquität« weiter in Verzückung geraten. Mir einen Schrumpfkopf als Reisesouvenir zu schenken … Das war Antoine Lafet, wie er leibte und lebte.

Es war Ende Juni, die Sonne knallte ziemlich, und ich betrat mit unverhohlener Freude die klimatisierte Atmosphäre des Louvre. Die großen freien Flure erweckten in mir stets einen merkwürdigen Eindruck von Verschwendung. Die vielen nackten Wände und breiten Gänge waren nichts als ungenutzter Raum, während ganze Sammlungen in den Kellern schlummerten … Meine Schuhsohlen knirschten auf den Fliesen, und das Geräusch meines Atems wurde durch die langen, verzweifelt leeren Korridore verstärkt. Dienstags nahm das Museum die Gestalt eines Grabes an – es roch nach bemoostem Stein, ranziger Farbe und altem Parkett. Man konnte überraschend schnell deprimiert werden, wenn man sich länger in den entvölkerten Räumen aufhielt. Ich begab mich daher rasch in die Untergeschosse, wo sich mein Büro befand. Das Leben und die Aufregung, die dort herrschten, ließen die Grabesstille der oberen Etagen schnell vergessen. In den unterirdischen Galerien rackerten sich Verlader in blauen Arbeitsanzügen ab wie die Termiten, indem sie Kisten oder Paletten hin und her schoben. Ein merkwürdiger Gestank von Naphthalin stieg mir plötzlich in die Kehle, und gelblicher Staub setzte sich auf meinem schwarzen T-Shirt ab.

»Hi, Morg!«, rief Hans mir zu.

Er trug ein kleines, mit mehreren Kaffeebechern dicht bepacktes Plastiktablett, deren Geruch für einen Augenblick den des Mottenschutzmittels überdeckten. Der junge Tollkopf war letzten Juni wie ein Blitz auf mich niedergegangen. Hans war der Enkel von Ludwig Peter, einem der besten Freunde meines Vaters und ein berühmter Hellenist, der meine Dissertation über die Militärgesellschaften im Griechenland des klassischen Zeitalters betreut hatte. Der tapfere Mann hatte es sich in den Kopf gesetzt, aus seinem unsteten Enkel, der zudem ein ziemliches Vatersöhnchen war, einen fleißigen Historiker zu machen, und mich daher gebeten, Hans einen Praktikumsplatz im Louvre zu besorgen, was ich, zu meinem großen Leidwesen, nicht ablehnen konnte. Allerdings schien sich dieser dürre Schönling von zwanzig Jahren, der überspannter war als ein kokainsüchtiger Chihuahua, nicht im Geringsten für das Altertum zu interessieren. Er dachte nur an »Skaten«, »Techno«, »Weiber« und »Stil« (den er »staaaiiil« aussprach), und sämtliche Beschäftigungen, die damit ein-

hergingen und die im völligen Gegensatz zu denen der »has beens« standen, eine Kategorie, zu der ich nach seinen Kriterien wahrscheinlich gehörte.
Sein mageres Gerippe lief gewandt zwischen den Arbeitern hin und her, und ich nahm einen Becher vom Tablett.
»Du hast doch hoffentlich nichts verschüttet?«, fragte ich ihn und zog eine Grimasse.
»Man wirft doch keine Goldklumpen vor die Säue.«
»Perlen«, verbesserte ich ihn. »Was stinkt denn hier so?«
Er vollführte einen kleinen Tanzschritt und warf sich eine gebleichte Strähne aus der Stirn.
»Schau mal in deinem Büro nach!«
Ich hob die Augenbraue.
»In meinem Büro?«
Hans wippte lässig auf der Stelle und verzog den Mund zu einem schiefen Grinsen, das seine Grübchen noch vertiefte.
In einigen Jahren würde er bestimmt ein gut aussehender Mann sein, doch zur Stunde gebärdete er sich wie ein linkischer Teenager, der sich noch in der Entwicklung befand. Seine Arme und Beine, von bräunlichem Flaum bedeckt, waren zu lang im Vergleich zu seinem Oberkörper, der sich erst zu verbreitern begann, und seine Pausbäckchen mit dem spärlichen Bartwuchs ließen ihn noch jünger erscheinen, als er in Wirklichkeit war.
Er stellte sein Tablett auf einer Kiste ab, und ich folgte ihm in mein »B. S. D.«, wie er es nannte. Das »Büro des Spinners vom Dienst«. Damit war ich gemeint. Ich war nämlich der Leiter – und der einzige Angestellte – einer Abteilung, die ganz speziell

für mich ins Leben gerufen worden war, mit dem freundlichen – nicht ganz freiwilligen – Einsatz unseres verehrten Direktors Jean de Villeneuve. Ein Drückeberger, der mehr Leichen in seinem Keller hatte als ein Ayatollah, ein skrupelloser Archäologe, ständig auf der Suche nach einem »sicheren Außenlager« für Fundstücke weit entfernt der Ausgrabungsstätten. Da ich noch nie an Skrupel erstickt bin, hatte ich den Fünfzigjährigen vor die Wahl gestellt zwischen einer vorschriftsmäßigen Anzeige wegen »Beiseiteschaffung archäologischen Materials« – etwas prosaischer ausgedrückt: In seinem Landhaus in Trouville befand sich eine prächtige Sammlung griechischer Vasen, die ein mir bekannter Schwarzhändler antiker Kunstwerke veräußerte – oder der Bildung einer Abteilung für »Einzigartige archäologische Funde«, geleitet von Ihrem Diener. Seine Liebe zur Wissenschaft und sein Respekt für die Forschung bewirkten, dass er sich sofort für die zweite Möglichkeit entschied. Edle Seele, die er war …
Seit fast anderthalb Jahren verbrachte ich daher den Großteil meiner Zeit damit, das zu studieren, was man die »Rätsel der Archäologie« nannte, indem ich die ungewöhnlichsten Entdeckungsberichte analysierte, von dem Mechanismus von Antikythera* bis zu über zweitausend Jahre alten elektrischen Bat-

* Seine Bestandteile, die auf 80 v. Chr. zurückgehen, wurden 1900 im Norden der Insel gleichen Namens gefunden. Die Experten sind sich einig darüber, dass es sich um einen sehr komplexen Mechanismus ähnlich dem einer Uhr handelt, der in der Lage ist, mit unglaublicher Präzision die Bewegungen der Himmelskörper zu beschreiben. Mit anderen Worten: ein mehr als zweitausend Jahre alter Computer!

terien, die in der parthischen Stätte von Khujut Rabu* nahe bei Bagdad gefunden worden waren. Und das sind nur einige Beispiele von vielen. Ich stellte die Frucht meiner Analysen regelmäßig Internet-Usern und Wissenschaftlern auf einer Website zur Verfügung. Mit mehr als fraglichen Mitteln hatte ich von Villeneuve einen brandneuen Computer und einen Zugang zum Louvre-Server erhalten, um dort meine Daten zu sammeln.

Als ich die Tür zu meinem Büro aufstieß, wusste ich, wo der mit Myrrhe vermischte Naphthalingestank, der durch die Untergeschosse wehte und meine Kehle reizte, seinen Ursprung hatte.

»Überraschung!«, spottete Hans.

Ich knallte die Tür zu und eilte im Laufschritt zu den Büros der Direktion auf der oberen Etage. Auch dort herrschte ziemlich viel Hektik, aber ich betrat dennoch Villeneuves Büro, wobei ich eigentlich sagen müsste, einen weiteren Ausstellungsraum des Museums. Denn unser lieber Direktor durchkämmte regelmäßig die Archive des Museums auf der Suche nach Gemäl-

* 1938 von Dr. Wilhelm König untersucht, lagern diese »Batterien« (falls Plünderer sie nicht zerstört oder geraubt haben) in den Kellern des Museums von Bagdad, tragen eine blaue Patina, die charakteristisch ist für die galvanoplastische Verarbeitung von Silber. Marc Angée zufolge (Die Unmöglichen Entdeckungen) wurde eine Batterie nachgebaut und dabei Traubensaft als Elektrolyt verwendet. Dadurch erhielt man tatsächlich elektrischen Strom zwischen 0,5 und 1,5 Volt. Die Überreste deuten darauf hin, dass diese Batterien zur Herstellung von versilbertem Kupfer dienten, das als Silber verkauft wurde. Eine schöne Gaunerei!

den alter Meister oder antiken Statuen, um sich damit zu umgeben.
»Sollten Sie meinen Arbeitsplatz mit einem Leichenschauhaus verwechselt haben?«, fragte ich mit eisiger Stimme, die Villeneuve und zwei der Konservatoren, die ihm eine Reihe Pläne und statistischer Tabellen präsentierten, erstarren ließ.
Der Herrscher des Museums zog seine dicken Augenbrauen zusammen.
»Ich bitte um Verzeihung, Lafet?«
Ich schloss die Tür und atmete tief ein.
»In diesem Moment, in dem ich mit Ihnen spreche, schimmeln in meinem Büro fünf Mumien vor sich hin. Erwarten Sie etwa von mir, dass ich in ihrer munteren Gesellschaft arbeite?«
Er rutschte tiefer in seinen Sessel und warf mir über seine aneinandergelegten Fingerspitzen einen giftigen Blick zu, während er sich auf die Zunge biss, um mich nicht an meinen Platz zu verweisen – was ihn in ernsthafte Schwierigkeiten gebracht hätte, dessen war er sich vollauf bewusst. Selbst aus der Entfernung konnte ich den delikaten Gestank riechen, den sein fetter Körper verströmte, der Klimaanlage zum Trotz. Eine gekonnte Zusammenstellung aus Schweiß, Eau de Toilette mit einer Note Bergamotte und bitteren Ausdünstungen, die der stoffliche Beweis seines korrupten Geistes sein musste.
Einer der Konservatoren, ein kleiner magerer Mann in einer flaschengrünen Leinenhose und einem hochgeschlossenen, blauweiß karierten Hemd, ersparte ihm eine Antwort. Er rückte erst seine Brille zurecht und erklärte dann mit dünner, schüchterner Stimme: »Wir haben ein paar kleine Schwierig-

keiten mit der Ausstellung über die griechisch-römischen Mumien von Bahariya, Professor Lafet. Fünfundvierzig Sarkophage sind geliefert worden, während wir nur vierunddreißig erwarteten. Ihre Abteilung besitzt einen der drei klimatisierten Räume im Untergeschoss, und da habe ich gedacht, dass …«

»Nun, da haben Sie sich getäuscht. Es kommt nicht in Frage, dass ich einen Monat lang mein Büro mit diesen fünf Einbalsamierten teile, nur weil ein einsamer Idiot in seiner Oase vierhundert Kilometer südwestlich von Kairo nicht zählen kann!«

»Seien Sie versichert, Professor Lafet«, stammelte der kleine Mann und rang die Hände, »dass wir sie so schnell wie möglich zurückschicken werden. Spätestens Anfang nächster Woche.«

Villeneuve richtete sich innerhalb der Grenzen, die ihm seine Fettmassen erlaubten, auf, legte seine Hände flach auf den Schreibtisch und begann mich mit seinem Blick zu durchbohren.